시나브로

시나브로

초판 1쇄 찍은 날 | 2013년 12월 02일
초판 1쇄 펴낸 날 | 2013년 12월 10일

지은이 | 박윤애
펴낸이 | 서경석

편 집 장 | 권태완
편집책임 | 장미연
편   집 | 손수화
디 자 인 | 신현아

펴낸곳 | 도서출판 청어람
등록번호 | 제1081-1-89호
등록일자 | 1999. 5. 31
어람번호 | 제5-0355호

주소 | 경기도 부천시 원미구 심곡2동 163-2 서경B/D 3F (우) 420-822
전화 | 032-656-4452 팩스 | 032-656-4453
http://www.chungeoram.com
E-mail | chungeorambook@daum.net

Chungeoram romance novel

시나브로

박윤애 장편 소설

도서출판 청어람

목차

1. 그의 여름

정말, 마지막까지…….

여자가 내민 통장을 바라본 여름의 입에 메마른 웃음이 걸렸다.

차석훈.

이체자 이름에 시선이 닿은 그녀의 곧게 뻗은 눈썹이 꿈틀거렸지만, 그녀는 눈 하나 깜박하지 않았다. 이제는 저와 전혀 상관없는 사람, 아니, 그전부터 생물학적 아버지일 뿐 단 한 번도 애정을 느껴본 적 없는 타인이었다. 이제 일자를 확인한 여름은 여자가 얼마나 고민 끝에 저를 찾아왔는지 알 수 있었다. 그렇다고 해도 1년이나 지나서 찾아올 줄이야. 돈이 아깝긴 어지간히 아까웠던 모양이다.

"이번 달 안으로 해결해 줘야겠어요."

늘씬한 각선미가 돋보이는 다리를 꼬며 당연하다는 듯 여자는 요구했다. 30대 후반의 나이로 초등학생 아이가 있다고는 믿기지 않을 정도로 여자의 겉모습은 지속적인 관리 속에서 살아온 흔적이 고스란히 느껴졌다. 네일을 받은 화려한 손톱에서 시선이 내려가자 다이아 반지를 반짝거리며 자신을 과시하고 있었다. 역한 화장품 냄새에 저절로 여름의 콧방울이 찡그려졌다.

"내가 왜요?"

깔끔하게 일자로 다듬어져 있는 여자의 갈색 눈썹이 일순간 위로 휘어졌다. 이런 반응을 예상하지 못했는지 여자의 붉은 입술이 거칠게 열렸다.

"왜라니요? 보면 몰라요?"

"당신이야말로 죽고 세상에 없는 사람이 쓴 돈을 어째서 나에게 해결하라는 건가요?"

기가 찬다. 갑작스레 회사로 찾아와 카페에서 기다린다는 일방적인 요구까지는 참아보려 했지만, 엄청난 액수를 해결하란 여자의 요구는 터무니없었다. 피식, 저도 모르게 실소가 터졌다. 사람이 말문이 막히면 이런 상황에서도 웃음이 나오긴 나오나 보다. 이 돈은 아버지가 외도 자금일 것이 분명했다. 그런데 딸에게 아버지 외도 자금을 갚으라니.

"그래요, 세상에 없으니까 그쪽을 찾아온 거 아니겠어요? 나도 고민 많이 했어요. 석훈 씨 딸을 만나는 건 별로 내키지 않았지만, 모친보다는 대화가 통할 거라 생각했어요."

"그 사람이 내 아버지라고 생각한 적 단 한 번도 없습니다. 알다시피, 아버지 노릇 한 번 제대로 한 적 없는 사람이라 사실 장례도 치를까 말까 고민했으니까요. 그런데 내가 이 돈을 갚을 거라 생각하는 건가요?"

오히려 여자가 상대를 잘못 고른 것이라 볼 수밖에 없었다. 여자가 어떤 이유로 만나자고 한 건지 여름은 대충 예상하고 있었다. '석훈 씨'라고 다정하게 칭하는 호칭이 역겹게 느껴져 무덤덤했던 여름의 얼굴이 살짝 찡그려졌다.

"시간이 필요하다고 하면 주도록 하죠. 그래도 해결 못하면 법적 절차를 밟을 수밖에 없으니……."

"밟으세요. 이게 내 대답이에요."

지루하기 짝이 없는 여자의 말허리를 자른 여름은 눈썹 하나 흔들리지 않고 대답했다.

"뭐라고요?"

반문하는 여자는 말문이 막힌다는 얼굴이었다. 그럴 만도 했다. 보통 자식이었다면 정말 저의 아버지가 돈을 차용한 게 맞는지 사실 여부부터 확인했을 테니 말이다. 하지만 그녀는 이미 오래전부터 아버지란 사람의 실체를 낱낱이 알고 있었고, 덕분에 사실 여부를 확인하는 시간적 소모를 하지 않아도 됐다. 이런 일은 너무나 익숙해져 버려 놀라지도 당황하지도 않았다. 담담하게 여자가 하는 말을 듣다 일어나면 되었다. 개만도 못한 아버지를 둔 덕분에 그녀는 아버지를 상대하는 법을 나름대로 터득했다. 마음을 다치지 않으려고 철벽방어를 하듯 입에선 쉴 새 없이 가시 돋친 독한 말들이 난무했다.

"처자식 버리고 바람피우는 남자의 속셈이 뻔한 거 아니겠어요? 왜 이래요, 구질구질하게."

"이봐요."

여자는 조소를 머금으며 어처구니없다는 반응이었다.

"그 사람이 살아 있어도 못 받았을 거라 생각하는데요. 그동안 즐긴 대가치고는 나쁘지 않았잖아요."

"뭐? 즐겨? 난 그 사람과 사업 파트너였을 뿐이에요. 사업 구상 때문에 몇 번 만난 걸 오해하면 곤란하죠."

당황한 듯 보였지만 여자는 나긋나긋한 목소리로 대답했다.

"요즘은 사업 구상을 호텔에서 하나 보죠?"

"……."

"사업 파트너가 아니라 섹스 파트너겠죠. 사업 구상은 그저 차석훈 씨를 만날 빌미 아니었던가요?"

"뭐, 뭐라고요?"

그제야 여유 넘치는 얼굴이 미세하게 일그러지기 시작했고, 둥글게 말아 쥔 손이 바들바들 떨리고 있었다. 여름은 지체하지 않고 자리에서 일어났다. 그러자 따라 일어선 여자의 손이 여름의 왼쪽 뺨을 할퀴고 지나갔다.

짝—

살을 때리는 소리가 날카롭고 섬뜩하게 조용한 카페 내부에 퍼졌다. 알싸한 통증에 여름은 정신이 퍼뜩 들었다.

"섹스 파트너? 좋게 얘기하고 끝내려고 했는데 증거도 없이 어설픈 직감으로 감히 누구한테……."

분노에 찬 여자의 쩌렁쩌렁한 음성이 일순간 쥐죽은 듯 사라졌다.

이런 짓까지는 하고 싶지 않았다. 그것도 회사 건물 내 있는 카페에서 같은 회사 직원들의 시선을 끄는 짓은 그만하고 싶었다. 하지만 여기까지가 한계였다. 여름은 차석훈, 저의 아버지와 여자가 호텔에 들어갔다 나오는 여러 장의 사진을 여자 얼굴에 사정없이 뿌렸다. 여자의 시선은 테이블에 떨어진 사진 한 장에 박혀 있었다. 놀람을 넘어서 경악에 가까운 표정이었다.

"증거가 왜 없어요? 차고 넘치는데. 당신, 정말 멍청한 여자였네. 돈 많은 남편을 옆에 두고 또 돈에 눈이 멀어 바람을 피우다니. 어떤 말로 속였을지 뻔해요. 회사가 어려우니 사업자금 좀 빌려달라고 하던가요? 아니면, 브랜드 런칭 자금 좀 빌려달라고 하던가요? 이체 내역이 있으니 차용증은 굳이 쓰지 않았겠죠."

"……."

"뻔한 말에 속아 넘어간 멍청한 당신을 탓하세요. 그나마 있는 지금 가정이라도 지키고 싶다면, 이 통장 당장 해지하고 조신한 척 꼿꼿이나 하며 살라고요. 두 번 다시 이런 같잖은 말로 협박하면, 이보다 더한 사진들이 다음엔 어디로 갈지 장담 못해요."

"너, 너……."

이제야 사태 파악이 된 여자는 서슬 퍼런 눈으로 여름을 노려보며 아랫입술을 깨물었다.

"내 성격이 좀 개예요. 날 물려고 하기 전에 내가 먼저 물어뜯어 버리거든요. 엄마보단 내가 말이 더 잘 통하죠?"

촤악.

여름은 컵을 들고 그대로 팔을 뻗었다. 모멸을 당했음에도 여자는 눈을 치켜뜨고 여름을 노려볼 뿐, 입도 벙긋하지 않았다. 여름은 손끝에 묻은 물기를 탁탁 털어버리곤 카페에서 나왔다.

겪어보지 않은 사람은 모른다. 어릴 적부터 아버지의 여자를 상대하는 기분이 어떤지 말이다. 여름은 여자들을 상대할 때마다 초연해지는 자신이 너무 싫었다. 의례 그렇듯 주변 시선 따위는 무시한 채 그녀는 회사 옥상으로 올라왔다.

탁한 바람에 긴 머리카락이 흩날렸다. 어리석게도 아버지가 죽으면 모든 게 끝날 거라 생각했다. 하지만 가슴 깊이 새겨진 상처는 곪을 대로 곪아버렸고 멍든 마음은 갈 길을 잃어버린 듯 만신창이가 되었다. 평생 불륜 인생으로 살라며 고소할 증거들이 충분했음에도 아빠가 죽을 때까지 이혼하지 않고 버틴 엄마가 야속했다. 진작 이혼하고 타인으로 살았다면 지금까지 이런 수모들을 당하지 않았을 텐데 말이다. 엄마의 유일한 복수였음에도 그녀는 그런 엄마를 이해할 수가 없었다.

아버지란 인간은 생전 살아서도, 그리고 죽어서도 저를 그리고 엄마를 힘들게 한다. 죽어서는 편하게 좀 해주지. 그냥 좀 살게 내버려 두지.

"죽어서까지……."

저에게만 들리게 읊조린 그녀는 아랫입술을 아프게 깨물었다.

이제 곧 그녀의 이야기는 회사 내부에 조용히 스며들어 사람들이 안주 삼아 떠들 것이다. 사정을 웬만큼 알고 있는 동료들의 동정 어린 시선이 벌써부터 느껴졌다. 입이 가벼운 동료 직원들의 입방아에 오르내리는 일은 어제오늘 일이 아니었는데도 좀처럼 익숙해지지 않았다. 아버지를 잘못 둔 덕분에 피해는 고스란히 저의 몫이 되었다. 마치 당연한 듯, 언제부턴가 받아온 피해는 상당했다. 사무실로 들어온 그녀는 자리에 앉았다. 잠깐 술렁이긴 했지만 그녀는 개의치 않았다. 김 부장의 시선에 파리한 여름의 안색이 들어왔다.

"차 대리, 안색이 안 좋군."

"괜찮습니다."

단 한 번도 회사에서 흐트러진 모습을 보인 적 없는 여름이었다. 감기에 걸려 죽을 고생을 해도 회사에서 내색하지 않고 진통제로 버티다 결국엔 새벽에 응급실에 실려 갈 정도로 독종이었다. 한참 동안 자리를 비우고 나타난 그녀의 파리한 안색에 부장이 걱정스런 얼굴을 했다.

"오늘은 휴가로 처리해 주겠네. 가서 쉬게."

"아닙니다. 아직 할 일도 있고……."

머리를 쓸어 넘긴 그녀가 말끝을 흐렸다. 술렁거리는 사무실 공기가 다시금 그녀를 괴롭혔다. 한숨이 턱 끝에 간신히 붙어 있다 사라진 얼굴은 이미 만신창이었다.

"그럼 오늘은 휴가로 처리해 주십시오. 죄송합니다."

그녀는 허리를 숙여 김 부장에게 사죄했다. 그리곤 가방을 챙겨 사무실을 빠져나왔다.

2년 전 아버지의 불륜 상대가 회사로 찾아와 난동을 부렸을 때도 그 여자가 돌아가고 난 뒤에도 그녀는 마치 아무 일 없었다는 듯 자리로 돌아와 일했다. 그녀는 떳떳했다. 아버지는 그저 호적상 자리를 같이하고 있는 사람이었고, 언제부턴가 아버지는 없는 사람이었다. 원치 않게 회사에선 그녀의 사정을 잘 알고 있었기 때문에 그런 난동에도 그녀에게 해가 가는 일은 없었다. 하지만 그녀는 회사에서 저의 사정을 불필요할 정도로 잘 알고 있는 것이 불쾌했다.

그런데 오늘은 이상했다. 아버지가 죽고 난 후에 찾아온 여자라 그런지 기분이 묘했다. 아니, 마치 토할 것처럼 역겨웠고, 오물을 뒤집어쓴 것처럼 꺼림칙했다. 그리고 진정 아버지가 불쌍했다. 죽어서 어떤 부귀영화를 누리겠다고, 그렇게 외도를 일삼았던 것일까.

회사 건물을 빠져나오자 뜨거운 햇빛이 그녀의 말간 뺨에 달려들었다. 눈살을 찡그리며 가만히 서 있던 그녀의 눈꺼풀이 반쯤 내려앉아 있었다.

순간, 6년간 긴 회사 생활이 여름의 머릿속을 지나갔다.

100명의 경쟁률을 뚫고 ㈜내츄럴 화장품회사의 마케팅 신입사원으로 입사해 6년을 쉬지 않고 일했다. 평일 야근은 당연했고, 필요하면 주말 특근도 불평 없이 했다. 주식은 상장했고 매출도 매년 늘어나는 추세였다. 회사가 성장함에 따라 그녀는 3년 전 대리로 진급했다. 당연한 결과라고 생각했다. 제 능력을 인정받아 뿌듯했다. 눈에 보이는 성과를 보는 것만큼 희열을 느끼는 일도 없었다.

"나 참 지독하게 일만 하고 살았네."

혼잣말하는 그녀의 음성이 젖어 있었다.

＊

찰칵. 찰칵.

셔터를 누르는 소리가 쉴 새 없이 스튜디오 내부를 채웠다. 이제 막 돌이 된 아기는 레이스가 달린 원피스를 입고 방긋 웃고 있었다. 옆에서 장난감을 들고 촬영 보조를 해주는 예진이나, 손뼉을 치며 조금 전까지 울던 아기가 웃자 세상 다 가진 것처럼 행복한 얼굴을 하는 부모도 조금 지쳐 있었다. 백일 사진은 30분 내외로, 돌 사진은 50분 내외로 사진을 찍어야 주인공인 아기의 표정이 자연스럽게 잘 찍히기 때문에 신속히 촬영을 끝내야 했다.

'사진 이야기' 스튜디오는 상가 건물 2층에 위치해 있다. 50평쯤 된 스튜디오 내부는 배경을 칸막이처럼 이용해 베이비 촬영실, 가족 촬영실, 웨딩 촬영, 증명사진을 찍을 코너가 마련되어 있다. 작게나마 모니터실 겸 작업실을 만들어 사진 작업을 했다. 공간 하나하나 허투루 만들지 않은, 이현의 손길이 고스란히 담겨 있는 곳이었다.

이제 시작한 지 2년 정도 되어 처음 시작할 때보다 손님이 눈에 띄게 많이 늘었다. 이현은 지금까지 찍은 사진을 확인하며 만족스러운 미소를 지었다. 이젠 가족사진을 찍을 차례였다.

"아빠는 얼굴을 조금만 오른쪽으로 돌리고요, 엄마는 아기를 좀 더 안아보세요."

이현이 제시한 대로 포즈를 취하자 프레임 안에 가족의 얼굴이 들어왔다. 그렇게 몇 번을 더 셔터를 눌러 마지막 사진을 찍는 것으로 촬영이 마무리되었다.

"수고하셨어요. 우리 공주님도 잘했어요."

예진이 아기의 손을 잡고는 방긋 웃었다. 지친 아기는 기다랗게 하품을 하며 그새 엄마 품에서 잠들었다. 이현은 작업실로 들어가 아이 아빠와 함께 사진을 확인하며 앨범을 만들 사진을 고르고 있었다.

"썸, 이 시간에 어쩐 일이야?"

스튜디오 안으로 들어오는 여름을 보는 예진이 놀라 물었다.

"오늘 휴가 냈어."

"휴가?"

늘 일에 파묻혀 사는 지독한 워커홀릭인 여름이 휴가를 냈다는 말에 예진이 반문했다. 여름은 고개를 끄덕이며 스튜디오 내부를 훑었다. 보여야 할 사람이 보이지 않자 그녀의 시선이 다시 예진에게 향했다.

"이현은?"

"작업실에 손님하고 있어."

"바쁜가 보네."

"베이비 사진만 해도 두 건이나 예약되어 있어. 저녁엔 증명사진 찍으러 고등학생들이 우르르 몰려올 거고."

"그래? 한창 바쁠 때네."

실망한 얼굴로 혼잣말을 하는 여름의 말간 뺨에 손톱자국이 선명하게 그려져 있었다. 내색하진 않지만, 휴가까지 내고 연락도 없이 스튜디오에 찾아온 걸 보니 여름에게 무슨 일 있는 것 같았다. 물어봐도 대충 둘러대는 게 그녀의 성격이었다. 언제나 제대로 설명해 주는 법 없었다. 예진은 대신 말을 돌렸다.

"날 너무 덥다. 이따 맥주 한잔 어때?"

"바쁜 거 아니었어?"

"맥주 한잔할 시간도 안 주면 정말 야박한 사장이지."

예진의 농담에 그제야 여름의 입가가 미묘하게 올라갔다.

"그럼, 이따 스튜디오로 다시 올게."

또각또각. 멀어지는 구두 굽 소리가 유난히 쓸쓸하게 느껴졌다. 뒤늦게 작업실에서 나온 이현은 손님과 몇 차례 더 이야기를 나눈 후 냉수를 들이켰다.

"아까 여름이 왔었어?"

"목소리만 들어도 아냐?"

"네가 썸, 이라고 부르는 게 들렸거든."

썸. 여름의 이름을 영어로 하면 썸머. 그런데 예진은 예진을 짧게 썸, 이라고 불렀다. 오랫동안 예진이 불러온 여름의 애칭이었다. 예진의 말에 반박을 하며 이현이 얼굴을 구겼다. 예진은 이현을 놀리는 게 제 뜻대로 되지 않자 이현의 물컵을 빼앗았다.

"여름이 얼굴에 상처 있더라."

"상처?"

놀란 이현의 표정이 급속도로 굳어졌다. 며칠 전까지만 해도 멀쩡했던 얼굴에 상처라니.

"누구한테 해코지라도 당한 건가? 썸이 상대방 기분 순식간에 잡치게 하는 재주 하나는 뒤지지 않잖아."

"칭찬이냐?"

픽 웃으며 이현이 물었다.

"뭐, 받아들이기 나름. 맞다, 이따 여름이랑 맥주 한잔하기로 했는데."

빼먹을 뻔한 말을 덧붙이는 예진의 말은 통보였다.

"네 마음대로?"

"스케줄 조정하면 한 시간 정도 일찍 퇴근할 수 있지 않을까?"

"어제 한 시간 연장근무했으니까 봐준다. 대신 스케줄 꼬이지 않게 잘해."

마지막 말을 강조하는 이현은 친구가 아닌 사장의 말투였다. 예진은 장난스럽게 '넵' 하곤 고객에게 전화를 걸기 시작했다.

✳

금요일 저녁 호프집 안은 꽤 시끌벅적했다. 이미 만취한 사람도 있었다. 주거니 받거니 하며 잔을 채우는 사람들을 지나 구석의 자리를 차지하고 앉았다. 소주와 마른안주를 주문한 뒤 이현은 냉수를 들이켰다. 어스름한 호프집 조명에 비춰진 그녀의 표정이 어두웠다. 뺨에 긁힌 손톱자국과 연관이 있어 보였다.

"네가 웬일이냐, 지독한 워커홀릭이 휴가를 다 쓰시고."

"일은 무슨."

간결하게 대답을 한 여름은 직원이 두고 간 뻥튀기를 제 입에 넣으며 뒷말을 이었다.

"나도 회사랑 권태기인가."

"뭐?"

평소에 안 하던 말까지. 반문하는 이현은 기가 막혔다.

"6년이면 오고도 남았지."

무미건조한 얼굴로 말하는 얼굴이 왠지 씁쓸해 보였다. 의미 없는 실소까지 머금은 그녀는 정말 이상했다.

"회사에서 무슨 일 있었어?"

"일은, 무슨."

한참 만에 나온 말에 이현의 어깨가 축 처지는 기분이었다. 거짓말하는 게 훤히 보였다. 알면서도 하는 쪽도 그냥 넘어가 주길 바라고 있는 듯했다.

"때려치울까?"

픽 웃으며 평소 안 하던 농담까지.

"그런 농담 안 어울리는 거 아냐?"

"안 어울리면 좀 어때. 그냥 편한 대로 사는 거지."

편한 대로……. 무기력한 얼굴로 그녀는 냉수를 들이켰다. 늘 의욕적이고 활기 넘치는 모습이었다. 특히 일할 때는 그랬다. 성과에 바로 직결되는 업무라 그녀는 제 일에 만족스러워했다. 고되지만 제 능력을 인정받는 일이니 기쁘다고 했다. 그런 그녀가 이런 모습이라니.

말간 뺨에 손톱자국이 유난히 띄었다. 보지 않으려 해도 다시금 시선이 그쪽으로 향했다. 아프겠다, 쓰라리겠다. 상처를 바라보는 그의 눈살이 찌푸려졌다.

"가끔은 이런 날도 있는 거지."

예진이 대신 대답을 하며 여름의 가는 어깨를 툭툭 쓸었다. 조금 후, 테이블에 주문한 안주와 술이 채워졌다. 여름은 예진과 이현의 잔에 소주를 가득 따랐다. 술병을 넘겨받은 예진이 여름의 잔을 채워주었다.

"짠!"

예진의 외침에 누가 먼저랄 것도 없이 세 사람의 술잔이 허공에서 부딪혔다. 술잔과 술잔이 부딪히는 소리는 탁했다. 목을 넘기는 술을 오늘따라 지독하게 써서 이현은 미간을 좁혔다. 여름은 원샷을 하더니 땅콩을 집어 먹었다. 이현은 안주가 담겨 있는 쟁반을 슬쩍 돌렸다. 그러자 바싹 구워진 오징어 몸통이 여름의 손에 가까워졌다.

"그만두고 네 스튜디오 가서 시간 좀 때울까? 이래 봬도 나 멀티인데."

"시간은 딴 데 가서 때워."

실없는 농담을 하는 게 자꾸 거슬려 이현은 저도 모르게 입가가 비뚜름해졌다.

"그럼 직원이라도 뽑아주던가. 나도 혼자 하느라 힘들어 죽겠다고."

여름의 말을 거들며 하는 예진의 항의에도 이현은 아랑곳하지 않았다. 땅콩 껍질을 까서 제 입속에 털어 넣으며 무심하게 예진에게 툭 던졌다.

"그럼 네가 그만두던가."

"치사해. 치사해, 류 사장."

기대가 무너지자 예진은 입을 삐쭉 내밀며 오징어를 질겅 씹었다. 2년 동안 다른 직원 없이 혼자 일하느라 힘들다는 걸 누구보다 잘 알고 있었다. 말로는 표현하지 않지만 이현은 예진에게 고마워하고 있었다.

2년 전, 스튜디오를 개업을 했을 때였다. 마침 예진이 일하는 회사 사장이 돈을 가지고 튀는 바람에 회사는 부도나고 하루아침에 실직자가 되었다. 이현도 마침 직원이 필요했다. 그녀에게 직장을 구할 때까지만 도와달라고 부탁했지만 어느새 예진의 손은 사진 일이 익숙해져 있었다.

"아서라. 내가 류이현 뒤치다꺼리나 할 줄 알아?"

이래야 차여름이지. 그제야 이현의 입가에 미소가 걸렸다. 차라리 까칠한 얼굴로 대답을 하는 편이 그녀다웠다. 의욕 없는 얼굴로 헛소리를 하는 모습은 익숙하지 않으니까.

술이 한 잔, 두 잔, 석 잔 쉴 새 없이 목구멍을 타고 들어갔다. 이현은 술을 잘 마시지 못했다. 알코올은 좀처럼 친해질 수 없는 녀석이었다. 석 잔을 마신 후 이현은 더 이상 입에 술을 대지 않았다. 예진은 재미없는 놈이라 놀렸고, 여름은 남자도 아니라고 자존심을 건드렸다. 예진과 여름은 술이 만취할 때까지 마시더니 누가 먼저랄 것도 없이 쓰러졌다. 이현이 계산을 하고 예진과 여름을 부축했다.

"2차 어때? 2차는 내가 시원하게 쏜다!"

한껏 기분이 업된 예진은 물 만난 물고기마냥 거리를 팔딱팔딱 뛰어댔다. 그러다 결국 제 발에 걸려 바닥에 고꾸라졌다.

"2차 같은 소리하고 있네."

소주 세 병을 들이붓고도 남아 있는 위가 있다는 게 대단할 뿐이다. 이현은 예진이 2차를 외치거나 말거나 무시하며 그녀의 집으로 가고 있었다. 술집 뒤 골목으로 얼마 안 가서 예진의 자취방이 나온다. 비틀거리며 걷는 예진의 스텝이 잔뜩 꼬여 또 꼬꾸라질 기세였다. 그때였다.

"우웩! 우우욱."

전봇대를 붙잡은 예진은 얼굴이 하얗게 질릴 때까지 속을 게워냈다. 이현은 고개를 저으며 혀를 찼다. 새벽에 전봇대를 붙잡고 오바이트를 하는 녀석 뒤치다꺼리나 하고 있는 꼴이란. 후우, 이현의 입에서 저절로 한숨이 터졌다.

"미련하기는."

이현은 예진을 집에 던져 버린 후 이미 잠들어 있는 여름을 업고는 택시를 탔다.

"송림동으로 가주십시오."

이현의 말에 택시가 출발했다. 어깨에 기대 잠든 여름은 괴로운지 눈썹을 꿈틀댔다. 그리고 급커브를 돌 때였다.

"우욱. 으읍."

방어하려 했으나 이미 여름이 이현의 가슴에 얼굴을 묻은 후였다. 졸지에 흰 셔츠가 오물로 얼룩졌다.

망할, 하필이면 택시에서.

욕지기가 나오려는 걸 참은 이현은 사태의 주범을 노려보았다. 본인이 어떤 짓을 저질렀는지 모르고 태연자약하게 잠들어 있었다. 그 순간 택시기사의 매서운 시선이 느껴졌다.

"죄송합니다만, 계양으로 가주세요."

오물을 뒤집어쓴 채로 그녀를 집까지 바래다줄 수는 없었다. 집에 가서 오물을 씻어내고 새 옷으로 갈아입어야 할 것 같았다. 택시는 유턴해 계양으로 이동했다. 미끄러지듯 한산한 도로를 지나는 동안 가로등이 붉은 불빛을 뿜내고 있었다. 이현은 창문을 살짝 열어 바람을 그대로 맞았다.

"손님, 밤엔 쌀쌀해서 감기 걸립니다."

"괜찮습니다."

택시 기사의 말대로 바람은 찼지만 계속 맞고 있자니 기분이 좋았다. 속도를 높이자 바람이 휘이잉, 하며 차 안으로 들어왔다. 그제야 창문을 닫고는 제 어깨에 기대 잠든 여름을 바라보았다. 술 한잔하고 잠들어 있는 모습마저 힘에 겨워 보여 이현은 가만히 그녀의 머리를 쓸어주었다. 택시는 금세 목적지에 당도했다. 이현은 그녀를 업고 오피스텔 안으로 들어갔다.

불을 켜자 무방비 상태로 방치되어 있던 집처럼 한산함이 느껴졌다.

침실에 여름을 눕혀놓고 욕실로 향하며 입고 있던 옷을 전부 탈의했다. 시원한 물줄기가 머리끝부터 흘러내려 어깨, 팔, 그리고 허벅지를 타고 쉼 없이 내려왔다. 피곤한 얼굴로 잠시 물줄기에 취해 눈을 감았다. 다시 눈을 뜨자 긴 속눈썹에서 물줄기가 떨어져 시야를 가렸다. 이현은 찬기를 느끼곤 샤워기를 껐다. 타월로 몸을 닦고 옷을 갈아입은 이현이 타월로 머리를 털며 침실로 들어오자 여름의 잠든 모습에 미소가 그려졌다. 좌로 몸을 뉘인 채 몸을 웅크린 모습이, 꼭 새우 같았다. 먹음직스럽게 구워져 등이 굽은 새우 말이다.

침대 끄트머리에 앉아 그녀의 부드러운 머리카락을 쓸었다. 그러자 긴 머리카락에 가려져 있던 상처가 훤히 드러났다. 누가 그랬을까. 어떤 놈이? 도대체 무엇 때문에 생긴 상처인 걸까.

"상처나 내고 다니고 말이야. 아주머니가 보면 속상해하시겠다."

이현은 구급상자를 가져와 소독약을 발랐다. 따끔한 모양인지 그녀의 미간이 좁혀졌다. 소독을 한 뒤 밴드를 붙였다.

상처 가리기 성공. 다 되었다. 그런데 어쩐지 가렸는데 더 잘 보이는 듯했다. 자꾸 상처에 좀처럼 시선이 떨어질 줄 몰랐다. 털썩, 여름의 얼굴을 마주 본 채로 이현은 곤히 잠들어 있는 여름의 얼굴을 살폈다. 그녀의 긴 속눈썹이 파르르 떨고 있었다. 악몽이라도 꾸는 모양이다.

"……가지 마."

잔뜩 갈라진 음성이 애절하게 이현의 가슴을 때렸다.

"젠장. 늦었네."

식빵 하나를 입에 물고 이현은 허겁지겁 집에서 나왔다. 입학식부터 지각이라. 참 볼만하겠는데. 부모님인 차 교수와 류 교수는 세미나 때문에 지방에 내려가 있었다. 아침잠이 많은 아들을 우려한 차 교수가 시간 맞춰 전화했지만 이현은 시간 가는 줄 모르고 태평하게 자고 있었다. 부모님이 계시지 않다는 걸 잊은 탓이다.

침대에서 굴러 떨어지지 않았다면 입학식이 끝나도록 일어나지 못했을 것이다. 택시를 타고 학교 정문으로 뛰어 들어갔을 땐 학교 운동장에선 입학식이 한창 진행 중이었다. 단정한 차림의 나이 지긋한 중년여자가 학교 소개를 지겹게 이어가고 있던 중이었다.

"하암."

그렇게 자고도 하품을 늘어지게 하며 운동장으로 느릿하게 걸어갔다. 반이 어디였더라? 몇 반이었지? 생각하며 이현은 뒤에서 어슬렁거렸다. 어깨에 멘 카메라를 만지작거리며 저가 속해 있는 반을 찾았다.

1학년 3반.

그리고 맨 뒷자리를 차지하고 서 있었다.

"우진고등학교 전교 1등으로 입학한 차여름."

이름이 호명되자 박수갈채가 이어졌다. 멋모르고 서 있던 이현도 덩달아 박수갈채를 보냈다.

전교 1등이라니, 대단하다. 밥만 먹고 공부했나? 존경과 동경의 눈빛을 보내며 덩치 큰 녀석 옆으로 고개를 빠끔히 내밀었다. 단정하게 입은 교복에 하나로 묶은 머리, 어디서나 볼 수 있는 범생이 스타일이었다. 어깨에 메고 있던 카메라가 자꾸 흘러내렸다.

"너 이 자식, 누가 입학식 날 카메라 가지고 오래? 압수다."

딱. 몽둥이로 머리를 한 대 얻어맞은 것도 모자라 이현은 카메라까지 압수당할 위기에 처했다.

"죄송합니다. 그런데 카메라는 안 돼요."

이미 선생의 손에 쥐어져 있는 카메라가 압수당할세라 이현은 손을 뻗어 카메라만큼은 사수하려고 안간힘을 썼다. 뻗은 손이 실수로 셔터를 눌러 버리자 난데없는 소리에 주변이 술렁였다. 결국 카메라는 선생에게 압수당했다. 입학식이 끝나고 종례를 마친 그는 교무실로 들어가 선생에게 사정했다. 선생은 못 이기는 척 앞으로 학교에 가지고 오지 말라고 경고한 뒤 인심 쓰듯 카메라를 돌려주었다. 한 달을 겨우 알바해서 구입한 카메라였다. 이현은 기쁜 마음에 카메라 전원을 켰다. 그러자 못 보던 사진 하나가 눈에 들어왔다.

"어라?"

단상에서 상장을 받던 여학생이었다. 멀리서 봐서 얼굴이 잘 안 보였는데 사진에서 본 옆모습이 꽤 예쁘장했다. 긴 속눈썹이며 오뚝한 콧대며 갸름한 턱선. 여자들이 원하는 조건을 두루 갖추고 있었다. 하지만 상을 받는 사람의 표정이라기엔 뭔가 이상했다. 별로 기쁘지 않은 얼굴. 아무런 감정을 느낄 수 없는 무표정. 거기다 눈빛은 꽤 서늘했다. 차갑게 빛나는 눈동자는 지금까지 그가 본 적이 없는 것이었다. 선생과 실랑이를 벌이다 우연히 찍힌 사진치곤 괜찮았다. 삭제 버튼을 누르려던 손가락이 멈추었다. 이름이 뭐였더라.

"차…… 여름."

그래, 차여름. 겨울보다 더 차가운 얼굴을 하고서 이름은 여름이라니. 이보다 더 안 어울리는 이름이 있을까.

난데없이 내 프레임 안으로 뛰어들다니. 아니, 내가 찍어버린 건가.

10년 전, 차갑게 인상을 쓰고 다녔던 여학생은 지금은 여자가 되었다. 그때만큼은 아니지만 여전히 차갑고 냉정하며 마음을 열지 않는다. 무표정한 얼굴로 일관하며 마음을 닫아버리는 것도 버릇이 된 모양이다.

"차여름. 계속하면 습관되는데."

✻

잠이 들었었나 보다. 그렇다고 마주 보고 잠들어 있는 꼴이라니. 그녀가 먼저 깨지 않아 다행이란 생각이 절로 들었다. 욕실로 들어가 샤워를 한 후 간단히 먹을 아침을 만들기 위해 주방으로 들어갔다. 혼자 사는 남자의 냉장고가 그렇듯 텅 비어 있었다. 아침을 거르는 건 오래된 버릇이고 점심, 저녁은 거의 스튜디오에서 때우기 때문이었다.

그나마 있는 건 식빵과 계란, 그리고 오래된 양배추가 전부였다. 재료를 몽땅 꺼내 식탁 위에 올려놓고는 한참 고민을 했다. 그나마 있는 재료로 만들 수 있는 건, 샌드위치가 적당한 듯했다. 이현은 일단 계란 삶을 물을 가스렌지 위에 올려놓고, 양배추는 먹을 수 있는 부분만 골라내 씻었다. 오래되긴 오래된 모양이었다. 양배추 표면 대부분은 음식물 쓰레기통으로 직행했으니 말이다. 깨끗이 씻은 양배추는 잘게 썰고, 식빵은 테두리를 잘라내었다. 여름은 식빵 테두리를 별로 좋아하지 않았다. 테두리가 있는 샌드위치는 입에도 대지 않았다. 먹다가 테두리만 남기느니 처음부터 입에 대지 않는 게 낫다는 논리였다. 적당하게 삶은 계란을 찬물에 식힌 뒤 계란과 잘게 썬 양배추와 마요네즈와 섞어 으깼다. 그리곤 식빵에 투하하면 샌드위치 끝.

개운한 얼굴로 완성한 샌드위치를 접시에 담아놓고 뒤로 도는데 주방이 전쟁터가 따로 없다. 부지런히 손을 놀려 주방을 정리하기 시작했다.

에그 샌드위치를 처음 만들어본 건 고등학교 때였다. 아침을 거르고 등교하는 저에게 어머니가 샌드위치를 챙겨주었다. 학교에서 여름이와 나눠 먹는데 무심한 목소리로 그녀가 맛있다고 했다. 그 후로 한 달 동안 질리도록 에그 샌드위치만 싸갔더랬다. 덕분에 입에서 닭똥 냄새가 나는 듯 역겨웠다. 나중엔 여름이 말했다.

"나 때문이라면 그만 싸와도 돼. 입에서 병아리 부화할 것 같아."

그녀가 처음 던진 농담이었다. 그녀에게 친구로 인정받은 것 같아 기분이 좋았던 기억이 났다. 접시에 담은 샌드위치를 랩으로 싸놓고 침실로 들어갔다. 주방의 난리 통에도 그녀는 꿈쩍하지 않고 곤히 자고 있었다.

"여름아……."

이현은 그녀의 가는 어깨로 가져갔던 손을 거두었다. 그간 직장 생활의 피로가 한꺼번에 몰아쳤을 게 뻔했다. 주말이니만큼 푹 자도록 자리를 비켜줘야겠다는 생각이 들었다.

스튜디오에 들어서자 먼저 출근한 예진이 한창 청소 중이었다. 청소를 마친 예진은 커피 한 잔을 이현에게 건넸다.

"어제 여름이 어디다 버렸어?"

"버려? 그 녀석이 물건이냐?"

커피를 마시려던 이현의 눈썹이 살짝 꿈틀댔다. 하지만 이내 평정심을 되찾고는 커피를 한 모금 마셨다. 진한 블랙향이 코를 간질이며 누적된 피곤이 씻기는 듯했다. 커피잔을 옆에 놔둔 이현은 카메라를 점검하기 위해 손이 부랴부랴 움직였다.

"아침에 아줌마한테 전화 왔으니까 하는 말이지."

여름의 모친이 걱정할 거란 생각까지는 미처 하지 못했다. 술취한 사람 두 명을 건사하는 일이 쉽지 않았기에 정신이 없었다.

"걱정 마. 우리 집에서 자고 들어갈 거라고 잘 말해뒀으니까."

이현도 물론 여름의 모친과 어릴 적부터 왕래를 하며 지냈지만 아무리 친구라도 사내놈 집에 술이 떡이 되어 업혀왔다는 걸 알면 마음이 편치 않으셨을 것이다.

"그러냐?"

마음과는 다르게 무심한 목소리가 튀어 나왔다.

"아무렴. 류보살께서 여름이를 어떻게 했을 거란 생각은 안 해."

"보살?"

이현의 미간이 찌푸려졌다.

"10년 넘게 네가 여자를 만나는 걸 본 적이 없으니까."

"그래서 보살? 그것도 류보살?"

"난 가끔 궁금하다니까."

까르르 웃는 예진이 무엇을 상상하는지 이현은 짐작할 수 없었다. 하지만 확실한 건 저 웃음의 의미를 알고 나면 어쩐지 예진에게 절교를 선언할지도 모른다는 생각이 들었다.

"네가 게이가 아닐까 하고. 까르르."

속삭이듯 말을 마친 후, 마녀 웃음에 잠깐 동안 사태 파악이 덜 되어 멍하니 있던 이현은 뒤늦게 인상을 썼다.

"인마."

아무리 그래도 게이라니. 너무 심하잖아. 여자를 만나지 않는다고 게이란 말까지 듣게 되다니, 체면이 말이 아니다.

"오해라고 말하고 싶으면 증명을 해줘, 친구야."

초여름에 더위 먹을 일은 없을 테고, 어제 먹은 술이 탈이 난 게 아닐까 걱정스러울 정도로 예진은 아침부터 헛소리를 해대고 있었다. 미친 듯이 마녀 웃음소리를 내며.

이현은 예진의 이름 대신 지금껏 부르던 익숙한 별명으로 그녀에게 으름장을 놓았다. 이름 대신 부르는 성은 입에 찰지게 붙었다.

"홍. 너 다녀와서 보자."

"11시까지 파라다이스 호텔로 가면 되는 거 알지? 성질대로 난폭 운전했다간 그대로 바이바이야."

끝까지, 정말.

이현은 대꾸도 하지 않고 장비를 챙겨 스튜디오에서 나왔다. 엘리베이터를 타고 내려오자 뜨거운 햇빛에 이현은 저절로 눈을 찡그렸다.

"벌써 여름이군. 더워 죽겠네."

그래도 그가 사계절 중 유일하게 좋아하는 계절은 여름이었다. 투덜대면서도 올라간 입매는 오랫동안 그대로 있었다.

✳

식장 안은 많은 하객들로 붐볐다. 전체적인 고급스러움을 강조한 예식장 로비에 자리 잡은 이현은 양가 부모님과 하객을 맞이하는 가족들을 가볍게 스냅 촬영했다. 그리곤 신부대기실로 들어갔다. 하얀 웨딩드레스를 입은 신부는 지인들과 화기애애한 분위기 속에서 미소 짓고 있었다. 이현은 렌즈를 바꿔 끼고는 M모드로 바꾸었다. 스트로보를 직사로 조광하게 되면 벽면에 흉한 그림자를 남기므로 바운스 촬영으로 결정했다.

찰칵.

신부 입장 30분 전에 사진을 마무리한 이현은 식장 안으로 들어가 촬영 포인트를 눈으로 짚어보았다. 식이 시작되었다. 불이 꺼지고 하객들은 모두 식장 안으로 들어와 입장하는 신부를 축복해 주고 있었다. 단아한 웨딩드레스는 특유의 기품을 뽐내고 있었다.

"여름이가 입으면 잘 어울리겠다."

저도 자각하지 못한 채 무심코 튀어나온 말이었다. 하지만 어쩌겠는가. 스튜디오를 개업하고 2년 동안 수십 번 웨딩 사진을 찍으면서 매번 웨딩드레스를 입는 여름을 상상했다. 그러다 피식, 웃음이 터진 적도 있었다. 생각만 해도 웨딩드레스를 입은 그녀는 어떤 신부보다 아름다울 것 같았다.

이현은 고개를 가로젓고, 로우 앵글로 신부와 신랑 모습을 담았다. 어느덧 20분 넘는 주례가 끝나가고 있었다. 신랑, 신부 행진하는 모습을 찍은 이현은 식장 밖으로 나와 단체 사진 준비를 하고 있었다.

"어머, 안녕하세요."

누군가 옆으로 다가와 반갑게 인사를 했다. 고개를 슬쩍 옆으로 돌려 확인했다. 한 달 전쯤, 여름의 직장 동료 결혼식 사진을 찍어준 적이 있었다. 결혼식 주인공의 또 다른 직장 동료였다. 이름까지는 기억을 못해도 얼굴은 기억했다.

"네, 안녕하세요."

"여기서 또 뵙네요. 언제쯤 끝나세요?"

"아직 한참 남았습니다."

이현은 카메라를 만지작거리며 단호하게 대답했다. 그 대답에 실망한 얼굴로 여자가 고개를 까닥하고 돌아섰다. 그러다 문득, 이현은 그 여자를 급히 불러 세웠다.

"물어볼 게 있습니다만."

"예?"

여자가 멀어진 거리만큼 이현이 좁혀갔다.

"회사에서 무슨 일 있었습니까? 여름이 얼굴이 안 좋던데."

골똘히 생각에 잠긴 여자는 혼잣말을 중얼거렸다.

"그 일 때문인가?"

"무슨 일이 있었습니까?"

난감한 얼굴로 머뭇거리던 여름의 직장 동료는 어렵게 입술을 열었다.

"어제 회사 카페에서 어떤 여자가 찾아왔었는데 그 여자가 차 대리님 뺨을 때렸다고 하더라고요. 불륜이니 바람이니 뭐, 그런 얘기들이 오갔다고 해요. 안색이 창백해서 사무실로 들어와서는 휴가내고 바로 퇴근하셨어요."

"아, 그렇습니까."

이현은 고개를 까닥했다. 정황으로 봐서는 여름의 아버지가 살아 계실 때 외도하던 여자가 분명했다. 그리고 무엇 때문에 여름을 찾아왔는지 모르겠지만, 여름의 심기를 건드렸을 게 뻔했다. 그 성격에 찾아온 아버지의 불륜 상대를 웃으며 맞이했을 리는 없고 뺨 한 대까지 맞았으니 물 한 잔 정도는 가볍게 뿌려주었으랴나. 왠지 그 상황이 눈앞에 선했다. 그녀가 당했을 모욕이 그대로 전해졌다. 거기다 뺨까지 후려치다니. 자신은 아직 만져 보지도 못한 얼굴인데. 보기만 해도 아까울 지경인데, 감히 상처를……

2. 열일곱, 서른의 우리

"연근조림, 고사리나물 주시겠습니까?"

코를 틀어막고 코맹맹이 소리로 주문을 마친 여름은 엄마가 뒤를 돌자 활짝 웃었다.

"반찬 만드는 솜씨가 천하일품이라고 동네 소문이 자자하던데요?"

오이 장아찌를 하나 집어 먹으며 맛을 음미한 여름은 칭찬을 아끼지 않았다. 그녀의 모친, 영숙은 주스 한 잔을 가져왔다.

"어제 술을 얼마나 마셨길래 외박이야, 다 큰 계집애가. 전화도 안 받고."

"미안. 한 번만 봐줘."

손으로 다 큰 딸의 엉덩이를 때릴 기세로 달려드는 엄마에게 양손을 가지런히 모으며 여름이 사죄했다. 어제 초저녁부터 달리기 시작한데다가 주량을 한껏 넘겨 버리기까지 했으니 필름이 끊기는 것이 당연했다. 엄마에게 전화가 오는 줄도 모르고 있었다. 아침에 배터리가 나간 걸 확인하고 이현의 충전기로 충전을 함과 동시에 전원을 켜자, 무수히 많은 문자메시지가 도착했다. 얼마나 걱정했는지 알 만했다. 이렇게 정신을 못 차리도록 마신 건 실로 오랜만이었다. 아빠가 사망하고 1년 만이었다.

"한 번만 외박했다간 죽음이야. 알았어?"

"네네, 알겠습니다."

건성으로 대답하며 여름은 반찬 통에 담긴 반찬을 보기 좋게 정리했다. 영숙은 내버려 두라며 말렸지만, 여름은 고집을 부렸다.

가게를 차린 지 벌써 6개월이 훌쩍 지났다. 그녀가 모은 돈을 탈탈 털어 엄마의 가게를 차려주었다. 엄마는 어릴 적부터 음식 솜씨가 좋았다. 마트에서 파는 화학조미료는 줄이고 천연조미료를 만들어 쓰곤 했다. 예진도 우스갯소리로 반찬 가게 내면 단골손님이 되겠다고 했을 정도니 말이다. 그래서 여름은 엄마에게 가게를 차려주기로 결심했다. 지금까지 모은 돈을 탈탈 털어 보증금을 내고 10평 남짓한 가게를 하나 얻었다. 이현과 예진이 시간을 쪼개 가게 인테리어를 도와주었다. 엄마에게 알렸으면 절대 반대할 거란 생각에 몰래 준비했다. 엄마가 기뻐하는 모습을 상상하며 즐겁게 계획하고 준비한 일이었다. 그리고 가게 인테리어를 마치고 엄마에게 말했다.

"엄마, 반찬 가게 하면 대박 날 자신 있지?"

"그걸 말이라고. 그런데 그건 왜?"

"내가 엄마를 위해 서프라이즈 선물을 준비했거든. 이제 엄만 사장님 되셨어요."

엄마는 가게 앞에서 펑펑 울었다. 미안하다며, 고맙다며 가게 안으로 들어갈 생각도 못하고 울기만 했다. 그 모습이 떠오르자 여름은 눈시울이 붉어졌다.

가게는 6개월밖에 안 되었는데도 저녁엔 손님들로 북적거렸다. 주 고객 타깃은 맞벌이 부부들이었다. 거기다 천연조미료를 쓴다는 말에 신뢰를 얻은 것 같았다. 이젠 미리 전화 주문을 하고, 퇴근 시간에 맞춰 반찬을 포장해 가는 주부들도 있었다. 엄마는 매일 가게를 쓸고 닦기 바쁘다. 반찬 가게가 더러워서 되겠느냐며 하루에도 몇 번씩 청소를 한다. 반찬 청결 상태도 늘 당신 자식이 먹는다고 생각하고 깔끔하게 유지했다. 이렇게 웃는 엄마의 모습, 정말 오랜만이었다. 아버지의 그늘 속에선 늘 어둡고 침침한 분위기였다. 숨 죽여 우는 엄마의 모습에 여름도 같이 방에서 울던 기억이 바로 어제처럼 느껴졌다.

왜 이제야 웃는 거야. 조금 더 빨리 웃었으면 좋았잖아. 예쁜 우리 엄마. 이제는 행복한 일만 생길 거야. 그럴 거야.

＊

"또 바람났다면서요?"

"여름이 아버지요? 말도 말아요. 여름이 엄마랑 여름이 불쌍해서 어떡해요."

"여름이 엄마가 이혼 안 해주니까 이젠 대놓고 여자랑 팔짱을 끼고 온 동네를 휘젓고 다니더라고요. 나한테 인사까지 하더라니까요?"

삼삼오오 모여 속닥거리는 아주머니 무리는 어느 때보다 열정이 가득했다. 연신 손뼉을 치며 '어머, 어머!' 하며 추임새까지 넣어 장단을 맞추던 아주머니는 기함을 토하는 얼굴이었다. 어느 집 딸이 어디 대학에 합격했는지까지 듣고 싶지 않아도 듣게 되는 조그마한 동네에서 누구네 집 남편이 바람났는지의 소식은 삽시간에 퍼져 있었다.

여름은 뒤에서 아주머니 무리를 맥없이 바라보다 시선도 주지 않고 지나쳤다. 여름이 지나가자 누가 먼저랄 것도 없이 입을 다문 채 여름의 눈치를 보고 있었다. 책가방 끈을 잡은 손에 힘을 주어 걷던 여름은 아주머니 무리를 지나다 걸음을 멈추었다.

그래, 벌써 세 번째. 아버지에게 세 번째 여자가 생겼다. 그리고 예상했던 대로 난 그 여자를 사랑하니까 이혼해 줘, 라며 당당함을 넘어 뻔뻔함의 극치를 몸소 보여주었다. 아버지가 내민 이혼합의서를 엄마는 쳐다보지도 않고 독기 가득한 얼굴로 갈기갈기 찢어버렸다. 엄마는 바보다. 이혼해 주면 끝날 일을 끝까지 바득바득 우긴다.

"아줌마들, 하던 얘기 계속하세요."

"뭐?"

"이미 다 들었으니까 그냥 계속하시라고요. 열두 살이면 나도 알 것 다 아는 나이예요. 아빠가 바람피우는 건 어제오늘 일이 아니라 그리 놀라울 것도 없거든요."

뒤에서 숙덕거리는 동네 사람들 시선에도 여름은 아랑곳하지 않고 오히려 어깨까지 으쓱였다. 당돌한 여름의 반응에 아줌마 무리들은 당황한 얼굴로 흠흠, 헛기침을 해댔다. 대놓고 말하지 못하는 모습을 보며 여름은 가소롭다는 듯 마지막 일격을 가했다.

"다음부터는 제가 지나가도 하던 얘기 멈추지 마시고 계속하세요. 뒷담화도 중간에 끊기면 재미없잖아요."

"얘, 얘가 어른들한테 못하는 말이 없네! 아버지가 저 모양이니 자식이 뭘 보고 배웠겠어? 눈 동그랗게 뜨고 말하는 것 좀 봐."

아주머니들의 곱지 않은 시선이 이어졌다. 불쌍한 아이에서 가정교육 못 받은 아이로 전락해 버리는 건 한순간이었다. 남의 가정사까지 걱정해 주던 아주머니들의 얼굴은 구겨진 종이마냥 잔뜩 구겨져 있었다. 사람들은 정말 간사한 동물이다. 하하, 호호, 다정하게 웃던 얼굴이 수틀리면 순식간에 외면해 버리니 말이다.

집으로 터덜터덜 걷던 여름은 행보를 바꿔 놀이터로 옮겼다. 붉게 물든 태양은 이미 반쯤 기울어져 있었다. 놀이터에서 놀던 아이들은 해가 지자 약속이라도 한 듯 놀이터를 빠져나갔다.

혼자다.

이제 앞으로 혼자일 날들에 익숙해져야 할 것 같은데 좀처럼 용기가 나지 않았다. 불쌍한 듯 저를 바라보던 아주머니들은 당신의 자식들에겐 저와 어울리지 않을 것을 당부한 모양이었다. 같이 놀던 친구들이 하나둘씩 등을 돌렸고, 마지막 남은 친구마저 외면해 버렸다.

혼자 도시락을 먹고, 혼자 공부를 하고, 혼자 숙제를 하고, 혼자…… 놀아야겠지.

혼자, 혼자.

여름의 큰 눈동자에 물기가 가득 차올랐다. 눈물을 닦으려고 손을 올렸지만, 이미 시야까지 흐려지고 뜨거운 눈물이 말간 뺨을 타고 흘러내렸다. 울지 않으려고 얼마나 노력했는데. 아무렇지 않은 척 남들의 숙덕거리는 소리 따윈 관심 없는 척 여름은 일찍이 귀를 닫아버렸다. 자신은 절대 부끄러운 짓 따윈 하지 않았으니까, 부끄러워해야 할 이유가 없다고 저를 다독였다.

겨우 열두 살인 저가 스스로에게 말이다. 이미 일찍 철들어 버린 그녀는 이런 저의 모습이 스스로가 대견하다 여겼다. 그런데 한 번 터진 눈물은 좀처럼 그칠 줄 모르고 주체할 수 없을 정도로 뺨을 적셔 내렸다.

"……눈물이 멈추질 않아. 흑흑."

이미 해가 지고 어둑해진 놀이터 그네에 앉아 그녀는 한없이 작은 어깨를 들썩거렸다. 가로등 불빛에 비쳐 모래바닥에 그려진 그녀의 작은 그림자가 한없이 외로워 보였다.

결국 울지 않으려고 애쓰는 바보 같은 짓으로 체력 소모를 더 이상 하지 않기로 했다. 아무도 없는 곳에서라도 마음이 시원해질 때까지 울어버리면, 남은 오늘 하루는 어떻게든 버틸 수 있을지도 모른다. 그렇게 생각을 하고 나니, 쌓여 있던 울음이 한순간에 터져 주체할 수가 없었다.

결국 빨갛게 충혈된 눈으로 여름은 집으로 들어갔다. 엄마는 그녀가 오는 줄도 모르고 누군가와 통화 중이었다. 울분에 가득 찬 엄마의 울먹이는 목소리가 들렸다.

"내가 이혼해 줄 줄 알아? 절대 안 해줘, 죽어도……. 그렇게 죽고 못 사는 여자와 평생 불륜으로 살아보라지. 애라도 들어서면 어떡할 거냐고? 하, 그럼 그 사람 호적에도 못 올리고, 그 여자는 남의 남자와 바람피워서 애 낳았으니 자기 호적에 올리고 사는 거지. 사랑? 그렇게 사랑하면 어디 한번, 불륜으로 살아보라 그래!"

전화를 끊었는지 울먹이던 엄마는 그제야 봇물 터지듯 엉엉 울고 있었다. 왜 엄마는 미련하게 그러는 거야. 그냥 모두 놓고 편하게 살면 되지.

"이혼해. 아빠랑 당장 이혼해! 동네 창피해서 못 살겠어. 죽고 못 사는 여자랑 나가 죽으라고 그래!"

악에 받친 그녀는 저도 모르게 저질러 놓은 말을 되새기곤 주저 앉았다. 고작 열두 살인 여자아이의 입에서 나올 말은 아니었다. 제가 해놓고도 믿기지 않다는 듯 엄마를 바라보자 엄마는 아랫입술을 잘근 깨물며 저를 안았다.

정말, 아빠가 죽었으면 좋겠다. 없어져 버렸으면 좋겠다. 그럼 엄마가 이런 미련한 짓을 더 이상 안 하게 될 테니까. 더 이상 아빠를 미워하지 않게 될 테니까.

＊

 그래, 그랬었다. 아빠가 죽었으면 좋겠다고 쭉 생각했다. 그 오랜 염원이 이뤄지기라도 한 듯 아빠는 교통사고로 그 자리에서 즉사했다. 그렇게 오랫동안 원하던 일인데도 아빠의 사망 소식은 충격이었다. 기쁘기는커녕, 오랫동안 증오하고 분노했던 마음을 오랫동안 간직해 온 저를 용서할 수가 없었다. 삼일장을 치르고 납골당에 아빠의 뼛가루를 묻어두며 그녀는 엄마에게 우스갯소리로 말했다.

 "죽을 때까지 바람만 피우다 간 남편 뭐가 예뻐서 초상까지 치러주고 그래? 진작 이혼했으면, 바람난 남편 초상 치르는 일은 없었을 거 아냐."

 인과응보. 아빠는 그동안의 죗값을 받은 거다. 그녀의 말에 엄마는 복잡한 얼굴로 마른 입술을 열었다.

 "그래도 불쌍하잖니? 그렇게 많은 여자들 중에 단 한 명도 상을 치르는 동안 찾아오지 않았으니. 어차피 지옥에 떨어질 몸이란 걸 그 사람은 잘 알고 있을 거야. 내가 죽어서 그 사람 지옥에 떨어져 고통스러워하는 모습을 확인하고 말 테니까."

 얼마나 아빠를 증오했는지 목소리에서 그대로 전해졌다. 꼭 그렇게 하고야 말겠다는 다짐을 하듯 엄마의 눈빛은 섬뜩했다. 어쩌면 저보다 더 아빠가 죽길 바란 사람은 엄마였는지도 몰랐다. 나긋나긋한 목소리로 말하는 엄마의 얼굴은 창백했고, 입술은 파랬다. 삼일장을 치르느라 숙면도 제대로 취하지 못했고, 손님을 맞이하느라 정신이 없었을 것이다. 엄마는 지금까지 얼마나 지독한 고통 속에서 살았던 걸까.

그리고 그녀는 증오심에 타인을 믿지 않는 사람이 되어 있었다. 20년 동안 그녀와 엄마는 만신창이가 되었다. 그런 엄마가 이제야 웃으며 손님들과 대화를 하는 모습에 그녀는 모진 말을 쏟아냈었던 지난날에 대한 죄스러운 마음이 사그라지는 것 같았다. 이제는 증오심 가득했던 저 자신으로부터 해방되고 싶은데 어떻게 해야 할지 모르겠다. 죽은 사람을 아무리 미워하고 증오한다 한들 얻어지는 건 아무것도 없었다. 용서는 하지 못하되 증오심으로 저를 더 이상 밀어 넣고 싶지 않았다. 하지만 이젠 뭘 어떻게 해야 하는 걸까.

언젠간 엄마처럼 웃는 날이 올까. 정말 굳게 닫힌 마음을 열 수 있을까.

과연…….

속으로 의문을 쏟아내는 여름의 얼굴은 복잡했다.

＊

기획안 작성을 마친 그녀는 PPT 자료가 든 USB와 함께 부장에게 건넸다.

"새로운 브랜드 창설 기획안입니다."

기획안을 훑어본 부장은 만족스러운 듯 고개를 끄덕였다. 새로운 브랜드 창설 이유부터 정확하게 제시되어 있었고, 기대효과 및 홍보 계획까지 깔끔하고 설득력 있게 정리되어 있었다.

"수고했네."

"예. 그럼 전 퇴근하겠습니다."

휴가는 하루뿐이었다. 다음날 출근한 그녀는 밀린 업무와 기획안을 작성하느라 며칠 밤을 꼬박 새우면서도 피곤한 내색 한 번 하지 않았다.

사무실에서 나오는 그녀는 피곤이 가득한 얼굴로 변했다. 아늑한 침대와 이불만 있으면 길거리에서 숙면을 취하는 일도 가능할 것 같았다.

집은 불이 꺼져 있는 상태로 어둑했다. 시각은 일곱 시에 조금 못 미치고 있었다. 반찬 가게를 닫기까지 두 시간은 더 있어야 했기에 집 안은 텅 비어 있었다. 20평 남짓한 집 내부는 가정집이라고 보기 힘들 정도로 아늑함이 없었다. 매일 늦게 귀가하는 저와 늦게까지 장사하는 엄마 때문에 온기란 걸 찾기 힘들었다.

힘없이 툭 하고 소파에 쓰러져 그녀는 눈을 감았다.

만취해 이현의 집에서 신세졌던 날, 꿈에 아버지가 나타났다.

꿈속의 그녀는 어린아이였고, 아빠는 가방을 챙겨 집을 나가고 있었다. 아무런 표정 없는 얼굴로 가방을 싸더니, 어떤 여자와 다정하게 어디론가 가고 있었다.

"꿈속에서마저 이러기야?"

메마른 웃음이 피식 흘렀다. 꿈속에서 아버지에게 그녀는 가지 말라고 매달렸다. 눈물범벅이 된 얼굴로 애원했다. 그러나 아버지는 뒤도 돌아보지 않고 어린 그녀를 버리고 매정하게 여자와 사라졌다. 정말 아버지다운 행동이었다. 살아 있을 땐 아버지에게 한 번도 가지 말라고 매달린 일이 없었다. 엄마를 아프게 했고, 날 힘들게 한 아버지 따위에게 매달릴 이유는 없었다. 그런데 왜 꿈속에서의 저는 아버지에게 그토록 매달렸던 걸까. 아버지에게 가지 말라고 한마디 못한 게 이제 와 후회스러운 걸까? 소파에서 몸을 일으킨 그녀는 고개를 저었다. 더 이상 머리 아픈 일은 만들지 말자고 스스로를 다독였다. 괴로운 일은 떠올리면 떠올릴수록 아플 뿐이니까.

그녀는 일어나 거실과 안방, 저가 쓰는 방 불을 환하게 켜놓았다. 이렇게 온통 환한 불빛 속에 있으니 지난밤 꿈이 저를 더 이상 괴롭히지 않는 듯했다.

지이잉—

가방 속에 넣어둔 핸드폰 문자메시지 소리에 문자를 확인했다. 발신인은 엄마였다.

〈떡볶기 집 언니랑 같이 저녁 먹기로 했어. 저녁 거르지 말고 챙겨 먹어.〉

반찬 가게에서 한 블록 지나면 분식집이 있었다. 가끔 반찬을 사러 몇 번 왕래를 하며 엄마와 친해진 아주머니였다. 여름은 문자메시지를 확인하고 한숨을 내쉬었다.

혼자 저녁 먹는 건 싫은데…….

여름은 이현에게 전화를 걸었다. 하지만 긴 신호음 끝에 전화가 끊겨 버렸다. 바쁜 모양이었다. 여름은 예진에게 전화를 걸었다.

〈응, 썸.〉

"이현이 전화 안 받네. 바쁜가 봐."

〈사진 촬영 중이야. 할 말 있으면 전해줄게.〉

"일찍 끝나면 우리 집으로 저녁 먹으러 오라고 하려고 했는데 바쁘면 어쩔 수 없고."

실망감이 묻어나는 목소리로 서둘러 전화를 끊으려는데 난데없는 목소리가 그녀의 말을 막아섰다.

〈배고파. 난, 소시지 볶음 하나만 있으면 돼.〉

이현의 목소리였다. 일이 고된 모양인지 목소리엔 힘이 없었다. 여름이 대답을 하기도 전에 전화가 끊겼다. 여름은 그제야 표정이 밝아져서는 앞치마를 걸치곤 저녁 준비를 하기 시작했다. 숭숭 썬 김치와 돼지고기를 넣은 냄비를 가스레인지에 올린 뒤, 예진이 좋아하는 두꺼운 계란말이를 만들었다. 이현이 잘 먹는 소시지볶음을 하고 냉장고에 있는 밑반찬을 꺼내 상을 차렸다. 밥은 아침에 엄마가 앉혀놓아 고슬고슬했다.

엄마가 만든 밑반찬에 비해 소시지볶음이나 계란말이는 참 볼품없었다. 공부 말고 해본 건 딱히 없었기에 그녀가 하는 요리 실력은 중학생 수준에도 못 미쳤다. 한숨을 쉬며 차린 상을 바라보았다. 시켜 먹을걸 그랬나, 고민하는 사이 초인종이 울렸다.

벌써 도착한 모양이었다. 배달 음식을 주문할 기회는 사라졌다. 현관문을 열자 예진은 맥주가 든 비닐봉지를 자랑스럽게 흔들어 보이며 안으로 들어섰다. 이현은 등가죽에 붙어버린 배를 문지르고 있었다.

"소시지볶음이랑 계란말이만 네가 한 거네."

소시지볶음을 하나 집어 먹은 이현이 말했다. 소시지 볶음 맛이 오묘했다. 짠 것 같기도, 매운 것 같기도 그리고 단 것 같기도 했다. 어떤 말로 형용할 수 없는 맛이었다.

"김치찌개는 안 보여?"

좀 알아달라는 듯 막 끓여 보글보글한 김치찌개를 턱짓하며 여름이 불퉁댔다. 그제야 이현은 옅게 미소를 지었다.

"그래도 나름 신경 썼는데. 찌개까지 해놓고."

"당연하지. 모처럼 왔는데 대충 해줄 수 없지."

어깨를 으쓱하며 여름은 소시지볶음 접시를 이현 앞에 놓아두었다. 그리고 계란말이는 예진 앞에 놓았다. 엄마가 해놓은 먹음직스러운 반찬들이 제법 고운 자태를 뽐내고 있는 덕분에 입이 침이 가득 고였다. 이현은 배가 고픈 모양인지 허겁지겁 밥 한 공기를 뚝딱 해치우곤 빈 그릇을 내밀었다. 빈 그릇을 받은 여름은 밥을 푸며 괜히 미소가 지어졌다. 누군가 내가 해준 밥을 맛있게 먹는 모습이 이렇게 흐뭇할 줄이야.

"여기."

그녀가 밥그릇을 내려놓기가 무섭게 이현은 다시 수저를 놀렸다. 힐끔 바라본 여름은 밥을 반 공기 정도 먹다 그대로 수저를 내려놓았다.

"너 그거 지옥에서 비벼 먹어야 되는데."

"뭐?"

이현의 말에 여름은 어이가 없어 반문했다.

"그러니까 다 먹어. 지옥 가는 것도 서러운데 그런 거 비벼 먹고 있으면 추해."

"밥 한 수저 먹고 우리 먹는 거 구경할 거야?"

예진까지 거들자 여름은 못 이기는 척 다시 수저를 들었다. 그녀는 혼자 밥 먹는 걸 싫어했다. 특히 집에 혼자 있는 걸 무서워했다. 그래서 집에 혼자 있을 때 거실과 안방 그리고 그녀의 방까지 모두 환하게 불을 켜놓기 일쑤였다. 집에 들어왔을 때도 반쯤 열려 있는 안방에도, 그녀의 방에도 불이 켜져 있었다. 보통 사람이라면 쓰지 않는 공간은 불을 끄고 있는 게 정상이었다. 강한 척하면서 겁이 많은 사람이 그녀였다. 오늘도 혼자 저녁 먹는 게 싫어 저와 예진을 불렀을 것이다. 잘하지도 못하는 요리까지 해가며 말이다.

힐끔 바라본 그녀의 얼굴은 수척해져 있었다. 이현의 가슴이 뻐근했다.

저녁을 먹고 과일에 맥주 한잔씩 하기 시작했다.

"여행이라도 가볼까 봐."

갈색빛이 도는 맥주잔을 빙글빙글 돌리던 여름이 조용히 읊조렸다. 악착같이 공부해서 1등이라는 타이틀을 쥐고, 남들이 부러워할 만한 회사에 입사했지만 그것뿐이었다. 취미도 없이 공부벌

레로 살아온 결과는 고독했다. 사회에 나온 후로는 일벌레로, 지독한 워커홀릭으로 6년을 살았다.

6년. 짧은 시간 아닌데.

그 시간이 어떻게 지나갔는지도 모를 만큼 기계적으로만 살았다. 사람마다 하나씩은 행복한 일이 있다는데 그녀는 그렇지 못했다. 성취감에 뿌듯한 일이 수도 없이 많았어도 그것이 그녀를 행복하게 만들지는 못했다.

"여행?"

"여행은 가본 적이 없으니까 이참에 가보는 것도 나쁘지 않을 것 같기도 하고."

"가고 싶은 곳은 있어?"

"음, 글쎄……."

맥주 한 잔을 입에 털어 넣은 여름은 생각에 잠긴 얼굴이었다.

"강원도 닭갈비 완전 끝내주는데. 아, 막국수는 또 어떻고? 가평도 괜찮겠다. 계곡물이 얼마나 시원한지 얼음장 같다니까."

생각만 해도 좋은지 예진은 몸을 부르르 떨기까지 했다.

"그럼, 가자."

조용히 있던 이현이 툭 내뱉었다. 여름과 예진의 시선이 이현에게 향했다.

"가평, 가자고."

"우리 셋이?"

예진의 반문에 이현은 고개를 끄덕였다.

"얼음장 같다는 계곡물에 발 좀 담가보게. 어차피 주말에 스케줄 없으니까 1박 2일로 가도 괜찮을 것 같은데."

어쩌다 보니 속전속결로 이현 혼자 제멋대로 여행 계획을 세우고 있었다. 일요일에 부득이한 예약손님만 없으면 쉬는 편이었다. 하지만 결혼 시즌엔 일요일에도 웨딩 촬영으로 스케줄이 대부분 잡혀 있었다. 하지만 돌아오는 주말엔 스케줄도 없었으니 가도 좋을 것 같았다. 맥주를 홀짝이던 여름은 생각에 잠긴 얼굴로 이현의 계획을 듣다 입을 열었다.

"좋아. 나도 계곡물에 발 담가보고 싶어."

"난 닭갈비가 더 당기지만, 다수의 의견에 따르도록 하지!"

결국 여행지가 결정되자 날짜까지 막힘없이 결정되었다.

돌아오는 주말.

이현은 벌써부터 긴장이 되었다. 여름의 집에서 나오자 어스름한 저녁 하늘에 초승달이 밝게 비추고 있었다.

"가평, 정말 오랜만인데."

"응. 대학 엠티 때가 마지막이었으니까."

"그날 계곡물에서 허우적대는 네 몰골을 보고 말 테다. 썸이랑 비웃어줄 테다!"

발꿈치를 들고 이현의 목을 휘감은 예진이 놀려대기 시작했다.

"어린애도 아니고 물에 빠뜨리고 허우적대는 거 보고 웃고 싶냐? 우리도 이제 서른인데."

"서른? 웃기시네. 넌 아직도 열일곱 애송이란 말이지."

"애송이?"

언젠가 들어본 적 있는 단어에 이현의 입가가 슥 올라갔다. 뺨을 쓸고 지나간 밤바람이 제법 시원했다. 도심의 별 하나 없는 어스름한 밤하늘이 오늘따라 쓸쓸해 보였다.

그녀가 무언가 하고 싶다고 말한 건 처음이었다.

"그나저나 우리 셋이 여행이라니."

새삼스럽다는 듯 말하는 예진은 기대에 부푼 모습이었다. 예진은 짧은 머리카락을 쓸어 넘기다 점퍼 주머니 속에 손을 찔러 넣은 채로 이현과 나란히 밤바람을 맞고 있었다.

"여름이 혼자 재미있게 놀게 내버려 둘 순 없지."

말하는 이현도 기대에 부풀어 있긴 마찬가지였다. 여름과 같이 가는 여행은 실로 오랜만이었다. 고등학교를 졸업하고 셋이서 바람을 쐬러 당일치기로 놀러 간 적이 처음이자 마지막이었다. 여름은 좀처럼 곁을 내주지 않았다. 오랜 시간 닫힌 그녀의 마음은 시리도록 차가웠다.

이현은 아직까지 켜져 있는 여름의 집 창문을 바라보았다. 환하게 불이 켜져 있는 여름의 집은 쓸쓸함이 그대로 느껴졌다. 환한 불빛 속에서 쓸쓸함을 느끼긴 참 어려운데 말이다.

"여행은 혼자보다 여럿이 더 재미있을 거야."

한 템포 쉬고 뒷말을 내뱉는 이현의 눈빛은 안타까움이 고스란히 담겨 있었다.

"그렇지."

"스튜디오 바쁜 거 뻔히 알면서 우리한테 먼저 여행 가자고 할 성격도 아니고. 사실 말해놓고도 그 녀석이 거절할 거라 생각했거든."

"거절?"

"응. 근데 의외였어, 가고 싶다고 말하다니."

"그러게. 혼자 여행이라니. 숙소에서 하루 종일 책만 읽을 게 뻔하잖아."

예진이 장난스럽게 웃었으며 말했다. 덩달아 웃던 이현이 웃음기 지운 얼굴로 나지막이 말했다.

"그게 얼마나 외롭겠어."

환하게 불이 켜져 있는 2층 빌라의 불빛이 꺼지자 이현은 피우던 담배를 바닥에 던져 발로 비벼 껐다. 저 어둠이 그녀를 더 외롭게 만들지 않았으면 좋겠는데.

*

"2인 1조로 패스 연습 하도록. 패스할 때 손목에 무리가 가지 않도록 주의한다!"

체육 선생이 호루라기를 불자 학생들은 선생의 말대로 2인 1조로 조를 이루고 신속하게 패스 연습을 하기 시작했다. 하지만 단 한 명, 머리를 하나로 묶은 여학생은 공을 들고 우두커니 서 있기만 했다. 서로 짝지어 공을 주고받는 모습을 바라보다 개의치 않는 얼굴로 잘하지도 못하는 드리블을 하기 시작했다. 손이 자꾸 헛돌아 드리블을 하면서 진땀을 빼고 있었다. 그 모습에 학생들의 시선이 여학생에게로 향했다.

"차여름. 2인 1조로 패스 연습 하라고 했을 텐데. 왜 혼자 드리블 연습을 하고 있지?"

드리블을 멈춘 여름은 선생에게 또박또박 대답했다.

"보디시피 전 혼자라 짝이 없습니다. 혼자 패스 연습을 할 수 없으니 드리블 연습이라도 하고 있었습니다. 수업 시간에 놀 수는 없으니까요."

여름의 말이 합당하다는 걸 선생도 알고 있었다. 흐음, 하고 헛기침을 하더니 학생들 무리 쪽으로 시선을 돌렸다.

"다 마친 녀석은 여름이와 같이 연습하도록."

선생의 말에도 아무도 쉽게 여름이와 연습을 하려고 나서는 학생이 없었다. 모두 주저하는 가운데 이현이 여름이에게 다가갔다.

"아까 드리블 정말 못하더라. 내가 알려줄게."

"필요 없어."

여름은 이현의 호의를 간단하게 무시하곤 뒤돌아서 혼자 드리블을 하기 시작했다.

"거봐, 혼자 하니까 못하지."

"남의 일에 신경 끄고 가서 하던 패스 연습이나 마저 해."

얼굴색 하나 변하지 않고 여름은 이현의 호의를 여전히 무시하고 있었다. 거절을 하는 목소리는 어찌나 차가운지 얼음물이 뚝뚝 떨어지는 듯했다.

"다음 주 체육 수행 평가 때 어쩌려고 그래?"

"걱정 마. 어차피 다른 과목은 다 만점일 거 뻔하고, 한 과목 정도 못 봐도 지장 없으니까."

"뭐?"

소문대로였다. 여름은 호의를 베푸는 친구들에게 차갑게 대했다. 그래서 같은 반 친구들 중 그녀에게 쉽게 다가가는 사람이 없었다. 차갑고 냉정한 얼굴이 감정 없는 사람처럼 보였다.

"선생님 때문에 억지로 여기서 나랑 이러고 있을 필요 없어. 난 체육 실기는 포기했거든."

"포기?"

"나랑 이러고 있을 시간에 가서 연습이라도 하지 그래? 나처럼 체육 실기를 포기해도 괜찮지 않다면. 같잖은 영웅심에 빠져 친구들이 꺼려하는 일 도맡아 해서 시선 받고 싶은 건 알겠지만, 내가 지금 혼자 있고 싶거든."

여름은 이현을 깔보듯 바라보고는 저만치 멀어졌다. 정말 만만한 상대가 아니었다. 그저 같이하고 싶었을 뿐인데 대꾸조차 못하도록 일방적으로 쏘아대는 모습에 이현은 우두커니 서 있기만 했다. 거기다 사진 속의 서늘한 눈동자로 말하는 그녀의 얼굴은 섬뜩하기까지 했다.

학교에서 배우는 게 학문만은 아닐 것이다. 그것 외에도 얻어지는 게 많은데 그녀는 학문 외에 다른 것들은 모두 거부하는 것처럼 보였다.

그 후로도 이현은 그녀와 단 한 마디 나눠보지 못했다.

그렇게 이현이 바라만 보며 지내던 어느 날, 그녀는 여느 때처럼 혼자 도시락을 먹으며 책을 보고 있었다. 그때 질 안 좋기로 소문난 여학생 무리가 여름에게로 다가갔다. 그리곤 그녀가 보고 있던 교과서를 빼앗아 발로 짓밟았고, 한 학생은 도시락을 그녀 머리 위에 뿌렸다. 그리곤 저들끼리 낄낄거리며 웃고 있었다.

"꼴좋다. 어디 한번 잘난 입으로 지껄여 보시지?"

"네 아빠 또 바람났다며? 너랑 같은 중학교 졸업한 녀석이 그러는데 너희 아버지 굉장히 유명했다며? 너희 엄마는 그러고도 이혼 못한다고 버티는 걸 보니 너희 아빠 밤일은 끝내주나 보더라. 낄낄."

도시락 오물을 뒤집어쓴 채 저들이 지껄이는 말을 듣고 있던 여름은 자리를 박차고 일어나 손을 휘둘렀다. 우두머리로 보이는 여학생의 뺨을 할퀸 여름은 이미 제정신이 아니었다. 늘 냉정을 유지한 채 조용히 학교생활을 하던 모습과는 달랐다. 분노에 휩싸인 얼굴로 여학생의 머리카락을 쥐어뜯을 기세로 달려들었다. 하지만 여학생의 무리는 세 명이었고 여름은 혼자였다. 당해낼 재간이 없었다. 졸지에 교실에서 여학생들에게 구타를 당했다. 아무도 쉽게 나서지 않는 가운데 그 여학생들을 막아준 건 이현이었다. 타인이 자신의 일에 끼어드는 걸 별로 좋아하지 않는 여름의 성격을 알기에 가만있으려고 했지만, 폭력의 강도가 점차 거세지자 이현이 여름의 앞을 가로막았다.

"그만해. 점심시간에 남의 반에 쳐들어와 이게 무슨 짓이야?"

"네가 무슨 상관……."

"같은 반 친구야. 더 이상 이 녀석 때렸다간 선생 불러올 테니 선생 있는 데서 2차전 하던지."

눈빛 하나 흐트러짐 없이 말하는 이현의 말에 여학생 무리는 머뭇거리다 교실에서 나갔다. 순식간에 공포의 분위기에서 해방되었지만 학생들은 좀처럼 공포에서 벗어날 수가 없었다.

여름의 몰골은 안쓰러웠다. 도시락 오물을 뒤집어쓴 것도 모자라 발에 밟히기까지 했으니 교복에 발자국이 난무했다. 거기다 입술 근처에 피가 나기도 했고 여기저기 멍투성이었다. 이현은 여름을 부축해 일으켰다. 여름은 그의 손을 뿌리치고 싶었으나, 그럴 여력이 남아 있지 않았다. 그저 그가 이끄는 대로 교실을 나와 양호실에 도착했다. 양호 선생은 점심 식사 중이라 비어 있었다.

"괜찮아?"

양호실 침대에 그녀를 앉혀놓았다. 일단 머리를 뒤집어쓴 오물을 씻겨내고 옷을 갈아 입혀야 할 듯했다. 그는 아무렇게나 걸려 있는 수건으로 그녀의 머리를 닦아주었다.

"내가 할게. 가봐."

여름의 거절에도 이현은 멈추지 않았다. 긴 머리카락에서 반찬 냄새가 진동했다.

"체육복 가져올게. 기다리고 있어."

교실로 돌아온 이현은 제 체육복을 가져와 그녀에게 건넸다.

"사물함에 있던 거라 땀 냄새가 날 거야. 그래도 괜찮다면 갈아입어."

체육복 앞엔 '류이현'이라는 이름표가 붙어 있었다. 여름은 체육복을 받고 고민하는 얼굴이었다.

"너 보는 앞에서 갈아입어야 하니?"

"뭐?"

"자리 좀 비켜달라고. 눈치가 없어."

"차, 차여름!"

교복 단추를 푸는 여름의 행동에 놀란 이현이 뒤돌아 칸막이 뒤로 이동했다. 교복을 벗고 체육복을 갈아입는 동안 이현은 그 뒤에서 그녀가 옷을 다 갈아입을 때까지 꿈쩍하지 않았다. 남자가 옆에 있는데 어쩌면 저렇게 태평하게 옷을 벗을 수 있을까. 그러다 문득 그녀가 저에게 했던 말이 떠올랐다.

"내가 하고 싶은 건 같잖은 영웅 놀이가 아니야. 시선 받고 싶은 마음도 없고."

"……."

"그냥 너랑 친구가 되고 싶어."

"갈아입었어."

이현의 말엔 대답을 회피한 여름은 다른 말을 했다. 남학생 체육복을 입은 여름은 체육복이 커서 바지를 두어 번 걷어 입은 모습이었다. 그 모습이 피식 웃음이 났다. 그리고 꽤 잘 어울린다고 생각했다. 뭐랄까…… 덩치 큰 남학생의 옷을 입고도 예쁘다고 할까.

이현은 정신을 차리고 여름의 입술 주변에 피가 나는 걸 보고는 소독약을 찾았다. 그리곤 솜에 소독약을 묻혀 상처를 소독해 주었다. 따끔한지 여름이 얼굴을 찡그렸다.

"난 말이지, 친구는 필요 없어."

"뭐?"

"친구? 친구가 뭔데? 언제든지 배신할 수 있는 하찮은 인간관

계잖아?"

"너 무슨 말을……."

여름은 상처를 치료해 주는 이현의 손을 미련 없이 탁 쳐냈다. 열어둔 창문에서 바람이 그녀의 머리카락을 헤집고 도망쳤다. 잠깐의 침묵이 두 사람 사이를 맴돌았다.

"내가 불쌍해? 동정하는 거야?"

"동정?"

"그래, 애송이 주제에 같잖은 영웅심이 발동한 게 아니면 뭐냐고."

"혼자 있으면 외롭잖아."

여름은 침대에서 몸을 일으켰다. 이현도 구부렸던 허리를 펴고 그녀와 마주했다.

"외롭다는 생각 해본 적 없어. 공부할 시간도 부족한데 그런 쓸데없는 생각까지……."

"외롭다는 건 상대가 있어야 느낄 수 있는 거잖아."

이현의 말에 잠깐 여름의 동공이 커졌다. 하지만 그의 말에도 그녀는 생각을 바꿀 여지가 없어 보였다. 지금까지 스스로를 외톨이로 가둬놓았던 그녀가 외로울 틈이 없다고 느꼈던 건, 그 외로움을 공부에 다 쏟아냈던 탓이 아닐까 생각했다. 여름은 입술을 꾹 다문 채 흔들리는 눈동자로 이현을 응시했다. 하지만 이내 그의 시선을 피한 채 등을 돌렸다. 양호실을 빠져나가려는 그녀에게 이현이 물었다.

"배신당했었어?"

"……."

"그래서 믿지 못하는 거야?"

"나한테 왜 이래? 내 일에 끼어들지 마."

그래서 그렇게 사람을 밀어냈던 거니. 그래서 지금까지 서늘한 얼굴을 하고 있었어? 이현은 그녀가 나간 양호실 문을 바라보며 중얼거렸다.

"내가 믿게 해주면 될 거 아냐."

프레임에 우연히 들어온 그녀를 본 순간부터였다. 자꾸만 시선이 가고, 마음이 쓰이고 그러다 어쩌다 눈 한 번 마주치면 저도 모르게 먼저 피해 버리지만, 그건 결코 동정이 아니었다.

오기를 부리듯 혼자서도 꿋꿋하게 잘 버티는 모습이 좋았다. 사연 많은 얼굴을 하는 그 이야기도 듣고 싶었다. 힘들면 어깨를 내어주고 서로 옆에 누군가 있는 것만으로도 기운이 나는 게 어떤건지 깨닫게 해주고 싶었다. 웃는 그녀의 표정이 어떻게 변할지 저도 모르게 상상하기도 했다. 자신이 얼마나 예쁜지, 얼마나 눈이 부신지 깨닫게 해주고 싶었다. 이건 동정이고 뭐고 아무것도 아니잖아.

나란 놈…… 정말, 못났다.

3. 둘만의 여행

여행이라. 여행.

수학여행 가기 전날 어린아이처럼 이현은 밤잠까지 설쳤다. 이쪽으로 누웠다, 저쪽으로 누웠다 반복하다가 결국 해가 뜨고 말았다. 가는 동안 졸음운전이 걱정될 정도로 뒤늦게 피곤이 몰려왔다. 여행 전날의 들뜬 마음은 나이가 많든 어리든 어쩔 수 없는 모양이었다. 뜨겁게 내리쬐는 햇볕이 오늘따라 유난히 반가웠다. 기막힌 날씨를 확인한 이현은 입매가 기분 좋게 물들었다. 이현은 손목시계로 시각을 확인했다. 여름의 집 앞에 차를 세워 두고 기다린 지 십 분이 지나서 여름이 걸어오는 게 보였다. 흰 셔츠에 청반바지 차림이었다. 저의 옷차림을 다시 한 번 확인한 이현의 입에서 헉, 소리가 절로 터졌다.

아, 커플룩 같잖아.

흰 셔츠에 무릎까지 오는 청 반바지 차림인 제 모습과 같은 그녀의 옷차림은 누가 봐도 커플룩이라고 생각하고도 남았다. 여름은 보조석 문을 열고 차에 탔다. 숄더백을 멘 그녀는 다른 짐은 없었다. 들뜬 이현과는 달리 여름의 낯빛은 어두웠다.

"예진이 장염이래."

"장염?"

"심한 편은 아니라 약 지어 먹고 내일까지 쉬면 괜찮을 거라는데……. 가봐야 하는 거 아니야? 예진이는 둘이서 놀다 오라는데 영 불편하네."

걱정스러운 듯 연신 핸드폰만 만지작거리는 여름을 바라보는 이현도 걱정되긴 마찬가지였다. 하지만 오늘 여행을 제일 기다린 사람은 아마 저였을 것이다. 그런데 이렇게 갑작스럽게 취소가 되다니. 실망스러움에 급속도로 얼굴이 굳어졌다.

전날 아침부터 시작된 예진의 오돌뼈 타령에 어제 이현은 두 손, 두 발 들고 스튜디오 문을 닫고 소주에 오돌뼈를 먹여 보냈다. 밥 두 공기를 주먹밥까지 만들어 먹어대더니 결국 사단이 난 모양이었다. 거기다 여행 당일. 취소를 한다 해도 펜션비를 환불받을 수는 없었다. 그렇기 때문에 예진이 미안한 마음에 그리 말했던 것이리라. 그렇다고 아픈 놈 내버려 두고 둘이 놀러 간다는 게 영 내키지 않았다. 그때 문자메시지가 도착했다.

〈나 때문에 취소하기만 해봐!〉

돌아가는 상황을 설명해 주지 않아도 두 사람이 어떤 선택을 할지 알고 예진이 미리 선수를 친 것이다. 이현은 짤막하게 답장을 보냈다.

〈병원은?〉

〈지금 병원 갔다 집에 가는 길. 썸 기분도 풀어주고, 재미있게 놀아줘.〉

〈인마, 너 걱정이나 해. 아픈 사람 내버려 두고 재밌게 놀 수 있겠어?〉

〈그러면 나중에 내가 부탁할 일 생기면 들어주던가. 그때 상부상조하자고. 오케이?〉

〈접수.〉

문자메시지를 끝내고 힐끗 여름을 바라보았다.

"병원 다녀와서 괜찮대. 이미 방도 예약했으니까 놀다 오자."

"정말 괜찮을까? 혼자 있을 텐데."

"혼자 편히 쉬는 게 나을 거야. 가봤자 그 자식 마음만 더 불편하지."

이현의 말에 여름은 동조한 얼굴로 고개를 끄덕였다.

"그럼, 출발한다."

말하는 저의 음성이 나직하게 떨림이 느껴졌다. 헛기침하며 목을 가다듬자 보조석에 앉아 있는 여름이 지나치게 신경 쓰였다. 그녀는 무표정으로 정면을 응시하고 있었다. 힐끔힐끔 도둑질 시선을 던지며 운전을 하느라 매일 잡는 핸들이 낯설게 느껴지기까지 했다.

"도착하면 몇 시쯤 될까?"

"예상은 12시인데 주말이라 차가 막혀서 더 걸릴지도 모르겠어."

고속도로를 타기 위한 시내 도로는 조금 막히는 상태였다. 평소엔 신호 한 번이면 충분한데도 세 번은 기다려야 했다. 고속도로를 타면 지금보다 상황이 나아질지도 몰랐다. 봉수대사거리를 지나 경인고속도로에 올랐다. 고속도로도 차가 막히는 상황은 마찬가지였지만, 시내 운전보다 운전하기 수월했다.

고요한 적막에 이현은 유행하는 음악 한 곡 준비되어 있지 않음에 속으로 한탄했다.

"라디오 들을래?"

"그래."

라디오를 켜자 신나는 음악이 흘러나오고 있었다. 조그마한 입술을 달싹거리며 여름이 흥얼거리기 시작했다. 그녀도 신나나 보다. 콧노래까지 흥얼거리며 조금 들떠 있는 모습은 처음 보는 듯했다. 오물조물 움직이는 그녀의 입술을 바라보던 이현의 심장박동이 빨라지기 시작했다. 결국 그는 표정 관리를 하며 그녀의 얼굴에서 시선을 뗐다. 창문으로 비친 강렬하게 내리쬐고 있는 햇빛을 바라본 이현은 슬그머니 입꼬리를 올렸다.

계곡물에 발 담그기 좋은 날씨네.

✽

가평터미널에 있는 마트에서 주전부리와 술을 사서 펜션으로 이동했다. 저녁에 먹을 바비큐는 펜션에서 준비해 주기로 했다. 펜션 외곽은 돈 좀 있는 사람들이 사는 별장처럼 고급스러웠다. 주인의 안내를 받아 예약한 방에 들어갔다. 20평에 못 미치는 펜션은 단조로운 분위기였다. 이현은 어깨에 메고 있던 카메라를 들고 셔터를 눌렀다.

"누가 사진작가가 아니랄까 봐."

"직업을 떠나서 추억을 간직하고 싶은 건 당연한 거라고. 사진은 한때의 시간과 이야기를 재생시켜 주거든."

방에서 가방을 두고 나온 여름의 모습이 프레임 안으로 들어오자 이현은 셔터를 눌렀다. 그 모습에 여름은 불평을 토했다.

"말이라도 하고 찍지."

"걱정 마. 사진작가가 잘 찍었으니까."

"어디 봐."

보여달라며 이현의 옆으로 다가온 여름이 사진을 확인하곤 빙그레 웃었다.

"사진작가가 잘 찍었네."

"사진 찍을 때 한쪽 눈을 감는 이유가 뭔지 알아?"

"그거야 두 눈을 뜨고 있으면 뷰파인더에 초점을 맞출 수가 없으니까 그렇지."

그건 사진을 찍는 초보자도 알고 있는 기본 상식이었다. 이현은 다시 뷰파인더에 눈을 대고 셔터를 눌렀다.

"아니, 그건 마음의 눈에 양보하기 위해서래. 내가 보지 못하는 건 카메라도 보지 못하거든. 그러니까 마음의 눈으로 보란 얘기겠지."

"음…… 과연 예술 하는 사람의 의미는 다르구나."

펜션 내부를 찍은 사진을 돌려보다 그녀의 모습이 담긴 사진을 한참 바라보았다.

"어떤 사진에서 5분 동안 시선을 떼지 못하면 성공한 사진이라고 하거든. 그런 사진이 나한테도 있어."

"어떤 사진인데?"

호기심을 머금은 눈동자를 바라보는 여름에게 이현은 조금 씁쓸한 얼굴로 대답했다.

"기회가 된다면 나중에 너한테 보여줄게."

"어떤 사진이기에 그래?"

"있어, 우연이 필연이 된 사진."

모호한 대답을 하며 이현이 카메라 전원 버튼을 눌렀다. 사진의 프레임은 우연을 가장한 필연이다. 우연히 찍힌 사진 한 장이 주목을 받기도 하는 것처럼, 우연히 프레임으로 들어온 그녀는 필연이 되어 그의 가슴에 깊이 자리 잡고 있었다.

"바로 앞에 계곡물 있더라. 가자."

방 키를 챙긴 이현이 그녀의 팔을 잡아끌었다. 챙겨온 슬리퍼로 갈아 신는 여름의 얼굴에 설레임이 가득했다. 계곡물에 발 담그는 건 처음이었다. 그것도 친구와 함께. 여름의 입가에 잔잔한 미소가 걸렸다. 펜션을 나오자 계곡물 흐르는 소리가 들렸다. 졸졸 흐르는 계곡물 소리에 더위가 가시는 듯해 기분이 좋았다. 주변에 울창한 나무들이 우거져 시원한 그늘까지 만들어주고 있었다. 돌계단을 따라 먼저 내려간 이현이 슬리퍼를 벗고 발에 물을 담갔다. 이현이 건네는 손을 잡은 여름은 천천히 계곡물 안으로 들어갔다. 물이 종아리까지 올라왔다. 얼마나 물이 깨끗한지 작은 물고기들이 헤엄치고 있었다. 발끝부터 전해지는 시원함에 몸이 절로 떨렸다.

"으, 시원해."

"오길 잘했지?"

"응."

연신 고개를 끄덕이며 그녀는 기분 좋은 웃음을 머금고 있었다. 새들이 지저귀는 소리가 그녀의 귀를 간질이고, 살랑거리며 시원한 바람에 머리카락이 흐트러졌다.

"예진이한테 자랑해야겠다."

이현은 여름의 어깨에 손을 올리고 얼굴을 가까이했다. 햇빛의 조명을 받은 그녀의 얼굴은 맑고 투명했다. 손가락으로 만든 브이 자와 함께 찰칵, 사진이 찍혔다. 처음 찍는 사진도 아니건만 그의 손이 그녀의 맨살에 닿는 것만으로도 침이 바짝바짝 말랐다. 둘이서 얼굴을 맞대고 찍은 사진은 처음이었다. 한참 바라보다 이현은 사진을 예진에 염장질 멘트와 함께 전송했다.

〈홍, 장염은 어떠냐?〉

조금 후, 예진에게 답장이 도착했다.

〈장염 더 심해진 것 같아.〉

쿡쿡 이현이 웃음을 머금으며 문자메시지를 보았다. 불쑥 핸드폰 액정으로 여름의 시선이 끼어들었다.

"답장 왔어?"

문자메시지를 보여주며 이현이 장난스럽게 대답했다.

"배 아파 죽겠대."

"다음엔 같이 오자."

긴 머리카락을 귀에 꽂으며 하는 그녀의 말에 이현이 고개를 끄덕였다. 다시금 바람이 그녀의 머리카락을 흐트러뜨렸다. 바람에 머리카락이 흩날리는 것마저 이렇게 예뻐 보이다니. 이현은 저도 모르게 손을 뻗어 그녀의 머리카락을 매만져 주었다. 손을 휘감는 부드러운 감촉이 지나가고, 허전한 느낌에 이현은 제 손을 바라보았다. 왼쪽 가슴의 두근거림은 그녀의 머리카락이 아니라, 뺨을 쓸어내린 것 같은 착각을 일으켰다. 느낌이 묘했다. 저도 모르게 손을 쥐었다 폈다 하던 이현은 한 번 더 바람이 짓궂게 성내길 바랐다.

그때였다.

"내 슬리퍼!"

여름이 벗어놓은 슬리퍼가 계곡물에 떠내려가고 있었다. 무게가 나가지 않는 가벼운 슬리퍼가 물이 깊은 곳까지 떠내려가는 건 한순간이었다. 이현은 슬리퍼를 잡기 위해 첨벙첨벙 물 안으로 겁없이 들어갔다. 무릎에서 가슴까지 닿았을 때, 이현이 뻗은 손끝에 겨우 슬리퍼가 닿았다. 이현은 팔을 더 내밀어 슬리퍼를 잡았다. 그리고서 굉장히 해맑은 얼굴로 슬리퍼를 휘이, 저어 보이는 그였다. 전부 젖어버린 몰골로 말이다.

"여기."

"다 젖어서 어떡해."

홀딱 젖은 그를 안타까운 얼굴로 여름은 바라보았다. 젖은 옷 끝에서 물이 뚝뚝 쉴 새 없이 떨어지고 있었다. 젖은 옷 따윈 별거 아니라는 듯 오히려 으쓱해 보이는 이현을 여름은 미안한 얼굴로 바라보다 그가 발밑에 내려놓은 슬리퍼에 발을 끼워 넣었다.

"들어가서 샤워부터 해야겠는데."

어느새 해가 뉘엿뉘엿 지고 있었다. 반쯤 기울어진 태양은 더 이상 이곳에서 물놀이를 하지 말라고 말하고 있었다. 으스스한 게 몸이 떨렸다.

＊

예진의 몫까지 3인분의 바비큐를 먹고 방으로 들어온 이현과 여름은 주전부리에 맥주를 한 캔씩 하고 있었다. 가평의 밤은 도시보다 일찍 찾아왔고, 어둠은 칠흑처럼 짙었다. 가로등 불빛에 모여든 나방떼는 너나 할 것 없이 자리싸움을 하는 듯 경쟁하는 것처럼 보였다. 우거져 있는 나무들은 바람 한 점 불지 않아 고요했고, 아까부터 들리던 귀뚜라미 울음소리는 정겹기만 했다. 도시에서는 별로 볼 기회가 없는 풍경을 눈에 담으며 여름은 맥주를 입에 가져다 댔다.

"고요하네."

"오니까 어때?"

"좋아. 계곡물은 예진이 말한 대로 얼음장 같았어."

윗니가 다 드러나도록 그녀가 웃었다.

"무더위에 오면 더 시원할 텐데. 아직 초여름이라 물이 차더라."

"물이 차다는 사람이 겁도 없이 깊은 곳까지 들어갔어? 그러다 떠내려갔으면 어쩔 뻔했어?"

뒤늦게 여름이 쏘아죽일 기세로 이현을 노려보며 팩 소리 질렀다. 아직 마르지 않은 이현의 머리카락이 축축해 있었다.

"인어 공주가 키스해 줬을라나?"

"너 지금 농담이 나와?"

"괜찮으면 됐지. 안 그래?"

"난 수영 못한단 말이야. 아무것도 못하고 네가 떠내려가는 걸 지켜보고 있었어야 했는데……. 생각만 해도 끔찍해."

고개까지 흔들며 그녀는 생각하기 싫은 얼굴로 덧붙였다.

"아무것도 할 수 없다는 게……."

"다시는 안 그러면 되잖아. 안 그럴게."

그가 양손을 가지런히 모으며 사죄했다. 그 모습에 여름은 눈을 흘기다 못 이기는 척 오징어를 뜯었다.

그때, 만약 자신이 녀석을 밀어냈다면 나는 지금 어떤 얼굴로 살고 있었을까. 계곡물이 이렇게 깨끗하고 시원하다는 걸 모른 채 살아갔겠지.

＊

딩동댕.

점심시간을 알리는 종소리가 들리자 여름은 자리를 박차고 일어났다. 4반을 지나 5반 앞에 도착한 그녀는 앞문을 열고, 저벅저벅 안으로 들어갔다. 시끌벅적한 교실 안을 눈으로 훑은 그녀는 창가 쪽 맨 뒤에 앉아 급식을 받아온 여학생을 향해 걸어갔다. 저를 바라보는 학생들의 시선이 느껴졌다. 하지만 여름은 개의치 않고 낯선 시선들을 모두 받아내며 여학생 앞까지 당도했다. 아무런 표정 없는 얼굴로 여름은 여학생을 바라보았다. 양쪽으로 쫙 찢어진 눈이 오늘따라 굉장히 못나 보인다는 생각이 들었다.

"뭐야? 나한테 볼일 있어?"

질문을 던져 놓고도 뭐가 좋은지 킥킥거리며 웃는 꼴이란. 여름은 어제 그들에게 받은 치욕이 떠올랐다.

"아직 점심 먹기 전인가 봐? 이렇게 먹으면 더 맛있을걸."

그녀는 말이 마침과 동시에 여학생 앞에 놓여 있는 급식을 그대로 여학생의 머리 위로 쏟아부었다. 같이 앉아 있던 여자아이들이 미처 그녀를 제지하지 못하고 경악스런 표정으로 바라보다가 뒤늦게 그녀를 밀쳤다. 음식물을 뒤집어쓴 여학생은 벌떡 자리에서 일어나 미친 듯이 날뛰었다. 한 걸음 뒤로 물러난 그녀는 여학생의 몰골이 꼴사납게 느껴졌다.

"어때, 맛있니?"

"야, 이 미친년이!"

"오늘 날씨 덥다고 오이냉국이 나왔더라. 뜨거운 국이 아닌 걸 다행으로 생각해. 못난 얼굴에 지도가 그려질 뻔했어."

여름은 냉정을 유지하며 음식물을 뒤집어쓴 여학생을 비웃었다. 그러니까 누가 가만히 있는 사람 건드리래? 먼저 건드린 건 너야. 일진이고 뭐고 난 상관없거든.

"네가 돌았구나? 이 시발년이!"

대충 음식물을 걷어낸 여학생이 힘껏 여름을 벽으로 밀쳤다. 그리곤 손가락으로 그녀의 이마를 꾹꾹 찌르며 조롱하기 시작했다.

"눈에 뵈는 게 없구나? 니 어미 아비가 그렇게 가르치디?"

"인과응보야. 네 머리로 사자성어를 알아들을 줄 모르겠지만 말이야. 입에서 상스러운 욕밖에 할 줄 모르는 너야말로 네 부모님이 그렇게 가르쳤니?"

픽, 바람 빠지는 소리를 내며 여름의 입술이 비웃는 모양새가 되었다. 싸움에서 지는 건 먼저 냉정을 잃은 쪽이다. 학교에서 불량아로 낙인찍힌 소위 일진이란 여학생은 이미 이성을 반쯤 잃어버려 우악스러운 손으로 여름의 머리채를 잡아당겼다. 그리고 주변에 있는 무리들까지 합세하여 그녀를 구석으로 몰아넣고 짓밟았다. 순식간에 교실 안이 소란스러워졌다. 구경거리라도 난 양 다른 반 학생들까지 모여들었다. 그 누구도 말리는 이가 없었다.

여름은 이를 악물고 그들이 휘두르는 주먹을 받아내다 손을 뻗어 여학생의 머리채를 잡고 같이 바닥에 나뒹굴었다. 이리 엉키고 저리 엉켜가며, 책상에 부딪히며 손톱 끝을 잔뜩 세웠다.

그리고 으레 싸움의 끝은 그렇듯 선생이 등장했다. 무섭게 훈계하는 선생 앞에서도 그녀는 기죽지 않았다.

"선생님, 먼저 폭력을 휘두른 건 애였어요. 전 정당방위였어요. 안 그랬다간 제가 죽겠더라고요. 공부할 시간을 그새 빼앗겼네요. 저 이만 독서실에 가도 될까요?"

전교 1등, 여름은 학교를 대표하는 학생이라는 타이틀을 가진 학생이었다. 사고만 치고 다니는 일진이라는 타이틀을 스스로가 자랑스럽게 여긴 여학생 신분과는 차원이 달랐다. 선생이 그녀의 손을 들어주는 건 당연했다. 이미 하교 시간이 훨씬 지난 후였다.

교실로 돌아오는 그녀의 발은 무거웠다. 똑같이 해주고 나면 개운해질 줄 알았는데 마음속이 복잡했다. 모든 학생들이 빠져나간 교실 복도는 고요해서 그녀의 걸음 소리밖에 들리지 않았다.

탁.

교실 문을 열고 안으로 들어가려던 여름의 몸짓이 멈칫했다.

"이럴 땐 공부 잘하는 것도 좋구나. 나도 공부 좀 할걸 후회된다."

책상에 걸터앉아 있던 이현이 가뿐히 내려왔다. 여름은 이현의 말을 무시했다. 그리곤 제 자리에 있는 가방을 주섬주섬 싸서 어깨에 멨다. 다 알고 있다는 듯 꿰뚫어 보는 그 짙은 눈동자를 여름은 먼저 피해 버렸다.

싫다, 저 녀석이. 친근하게 말을 걸어오는 이 녀석이…….

"얼굴이 말이 아니네. 아프겠다."

어느새 다가온 녀석의 등 뒤로 길게 늘어선 그림자가 보였다. 태양이 붉게 물들고 있었다. 주머니에서 밴드 하나를 꺼내 쓱 뜯더니 상처에 붙여주며 녀석이 말했다.

"나도 공부 좀 가르쳐 주라."

"꺼져."

여름은 단칼에 거절했다.

"나도 좀 낄래."

등 뒤로 들려오는 목소리에 여름은 몸을 돌렸다. 배구부 홍예진이었다. 운동복 차림의 그녀는 팔목에 붕대를 감고 있었다. 부 활동 때문에 수업시간에 예진을 만날 기회가 적어 대화를 나눈 적이 없었다. 그런데 그녀는 굉장히 친근하게 다가왔다.

"보다시피 팔목 부상 때문에 더 이상 배구를 못하게 됐거든. 늦게라도 공부 좀 하게."

별거 아니라는 듯 씩 웃은 예진은 여름에게 다가왔다. 그 미소에 감염된 듯 녀석이 따라 웃으며 엄지손가락을 치켜들었다. 도대체 이 상황은 뭐지? 나만 싫은 이 상황.

"가르쳐 줘. 이렇게 부탁할게."

정중하게 청하는 예진의 모습을 바라보다 여름은 휙 지나쳤다. 내가 왜, 도대체 이런 귀찮은 일들을 해야 하는데. 귀찮아 죽겠어. 그냥, 조용히 3년 지내고 싶은 마음이라고. 신경 쓰고, 눈치 보는 그런 관계는 이젠 이쪽에서 사양이니까.

저를 바라보는 시선이 집요하게 느껴졌다. 두 개의 시선에 뒤통수가 따가웠다. 교실을 나가던 여름의 걸음이 뚝 멈추었다.

나도 모르겠다. 내가 왜 이러는지 모르겠어.

입술이 제멋대로 움직였다.

"기말고사까지만이야."

*

"무슨 생각 해?"

여름은 목소리가 날아온 곳으로 시선을 돌렸다. 이현은 먹던 맥주 한 캔을 다 비우고 새로 맥주 캔을 뜯고 있었다. 여름은 고개를 젓고는 무릎을 바짝 세웠다. 여행이라는 건, 이렇게 옛 추억에 잠기게 하는 거였나. 아니면 바쁜 일상에서 탈피한 마음에 이제야 추억놀음할 틈이 생긴 건지도 몰랐다.

"좋다, 이런 여유."

곧게 세운 무릎을 팔로 감싸며 여름이 부드러운 표정으로 말했다.

"좋아?"

"취미라면 독서밖에 없어서 나 참 재미없게 살았구나, 한심했었거든. 그런데 꼭 뭘 하지 않아도 되는 건가 봐. 그냥 가만히 가는 시간을 즐기는 것도 나쁘지 않은 걸 보면."

여름의 말을 가만히 듣고 있던 그가 고개를 끄덕이며 별말 없이 맥주 캔을 내밀었다. 여름은 바닥에 내려놓았던 반쯤 남은 맥주 캔을 들고 건배를 했다. 이렇게 같이 여행을 오고, 편하게 맥주 한 잔할 수 있는 사람이 있는 것만으로도 행복한 사람이겠지.

"내일은 뭐 할래?"

맥주를 한 모금 마신 이현이 물었다. 그의 물음에 여름은 생각에 잠긴 듯 말이 없었다. 하지만 그녀의 대답은 참 간단했다.

"계곡물에 들어갈까?"

"또?"

"응. 언제 또 올지 모르니까."

아쉬운 목소리로 여름이 대답했다. 그냥 이곳에 있는 것들을 눈에 담고 싶었다. 고개를 끄덕이는 이현을 보자 여름은 씩 웃었다.

"내일은 더 더울라나."

"더운 건 질색인데. 여름 싫어."

"난 더운 거 좋아. 땀 흘리는 것도 좋고. 여름도…… 좋아."

마치 고백이라도 하는 것처럼 목소리가 떨릴 게 뭐람. 이현은 들고 있던 맥주 캔에 힘을 주었다. 말할 기회만 있으면 말했다. 이젠 버릇처럼 나오는 말이기도 했다. 말하는 것만으로도 가슴이 벅차 다른 말 할 새가 없었다.

"넌 참 별난 녀석이라니까."

"별나다니."

"여름이 좋다니."

이해할 수 없다는 여름의 반응이었다. 이현은 이미 그녀의 반응쯤은 예상했다. 늘 이런 식이었다. 그녀는 저를 별종 보듯 쳐다봤고, 그런 그녀를 향해 저는 멋쩍게 웃어넘길 뿐이었다. 그래도 어쩌겠는가. 사계절 중 제일 좋아하는 계절은 여름인걸.

"그런가? 뜨거운 햇빛도 좋고, 파란 하늘도, 여름에 내리는 빗소리도."

"갑자기 왜 예술적 감성에 젖어드는 건데."

"내가 너무 그랬나?"

멋쩍게 뒷덜미를 긁적이던 이현의 손은 안주로 향했다. 처음 그녀를 봤을 때 차가웠던 눈동자 떠올랐다. 누구도 다가오지 말란 듯 주변을 응시하 서늘한 눈빛이 왜 그렇게 신경이 쓰였는지. 바라보다 안쓰럽다, 도와주고 싶다는 마음이 겹겹이 쌓여 친구가 되었다. 결코 동정으로 적선한 마음이 아니었다.

"점점 술에 취한다."

"얼마 마시지도 않았잖아."

일어서려다가 옆으로 넘어지려는 그녀를 손으로 받아낸 그가 그녀를 똑바로 세워주곤 옆에 바짝 붙어 앉았다. 하지만 곧장 그녀는 옆으로 꼬꾸라져 그의 어깨에 머리를 기댔다.

"잠들기 싫은데……."

덩달아 그녀의 손에 들려 있던 맥주 캔도 같이 넘어졌다. 맥주에 그녀 옷이 젖을세라 급한 대로 옆에 놓은 셔츠로 막았다. 그의 셔츠로 곧장 갈색 물이 스며들고 있었다. 스며든 건 정말 순식간이다. 그녀가 저에게 스며든 시간은 얼마나 걸렸을까.

한 달, 두 달……. 아니다, 틀렸다. 프레임 안으로 들어온 순간이었다. 그 순간, 스펀지에 물이 스며드는 것처럼 저의 마음에 스며들어 버렸다.

셔츠는 금세 맥주를 빨아들였다. 그리고 얼룩덜룩해진 채로 축축해졌다. 꼭 저의 마음처럼. 스며든다는 건 그런 것이다.

깨닫고 나면 이미 늦어버리는 것.

그녀의 긴 머리카락이 그의 가슴까지 흘러내렸다. 은은한 로즈 향이 그의 코를 간질였다. 창문 너머로 어스름하게 보이는 달이 오늘따라 유난히 밝게 비추고 있었다. 이현은 혼자만 들리게 중얼거렸다.

"오늘 잠들긴 틀렸네."

*

"아픈 사람 놓고 가니 아주 재미지디?"

팔꿈치로 이현의 옆구리를 찌르며 예진이 쏘아댔다. 장염으로 고생한 사람의 낯빛은 누리끼리했고 야윈 듯했다.

"재미는 무슨."

"뭐 했어?"

"사진 봤잖아, 계곡에서 찍은 거."

이현은 불퉁하게 대답했다.

"설마 하니 사진은 그게 다가 아니지?"

"아마 몇 컷 더 있을걸. 네 기대엔 못 미치겠지만."

"이런 재미없는 놈."

예진은 이마를 짚으며 안타까워했다. 자신이 같이 갔으면 있는 대로 셔터를 눌러대며 추억을 만들었을 텐데 말이다.

"네 몫까지 바비큐 3인분 먹고."

예진의 호기심에도 이현은 여전히 시큰둥한 얼굴로 대답했다.

"또?"

"맥주 한잔씩 했지."

"그리고? 어디 놀러 갔었어? 소양강댐이라도 가보지."

"그냥 뻗어 잤어. 피곤했거든."

기대에 잔뜩 부푼 예진의 표정을 이현은 단박에 묵살했다. 따지고 보면 여름은 술을 마시다 잠들었고, 그는 그녀에게 어깨를 빌려주고 꼬박 밤을 샜다.

"그냥 잤다고?"

예진의 표정이 일그러지며, 신경질적으로 단발머리를 귀에 꽂았다. 뭔가 마음에 안 들 때마다 나오는 그녀의 버릇이었다.

"귀 먹었냐. 몇 번을 말해."

"이렇게 재미없게 여행하는 법이 어딨어!"

예진의 코 평수가 넓어지더니 뜨거운 김이 뿜어져 나오는 듯했다.

"그러게 누가 장염에 걸리래?"

그 덕분에 시린 귀뚜라미 울음소리를 둘이서 감상할 수 있었다. 시원한 계곡물에서 햇빛을 받으며 물장난을 치는 것도, 맥주 한 캔 기울이는 것 또한 오직 둘이서 했던 것들이었다. 사소하지만 모두 그녀가 원하는 것들.

그리고 둘만의 추억이었다.

4. 그녀를 사랑하는 방법

　같이 점심 먹자며 스튜디오로 형수, 혜영이 찾아왔다. 아직 유치원복을 입고 있는 하림의 손을 잡고 예진과 스튜디오 맞은편에 새로 오픈한 해물탕 집으로 들어갔다. 점심시간이라 그런지, 가게 안은 손님들로 바글바글했다. 예약을 안 했던지라 자리가 없으면 어쩌나 했는데 다행히 네 명이 앉을 수 있는 방이 남아 있었다. 직원의 안내에 따라 방으로 들어가 앉았다.

　이현은 맞은편에 앉은 혜영을 바라보았다. 물수건으로 손을 닦는 사이 테이블이 금세 채워졌다. 이현은 보글보글 끓는 해물탕을 앞접시에 퍼 날랐다. 형수, 하림 그리고 예진이 것까지 주고 나서 제 것을 폈다. 혜영은 그런 이현을 유심히 바라보며 짐짓 안타까운 듯 말했다.

　"잘생겨, 자기 가게도 있어, 장남도 아니야. 거기다……."

"자상해."

뒷말을 예진이 받아쳤다. 후후 불며 뜨거운 국물을 먹으며 하림도 합세했다.

"그런데 왜 여자친구 없어?"

똘망똘망한 눈망울로 순진하게 물어오는 하림을 바라보며 이현이 대답했다.

"세상에 완벽한 사람은 없는 거야."

그렇구나, 하며 하림은 작은 손으로 수저로 야무지게 밥을 퍼먹었다. 작지만 속쌍꺼풀이 있는 눈은 형인 혁이를 닮았고 짙은 눈썹이나 통통한 볼살은 형수인 혜영을 닮았다.

대학 CC커플로 형인 혁이와 오랜 기간 연애한 혜영은 이현과 같은 대학 선배였다. 혁과 결혼 후에도 편하게 말을 놓으며 가깝게 지내고 있었다.

"형수, 이따 스튜디오에 들러서 사진 찍고 가."

"사진?"

"요 녀석 그새 많이 컸네."

흐뭇한 얼굴로 하림의 머리꼭지를 꾹 누르는 이현은 짐짓 아빠 미소로 하림을 바라보았다. 어린애들은 하루가 다르게 큰다고 하는데 그 말이 딱 맞았다. 제 자식도 아닌데 하루하루 크는 모습이 신기하고 기분이 묘했다. 나에게도 이런 녀석이 생긴다면 어떤 기분일까?

"그렇게 아이를 예뻐하는데 자기 자식 낳으면 얼마나 예쁘겠어?"

"그런가?"

"그럼. 나 결혼 전엔 애들 무지 싫어했어. 그래서 내가 결혼해서 애는 낳아서 키울 수 있을까 무지 고민했다니까."

"그랬어?"

처음 듣는 말이었다. 모든 여자들이 아이를 좋아할 거라 생각하진 않았지만 혜영이 그런 부류에 속해 있었을 줄은 몰랐다. 지나가는 어린애만 봐도 예뻐서 어쩔 줄 몰라 하는 혜영이었으니 상상이 안 됐다.

"응. 근데 달라지더라. 사랑하는 사람을 만나고, 결혼하고 살다 보니 부부 사이에 애가 왜 필요한지 알 것 같더라."

하림의 밥 위에 반찬을 얹어주며 아들을 담아내는 눈동자엔 사랑이 듬뿍 담겨 있었다.

"나와 사랑하는 사람 사이에서 태어난 아이가 어떨지 궁금해지더라고. 기대되고 설레었어, 아이를 만나게 될 날이."

예쁘게 웃으며 말하는 혜영의 모습에서 얼마나 가슴이 벅찼는지 그대로 느껴졌다. 형은 이런 멋진 여자를 아내로 둬서 참 행복한 남편이겠구나, 이런 생각이 들었다.

"참, 뮤지컬 티켓 받은 게 있는데 도련님 갈래?"

"형이랑 안 가고?"

티켓을 받으며 시각을 확인했다. 바로 내일 7시 공연이었다.

"그이는 미팅 있대. 내일 하림이 유치원 쉬는 날이라 친구랑도 못 가고."

"그래?"

"시간 되면 가. 이런 데도 가봐야 여자친구랑 데이트할 때 버벅

거리지 않지. 예행연습이라고 생각하고 예진이랑 가던지."

"이 자식 장염이라 공연 보는 내내 화장실만 수십 번 갈걸. 민폐야."

"무슨 민폐…… 윽!"

반박하려던 예진은 배를 부여잡고 방에서 뛰쳐나갔다.

로맨틱 코미디, 좋아할까?

티켓을 지갑에 넣으며 이현은 눈동자를 빛냈다.

✳

사무실로 돌아온 이현은 티켓을 바라보다 한참 만에 문자메시지를 작성했다.

〈내일 시간 돼?〉

제가 생각해도 문장 구성력이 형편없었다. 문자메시지를 보내려다 지우고 다시 글자를 입력했다.

〈공연 티켓 생겼는데 보러 갈래?〉

이편이 훨씬 자연스러웠다. 만족스러운 얼굴로 문자메시지를 전송한 이현은 답장을 기다렸다. 업무 시간엔 핸드폰 확인을 잘하지 않기에 점심시간이나 퇴근 시간 무렵이 돼서야 답장이 올 것이다. 언제쯤 답장이 도착할지 알면서 이현은 자꾸 핸드폰만 바라보았다. 방금 확인했음에도 뒤돌아 확인하고 실망하고 초조한 모습이었다.

"기다리는 연락 있어?"

"아, 아니, 뭐."

예진의 물음에 이현은 멋쩍어 머리를 긁적였다. 그리곤 핸드폰을 바지 뒷주머니에 넣었다.

"기다리는 연락도 없는데 핸드폰을 몇 번씩 확인하냐?"

"신경 끄고 일이나 해."

오전까지 예약된 손님이 들이닥친 후, 오후엔 제법 한가했다. 이현은 작업실로 돌아와 사진 작업을 하면서도 뒷주머니에 넣어 둔 핸드폰에 촉각을 세우고 있었다.

저녁쯤 돼서 학생들이 우르르 몰려와 증명사진과 프로필 사진을 찍은 후에야 핸드폰이 부르르 떨었다.

〈그래.〉

간결한 단답형의 답장이었다. 문자에서도 그녀의 성격이 그대로 나타났다. 문자메시지를 확인하고 나서야 초조함이 사라지고 저도 모르게 입매가 슥 올라가고 있었다.

＊

공연 시작되기 30분 전에 미리 도착해 좌석을 확인한 이현은 음료수를 마시며 여름을 기다리고 있었다.

"이현…… 죄송합니다."

저 멀리서 걸어오던 여름이 낯선 남자에게 부딪혀 가방을 떨어뜨렸다. 허리를 숙여 사과하는 여름에게 가까이 간 이현은 그녀의 손을 확 휘어잡았다.

"가자."

"으, 응."

그녀를 놓치지 않기 위해 이현은 맞잡은 손에 힘을 주었다. 제 심장박동 소리가 그녀의 손바닥으로 전해질까 이현은 초조했다. 이현은 공연장 앞에서 나눠주는 팜플렛을 받아 대충 훑었다. 실연을 당한 여자와 남자가 만나 사랑을 하는 유쾌한 로맨틱 코미디였다. 아직 사람들이 차지 않은 관객석에 착석해서야 그때까지 꽉 붙잡은 손을 슬그머니 놓았다. 손이 땀이 밴 듯 찐득찐득 했고, 뜨겁게 달아올라 있었다. 등에서 식은땀이 나는 것 같아 이현은 팜플렛으로 부채질을 했다. 늘 예진과 함께 셋이서 붙어 다녔으니 둘이서 공연을 보는 것은 처음이었다. 너무 긴장한 탓에 입술이 바짝 타들어갔다.

"더워?"

"응, 조금."

바로 옆에서 귀를 간질이는 그녀의 목소리에 얼굴까지 확 달아올랐다. 그녀를 잡은 제 손을 바라보는 사이, 공연장 내 불이 꺼졌다. 어둠 속에서 바라본 그녀의 검은 눈동자가 반짝였다. 제 손에 붙들렸던 그녀의 손은 핸드백 위에 가지런히 올려 있었다. 공연을 보는 내내 그의 시선은 어둠 속에서 빛나는 그녀의 얼굴과 손으로 향해 있었다.

하지만 그녀는 저를 바라보는 시선을 느끼지 못했는지 정면을 향하고 있었다. 가끔씩 보이는 미소에 그의 심장이 작게 일렁였다. 예쁘게 반으로 휘어진 눈에서 긴 속눈썹이 펄럭였다. 깊게 팬 보조개를 저도 모르게 쿡 찔러보고 싶은 충동이 일었다. 웃는 것도 이렇게 예쁘면서 많이 좀 웃지. 웃음에 인색한 그녀가 안타까웠다.

다행히 공연이 재미있어서 지루할 틈 없이 두 시간이 훌쩍 지났다. 한꺼번에 나가는 많은 관객들 틈에서 그는 그녀를 놓치지 않기 위해 이현은 다시 그녀의 손을 움켜잡았다. 제 손을 뿌리치지 않는 걸 보니 그녀도 그 편이 낫다고 여긴 모양이었다. 2층 공연장에서 1층 입구로 내려오자 활짝 열려 있는 문으로 서늘한 바람이 불어왔다. 옷 안으로 스며드는 바람에도 그는 그녀의 손을 놓는 걸 잊고 있었다. 숨 막힐 듯 빼곡한 관객들 틈에 있던 이현은 밖에 나가면 잡고 있던 손을 놓아야 한다는 생각에 조금 더 이곳에 있고 싶었다. 아쉬운 얼굴로 공연장을 나와 손을 놓자 따뜻했던 온기가 순식간에 날아갔다. 그리고 잠깐 동안의 어색함이 두 사람 사이에 머물렀다.

"잠깐 걸을까? 바람도 시원한데."

"그래, 걷자."

고개를 끄덕이는 여름을 보며 이현은 그녀와 보폭을 맞췄다. 괜스레 어색해진 분위기가 마음에 안 들어 신발로 바닥을 탁탁 쳐댔다.

"어머니 가게는 잘되셔?"

분위기 전환용 멘트. 너무 티가 났나, 이현은 머리를 긁적였다.

"응. 우리 엄마 솜씨 너도 알잖아."

"그럼, 내가 입증했지. 가게 안 가본 지 꽤 됐네."

손으로 턱을 쓸며 이현은 미안한 내색을 했다.

"바쁜데 뭐 하러."

"어머님이 해주셨던 반찬 생각난다."

"다음에 갖다 줄게. 총각김치 새로 담갔거든. 오징어채도 볶고, 오징어젓갈이랑……."

반찬을 줄줄 읊는 그녀의 목소리가 귀를 간질이고 이윽고 손바닥까지 간질였다. 아직까지 손바닥의 찐득한 땀이 그대로인데 다시금 그녀의 손을 잡아채고 싶은 건 뭐란 말인가. 곁눈질로 바닥을 향해 있는 그녀의 손을 바라보다, 어스름하게 떠 있는 달로 시선을 던졌다. 이윽고 그의 입매가 부드럽게 말렸다.

어떻게 내가 다 잘 먹는 것들만 줄줄이 늘어놔.

별 하나 없는 도시의 어두컴컴한 하늘을 바라보는 여름의 뺨을 성난 바람이 때리고 지나갔다.

"권태기는?"

흩날리는 머리카락을 잡아 머리핀으로 고정시킨 여름이 대답했다.

"그냥 조용히 지나갔나 봐. 너랑 같이 여행 다녀온 후로 머리가 맑아졌어."

예쁘게 웃는 그녀의 얼굴을 보며 가슴 한쪽이 뻐근했다. 괜히 씩씩한 척하는 것 같았다.

"여름아."

"응."

"힘든 거 있으면 말해."

"없는데……."

목소리 끝에 힘을 뺀 채 말하는 그녀의 시선이 그에게 닿았다. 모든 걸 꿰뚫고 있는 듯한 그의 눈빛은 여전했다. 시간이 지나도 저를 두렵게 만들었던 그 눈빛은 변하지 않았다.

"있으면 말하라고, 언제든지."

그가 어깨를 으쓱했다. 그런 이현을 바라보는 여름은 다리에 힘이 쭉 빠지는 기분이 들었다. 잠깐 동안 저가 어떤 변명을 할까 고민한 것마저 알고 있다는 듯 되묻지 않았다. 그런데 우습게도 그런 면이 녀석과 친구를 하기로 결정한 이유 중의 하나였다. 묻지도, 따지지도 않는다. 그리고 마냥 하염없이 저가 말하고 싶을 때까지 기다려 준다. 그래서 이 녀석이 좋았다. 시시각각 변화하는 감정을 일일이 떠들지 않아도 되어 편했으니까. 어떻게 사람이 이렇게 한결같을까. 물어보려다 그녀는 괜히 딴청 피우듯 다른 말로 돌렸다.

"밤공기가 꽤 선선한 게 비 올 것 같아."

"이번 주 주간 날씨는 햇님이야."

이현은 금세 날씨 어플을 다운받아 그녀에게 보여주었다. 정말

이현 말대로 이번 주 날씨는 햇님이었다. 거기다 30도를 육박하는 찜통 기온까지 확인한 여름은 우는소리를 냈다.

"더운 건 질색인데."

"난 여름이 좋아."

"땀 흘리는 것도, 뜨거운 태양도 여름이라 가능한 거라는 네 긍정적인 마인드가 부러울 따름이야."

긍정적인 마인드라······.

그런 게 아닌데. 있는 그대로 말을 받아들이는 그녀의 모습에 이현은 부정도 하지 않은 채 쓰게 미소 지었다.

참, 바보 같기는.

✳

두어 번 셔터를 누른 후 사진 촬영이 마무리되었다. 사회 초년생의 모습을 하고 있던 손님에게 예진이 음료수를 건네는 사이 이현은 카메라에서 메모리 카드를 빼서 작업실로 들어왔다. 작업을 시작하려던 찰나, 책상 위에 올려놓은 핸드폰이 부르르 떨었다.

대학 동창 녀석 이름이 발신인에 떠 있었다.

"어. 민식아."

〈바쁘냐?〉

"아니, 뭐. 무슨 일이야?"

전화를 받으며 이현은 메모리 카드를 넣고 파일을 불러왔다.

〈이번 주 주말에 동창회 한다는데 너도 오라고.〉

"봐서."

그는 시큰둥하게 대꾸했다. 별로 내키지 않는 자리였다. 오랜만에 만나 제 직업과 위치를 과시하는 녀석들의 장단을 맞춰주는 건 저 말고도 충분했다.

〈비싼 척하지 말고 한 번은 나와라.〉

"늦게라도 갈게."

집요하게 대답을 재촉하는 민식이 소득 없이 전화를 끊을 것 같지 않았다. 이현은 내키지 않은 목소리로 대화를 마무리 지었다. 전화를 끊자 곧 위치와 시간을 알려주는 문자메시지가 도착했다.

〈금요일 저녁 9시, Mnet 호프집. 회비 3만 원.〉

간다고 대답했으니 잠깐이라도 얼굴을 비춰야 할 터였다.

동창회라……. 너무 오랜만이었다.

*

추적추적 내리는 빗줄기가 점점 굵어지고 있었다. 야외촬영은 취소되고, 손님의 발길이 끊겨 조용했다.

"사장아, 우리 일찍 문 닫아야겠는데."

작년보다 일찍 시작된 장맛비가 지독하게 쏟아지고 있었다. 예진의 말에 이현은 슬쩍 창문으로 시선을 돌렸다. 탁, 탁 하고 창문을 때리는 빗소리가 을씨년스럽다. 오후부터 내리기 시작한 빗줄기는 좀처럼 그칠 줄 모르고 의기양양하게 바닥으로 곤두박질쳐댔다. 금방 그칠 것 같지 않았다.

"먼저 들어가."

"넌?"

"난 더 있다 갈게. 약속도 있고."

"그래, 그럼. 먼저 간다."

우산을 챙긴 예진이 손을 흔들며 먼저 퇴근하고 나니 평소엔 좀처럼 찾아볼 수 없던 적막이 느껴졌다. 시계는 어느덧 여덟 시를 가리키고 있었다. 탁자 위에 올려놓은 핸드폰이 잡음을 내며 움직였다. 발신인은 모두 대학 동창 녀석들이었다. 확인할 틈조차 주지 않고 연이어 도착한 문자메시지는 독촉 문자일 것이 분명했다.

이현은 스튜디오를 정리하고 나왔다. 문자로 알려준 호프집은 차로 20분 거리에 있었다. 상가 건물 2층에 민식이 알려준 호프집 이름이 보였다. 호프집 안은 꽤 넓었다. 이렇게 비가 오는데도 호프집 안은 손님들로 가득 차 있었다. 직원의 안내에 따라 단체석으로 가자 반가운 얼굴들이 속속 보였다.

"류이현. 너 치사하게 이러기냐?"

"그래도 잘 왔다."

다들 반갑게 그를 맞아주었다. 광고업계에서 일을 하는 이도 있었고, 기자가 되어 사건을 보도 녀석도 있었다. 그리고 전공과 무관한 일반 대기업에 취직한 녀석도 있었다.

"그러니까 작년 폭설에 몸이 반쯤 잠겨 있던 기자가 너란 말이지?"

"그때 너 실시간 검색 순위에 있지 않았어?"

"그러게, 유명인을 내가 여기서 보는군."

"말도 마. 그때 정말 반쯤 눈에 갇혀서 동상 걸리기 일보 직전이었다니까."

대화의 화제는 작년 폭설이 내리던 날, 강원도에서 취재하던 기자 녀석의 일담이었다. 그때 눈으로 반쯤 덮인 기자라면 이현도 본 적이 있었다. 기자 이름을 제대로 확인하지 않고 슬쩍 흘리듯 본 게 전부였는데 아는 사람이었을 줄이야. 녀석은 그때의 고충을 털어놓았다. 강원도 폭설주의보가 내려지면서 집중 취재를 하는데 잠깐 동안 눈이 종아리까지 쌓이더니 그새 몸을 뒤덮었다고 했다. 기자 생활 이제 막 1년차인데 사직 생각이 간절했다고 울분을 토했다.

"그나저나 넌 스튜디오 잘되냐? 요즘 경기 불황이라 다들 힘들다던데."

"맞아. 이럴 땐 나처럼 대기업 월급쟁이가 마음 편하다니까."

기자 녀석의 말을 다른 녀석이 받아쳤다.

이현은 민식이 따라주는 잔을 그대로 테이블에 내려놓았다. 빗길에 음주 상태로 운전을 할 수는 없었다. 이현은 파전을 뒤적이다 제 입에 넣었다. 대기업에 취직한 녀석은 우쭐대며 본인이 얼마나 회사에 큰 기여를 하고 있는지 과시하기 시작했다. 한 번 시작하니 끝도 없는 재미없는 이야기를 듣던 이현은 손으로 귀를 후

비적댔다.

"그래도 입에 풀칠할 정도는 되겠지?"

자랑을 늘어놓던 대기업에 취직한 녀석이 비웃는 모양새로 이현을 향해 물었다.

"풀칠이 아니라 기름칠을 하는데."

비아냥거리며 이현이 녀석을 노려보았다. 이래서 오기 싫었던 거다. 저 잘난 듯 떠들어대는 놈 비위를 맞춰주는 것엔 취미가 없었다.

"그리고 재미있어, 나름."

"재미?"

이죽거림이 날아왔다. 자신은 사진 찍는 일이 좋았다. 셔터를 누를 때 '찰칵' 소리가 참 좋았다. 사진을 찍으며 수십 번 들었던 소리임에도 그는 남달랐다.

"응. 누군가의 꿈을 찍는 것 같아, 시간도 함께."

감성 어린 그의 말을 공감할 이는 아무도 없었는지 이현의 말에 다들 대꾸가 없었다. 나중에 결혼사진을 부탁하는 말들이 오가던 중 민식이 안타까운 얼굴로 말을 꺼냈다.

"그리고 보니 이 중에 장가간 녀석이 한 명도 없네. 넌 만나는 여자 있어?"

"아직."

다들 없다며 고개를 저었다. 그러더니 술이나 먹자며 어깨를 축 늘어뜨리며 한 잔씩 들이켰다.

"아, 맞다. 그리고 보니 미영이 기억나지?"

누군가의 말에 다들 고개를 끄덕이며 호기심으로 눈을 빛냈다.

"얼마 전에 유럽에서 돌아왔다고 하던데."

"정말? 오늘 모임에 오라고 연락했어?"

"미영이와 친했던 애들한테 했지. 그런데 안 오려나 보다."

화제가 몇 번씩 전환되었다가 미영의 얘기로 넘어갔다. 이현은 흐릿하게나마 그녀를 기억하고 있었다. 세 살 아래로 2학년부터 같이 수업을 들었다. 워낙 성격이 밝고 활기찬 성격이었다. 그래서 그런지 사람들에게 늘 둘러싸여 있었고, 과대표까지 하며 늘 모든 일에 열심이었다. 이현도 미영에게 도움을 받은 적이 여러 번이었다. 덕분에 금방 가까워졌지만 졸업 후에 개인적으로 만날 일은 없었다. 동창회 모임에 갔다가 미영의 유학 소식을 듣고 오랜만에 만난 자리에서 본의 아니게 작별 인사를 해야 했다. 오랜만에 들은 미영의 소식에 새삼 궁금하긴 했지만 곧 다른 곳으로 신경이 쏠렸다.

'그 자식, 우산은 챙겼으려나.'

야근이 몸이 밴 녀석이니 분명 지금도 회사에서 일하고 있을 게 뻔했다. 창밖으로 비치는 굵은 빗줄기로 시선이 향한 이현은 걱정스런 낯빛으로 변했다.

탁. 탁. 탁.

검지 손가락으로 테이블을 치기 시작했다. 잡념이 넘칠 때 나오는 오랜 버릇이었다.

분명 일기예보도 확인하지 않고 출근했을 테지. 두 달 전, 힐을 신은 채로 빗물을 튀기며 뛰다 넘어져 무릎을 까진 것까지 생각이 떠올랐다.

탁.

규칙적으로 테이블을 치던 손가락이 멈추었다. 호프집에서 조금만 더 가면 여름이 근무하는 회사 사옥이 보인다.

아무래도 가야겠다.

"미안. 나 먼저 일어날게."

지갑에서 회비 3만 원을 꺼내 올려놓은 그가 멋쩍게 일어섰다.

"인마, 오랜만에 와서 얼굴만 삐죽 내밀고 가기냐?"

"다음에 또 보자."

"어딜 그렇게 급하게 가냐?"

벌게진 얼굴로 이현의 팔목을 움켜쥔 민식이 서운하다는 듯 물었다.

"물에 빠진 생쥐 구하러."

옅게 미소를 지으며 이현이 대답하며 빠르게 호프집에서 나왔다. 여전히 쏟아지는 비는 땅을 뚫을 기세로 땅에 곤두박질쳐 댔다. 어느새 천둥 번개를 동반한 빗줄기는 물웅덩이까지 만들어냈다. 구겼던 미간을 손으로 펴며 운전대를 잡았다.

사납게 내리는 비 때문에 길이 미끄러웠다. 야간 운전이라 더했다.

여름의 회사 사옥 앞에 차를 세운 그가 주머니를 부스럭대며 핸드폰을 찾았다.

한참의 통화 연결음 뒤에 여름의 목소리가 귀를 간질였다.

〈응, 이현아.〉

"비 엄청 쏟아진다."

〈천둥 번개까지 휩쓸고 지나가던데. 볼만했어.〉

키득거리며 그녀가 웃었다.

"이런 날 야근하면 고립이겠다."

〈나 고립된 건가? 이런 날 택시가 잡힐 리 만무하고. 그냥 휴게실에서 담요 덮고 자야 되나.〉

사태의 심각성을 깨닫지 못한 건지, 아님 자포자기하는 심정으로 하는 말인지 분간할 수 없는 여름의 말을 듣던 이현은 한숨과 같은 숨이 터졌다.

"나와."

〈응?〉

"10분 내로 정리하고 나와. 안 그럼 가버릴 테니까."

〈너 설마…….〉

짐짓 놀란 여름의 목소리에 이현이 나지막이 대답했다.

"그래, 맞아."

전화를 끊은 이현은 창문에 곤두박질치며 스르륵 힘없이 떨어지는 빗물을 바라보았다. 정말 이 시각까지 야근을 강행하고 있을 줄이야. 하. 권태기라더니 그새 워커홀릭 병이 도진 모양이었다.

철퍽철퍽.

빗물을 튀기며 손으로 머리를 가린 채 뛰어오는 여름이 보였다. 보조석에 몸을 밀어 넣곤 젖은 물기를 손으로 닦아내기 바빴다. 이내 여름의 어깨가 가늘게 떨렸다. 이현이 히터를 틀었다.

"네가 여긴 어쩐 일이야?"

"물에 빠진 생쥐 구하러 왔지."

"그 꼴이 되기 전에 와줘서 고맙다고 해야 되나."

창백한 얼굴 때문인지 말하는 입술이 유난히 붉게 물든 듯 보였다. 브이넥으로 파인 흰색 블라우스에 무릎 선으로 올라온 검은색 정장 치마 밑으로 매끈한 그녀의 다리가 보였다. 블라우스가 젖어 그녀의 살결이 비쳤다. 괜히 도둑 시선으로 그녀를 훔쳐보고 있는 저를 발견했다. 이현은 눈동자를 굴려 정면을 응시했다.

비에 젖은 여자의 모습이 섹시하다고 하는데 그녀는 섹시한 것뿐만 아니라 청순해 보이기까지 했다. 미쳤다, 류이현. 제대로 미쳤다.

"정말 나 데리러 와준 거야?"

설마 하고 묻는 그녀의 시선이 느껴졌다.

"내가 그렇게 할 일 없어 보여?"

"그럼 여긴 어쩐 일인데?"

"근처에서 모임이 있었어."

재차 묻던 그녀는 그제야 이해한다는 듯 아, 하고 고개를 끄덕였다. 그 모습에 핸들을 쥐는 이현의 손에 힘이 들어갔다. 비바람에 길거리에 있던 나무들이 맥없이 흔들리고, 현수막은 찢어서 속절없이 흩날리고 있었다. 지독하게 비가 내리는 밤이다.

옆자리가 조용했다. 시선을 돌려 바라본 곳엔 색색 숨을 내쉬며 무장해제한 채로 잠들어 있는 그녀가 보였다. 손을 뻗어 뒷좌석에서 점퍼를 집어 그녀의 어깨를 덮어주었다.

집에 도착할 때까지 그녀는 깊이 잠들어 있었다. 빌라 앞에 주차해 놓곤 잠들어 있는 그녀의 얼굴을 바라보았다. 말간 피부에 있던 상처는 보이지 않았다.

어디쯤에 있었더라.

이현은 저도 모르게 손으로 상처가 보였던 뺨을 쓸었다. 상처는 그새 아물었는데 그 상처가 있던 데는 이렇게 쉽게 찾다니. 훅 하고 크게 숨을 내쉬었다.

몸을 뒤척이던 여름은 제 뺨에 닿는 낯선 감촉에 움찔거리다 눈을 떴다. 이현은 저도 모르게 손을 무릎 위로 올렸다.

"집 앞이야."

"도착했으면 깨우지 않고."

아직 잠에서 덜 깬 얼굴로 여름은 백을 챙겼다. 아까만큼은 아니지만 보슬보슬 약하게 비가 내리고 있었다. 덮고 있던 점퍼를 건네는 그녀의 손을 무심히 쳐다보기만 하다 그가 툭 뱉었다.

"뒤집어쓰고 가."

"바로 앞인데 뭘."

"그래도 뒤집어써."

서로 고집을 부리다 결국 여름이 이현의 점퍼를 머리 위로 걸치는 것으로 끝맺음했다. 차에서 내리자 빗물이 후드득 그녀의 발을 적셨다. 물기 가득한 창문을 여름이 노크하자 이현이 시선을 돌렸다. 여름이 손을 흔들자 이현은 어서 들어가라고 손짓했다.

빗물이 고인 웅덩이를 피하며 여름은 빌라 안으로 들어가려다 멈칫하곤 뒤를 돌았다. 아직 그 자리에 있는 그의 얼굴이 앞 유리에 흐르는 빗물 때문에 흐릿하게 보였다. 여름은 다시 손을 흔들었다. 이내 여름이 빌라 안으로 자취를 감춰 버리자 이현은 고개를 치켜들고 환하게 켜지는 방의 불빛을 바라보았다.

✳

침대에 털썩 주저앉은 채로 상체가 옆으로 맥없이 꼬꾸라졌다. 물기 묻는 발끝이 신경 쓰였다. 블라우스가 빗물과 땀으로 치덕치덕하게 달라붙었다. 씻으러 욕실로 가야 하는데 귀찮았다. 여름은 깊게 눈을 감았다 떴다. 딱히 시선을 고정시키지 않은 흐리멍텅한 눈동자가 거울에 비춰졌다.

"여름이 왔니?"

"아, 엄마."

여름은 억지로 몸을 일으켰다. 길게 하품을 하며 영숙이 피곤한 딸을 안쓰럽게 바라보았다.

"비 오는데 어떻게 왔어? 전화하지 않고."

"류 기사 덕분에 편하게 왔어."

"이현이?"

"응. 근처에 모임 있었대. 다행이지 뭐야."

블라우스를 단추를 풀며 여름이 대답했다.

"저녁은?"

"먹었지."

스커트까지 마저 벗고 추리닝으로 갈아입은 여름이 잠이 묻어
나는 목소리로 대답했다.

"너 류 군 없었으면 어쩔 뻔했어."

"그러게 말이야. 공부 빼고 잘한 게 그 녀석이랑 예진이와 친구
한 거야."

"피곤하겠다. 씻고 쉬어."

엄마가 방에서 나갔다. 여름은 속옷을 챙겨 욕실로 들어가려다
멈칫했다.

"내일 반찬 좀 챙겨줘."

"반찬?"

"응. 두 녀석 갖다 주게. 잘 먹는 걸로 싸줘."

"그러렴."

뭔가 해줄 수 있어서 행복하다는 건, 사소한 것부터 시작되는
게 아닐까. 별것 아님에도 상대방에게 아직 저가 필요한 존재임을
깨닫게 해주는 것 같다. 버림받는 것이 마냥 두렵기만 하던 시절
이 있었다. 마음을 주는 것도 불필요하다 여긴 적도 있었다. 그러
나 지금은 생각이 바뀌었다. 마음을 나눌 상대가 있다는 게 얼마
나 행복한 일인지 그녀는 이제 잘 알고 있었다.

두 녀석으로 인해.

샤워 부스로 들어가 떨어져 내리는 물에 몸을 맡긴 채 길게 눈
을 감았다 떴다. 긴 속눈썹 위로 물이 떨어지고, 이내 온몸을 뒤덮
었다.

"하아."

한숨과 같이 숨이 터졌다. 벽에 기대 쏟아지는 물줄기를 맞고 있자니 노곤함이 풀리는 듯했다. 샤워를 하고 방으로 들어온 그녀는 뒤늦게 이현에게 문자를 보냈다.

〈잘 들어갔어?〉

설마, 자고 있을라나? 문자메시지 도착음에 잠이 깰까 걱정을 하자마자 답장이 도착했다.

〈응. 그새 비가 그쳤네.〉

잠잠해진 창밖을 바라보며 여름이 답장을 보냈다.

〈그러게. 무섭게 내리더니.〉
〈꼭 누구처럼 변덕스럽다.〉
〈그 누구가 설마 나는 아니겠지?〉
〈왜 본인이 아니라고 생각하는데?〉

변덕? 그녀는 변덕이라는 단어와 저가 일맥상통하는지 잠깐 생각에 잠겼다.

〈난 지금까지 변덕 같은 걸 부려본 적이 없거든.〉

문자메시지를 보낸 그녀는 아차 싶었다.

〈딱 한 번 있었지.〉

딱 한 번.

무엇을 의미하는지 여름은 알 수 있었다. 마치 제 생각을 녀석에게 들킨 것처럼 그녀는 심장이 살짝 내려앉았다. 그래, 딱 한 번 변덕이란 걸 부려본 적이 있었다. 처음이자 마지막이었다. 류이현과 친구가 된 게 말이다.

〈주접 떨지 말고 잠이나 자.〉
〈그래, 주접 끝.〉
〈내일 반찬 갖다 줄게.〉

그녀는 핸드폰을 닫고 침대에 누웠다. 유난히도 밤이 깊고 긴 것 같았다.

＊

택시에서 내린 그녀는 상가건물 2층을 올려다보았다. 뜨거운 햇빛에 눈이 절로 찡그려졌다.

파란 하늘에 하얀 구름이 맑고 깨끗했다. 어제 그렇게 많은 비가 내렸다고 믿기 힘들 정도였다. 맑은 하늘을 감상하는 것도 잠시, 낮의 태양은 뜨겁고 강렬하게 여름의 뺨에 달려들었다. 그새 찐득한 땀이 배어 나와 불쾌한 기분마저 들었다. 그래서 그녀는 여름이 싫었다. 더운 것도, 땀으로 얼룩지는 것도 싫었다. 또한 온 몸이 열기로 가득한 것도 싫어하는 것 중 하나였고, 그렇기에 지 긋지긋하게 내리는 장맛비가 반가울 리 없었다. 그새 콧잔등에 내 려앉은 땀방울을 여름은 손등으로 닦아냈다.

미리 연락이라도 하고 올걸.

뒤늦은 후회가 일었지만 어쩔 수 없었다. 입술을 깨물며 여름은 예진에게 전화를 걸었지만 긴 신호음 끝에 음성사서함으로 넘어 갔다. 예상대로 바쁜 모양이었다.

스튜디오 안으로 들어서자 시원한 에어컨 바람에 여름의 어깨 가 움츠러들었다. 이제야 더위가 조금 가시는 듯해 기분이 좋아졌 다. 이현은 한참 돌사진을 촬영 중이었다. 여름은 조심스럽게 예 진의 옆으로 다가갔다.

"왔어?"

"반찬 가져왔어."

예진은 여름의 손에 있는 커다란 쇼핑백을 제 손으로 가져갔다. 겹겹이 쌓여 있는 반찬통에 뭐가 들어 있는지 보기가 바쁠 정도로 종류가 다양했다. 예진은 냉장고에 반찬을 넣어두곤 주스 한 잔을 따라 가져왔다.

"자. 더운데 마셔."

"안 그래도 목 탔는데."

주스 한 잔을 마시며 여름은 이현이 돌사진을 찍는 모습을 유심히 바라보았다. 손님마다 구색에 맞추기 힘들 법도 한데 이현은 그런 내색 없이 촬영에 열중해 있었다. 이제 막 돌이 된 아기는 사랑스러웠다. 부모의 장점만 빼다 닮은 모양인지 진한 쌍꺼풀이며, 오물조물 움직이는 앙증맞은 입술에 웃을 때마다 패는 보조개가 사랑스러웠다.

보는 사람마저 저절로 미소 짓게 만드는 아기의 천진난만함에 여름의 입꼬리가 슥 올라갔다. 제 자식의 그런 모습을 바라보는 부모는 사랑스러워 어찌할 바를 모르고 있었다.

"예쁘다."

여름은 저 혼자만 들리게 중얼거렸다. 그리고 문득 그런 생각이 들었다.

나도 저렇게 사랑받아 본 적 있었을까?

아기의 뺨을 쓰다듬는 부모의 손길이 조심스러워 보였고, 애틋함이 그대로 느껴졌다. 사랑이 넘치는 가족을 담은 그녀의 눈동자가 씁쓸하게 변했다.

그녀의 기억을 모두 헤집어봐도…… 없다.

흔한 돌사진 한 장 없었다. 흔해 빠진 가족사진조차 없었다. 동네 조그만 사진관에서 엄마가 저를 안고 찍은 사진이 유일한 가족 사진이었고, 돌사진이었다.

"점심 먹고 가."

예진이 여름의 어깨를 툭툭 쳤다. 마무리 사진 몇 컷 더 찍고 손님과 몇 차례 대화를 마치고 나서야 이현의 시야에 여름이 들어왔다.

"언제 왔어?"

"일하는 모습이 꽤 멋있던데?"

피식 여름이 웃었다. 평소의 모습과 사진을 찍을 때 집중하는 모습은 전혀 달랐다. 날카롭게 변한 그의 표정과 사진기를 들고 셔터를 누르는 모습은 그녀가 아는 친구의 모습이 아닌 듯 낯설었다.

"그런 말 자주 들어서 피곤한데."

"신용할 수 있는 말이야?"

"홍 조수가 그러더라고. 일할 때 제일 봐줄 만하다고."

슬쩍 옆으로 시선을 돌린 이현은 예진과 눈이 마주쳤다.

"그럼, 열심히 일해야 월급 나오는데. 일할 때가 제일 봐줄 만하고말고."

예진의 부연설명이 이어지자 여름 그제야 이해한다는 표정으로 고개를 까닥했다. 월급 주는 사장 모습이 다른 의미로 멋있을 수도 있구나, 생각했다.

함께 점심을 먹기 위해 스튜디오를 나서며 예진이 냉면집을 가리켰다.

"시원한 냉면 어때?"

"콜."

이현과 여름이 동시에 대답했다.

식당 안은 손님들로 북적거렸다. 점원도 음식 서빙하랴 주문 받으랴 정신이 없어 보였다. 예진이 주문서에 표시를 하곤 바삐 움직이는 점원에게 건넸다. 이현은 점원이 주고 간 물통과 컵에 물을 따라 여름과 예진 앞에 두었다.

"냉면 먹는 거 오랜만인데."

"나도. 올해 들어 처음 먹는 것 같아."

가게 내부를 훑으며 예진이 기대에 찬 얼굴로 대답했다. 여름 역시 올해 들어 처음 먹는 냉면이었다. 사람들이 먹는 모습을 보니 저절로 침이 고였다.

냉면이 나왔다. 매운 걸 좋아하는 예진은 비빔냉면, 시원한 육수를 좋아하는 이현과 여름은 물냉면을 앞에 두었다. 곁들여 주문한 만두까지 테이블에 가득했다.

"여기 괜찮다."

면을 후루룩 넘기며 여름이 만족한 듯 말했다.

"그래?"

"응. 다음에 엄마랑 와봐야지."

살얼음이 가득 담긴 육수는 보기만 해도 시원해지는 기분이었다.

"만두도 맛있어. 먹어봐."

"응. 맛있다."

여름은 만두 하나를 집어 먹곤 곧바로 하나 더 제 입속으로 넣었다.

"오늘 뭐 할 거야?"

"엄마 가게 잠깐 갔다가 늘어지게 잠이나 자볼까?"

휴일 계획은 세워본 적이 없었다. 대답을 기다리는 이현에게 여름은 생각나는 대로 말했다.

"그것도 좋지."

"아이스크림 하나 물고 책 보는 것도 좋을 것 같고."

"소박하다, 소박해."

쯧쯧 혀까지 차며 예진이 불만스러운 얼굴로 말하곤 덧붙였다.

"황금 같은 주말에 데이트 약속도 없다니."

"그게 뭐 어때서?"

"너 정도면 남자들이 만나달라고 줄을 설 것 같은데 의아하단 말이야."

어린아이처럼 잡티 하나 없는 말간 피부에 짙은 쌍꺼풀이 있는 큰 눈에 적당한 콧대. 그리고 립스틱을 바르지 않아도 붉은 입술은 정말 여자인 예진이 봐도 예뻤다. 거기다 적당한 볼륨감과 바디라인까지 갖췄는데 여름은 지금까지 연애는커녕 소개팅 한 번 하지 않았다. 거기다 저 좋다는 남자도 회사에 몇 있었지만 여름은 모두 단칼에 거절했다.

"꼭 연애로 시간 낭비를 해야 하는 건 아니잖아."

"시간 낭비?"

"그 귀찮은 걸 뭐 하러 해. 좋았다, 싫었다, 싫증났다. 반복되는 일상 같은 건 별로야. 다른 사람으로 인해 내 마음이 죽 끓듯 변하는 것도 싫고. 감당할 자신 없어."

냉면 육수를 마시며 여름은 무심하게 대답했다.

"멀리까지도 간다."

"당장 앞만 보고 하는 게 남들 기준에서 말하는 연애는 아니니까."

여전히 관심 제로인 얼굴로 여름은 싱긋 웃었다. 남들에겐 핑크빛인 연애가 그녀에겐 불필요한 것일 뿐이었다. 저에게 다가오는 남자들은 하나같이 다른 목적이 있는 것처럼 보였다. 처음부터 색안경을 끼고 바라보았으니 마음을 열 수가 없었다.

죽을 때까지 저만 바라봐 줄 남자는 없었다. 남자란 틈만 나면 눈이 돌아가고, 한눈팔기 좋아하는 동물이다. 사랑하기 때문에 연애를 하는 것이 아니라 연애를 위해 사랑을 하는 것처럼 보였다. 본능과 욕구만 충족시킬 뿐인 사랑은 언젠간 식게 마련이다.

제 아버지가 그런 동물이었고, 그로 인해 제 엄마가 불행했다. 저에겐 상처뿐인 유년 시절을 안겨준 아버지를 용서하지 못했다. 그런 아버지지만 상주 역할을 했던 건 마지막 동정심 때문이었다.

그런 내가 사랑을? 연애를?

생각만 해도 웃음이 입술을 비집고 흘러나왔다.

"내가 좋아하는 사람이 날 좋아하는 건 기적이라고 하잖아."

이현이 마지막 남은 만두를 제 입속에 넣으며 무심하게 말했다. 여름과 예진이 동시에 그에게 시선을 돌렸다.

"그냥 거기까지만 생각하는 거야. 따지고 재는 건 그 후에 하는 거고. 좋아하는 사람에게 머리 굴리는 건 애송이나 하는 짓이지."

"뭐?"

"단순하게 생각하라고."

"어디서 듣던 말인데. 누가 그런 말을 했더라?"

냉수를 마시며 혼잣말하는 예진에게 이현이 대답해 주었다.

"생 텍쥐베리. 좋아하는 책의 작가 이름 정도는 기억해 두는 게 예의라고."

　이현이 계산을 하고 가게 문을 나섰다. 이현에게 훈계를 들은 여름은 그의 뒤를 따르며 나지막이 말했다.

　"누구더러 애송이래, 애송이가."

5. 낯선 감정

바쁜 하루가 끝났다. 피곤한 얼굴로 이현은 방으로 들어갔다. 막 셔츠를 벗으려던 찰나 침대 위에 던져 놓은 핸드폰이 진동음이 울렸다.

"여보세요."

이현은 침대에 걸터앉았다.

〈이현 오빠 핸드폰 맞아요?〉

"네. 맞습니다만 누구신지."

익숙하게 저를 부르는 호칭에 이현은 핸드폰 액정을 다시 한 번 확인했다. 역시 모르는 번호였다. 이현은 질문을 던져 놓고 여자의 말을 기다렸다.

〈역시 번호 그대로네. 나야, 오빠. 미영이.〉

"미영? 혹시 유미영?"

놀란 목소리로 반문한 이현은 침대에서 벌떡 일어났다. 전화기 너머로 활기찬 웃음소리가 들렸다.

〈그래. 대학 졸업하고 나 잊었으면 어쩌나 했는데, 이름은 기억하고 있네?〉

"인마, 오랜만이다. 너 귀국했단 소식은 애들한테 들었는데. 모임에 오지 그랬어."

반가운 미소가 이현의 얼굴에 스쳤다.

〈안 그래도 갔었네요. 그런데 한발 늦었더라고. 그날 폭우 쏟아졌잖아. 다들 일찍 가고 몇 명만 남아 있었어.〉

"그랬구나."

미영은 서운한 목소리로 불퉁하게 목소리를 냈다. 이현도 마찬가지로 그날 미영을 못 본 게 조금 아쉬웠다.

〈안 그래도 이제 막 귀국해서 백수 생활 돌입인데 오빠, 나 밥 한 끼 사줄 수 있지?〉

"뭐, 밥 한 끼 정도야."

이현이 너그럽게 대답했다.

〈그럼, 마음 바뀌기 전에 얻어먹어야지. 내일 어때?〉

"내일? 어쩌지? 내가 스튜디오를 하고 있어서 저녁 늦게 문을 닫거든."

〈음. 그럼 점심은 어때? 오래 자리 비우기 힘들 테니 내가 오빠 스튜디오로 갈게.〉

"그래. 그럼 한 시까지 와. 위치는 문자로 보내줄게."

〈응. 내일 봐.〉

전화를 끊고 나니 벌써 시간이 정오에 가까워져 있었다. 순식간에 점심 약속까지 하다니. 그 녀석, 활발한 성격은 여전히 변함이 없었다. 보통은 한동안 연락을 안 하던 대학 선배에게 이렇게 친근하게 연락을 하지 못할 텐데 말이다. 뜻밖의 연락에 이현의 얼굴에 반가운 기색이 잠깐 스쳤다.

"오랜만이네."

송별회 때가 마지막이었으니 거의 2년 만이었다. 어떻게 변했을까. 침대에 누운 그는 지그시 눈을 감았다.

*

"류 사장, 점심 시켜먹자."

예진이 중국집 책자를 이현의 얼굴에 들이밀었다.

"나 점심 약속 있어. 너 혼자 먹어야겠다."

"누구랑?"

실망한 얼굴로 예진이 물었다. 마침 이현의 핸드폰에 전화 걸려왔다.

"어. 미영아, 금방 내려갈게."

"미영? 여자랑 점심 약속?"

의아하다는 얼굴로 예진은 작업실에서 나와 출입문까지 이현의 뒤를 졸졸 쫓아갔다.

"그래. 난 여자랑 점심도 먹으면 안 되냐?"

"네가 여자랑?"

쾅. 예진의 물음을 묵살한 채 이현은 스튜디오를 나왔다. 평소 안 하던 짓을 하니 심히 놀란 보양이었다. 놀란 표정이 너무 예술이라 다시 한 번 구경하고 싶기까지 했다.

1층으로 내려오자 누군가 팔을 잡아끌었다. 놀람도 잠시, 반가운 기색이 얼굴에 돌았다.

"미영아."

"정말 오랜만이네. 비싼 몸 값 하시는 류이현 씨?"

미영이 농까지 건네며 활짝 웃었다.

"안 본 사이에 많이 예뻐졌네. 못 알아보겠다."

"정말 그 정도야?"

생각지도 못한 이현의 칭찬에 미영은 수줍게 웃으며 웨이브 진 머리를 살짝 뒤로 넘겼다.

"따라다니는 남자가 한둘이 아니겠는데."

"왜? 오빠도 줄 한번 서보시지. 혹시 알아?"

"난 사양할게. 나까지 거들 필요 없잖아."

갈색빛이 도는 긴 웨이브 진 머리가 가슴께까지 찰랑거리며 흘러내렸다. 대학 시절엔 화장기 없는 얼굴만 봐서 그런지 진한 화장을 한 미영의 얼굴을 조금 낯설었다. 아이라이너에 마스카라로 속눈썹을 한껏 올리고, 진한 펄감이 도는 아이쉐도우를 바른 눈매가 또렷해 보였다. 거기다 핑크빛이 도는 입술은 요염하게 움직이고 있었다. 바디라인이 돋보이는 블랙 원피스 밑으로 높은 힐이 이현의 시야에 들어왔다. 시간은 사람을 변하게 만드는구나. 몰라보게 변했다.

근처 한식집으로 들어갔다. 대부분 직장인이 자리를 차지하고 있었으나 대체적으로 한산했다. 근처에 있으면서 한 번도 와본 적 없었다.

"공부는 잘하고 왔어?"

"공부는 무슨. 실컷 사진만 찍다 왔지. 아, 이제 뭐 하지? 걱정이다."

손으로 이마를 짚은 미영이 근심 가득한 얼굴을 했다.

"이제 막 귀국한 사람 얼굴이 왜 그래."

"실컷 놀다 와서 그런지 이제 걱정이 되네요."

"놀 땐 걱정 안 됐고?"

"뭐, 그런 법이지."

까르르, 이현의 농담에 미영이 웃었다. 원래 시험공부 전날까진 아무 걱정 없이 실컷 놀다 시험 날이 닥치면 그제야 걱정이 되는 법이니까. 그래도 대학교 성적이 그리 나쁜 편도 아니었고 성격이 모나지 않아 어딜 가도 쉽게 적응하고 잘해낼 거란 생각을 했다. 무엇보다 미영의 부모님은 현재 대기업 임원으로 계시니 굳이 힘들게 사진 쪽이 아니어도 충분히 다른 일을 할 수 있었다.

"주문하신 식사 나왔습니다."

테이블을 금세 뜨끈뜨끈한 밥과 반찬들로 가득 찼다. 유럽에서 막 돌아온 미영은 한국 음식이 그리웠던 모양인지 감격에 젖은 얼굴이었다.

"오랜만에 만나서 된장찌개라 미안해."

"아니야, 내가 얼마나 먹고 싶었는데."

된장국을 한 수저 뜨더니 미영은 맛을 음미했다.

"바로 이 맛이야."

"얼씨구."

"오빠가 유럽 가서 딱 한 달만 살아봐. 된장찌개랑 김치가 제일 생각나니까. 거기 음식은 이제 생각만 해도 물려."

고개까지 저으며 미영이 눈살을 찌푸렸다. 얼마나 질렸는지 표정만 봐도 알 수 있었다.

"그럼 맛있게 먹어."

"누가 사주는 건데. 잘 먹고말고."

야무지게 밥 한 수저를 뜬 미영이 골고루 반찬을 얹으며 맛있게 먹었다. 보는 사람이 봐도 얼마나 맛있게 먹는지 군침이 돌 정도였다.

"나도 스튜디오나 차릴까?"

"스튜디오?"

"응. 사진작가 한두 명이랑 직원 두세 명 두면 그래도 잘 돌아갈 것 같은데."

"초반에 매상이 없어도 그 많은 직원 월급을 감당할 자신이 있다면야 괜찮겠지. 하지만 스튜디오를 차리는 이유가 돈을 벌기 위해서인데, 직원들 월급으로 모두 탕진해 버리고 이익이 없으면 스튜디오를 운영하는 이유가 없지 않겠어? 거기다 개업한 지 일 년도 안 돼서 말아 먹는 스튜디오가 몇인데."

순진무구하게 꿈을 꾸는 미영을 이현이 나무랐다. 저도 시행착오 끝에 지금까지 스튜디오를 운영해 온 것이다. 초반에 매출이 없어 예진의 월급을 못 준 적도 있었다. 하지만 저의 이익을 먼저 따지기 전에 직원을 먼저 생각하면서 운영했다. 발품 팔아가며 스튜디오 이름을 알리는 데 1년이 걸렸다. 단순하게 생각하고 결정할 일이 아니었다.

"그냥 해본 소리야. 무섭게 화내기는."

"네가 너무 세상 물정 모르고 철없는 소리를 하니까 그렇지."

"내가 그랬나?"

어색하게 미영이 웃었다.

"너무 조급하게 생각하지 말고 천천히 생각해 봐."

"참, 다음엔 오빠 스튜디오 구경시켜 줘."

"내 스튜디오?"

"응. 나도 한수 배우게."

"스케줄 없는 날엔 괜찮으니까 연락 줄게."

이현이 흔쾌히 수락했다.

"정말이지?"

"그래."

미영이 재차 확인하곤 활짝 웃으며 반색했다.

✳

날씨가 푸르다. 선선한 바람이 여름의 가는 목덜미를 헤집고 지나갔다. 오늘은 구내식당 대신 밖에 나가서 먹기로 했다. 여직원들과 보폭을 맞춰 근처 식당으로 들어갔다.

"차 대리님, 뭐 드실래요?"

메뉴판을 들이밀며 연구개발팀 막내 여직원이 상냥하게 물었다.

"음. 난 순두부찌개 먹을게요."

"차 대리님은 순두부찌개. 다른 분들은요?"

메뉴판을 보고 다들 메뉴를 정하고 주문을 마쳤다. 주문한 음식이 나올 동안 여직원들은 며칠 전 소개팅한 남자의 키가 180㎝도 안 된다는 얘기나, 요즘 유행하는 백에 대한 시시콜콜한 얘기가 오갔다. 여름은 물을 입에 갖다 댔다.

"차 대리님은 애인 없으세요?"

"애인?"

"네. 차 대리님 정도면 있을 법하잖아요. 회사에서 인정받고, 비주얼도 나쁘지 않은데."

다른 여직원이 칭찬을 줄줄이 늘어놓자 모두 수긍한다는 듯 고개를 끄덕이며 맞장구를 쳤다.

"없는데."

모두의 기대에 부흥하지 못한 여름은 낮게 중얼거렸다. 저에게 쏠린 모두의 시선이 부담스럽기까지 했다.

"진짜?"

"남자에겐 별로 관심이 없네요."

무심하게 여름이 대답했다. 그중 대게는 여름의 사정을 웬만큼 알고 있었기에 별달리 질문을 던지지 않고 있었다. 그때 연구개발팀 막내 여직원인 채원이 순진무구한 얼굴로 물었다.

"아버지 때문에요?"

순간 찬물을 끼얹은 듯 분위기가 싸해졌다.

"아니라고 하면 거짓말이고, 맞긴 맞아요."

여름은 싱긋 웃으며 아픈 곳을 찌른 여직원에게 대답했다. 여름의 반응에 어쩔 줄 몰라 하던 여직원들이 안도하는 얼굴이 보였다. 머리끄덩이를 잡으며 큰 소리라도 낼 줄 알았던 모양이다.

"채원 씨."

여름은 연구개발팀 여직원의 이름을 낮게 불렀다.

"네?"

"키가 180㎝도 안 되는 남자도 취향이라는 게 있거든. 소개팅이 성사되지 않은 게 한 채원 씨 취향 때문이라고만 생각하지 마. 상대방 취향도 생각해 줘야지."

또다시 싸해진 분위기 속에서 주문한 음식이 나왔다. 테이블 가득 차려진 음식을 보며 다른 여직원들이 수저를 들고 어서 먹자고 재촉했다. 여름은 느긋한 얼굴로 수저를 들었다.

상처를 받아도 상처받지 않은 척. 불쾌해도 불쾌하지 않은 척. 울어도 울지 않은 척. 그녀는 '척'에 익숙했다. 불쾌하기 짝이 없는 여직원의 말에 일일이 신경 쓸 필요 없다고 생각하면서도 어느새 받은 만큼 돌려주는 저를 발견하게 된다.

이 못된 성질머리 같으니라고.

여름은 무표정한 얼굴로 슬쩍 채원을 바라보았다. 분했던지 부르르 손을 떠는 게 보였다. 싸해진 분위기를 모면해 보기 위해 다른 여직원들이 연예인 이야기를 떠들며 맞장구를 치고 있었다. 여름은 조용히 듣다 식사를 마저 하고 수저를 내려놓았다.

지잉.

테이블 위에 올려놓은 핸드폰이 울렸다. 여름은 먼저 식당에서
나왔다. 발신인을 확인한 여름이 통화버튼을 눌렀다.

"응."

〈점심 방해했나, 내가?〉

"마침 다 먹고 식당에서 나오는 중이야."

내리쬐는 햇빛에 눈살을 찌푸리며 대답했다.

〈나가서 먹었구나. 회사까지 얼마나 걸려?〉

고개를 비스듬히 한 여름의 눈에 회사 앞에 서 있는 이현이 보
였다. 양손에 무언가 들고 있었다. 대낮에 회사까지 어쩐 일인지
여름은 궁금해졌다.

"용건이 뭐야?"

〈커피 배달.〉

"이 시각에?"

〈지나가다가. 얼음 녹아, 빨리 대답해.〉

그가 손에 쥔 커피를 바라보며 인상 쓰는 게 보였다.

"2분."

여름이 대답하곤 전화를 끊었다. 마침 우르르 식당에서 여직원
들이 나왔다.

"커피 한 잔 어때요? 친구 녀석이 커피 배달 왔는데."

"정말요?"

다들 반색하며 여름의 뒤를 따랐다. 신호등 건너편에 손을 흔드
는 이현의 얼굴이 보였다.

"남자친구 아니에요? 커피 배달까지 오는 게 수상한데."

"저 녀석, 원래 실없는 행동 잘해요."

"에이. 마음에도 없는 여자 커피 배달까지 오지는 않죠. 그런데 정말 잘생기셨다."

여직원들이 이현을 보곤 마치 맞선 자리에 나온 것마냥 수줍어하고 있었다. 티에 청바지를 입었을 뿐인데 완벽하게 소화해 내는 거 하며 걸어오는 모습이 마치 모델이 워킹하는 것처럼 멋졌다. 이현은 양손에 들고 있는 커피를 여름에게 건넸다. 여직원들은 넋 놓고 이현을 바라보다 뒤늦게 커피를 챙겨 회사 안으로 들어갔다.

"인기 과시하러 왔어?"

"왜, 나 멋있대?"

"아니, 구리대."

실눈을 뜨며 여름이 냉커피를 마셨다. 냉커피의 시원함에 더위가 가시는 듯 기분이 상쾌해졌다. 여름의 농담에 이현의 입가에 미소가 스며들었다.

"아, 안 그래도 커피 생각났었는데. 커피 배달해 주는 친구도 있고, 좋다."

"그래?"

"네 덕에 여직원들한테 커피 한 잔씩 샀으니 체면도 서고."

"그런데 넌 빈손이야?"

뒤늦게 불만을 토해낸 이현이 여름의 커피를 빼앗아 제 입으로 가져갔다.

"그럼?"

"말로만 고맙다고 하잖아."

여름이 고개를 갸웃거렸다. 막무가내로 회사로 찾아와 커피를 건넨 녀석이 뒤늦게 생색내는 꼴이 우스웠다.

"등가교환하자고."

"이 커피랑?"

"그래, 이 커피랑. 덤으로 여직원들에게 체면 세운 것까지."

"하!"

여름은 짧게 신음을 토해내곤 물었다.

"원하는 게 뭔데?"

"앞으로 고민 있을 때 즉각 제일 가까운 사람에게 털어놓기."

"뭐?"

녀석이 등기교환이 무엇인지 모를 리는 없을 테고, 엉뚱한 요구에 여름은 말문이 막혀 버렸다.

"얼굴에 상처 달고 다니지 않기."

"그게 뭐야."

진지한 낯빛을 한 이현에게 여름은 어색하게 웃어 보였지만 이내 얼굴이 굳었다. 제 얼굴에 난 상처가 어떻게 생긴 건지 다 알고 있는 얼굴이었다.

뭐야, 류이현.

타박하는 투로 그를 부르고 싶었지만 여름은 다시 어색하게 입술을 끌어당길 뿐이었다.

"시간 많이 빼앗았다."

그의 얼굴에 미소가 짙어졌다. 이현은 한 모금 마신 커피를 그대로 여름의 손에 다시 쥐어주었다.

"간다."

"그래."

손을 흔드는 그녀에게 미소로 화답하곤 등 돌린 그가 뚝 걸음을 멈추었다.

"오늘도 야근하냐?"

"아마도."

"저녁 먹고 해."

"응."

시원찮은 그녀의 대답에 그가 걸음을 못 떼고 입을 열었다.

"비실비실해서 까칠한 여잔 매력 없어. 너 살 좀 찌워야겠다."

"싫어."

"포동포동하면 볼만할 것 같은데."

꺼림칙하다는 듯 질겁하는 그녀의 모습에 그가 낮게 웃었다. 손으로 턱을 쓸며 그가 정말 간다며 뒤돌았다.

선선한 바람이 불었다. 이현의 차가 여름의 앞으로 다가오고 있었다. 멈출 듯 속도를 줄여 그녀 앞까지 오더니 이내 쌩 하고 지나쳤다.

마치 제 얼굴 한 번 더 보려고 속도를 줄인 것 같다는 착각이 들었다. 멀어지는 그의 차를 보다 여름은 다시금 푸른 하늘을 올려다보았다.

하늘은 여전히 푸르다. 아니, 조금 더 짙게 푸르다.

나와 제일 가까운 사람.

누굴까?

이현, 아니면 예진?

어쩌면 둘 다일지도.

＊

"고개 옆으로. 그래."

한 여학생이 자리에서 일어나기 무섭게 줄지어 있던 여학생 무리 중 다른 여학생이 한껏 치장을 하고 마련되어 있는 의자에 앉았다.

"오빠, 예쁘게 찍어줘요."

"그런데 넌 며칠 전에도 찍지 않았어? 사진 다 어따 팔아먹은 거야?"

"친구들 다 나눠주고 없어요. 올해 자격증 시험도 봐야 하고 해서 또 찍으려고요."

"열다섯 장을 다 나눠주고 없다고? 하, 참. 이 녀석들, 기가 막히네."

이현은 어이가 없어 이마를 탁 손으로 짚었다. 주위에 있는 여학생들을 바라보자 다들 고개를 주억거리며 긍정했다. 이런 일쯤이야 자신들 세상에선 당연하다는 듯 자연스러웠다. 이현은 증명사진을 찍어주고 파일을 예진에게 넘겼다. 증명사진과 같은 작은 사진 보정은 예진이 전담하고 있었다.

"언니, 언니, 나 예쁘게 해줘요."

"실물하고 사진하고 매치가 안 되면 완전 사기지."

쫄래쫄래 예진의 뒤를 따라 여학생이 작업실로 들어갔다. 이현은 남은 학생들도 마저 사진을 찍고 냉수를 마셨다. 보정까지 마친 사진을 본 학생들이 지갑에서 돈을 꺼냈다. 이현은 받은 돈에서 3천 원씩 도로 건네줬다.

"일주일 전에도 와서 사진 찍었으니까 할인해 주는 거야."

"와, 오빠 짱."

"그건 당연한 거고. 이번엔 명함 뿌리듯 사진 뿌리지 말고 필요한 데 써라."

"넵!"

합창을 하며 우르르 학생들이 스튜디오를 나갔다. 한참 시끌벅적했던 스튜디오에 적막이 찾아왔다. 옆에서 한껏 노려보며 예진이 혀를 찼다.

"야, 인마. 그렇게 매번 깎아주면 어떡해."

"자주 오는 애들이잖아."

"자주 오면 뭐 해. 매번 이렇게 손해를 보는데."

못마땅하다는 얼굴로 예진이 죽일 듯 이현을 노려보았다.

"아예 자선사업을 하시지?"

똑똑.

노크 소리와 함께 문이 열렸다.

"미영아?"

"아, 오빠."

갑작스런 미영의 방문에 이현이 놀란 얼굴로 미영을 바라보았다. 하지만 미영은 스튜디오 내부를 훑고 있었다.

"연락도 없이 어쩐 일이야?"

"지나가는 길에 불이 켜져 있길래 들어와 봤지."

미영이 밝게 웃으며 다정하게 이현의 팔짱을 꼈다. 그 모습을 바라보던 예진의 미간이 좁아지며 이현에게로 향했다. 이현이 어색한 얼굴로 제 팔에 감겨 있는 미영의 손을 떼어내며 예진을 바라보았다.

"홍, 소개할게. 내 대학 후배, 유미영. 그리고 이쪽은 스튜디오 일을 도와주고 있는 오랜 웬수 홍예진."

미영이 먼저 오른손을 내밀며 악수를 청했다. 손가락에 껴 있는 반짝거리는 반지가 눈에 띄었다. 예진도 손을 내밀어 미영의 손을 잡고 인사했다.

"반가워요. 이 녀석한테 여자 후배가 있는지 몰랐네요."

"오빠가 대학생 때 얼마나 인기가 좋았다고요. 쫓아다닌 여자가 한둘이 아니었는걸요."

이현에게 눈을 흘긴 미영이 쿡쿡 웃었다.

"그래요? 그 여자들 중에 미영 씨도 있었나 보죠?"

"글쎄요."

애매한 대답을 하는 미영의 태도에 예진은 심기가 불편해졌다.

"오빠, 나 물 한 잔만."

"그래. 홍, 접견실 안내 부탁할게."

예진을 바라보며 마지막 말을 남긴 채 이현이 자리를 떴다. 예진은 접견실로 미영을 안내했다. 모델처럼 큰 키에 잘빠진 몸매, 거기다 남자들이 껌벅 죽는 눈웃음까지 겸비하고 있었다. 이현이 후배라며 여자를 소개한 사람은 처음이었다. 매력처럼 붙어 있던 눈웃음을 지워 버린 미영이 스튜디오를 빠르게 훑고 있었다. 그러다 예진과 눈이 마주치자 표정이 싸늘하게 식어 있었다.

"여기에 잠깐 앉아 있어요."

"네, 고마워요."

접견실 문을 닫고 나오자 예진은 궁금증이 밀려왔다. 아무런 의미 없는 있는 말 그대로의 후배인 걸까. 이현을 바라보는 미영의 눈웃음에 적나라하게 드러난 사심을 읽어버린 예진은 미영이 썩 좋게 보이지 않았다. 누군가를 바라볼 때의 표정은 그 누군가가 자리에 없을 때와 확연히 차이가 났다. 웃음이 식는 데 1초도 채 걸리지 않는 듯했다. 소름 끼치도록 가식적인 웃음을 달고 바라보는 그녀의 시야엔 이현이 있었다. 그렇기 때문에 예진은 미영을 향해 적대심을 가질 수밖에 없었다.

일전에 이현이 점심 약속이 있다며 나갔을 때 예진은 호기심으로 창문 밖을 슬쩍 내다보았다. 누구나 한 번쯤 쳐다볼 만큼 예쁘장한 외모였다. 정말 마른 인형이 서 있는 듯한 착각이 들 정도로 예뻤다. 하지만 어쩐지 이현에게만 보이는 가식적인 눈웃음이 마음에 걸렸다. 그냥 한 남자에게 잘 보이고 싶은 여자의 마음을 너무 왜곡하는 걸까?

물 한 잔 들고 이쪽으로 걸어오는 이현에게 예진이 질문을 던졌다.

"후배 맞아?"

"응."

"예쁘던데."

"예쁘긴 하지."

고개를 끄덕이며 이현이 긍정하며 뒷말을 이었다.

"근데, 예쁜 게 다야."

"뭐?"

"예쁜 여자한테 모든 남자들이 다 관심 갖는 법은 아니니까."

한쪽 눈을 찡긋거린 그가 농담을 던졌다.

"그럼? 넌 어떤 여자한테 끌리는데?"

"비쩍 마르고 까칠한 여자?"

말해놓은 당사자도 웃긴 모양인지 머쓱하게 웃었다. 그게 뭐야, 비쩍 마르고 까칠한 여자가. 예진은 이해가 안 간다는 얼굴로 바라봐도 이현은 어깨를 으쓱거릴 뿐이었다.

✳

"대리님, 아까 그분 친구분 맞아요?"

"스튜디오 하신다던데, 어디예요?"

"여자친구는요?"

여름은 여직원들에게 무수히 많은 질문을 받았다. 그중 연락처를 알려달라는 노골적인 여직원도 있었으나, 당사자의 의견을 묻지도 않고 알려줄 수는 없었다. 여름은 스튜디오 위치만 알려주었다.

이현이 다녀간 후 여직원들 사이에 큰 파장이 일었다. 소개팅이나 명품 같은 화젯거리에서 대화의 주제가 바뀐 것이다.

류이현으로.

"아, 그리고 커피 잘 마셨어요."

빼먹을 뻔한 말을 하는 여직원들이 화색이 도는 얼굴로 합창을 하듯 말을 남겼다.

"전해줄게요, 그 녀석한테."

"대리님, 퇴근 안 하세요?"

"할 일이 남아서요. 먼저 퇴근해요."

여름은 여직원들이 퇴근하자 자리로 돌아와 업무를 시작했다. 몇몇 직원들도 남아 야근을 하고 있었다. 여름은 한껏 기지개를 켜곤 피곤한 얼굴로 모니터를 보았다. 무수히 많은 숫자들과 그래프가 보였다. 이번 달 매출 실적을 브랜드별로 정리하고 있었다.

"저녁 먹고 해."

당부하던 그의 목소리가 귓전을 울렸다. 알겠다고 대답하곤 저녁을 굶는 꼴이라니. 여름은 거울로 제 얼굴을 살폈다.

"비쩍 마르고 까칠한 여자?"

원래 살이 잘 찌지 않는 체질이라 아무리 먹어도 표가 나지 않았다. 덕분에 지금까지 쭉 그가 말한 '비쩍 마른' 몸매였다. 까칠한 건 어느 정도 인정하는바, 그녀는 반박하고 싶지 않았다.

때늦은 커피를 한 잔을 가지고 자리로 돌아온 여름은 이제 사무실에 저 혼자밖에 남지 않았음을 깨달았다. 곳곳에 불이 꺼져 마케팅팀만 불이 켜져 있었다. 다들 갔구나. 또 혼자 남았구나.

여름은 뜨거운 김이 나는 커피를 입에 갖다 댔다. 진한 모카향이 그녀의 코를 간질였다. 저녁 대신인 커피는 달고 끝 맛은 썼다.

옆에 커피를 두고 하던 업무를 마저 했다.

아홉 시 삼십 분.

힐끔 시계로 시각을 확인한 여름은 주변을 정리하곤 자리에서 일어났다. 밖은 어느덧 어둑한 어둠이 자리 잡고 있었다.

스튜디오 문 닫았을까? 손님, 있으려나?

그녀는 회사 앞에서 얼마간 고민했다. 그냥 별생각 없었다. 늦은 시각임을 알면서도, 어쩌면 헛걸음하는 것일지라도 지나는 길목이었다며 낮에 얼굴을 빼꼼히 내밀고 간 녀석이 생각났으니까.

여름은 택시를 잡아타고 이현의 스튜디오로 향했다. 거의 도착했을 무렵 이현에게 전화를 걸었다. 핸드폰 전원이 꺼져 있었다. 택시에서 내리자 후덥지근한 바람이 그녀의 옷자락 안으로 침투했다. 골목 어귀로 들어서자 여름의 눈에 이현이 보였다.

"이······."

반가운 마음에 그를 부르던 목소리는 시선이 옆에 있는 낯선 여자에게로 향하자 소리 없이 사라졌다.

"나 갈게, 오빠."

"그래, 조심히 가라."

"다음에 또 와도 되지?"

"미리 연락해 줘. 스케줄 보고."

"응."

이현이 손을 흔들자 여자는 운전석에 몸을 싣고는 그대로 멀어졌다. 꽤 다정해 보이는 여자와 이현 사이에 여름은 감히 먼저 다가갈 수 없었다. 그대로 서 있던 여름은 이현이 다시 스튜디오 안으로 들어가려고 몸을 돌린 순간 눈이 마주쳤다.

"여름아."

그가 한달음에 여름 앞까지 다가와 물었다.

"이 시각에 어쩐 일이야?"

"택시 타고 집에 가다가 배가 고파서."

"저녁 안 먹었어?"

묻는 그의 목소리가 마치 나무라는 것 같아서 여름은 머뭇거리다 수긍했다.

"아…… 응."

손목시계로 시각을 확인한 이현의 얼굴이 구겨졌다.

"가자. 밥 먹으러."

그가 손목을 끌고 근처 식당으로 그녀를 데리고 갔다. 부대찌개를 시켜놓고 그녀에게 수저를 건넸다.

"먹고살자고 일하는 건데 밥은 먹고 하지?"

호통 치는 목소리가 낮게 울렸다.

"귀찮아. 그냥 머슴 하나 있었으면 좋겠다. 때 되면 끼니 챙겨주고, 야식 챙겨주고 환상적인 커피까지 대령해 주면 땡큐 베리 감사인데."

보글보글 끓는 부대찌개를 저어 앞접시에 담은 그가 웃었다.

"그런 머슴 있으면 데리고 살려고?"

"그럴까?"

아리송한 대답을 하며 그녀가 쿡쿡 웃었다.

"부러운데."

"아무래도 머슴을 하나 두는 게⋯⋯."

"누군지 몰라도 네 머슴 될 놈."

"⋯⋯."

"부럽다."

밥을 퍼 먹으며 이현이 혼잣말인 양 중얼댔다. 어떤 생각을 하고 있는지 도통 가늠하기 어려운 이현의 눈빛에 여름은 그를 빤히 바라보았다.

"내가 할까?"

"뭘?"

"네 머슴. 스튜디오보다는 그게 더 쏠쏠할 것 같단 말이야."

이현의 눈빛에 장난이 서려 있는 걸 읽은 여름이 비아냥거렸다.

"잘할 수 있겠어?"

"때 되면 끼니도 챙겨주고, 야식은 물론 간식까지 챙겨줄게. 커피 머신기에서 직접 추출한 신선한 커피까지 대령해 주고. 어때, 나 같은 머슴 욕심나지 않아?"

"퍽이나."

반으로 휘어진 그의 눈이 참 선하다는 생각이 들었다. 그 선한 눈매는 왜 시간이 지나도 변하지 않는 건지 궁금해졌다. 열일곱, 그때와 똑같다. 나이를 먹어도, 시간이 지나도 똑같다. 여전하다.

여름은 좀 전에 봤던 여자가 떠올라 지나가는 어투로 물었다.

"아까 같이 있던 여자는 누구야?"

"봤어?"

"응. 빨간색 미니쿠퍼."

"대학 후배."

"아. 스튜디오엔 어쩐 일로?"

그녀가 채근하듯 물었다.

"유럽에서 사진 공부 하고 돌아왔다고 겸사겸사 얼굴 도장 찍는 거지."

"그래?"

그가 수저를 들고 밥을 먹는 모습을 보는 그녀의 얼굴에는 저도 모르게 미소가 번져 있었다. 하지만 곧 그 미소는 얼굴에서 지워졌다. 여름은 밥 한 공기를 깨끗하게 비웠다.

"홍한테 스튜디오 문 닫고 가라고 했어. 데려다 줄게."

"아냐. 됐어."

"흉흉한 세상이야. 나와."

호통 치는 그의 목소리에 여름은 못 이기는 척 수긍하고 말았다. 그냥, 얼굴만 보러 온 것뿐인데 저녁을 얻어먹은 것도 모자라 기사로 부려먹고 말았다. 그는 말없이 운전대를 잡았다. 미안한 얼굴로 여름이 벨트를 매며 말했다.

"불쑥 찾아와서 미안."

"피장파장인데 뭘."

회사로 찾아왔던 걸 말하는 거였다.

"새삼스럽게 미안은 무슨. 아무 때나 와도 돼. 단……."

"단?"

"내가 있을 때 와. 헛걸음하지 말고."

그녀는 대답 대신 고개를 끄덕였다. 곁눈질로 그도 그녀가 고개로 대답하는 걸 보았다. 붉은 빛을 내며 제자리를 지키고 있는 가로등이 그녀의 시야에서 빠르게 지나갔다. 어느새 집에 도착한 여름은 벨트를 풀었다.

"조심히 들어가."

"응."

여름이 차에서 내렸다. 뒤에서 라이트를 켜놓은 덕분에 주변이 밝아진 게 느껴졌다. 빌라에 들어갈 때까지 줄곧, 그는 그렇게 그 자리를 지키고 있었다. 어제오늘 일도 아닌데 여름은 새삼스러운 얼굴로 뒤를 보았다.

녀석에게 애인이 생겨도 우리 사이는 그대로일까? 똑같을까? 불쑥 찾아오고 찾아가도 되는 걸까?

그때도 친구인 건 변함이 없겠지.

여름의 복잡했던 얼굴에 미소가 스며들었다. 친구란 그래서 좋은 거구나.

✳

아침부터 스튜디오로 쉼 없이 여름의 직장 동료들이 몰아쳤다. 프로필 사진을 찍고, 증명사진, 그리고 가족사진까지 이현은 연이어 찍었다. 그 모습을 지켜본 예진은 여름에게 전화를 걸었다.

"썸."

〈응. 예진아.〉

"아침부터 정말 바쁘다. 네 회사 동료라며 몇 명이 다녀갔는 줄 알아?"

〈그랬어? 류이현, 나한테 한턱 내야겠는데.〉

여름은 그 상황이 왠지 눈에 선해서 낮게 웃었다.

"뭐 하고 있어?"

〈책 봐.〉

"류 사장이 커피 배달 부탁한대."

예진이 흘깃 이현에게서 몇 걸음 떨어져 속삭이듯 말했다.

"아이스모카. 겸사겸사, 점심도 얻어먹고."

〈그래. 아이스모카 두 잔.〉

망설이던 여름이 너그러운 목소리로 대답했다. 집에서 하루 종일 독서를 할 것만 같은 여름의 느긋한 목소리에 예진은 이현을 들먹이며 스튜디오로 불러냈다.

"썸이 커피 사온대."

"커피?"

"응."

"네가 오라고 한 건 아니고?"

그녀 성격상 말 안 하고 왔으면 왔지, 미리 연락하고 오는 성격은 아니었다. 아니면 도착해서 들어간다고 통보했을 것이다.

"너 작두 타야겠다."

찔렸는지 예진이 이현의 팔을 툭툭 치며 능청을 떨었다. 이현은 한마디 더 하려다 책상 위의 핸드폰의 진동에 예진을 노려보며 전화를 받았다.

〈오빠.〉

"아. 미영이구나."

기다린 전화가 아니었던 것처럼 이현은 실망감이 묻어나는 목소리로 전화를 받았다. 발신번호를 확인하지 않고 전화를 받은 탓이었다.

〈나 지금 스튜디오 근처인데 들어가도 돼?〉

"조금 있다 친구가 오기로 했어."

〈잠깐이면 돼. 전해줄 게 있어서.〉

이현은 난감한 얼굴로 잠깐 뜸을 들였다.

"그래."

미영이 응, 하고 대답하는 목소리가 들렸다. 이현은 요즘 불쑥불쑥 찾아오는 미영이 불편했다.

거기다 여름이 오기로 한 시각에 미영까지 들이닥치면 곤란했다. 그렇다고 잠깐이면 된다는 사람에게 무정하게 돌아가라고 할 수도 없었다. 불편한 얼굴로 이현이 작업실에서 나오자, 때마침 스튜디오 문이 열리면서 미영이 활짝 웃는 얼굴로 성큼 들어왔다.

"오빠, 커피 사왔어."

"커피?"

당황한 얼굴로 이현은 미영이 건넨 테이크아웃 커피를 받아 들었다. 예진 것까지 사온 모양인지 두 개였다.

"이 근처에서 약속이 있어서 가는 길이었는데 오빠한테 점심 얻어먹는 것도 있고 해서 사왔지."

"그랬구나. 잘 마실게."

손바닥에 커피의 시원함이 그대로 전해졌다. 어색하게 인사하며 손에 들린 커피를 바라보는 이현은 마실 생각조차 없어 보였다. 마침 화장실에서 나온 예진은 미영을 보고 인사했다.

"또 보네요."

"네. 커피 전해주러 왔어요. 이만 가볼게요."

싱긋 웃으며 고개를 까닥인 미영이 나가려는데 다시 스튜디오 문이 열렸다.

여름이었다. 여름은 제 앞을 가로막고 있는 여자를 바라보았다. 이현의 대학 후배라던 여자였다. 여름은 그녀 뒤에 있는 이현에게로 시선이 향했다. 그의 손엔 자신이 사온 것과 같은 브랜드 테이크아웃 커피가 있었다. 제 손에 있는 커피가 무안해져 저도 모르게 뒤로 숨겼다.

"손님이 있었네."

"들어와."

이현은 미영에게 받은 커피를 테이블 위에 내려놓고 문 앞에서 머뭇거리고 있는 여름의 팔을 휙 낚아챘다. 여름을 바라보는 미영의 눈은 경계의 빛으로 번뜩였다. 미영이 나가다 말고 여름을 향해 몸을 돌렸다.

"안녕하세요. 유미영이라고해요."

"차여름이라고 해요. 반가워요."

통성명을 하는 분위기는 유쾌하지 않았다. 미영은 찌를 듯한 눈으로 여름을 훑어보다 이내 미소를 지었다.

"이현 오빠 고등학교 친구신가 봐요."

"네. 대학 후배라고 들었는데……."

여름은 저를 바라보는 미영의 눈빛을 피하지 않았다.

"네. 대학 후배예요."

"미영아, 다음에 보자."

이현은 미영의 어깨를 툭툭 치며 대화를 끊었다. 미영은 고개를 끄덕이며 다음에 보자며 여름과 예진에게 인사를 하곤 스튜디오를 나갔다.

"커피 잘 마실게."

이현은 여름의 손에서 커피를 빼앗아 입에 댔다.

"미영 씨가 사온 커피 마시지 않고."

"난 생크림 안 올라간 거 마신단 말이야. 너무 단 건 질려."

미간을 좁히며 생크림이 잔뜩 올라가 있는 커피를 바라보는 이현의 얼굴에 여름의 미소가 또렷해졌다. 뭔가 좋다. 기분이 좋다. 마음에 걸렸던 무언가가 사라진 기분이다. 제 커피를 마시고 기분 좋은 웃음을 머금는 녀석의 얼굴에 여름도 커피를 마셨다.

✻

차여름.

미영의 입매가 매섭게 올라갔다. 그녀를 다시 보게 될 줄은 몰랐다.

꽤 오랫동안 그가 지독하게 바라보는 사람이 누구였는지 미영은 알고 있었다. 같이 수업을 듣거나 공부를 할 때 그녀에게 연락이 오면 기다렸다는 듯 부리나케 달려가는 그 뒷모습이 얼마나 부러웠는지 그녀는 알고 있을까.

부족함 없이 자라 원하는 건 뭐든 쉽게 손에 얻은 그녀였다. 그런데 유독 한 남자의 마음은 얻기가 힘들었다. 오기일지도 모른다. 어쩌면 가질 수 없는 것에 대한 욕심일지도 모른다. 하나, 그래도 그를 가지고 싶었다.

재미 삼아 입학한 대학에서 그를 만났다. 그와 가까워지기 위해 강의도 이현과 맞춰 스케줄을 조정했다. 뿐만 아니라, 조별 과제를 할 때도 다른 동기와 바꿔 그 옆에 붙어 있었다. 하지만 그는 저를 제대로 봐준 적이 없었다. 낮엔 강의실에서, 저녁엔 독서실에서 그의 주변을 맴돌았지만 그의 마음을 얻는 건 불가능했다.

그러다 문득 고백을 하려다 포기한 일까지 떠올렸다. 영화 티켓이 생겼다며 이현에게 같이 가자고 제안했다. 영화를 보고, 분위기가 좋은 곳에서 저녁을 먹으며 고백할 생각이었다. 흔쾌히 수락한 그가 약속 장소에 다른 동기들과 함께 나타나는 순간 미영은 그에게 후배일 뿐이라는 것을 깨달았다. 고백할 여지조차 주지 않는 그가 미웠지만 그 미움은 오래가지 못했다.

여전히 그녀에게 자신의 마음을 숨긴 채 주변을 맴도는 그를 보는 순간, 그때 고백했더라도 그에겐 조금도 다가갈 수 없었음을 알 수 있었다. 가끔씩 보여주는 미소조차 저의 것이 아닌 다른 사람의 것이라는 걸 알고 있었지만 미련이란 놈은 그녀를 놓아주지 않았다.

"하아."

미영의 분홍빛 입술에서 탄식이 섞여 나왔다. 아직도 그는, 그녀를 바라보고 있구나. 그렇게 애틋한 눈빛으로, 애틋한 몸짓을 하며.

"그래도 부럽다."

부러우면 지는 거다.

그렇게 생각했다. 그녀를 부러워하지 말고, 결국 그의 마음을 차지해서 그녀를 보란 듯이 이기면 그만이라고.

미영은 다시 한국 땅을 밟은 이유는 오직 류이현이라는 남자 때문이었다. 그를 다시 보러 왔다. 결국 제 마음이 예전과 비교가 되지 않을 정도로 커졌음을 깨달았다.

그의 마음을 갖고 싶어.

여름을 본 그의 눈빛이 애틋하게 변하는 순간 미영은 질투 어린 마음이 저 깊은 곳에서 치솟고 있었다.

＊

점심 식사를 하고 자리로 돌아온 여름은 핸드폰 진동에 액정을 확인했다. 발신인은 혜영이었다.

"네, 언니."

〈아가씨, 바쁘신가? 오늘 저녁 시간 좀 내주지?〉

장난기 가득한 불량스러운 혜영의 목소리를 들으며 사무실 밖으로 나왔다.

"바쁜 건 내가 아니라, 불량주부 혜영 언니죠."

〈그럼 오늘 콜?〉

"좋아요."

여름은 잠깐 뜸 들이다 흔쾌히 대답했다. 혜영과는 대학생 때부터 이현 덕분에 알고 지낸 사이였다. 특유의 쾌활함으로 여름은 물론이고 예진과도 허물없이 친한 사람이었다.

〈'파스타' 예약해 놓을게. 거기서 보자.〉

조금 후, 혜영에게 약속 장소를 알려주는 문자메시지가 도착했다. 파스타. 혜영과 자주 가던 스파게티 가게 이름이다. 혜영이 결혼하고 육아에 정신이 없어 가본 지 꽤 되었다. 오랜만에 혜영을 만나 수다 떨 생각에 여름은 조금 들떠 있었다.

파스타의 인테리어는 못 본 새 많이 바뀌어 있었다. 전엔 아기자기한 분위기에 레이스가 주 인테리어였는데, 지금은 유럽풍 서적들과 가구들로 바뀌어 한층 고급스러운 분위가 물씬 풍겼다.
오랜만에 본 혜영의 모습에 여름은 반갑게 손을 흔들었다.
"얼굴이 왜 그 모양이야."
혜영은 여름을 보자마자 핀잔을 늘어놓았다. 오랜만에 보는 얼굴이 참 안쓰러웠다. 그전보다 더 마른 것 같기도 했다.
"왜요?"
"왜라니. 아가씨 얼굴이 왜 이렇게 까칠해?"
"그래요?"
볼을 쓸며 몰랐다는 듯 여름이 물었다.
"이럴 줄 알았으면 보신탕 먹으러 가는 건데."

"마음만 받을게요, 언니."

직원이 가져온 메뉴판을 펼쳐 혜영 앞에 두며 대답했다. 혜영은 해물스파게티를 고르고 여름은 크림스파게티를 주문했다.

"하림이는 이제 일곱 살인가요?"

"그래, 미운 일곱 살. 말도 안 듣고 어찌나 꼬박꼬박 말대답을 하는지. 애 하나 키우는 게 보통 일이 아니야."

냉수를 마시며 혜영은 끔찍하다는 듯 고개를 저었다. 하지만 그래도 미울 때만 있었던 건 아니다. 제가 낳은 자식이고, 제 자식이니 미워도 그때뿐이었다. 잠들어 있는 모습이나 밥을 먹는 모습만 봐도 혜영은 절로 미소가 지어졌다.

"그래도, 가끔 예쁠 때도 있지."

"누가 엄마 아니랄까 봐."

혜영에게서 모성애를 읽은 여름이 피식 웃었다.

"그런데 너나 예진이나 도련님도 그렇고, 다들 연애를 안 해?"

"예진은 빼줘요. 이별한 지 반년밖에 안 됐으니까."

서비스로 나온 마늘빵을 소스에 찍어 혜영에게 건넸다. 마늘빵에서 나는 고소한 냄새가 후각을 자극했다.

"이별은 이별이고. 왜 아까운 청춘을 허비하고 있어."

"난 청춘을 일에 쏟고 있는 것뿐이에요. 난 일할 때 희열을 느끼거든요."

"뭐, 일할 때 느끼는 희열 좋지. 하지만 사랑을 할 때의 희열도 느껴보라고."

"사랑을 할 때도 희열을 느껴요?"

금시초문인 듯 여름이 물었다. 마침 주문한 스파게티가 제 앞에 놓였다.

"그럼. 이 사람이 나 없인 못 사는구나, 할 때 느꼈었지."

"어째 과거형인 것 같은데요."

파스타를 포크로 돌돌 말며 여름이 웃었다. '느꼈었지'란 대목에서 혜영이 과거를 회상하는 것같이 들렸다.

"정정. 지금도 느끼고말고. 결혼해서 애가 있어도 사랑 없이 어떻게 살아? 안 그러면 어떻게 한 이불 덮고, 같이 밥 먹고, 아침에 눈 뜨자마자 맡는 입 냄새가 향기로울 수 있겠어?"

"어우."

여름은 싫다는 얼굴로 고개를 저었다. 자다 일어나 눈곱이 낀 제 얼굴을 누군가 본다는 것을 생각하는 것마저 치가 떨렸다. 그런데 입 냄새라니.

"그 사람이 나를, 내가 그 사람을 열렬히 사랑하고 있는 걸 확인하는 순간 느끼는 희열은 상상 그 이상이야."

여름은 여전히 혜영의 말을 이해할 수 없다는 얼굴이었다. 누군갈 사랑해 본 적 없는 그녀가 혜영의 목소리에서부터 전해지는 희열을 느끼기엔 너무 벅찼다. 하지만 이해할 수는 있을 것 같다. 저리 사랑스러운 얼굴을 하는데 어떻게 모를 수가 있겠는가. 그녀가 열렬히 사랑을 하고 있는 중이라는 것을. 조금 부럽다. 누군갈 사랑할 수 있는 여유가, 사랑받음에 빛나는 저 눈동자가 너무 예쁘다. 여름은 쓰게 웃으며 잘 말은 스파게티를 제 입에 넣었다.

"그나저나 도련님은 정말 만나는 여자 없어?"

"아마도요?"

"연애하면 엔돌핀이 얼마나 도는데. 그것도 모르고."

"때 되면 하겠죠, 뭐."

그 녀석이 연애를, 사랑을?

무심한 듯 자상한 남자가 바로 그였다. 그 녀석과 연애를 하게 될 여자는 행복하겠구나. 적어도 바람 때문에 속 썩이는 일 없을 거고, 외롭게 내버려 두지 않을 테니까. 조금씩 저에게 물들게 할 것이다. 확 끓어올랐다가 파르르 식는 사랑이 아닌, 오랫동안 지속되는 사랑을, 녀석은 할 것 같다.

생각에 잠긴 여름에게 혜영이 흥미로운 얼굴로 물었다.

"친구인 남녀 관계에서 누군가 애인이 생기거나 가정이 생겨도 지금처럼 지낼 수 있을까?"

"이현이에게 애인이 생겨도 지금처럼 가깝게 지낼 수 있냐고 묻고 싶은 거예요?"

"응."

"당연한 거죠. 애인이 생기고 가정이 생긴다고 우정에 금이 가면……."

"아니, 틀렸어."

혜영이 고개를 저었다. 확신에 찬 혜영의 목소리에 기가 눌린 여름은 반박하지 못하고 표정으로 그 이유를 물었다.

"지금까지 너와 도련님이 친구 관계를 유지할 수 있었던 건 둘 다 애인이 없었기 때문일걸?"

"에이, 언니."

"그런데 만약 둘 중 누군가에게 애인이 생기면 서서히 멀어지게 될 거야. 그건 관심이 친구에게서 애인에게 옮겨갔기 때문이고. 여자들 사이에서도 애인이 생기면 소홀해지게 마련인데, 아무렴 남녀 친구 관계에서 성립되지 않는다는 보장은 없지."

이해될 것 같기도, 그렇지 않은 것 같기도 한 혜영의 말은 어렵기만 했다.

"만약 혁이 씨한테 여름이 너처럼 가까운 이성 친구가 있었다면, 아마 결혼 안 했을지도 몰라."

"어째서요?"

"그 두 사람 사이엔 내가 감히 낄 수 없는 추억이 있거든. 그런데 무정하게 인연을 끊어라 하기엔 자격이 없고, 친구라는 여자에게 질투로 무장할 것 같거든."

"언니의 말은 너무 어렵네요."

여름은 어색하게 웃었다.

"그런 말 있잖아. 남녀 관계의 우정은 어느 한쪽의 짝사랑으로 지속된다는 말."

"아…… 그 말은 우리 둘한테는 해당 사항이 없는 것 같은데요."

"그렇게 자신할 수 있어?"

"언니도 참……."

혜영의 짓궂은 농담에 여름은 손사래를 쳤다. 그 녀석에게 애인이 생기면 서운하겠지만, 그래도 축복해 줄 수 있다. 그건 당연한 일이니까. 그런데 멀어진다니, 그 녀석을 잃게 된다 생각하니 아주 조금 가슴이 뻐근해졌다. 지금처럼 지낸다는 건, 너무 과한 욕심인 건가.

✼

　이제 거의 마무리되었다. 후우, 깊은 숨을 내쉬며 여름이 기지
개를 켰다. 점심 식사를 하러 직원들이 빠져나간 사무실은 텅 비
어 있었다. 뒤늦게 시각을 확인했다. 점심시간이 끝나기 20분 전
이었다. 구내식당에 가기엔 너무 늦은 터라 1층 로비에 있는 카페
에서 샌드위치로 가볍게 때워야 할 것 같았다. 그렇게 생각을 정
리하고 지갑을 챙겨 엘리베이터에서 막 내렸을 때였다.

　"어머, 안녕하세요."

　저를 보고 반갑게 인사하는 미영에게 시선이 빼앗겨 엘리베이
터 문이 그대로 닫힐 뻔했다. 미영이 재빨리 열림 버튼을 눌렀다.
다시금 환한 미소로 저를 바라보는 미영의 얼굴이 어느 때보다 또
렷이 보였다.

　"고마워요."

　뒤늦게 엘리베이터에서 내린 여름이 인사했다.

　"반가워요. 그런데 여긴 어쩐 일로……."

　"아빠 친구분이 이 회사에 계시거든요. 잠깐 뵈러 왔어요."

　"지금 점심시간인데……."

　난감한 얼굴로 말끝을 흐리며 여름은 미영의 얼굴로 시선을 던
졌다.

　"급하게 온다고 왔는데 벌써 시간이 이렇게 됐네요. 아, 어디 가
시는 중이었나 봐요?"

"일하느라 점심을 걸러서 카페에서 샌드위치 먹으려던 참이었어요."

여름은 미영의 등 뒤로 보이는 카페를 턱으로 가리켰다. 미영이 반색하며 손뼉을 마주쳤다.

"저도 점심 전인데 저랑 같이 가요."

"그래요, 그럼."

썩 내키지 않는 표정으로 여름이 답했다. 굉장히 친근하게 다가오는 미영이 여름이 조금 불쾌한 기분이 들었지만, 그리 오래가지 않았다. 카페에 들어가 샌드위치와 커피를 주문하고 빈 테이블에 미영과 마주 앉았다.

"이현 오빠 친구니 언니라고 불러도 될까요?"

여름은 커피를 한 모금 마시며 친근한 말투에 미영을 바라보았다. 머뭇거렸지만, 여름은 흔쾌히 대답했다.

"그렇게 해요."

여름의 허락이 떨어지자, 미영은 기다렸다는 듯 대화를 이어 나갔다.

"언니가 이 회사에 근무하고 있을 줄은 몰랐네요. 이런 데서 만나다니."

"그러게요."

시원한 얼음이 둥둥 떠다니는 커피를 입에 갖다 댄 여름이 별 감흥 없는 표정으로 대답했다.

"언니 아니었으면 아무도 없는 사무실에서 마냥 시간 낭비할 뻔했네요."

"실례지만 아버지 친구분이 누군지 물어봐도 될까요?"

"최 장 자 학 자 되세요. 임원직으로 계시다고 들었는데 귀국하고 인사나 드릴까 하고 왔어요."

최장학 전무. 회사에서 어느 정로 권력을 휘두를 수 있는 사람이었다. 회사 설립에 어느 정도 투자를 해서 지분이 꽤 되는 걸로 알고 있다. 최 전무와 미영의 친분 사실에 여름은 놀랐지만, 표정을 애써 감췄다.

"아, 그렇군요. 이현의 대학 후배라고 들었는데 학교 다닐 때 꽤 친했나 봐."

여름이 화제를 돌렸다. 질문을 던져 놓은 여름은 그녀의 대답을 기다렸다.

"네. 매일 붙어 다녔어요. 둘이 사귀냐고 할 정도로요."

"사귀지 않고요?"

직설적인 여름의 질문에 미영이 수줍게 웃었다.

"실은 제가 오랫동안 짝사랑했거든요. 혹시 오빠 좋아하는 사람 있어요?"

"글쎄요. 시시콜콜한 것까지 저에게 털어놓는 녀석이 아니라 저도 장담은 못하겠네요."

"꽤 친하다고 생각했는데, 그래도 이성 문제까지 털어놓는 사이는 아니었나 보네요."

그 말이 꼭 이현에 대해 아무것도 모르는 사람 취급 받은 것 같아 여름의 표정이 굳어졌다. 그에 대해서 제일 잘 안다고 생각했는데 자만이었던 모양이다.

"사람들은 저마다 혼자만의 비밀 같은 거 가지고 있잖아요. 그런 거죠."

"음, 듣고 보니 그러네요."

한풀 꺾인 미영의 반응에 여름은 다시 냉커피를 입에 댔다. 시원한 커피를 입에 머금은 채 가늘게 뜬 눈으로 그녀를 바라보았다.

"언니, 부탁이 있는데요."

"부탁이요?"

묻는 여름의 목소리가 불안하게 떨렸다.

"저와 이현 오빠랑 잘되게 도와주세요."

"네?"

미영의 노골적인 부탁이었다. 대답 대신 반문을 한 여름의 눈이 커졌다.

"저 오랫동안 오빠만 봤거든요. 그런데 그 둔치는 모르는 것 같더라고요."

"아⋯⋯."

속상하다는 듯 입을 비쭉 내밀며 귀여운 표정에 미영을 여름은 멍한 표정으로 바라봤다. 긍정도 부정의 대답도 아닌 채로 입술만 달싹거렸다.

"도와주세요. 오빠랑 잘되면 한턱 쏠게요."

미영의 애교 넘치는 목소리에도 여름은 아무런 반응이 없었다.

그 녀석에게 애인이 생긴다⋯⋯.

이렇게 애교 넘치는 여자라면 분명 녀석도 행복하겠지?

내가 낄 자리 따윈⋯⋯.

하. 당치도 않는 생각을 하다니. 커피잔을 들고 있는 여름의 손에 힘이 들어갔다. 진즉 닥쳤어야 했던 일이니 앞으로 일어난다고 해도 이상할 건 없었다. 그런데 왜 저가 이런 말도 안 되는 부탁에 침묵을 지키는 걸까. 기분 나쁜 잡념은 뭔데.

여름의 눈이 반쯤 감겼다. 잡념을 얼굴에서 지워 버린 여름은 커피를 테이블 위에 내려놓고 대답을 기다리는 미영에게 시선을 던졌다. 고민 끝에 그녀의 입술이 열렸다.

"미안해요. 그런 일엔 별로 재주가 없어서."

여름은 어색하게 웃으며 난색을 표했다.

"먼저 일어날게요."

생글생글 웃던 미영의 얼굴이 구겨지는 걸 볼 새가 없을 정도로 여름은 마음에 큰 파장이 일었다.

6. 녀석이 좋아하는 여자

잠이 오지 않는 밤이었다. 백 년 만에 찾아온 무더위는 한껏 기승을 부리며 열대야를 만들어냈다. 유난히 더위에 약한 여름은 뒤척이다 결국 감았던 눈을 떠버렸다.

쓸데없는 잡념이 머릿속에 가득 차 있었다. 그날 알면서 모르는 척, 여름은 미영 앞에서 경계심을 늦추지 않았다. 마치 저가 주도권을 가지고 있는 듯 행세를 하다니.

친근하게 다가오는 미영을 경계했던 건 사실이다. 사람 관계에서 선을 긋는 데 일가견이 있는 탓인지, 뒤틀린 마음 때문인지 알 길이 없었다. 문득 그런 생각이 들었다.

내가 그녀를 경계한 걸까. 견제한 걸까.

지잉.

협탁 위에 올려놓은 핸드폰 소리가 그녀의 잡념을 깨버렸다. 어두운 곳에서 액정이 환하게 불빛을 뿜내고 있었다. 여름은 액정에 떠 있는 이름을 바라보았다.

이현.

녀석이었다. 제 마음을 읽기라도 한 듯 하필 이럴 때 전화라니. 몸을 일으킨 여름은 통화버튼을 눌렀다.

〈안 자고 있었어?〉

대뜸 날아오는 목소리에 여름은 정신이 더욱 맑아짐을 느꼈다.

"오늘 유난히 덥네. 잠을 설쳤어."

〈아이스크림 먹을래?〉

"아이스크림? 이 시각에?"

재차 묻는 여름의 물음에 천진난만한 목소리가 날아왔다.

〈응. 뭐 먹을래?〉

"아, 나는 아무거나."

그 천진난만함에 여름은 무너지고 말았다. 힘을 뺀 목소리로 대답한 여름은 혹시나 하는 마음에 거실로 나가 창문을 열었다. 오랫동안 잡념으로 시끄러웠던 머릿속이 일순간 정지되는 기분이었다.

있구나. 미리 아이스크림을 사두었구나.

밖으로 나오자 차에 기댄 채 아이스크림을 먹는 녀석이 보였다. 이 늦은 시각에 무슨 아이스크림이냐는 생각이 지나간 뒤, 왜 하필 '여기서' 아이스크림을 먹고 있는 건지 궁금해졌다. 가까이 다가가자 기다렸다는 듯 이현은 비닐봉지를 넓찍이 열어 젖혔다. 여름은 종류별로 있는 아이스크림을 뒤적거리다 하나 집었다. 비닐을 뜨고 그대로 제 입속에 가져간 여름은 시원함에 의문 따위는 모두 사라졌다.

"더워서 못 자고 있었구나."

"아니거든요."

"아니란다. 아이스크림에 벌떡 일어난 녀석이."

기분 좋게 웃으며 아이스크림을 한입 베어 먹는 그에게 여름은 더 이상 반박하지 않았다. 그래, 더워서 잠을 못 잔 거다. 백 년 만의 무더위가 사람의 정신마저 흐리게 만들어 버린 거다. 그렇게 생각하고 나니 마음에 평온함이 찾아들었다. 시원한 밤바람을 맞으며 아이스크림을 먹고 있으니 기분이 상쾌해졌다.

"이현아, 너 좋아하는 여자 있어?"

"……뭐?"

"따라다니는 여잔 많을 거고, 좋아하는 여자 있냐고."

"그건 왜 묻는데?"

"내가 널 10년 넘게 봤는데 연애하는 걸 본 적이 없는 것 같아서."

혹시나 했는데 역시나 여름은 그저 단순한 호기심에서 묻는 거였다. 이현은 괜히 기운이 쭉 빠지는 기분이었다.

"그게 이제야 궁금해졌냐."

"늘 궁금했는데 이제야 물어보게 되었네."

멋쩍게 웃으며 여름이 머리를 쓸어 넘겼다. 그런 여름의 까만 눈동자를 응시하다 고개를 캄캄한 하늘로 돌렸다.

"……있어."

말하는 이현의 목소리가 떨리고, 심장이 일렁였다.

"있었어?"

"현재진행형인데."

금시초문이라는 얼굴로 재차 확인하는 여름에게 이현은 흔들림 없는 눈동자로 대답했다.

"아…… 그랬구나."

난 몰랐네.

마지막 말은 턱 끝으로 간신히 삼킨 여름의 눈꺼풀이 반쯤 내려 앉았다. 검은색 캔버스화가 그녀의 시야에 들어왔다. 재작년, 그의 생일 선물로 사준 운동화였다. 볼 때마다 이 운동화다. 이미 닳아서 너덜너덜해졌다. 그런데 녀석은 이 운동화가 편하다고 했다. 하지만 닳아빠진 운동화가 편할 리가 없었다. 우연히 그녀의 시선에 들어온 운동화에 그녀의 미소가 희미하게 번졌다. 그가 조금 멀게 느껴진다. 가까웠던 거리가 금세 100미터쯤 멀어진 것 같다. 그에 대해 제일 잘 안다고 자신했는데 그건 자만이었던 걸까? 자신은 그에 대해 무엇을 알고 있었던 걸까? 힘겹게 입술을 끌어당긴 여름이 억지미소를 보였다. 평온했던 마음에 또다시 파도가 밀려온 듯 회오리치고 있었다. 10년을 넘게 알았다. 10대, 20대를 함께했고 이제 30대에 접어들었다. 그간 함께해 온 시간이 마치 아무것도 아닌 것처럼 치부되는 기분이었다.

……뭐지, 이 기분은?

순식간에 몰아친 복잡한 감정에 여름은 혼란스러웠다. 단순한 서운함인 걸까.

그렇게 늘 함께했는데 좋아하는 여자가 있었는지도 모르고 있었다니. 서서히 비밀이 하나둘씩 생기는 건가? 우린 더 이상 열일곱의 어린애가 아니니까.

그런데 궁금했다. 그가 좋아하는 여자가 누군지.

여름의 입술이 달싹거렸다가 굳게 닫혔다. 무언가 하고 싶은 말이 있는 얼굴로 마음에도 없는 말을 내뱉었다.

"그래, 잘됐으면 좋겠다."

제일 좋아하는 친구, 류이현.

너도, 사랑을 하는구나.

여름은 이현이 새삼스럽게 느껴졌다. 마치 처음 보는 사람처럼 낯설었다.

✳

"차 대리, 3개월 동안 내 후임으로 일하게 될 유미영 씨예요."

최 전무의 비서인 김 대리의 얼굴에서 활짝 웃고 있는 미영에게로 시선을 옮긴 여름은 사태 파악이 덜된 얼굴이었다. 김 대리의 후임이 미영이라니.

"언니! 잘 부탁해요."

특유의 친근함으로 미영이 밝게 인사했다. 여름은 어색하게 미소를 짓다 의문의 눈빛을 김 대리에게 건넸다.

"이제 출산 휴가 쓰려고요."

만삭의 배를 쓸며 김 대리가 말했다. 김 대리의 대체 근무자는 아웃소싱 업체에서 받기로 한 걸로 알고 있었다. 김 대리에게 인수인계 후 바로 일할 적임자를 찾는 걸로 알고 있던 여름은 사회 초년생의 분위기를 물씬 풍기고 있는 미영의 등장에 당황할 수밖에 없었다. 역시 백이 있는 사람은 그것을 적절히 이용할 줄 안다. 이렇게 쉽게 3개월 대체 근무 자리에 들어오다니. 잘만 하면 김 대리를 밀어내고 그 자리를 차지할 수도 있었다.

"아, 그래요? 생각보다 빨리 뽑았네요."

"그러게요. 인사팀에 말한 지 얼마 안 됐는데 다행이지 뭐예요. 차 대리, 수고해요."

김 대리가 웃으며 미영과 함께 다른 부서로 이동했다. 놀람과 당혹스러움이 지나간 뒤 여름은 멀리서 미영을 쳐다보았다. 미영은 손을 흔들며 여름에게 알은체 해왔다. 다른 부서 여직원이 여름에게 물었다.

"아는 사이예요?"

"그냥 좀……"

이제 일면식한 지 얼마 안 된 사람이라고 하기엔 미영은 친근하게 다가왔다. 그렇기 때문에 신용할 수 없고 다가갈 수 없는 사람이었다. 아직 그녀가 어떤 부류의 사람인지 알지 못했다.

미영 씨일까, 녀석의 현재진형이라는 여자. 오랫동안 마음에 둔 여자. 녀석의 마음을 가진 유일한……. 여름은 고개를 저었다.

아닌 척하면서 실은 꽤 신경 쓰고 있잖아. 이런 이중적인 모습이 차여름이라니.

점심시간이 되자 미영이 함께 점심 먹으러 가자며 마케팅팀으로 왔다. 그리곤 여름의 팔에 자신의 팔을 끼워 넣었다. 여름은 그런 미영의 행동이 부담스러워 저도 모르게 손을 뿌리쳤다.

"아, 미안해요. 이런 것에 익숙하지 않아서."

"아뇨, 괜찮아요. 이현 오빠 친구라서 그런지 제가 너무 스스럼없이 행동했나 봐요."

어깨를 으쓱하는 미영을 보자 여름은 미안한 마음에 말을 잇지 못했다. 이렇게 괜찮다는 사람에게 어떻게 해야 하는 건지 난감했다.

"어서 밥 먹으러 가요. 배고프다."

"그래요."

"대리님, 말을 놓으시는 건 어때요? 전 이제 새내기고, 나이도 어린데 편하게 하셔도 될 것 같아요."

"전 원래 존댓말이 편해요. 반말을 하는 건 왠지 하대하는 것 같고, 나이가 어리든 직급이 낮든 존중받아야 한다고 생각하거든요."

그래서 여름은 회사에 입사한 이래 직급과 나이에 무관하게 막내 여직원에게까지 존대를 해왔다. 그녀가 신입사원일 때 선배에게 반말 섞인 명령 투로 업무 지시를 받으면서 하대를 받는다는 생각을 해왔기 때문이었다.

"그럼 편해지시거든 말 놓으세요."

여름은 집요한 미영의 말에 못 이기는 척 고개를 끄덕였다. 식당에 내려가자 남자 직원들이 미영에게 한 번씩 시선을 던졌다.

큰 키에 늘씬한 몸매까지 빠지는 게 없었다. 거기다 미영은 저에게 시선을 주는 남직원들에게 고개를 숙이며 깍듯이 인사했다. 그런 미영 옆에 있는 게 여름은 불편했다. 남들 시선이 졸지에 옆에 있는 저에게까지 오는 게 부담이었다. 식판을 들고 미영과 마주 앉았다. 대부분 그녀는 혼자 식사하러 식당에 올 때가 많았다. 일하다 보면 점심시간이 넘어가 있을 때도 있어 부랴부랴 식당에서 혼자 식사를 했다. 그냥 지나치던 날도 허다했다. 가끔 여직원들과 나가서 먹을 때 빼고는 대부분 그랬다. 누군가와 같이 마주 앉아 식사를 한다는 건 오랜만인 듯했다. 혼자 밥을 먹을 때와 타인과 밥을 먹는 건 달랐다. 상대방이 어떤 반찬을 좋아하고 싫어하는지까지 어느 정도 예측할 수 있고, 밥을 먹는 속도도 맞춰야 했다. 다행히 미영은 여름과 마찬가지로 천천히 식사를 하고 있었다.

"대리님, 커피 한잔 어때요?"

"커피?"

"네. 다른 언니들이랑 점심 식사하고 휴게실에서 커피 한잔하기로 했거든요."

"미안한데 난 할 일이 있어서요."

이제 막 입사한 지 하루가 채 되지 않았음에도 미영은 다른 여직원들과 벌써 친해진 모양이었다. 누구와 허물없이 쉽게 친해지는 성격이 조금은 부럽기도 했다. 여름과 미영은 식사를 마치고 엘리베이터에 탔다. 7층에서 내린 여름은 사무실로, 미영은 휴게실로 방향을 틀었다.

"아, 대리님."

반대쪽으로 걷던 미영이 할 말 있는 얼굴로 뒤돌아 여름을 불렀다. 여름은 반쯤 몸을 비틀어 미영을 바라봤다.

"이따 이현 오빠 만나기로 했는데 대리님도 같이 가실래요?"

"둘이 맛있는 거 먹어요."

여름은 미소 지으며 고개를 저었다.

"왜요? 같이 가시지."

"난 오늘 좀 피곤하네."

"에이, 알았어요."

서운한 얼굴로 돌아서는 미영의 구두 굽 소리가 서서히 멀어지자 그제야 여름은 걸음을 멈추었다. 미영이 뻔히 이현을 좋아하고 있는 걸 알고 있으면서 두 사람이 만나는 자리에 낄 수는 없었다. 이런 날이 오는구나. 녀석을 만나는 걸 눈치 보게 될 날이 올 줄이야.

✳

미영은 자판기에서 막 뽑은 커피를 여직원들에게 하나씩 돌렸다. 여직원들은 반색하며 커피를 받았다. 미영은 캔커피를 따 제입으로 가져가며 서운한 얼굴로 말했다.

"차 대리님도 같이 오려고 했는데 할 일이 있다고 하셔서 혼자 왔어요."

"차 대리님이야 늘 바쁘니까 신경 쓰지 말아요, 미영 씨."

"맞아. 그러고 보니 미영 씨, 차 대리님이랑 어떻게 아는 사이야?"

호기심 어린 눈으로 한 여직원이 물었다.

"제 대학 선배와 차 대리님과 친구 사이세요. 저번에 회사에 왔다가 우연히 보고 알았어요."

미영은 머리를 귀에 꽂으며 예쁘게 웃었다. 사실은 여름의 뒤를 캐다가 이 회사에서 일하고 있다는 사실을 알고 나서 얼마나 반색했는지 모른다. 아빠 친구분이 전무로 있는 회사였다. 어릴 적부터 저를 친딸처럼 아껴주었던 최 전무에게 겸사겸사 얼굴 도장을 찍기 위해 회사로 왔을 때, 미영은 최 전무의 비서 후임으로 단기간 일할 직원을 채용 중이라는 것을 알았다. 하지만 3개월 단기간이라는 제한 때문에 지원자가 많지 않다는 얘기를 듣고 미영은 최 전무에게 저가 하겠다고 선뜻 말했다. 최 전무 정도의 입김이라면 3개월이 아니라 김 비서를 밀어내고 이 자리를 차지할 수도 있을 것 같았다. 이 자리를 꿰차고 앉을지 말지는 앞으로 상황을 지켜봐야 할 듯했다.

이젠, 가만히 두 손 놓고 이현이 그녀에게 가는 것을 지켜보고만 있지 않을 것이다. 미영이 알아본 바에 의하면 여름은 회사에서 크게 신임을 얻고 있었다. 덕분에 여직원들 사이에선 선망의 대상인 동시에 경계의 대상이었다.

"3개월 근무지만 첫 직장이니 많이 어렵죠?"

"네. 아무래도 유럽 가서 공부하고 온 후에 첫 직장이라 어렵네요. 많이 도와주세요."

"어려운 일 있으면 도와줄게요."

여직원들이 너그럽게 미영의 부탁에 수긍했다. 제법 싹싹한 미영의 태도가 여직원들에겐 좋게 보인 모양이었다. 거기다 최 전무와 미영의 부모가 친분이 있는 사이라는 걸 안 여직원들은 그녀를 함부로 대하지 못했다. 서로들 눈치 보며 미영을 대하는 태도가 조심스러웠다.

"미영 씨, 애인은 없어요?"

"없어요. 좋아하는 사람은 있고요."

미영이 수줍게 말했다. 남의 사랑 얘기 듣는 것만큼 재미있는 일도 없다며 여직원들의 질문이 이어졌다.

"아까 말한 대학 선배예요."

"차 대리님 친구라는?"

미영이 고개를 까닥했다.

"그럼 차 대리님한테 잘되게 도와달라고 하지."

"안 그래도 부탁했었는데……."

미영이 아랫입술을 깨물며 말끝을 흐렸다.

"거절하셨어요?"

"아무래도 곤란하신가 봐요."

괜찮다는 듯 미영이 싱긋 웃었다. 그 모습에 여직원들은 혀를 차기 시작했다.

"가만 보면 차 대리님 무정한 거 알아?"

"맞아. 잔정이 없다고 해야 하나?"

"아, 아니에요. 뭔가 오해가 있으신 것 같은데……."

"지금 차 대리님 편드는 거예요? 미영 씨는 속도 좋아."

미영이 여직원들의 말을 가로채려 했지만 다른 여직원에 의해 말을 잇지 못했다. 그리곤 돌아가는 상황을 보며 혼자 미소를 지었다.

✳

이현은 저 멀리서 오는 민식을 보며 손을 흔들었다. 민식은 턱을 쓸며 이현의 맞은편에 앉았다.

"미영이는 언제 온대?"

"인마, 얼굴 보자마자 미영이만 찾냐?"

이현이 웃으며 민식을 나무랐다. 그래도 좋은지 민식의 얼굴에선 미소가 떠나지 않았다. 며칠 전 민식이 이현에게 연락을 해왔다. 이런저런 말을 늘어놓다, 미영과 친하지 않으냐며 잘되게 다리를 놓아달라는 것이었다. 남의 연애사에 끼어드는 건 취미 없었지만 민식의 간곡한 부탁에 이현은 오늘 저녁 미영과 함께 저녁 약속을 잡았다.

"이제 곧 올 때가 된 것 같은데."

이현이 시간을 보며 확인하자 저 멀리서 미영이 식당 안으로 들어오는 게 보였다. 이현이 민식에게 턱짓을 했다. 그러자 자리에서 일어나 미영을 바라보는 얼굴에 화색이 돌았다.

"미영아, 왔어?"

"아, 오빠도 있었네."

"앉아."

미영은 실망한 얼굴로 이현 옆자리에 앉았다. 주문한 음식이 테이블에 세팅되자 민식은 컵에 물을 따라 미영에게 건넸다.

"오늘 민식 오빠랑 같이 만난다는 얘긴 없었던 것 같은데."

"아무렴 어때."

이현과 단둘의 데이트로 착각했던 미영은 찬물을 끼얹은 듯 몸이 차갑게 식었다. 수저를 든 그녀의 손이 부르르 떨었다. 그리곤 너털한 웃음을 머금고 저를 바라보는 민식을 못마땅하다는 듯 쳐다봤다.

"미영아, 왜 그렇게 못 먹어?"

민식이 걱정스러운 눈빛으로 미영을 바라보며 다른 반찬을 미영 앞에 놓아주었다.

"먹고 있어."

이현은 민식의 소란에도 미영에게 시선 한 번 주지 않고 밥을 먹는 둥 마는 둥 했다. 충격에서 헤어 나오지 못한 미영은 눈치 없이 자리에 낀 민식이 못마땅했다.

"시원한 맥주 한잔 어때?"

이현이 먼저 제안했다. 민식이 한쪽 눈을 찡긋했다. 미영은 고개를 까닥하며 자리에서 일어났다. 식당에서 나와 인근 호프집으로 자리를 옮겼다. 이현은 화장실 간다며 자리를 비운 후 주차장으로 내려왔다. 별로 도와준 건 없지만, 자리를 마련해 주었으니 앞으론 민식이 알아서 해야 할 몫이었다. 호프집에서 나와 스튜디오 앞에 멈추었다. 불이 꺼진 걸 보니 예진도 일찍 정리하고 퇴근한 모양이었다.

맥주 한잔이 생각나는 밤이네.

시원한 맥주 한 잔을 마시면 텁텁한 입안이 개운해질 것 같았다. 생각을 마침과 동시에 예진에게 전화를 걸었다.

〈퇴근 후까지 전화질이야, 사장님.〉

"일찍 퇴근하고 뭐 하나 싶어서."

〈썸이랑 맥주 한잔하고 있는데.〉

"여름이 집 앞?"

〈너 작두 타라니까. 재능이 아까운데.〉

쩝쩝 입맛을 다시며 예진이 장난스러운 목소리로 말했다.

"맥주 콜."

이현은 여름의 집으로 방향을 틀었다.

평일의 맥주 바는 조용했다. 맥주 종류도 다양하게 냉장고에 가득 채워져 있었고, 굳이 안주를 주문하지 않아도 자유롭게 냉장고에 진열되어 있는 맥주를 꺼내다 마시면 되는 게 가게 영업 방식이었다. 굳이 컵에 따라 마시지 않아도 시원한 맥주병을 든 채로 마시는 것도 나쁘지 않았다. 예진은 일찍 가게 문을 닫는, 맥주 바에서 맥주를 시켜놓고 막무가내로 여름을 불렀다. 류 사장은 약속 있어서 일찍 퇴근했다는 멘트를 날리며 일찍 퇴근한 기쁨을 감추지 못했다.

"맥주 콜, 이란다."

예진이 전화를 끊으며 냉장고에서 맥주 몇 개를 더 꺼냈다. 서비스로 나온 뻥튀기를 뺀 맥주로 테이블이 가득 채워져 있었다.

"약속 있다며."

"일찍 파했나 보지."

여름은 반쯤 남은 맥주를 원샷했다. 목이 탔다. 입안이 바짝 말랐다. 그런데 아무리 마셔도 갈증은 해소되지 않았다.

"예진아."

"응."

여름은 새 맥주병을 따 목을 축였다. 입가에 묻은 잔여물을 닦아낸 뒤 입을 열었다.

"이현이 좋아하는 여자 있대."

"나이가 몇인데 있을 만도 하지."

"그런가? 그런데 난 좀 서운하다."

여름은 뻥튀기를 입에 털어 넣으며 복잡한 얼굴을 했다.

"그 녀석이 좋아하는 여자가 있다는 사실보다, 그 사실조차 모르고 있었다는 게 말이야. 그래도 우리 꽤 친한 친구라고 생각했는데."

누구나 한 가지씩 말 못할 비밀을 가지고 있는 게 아니냐며 의기양양하게 미영에게 말하던 모습과는 천지 차이였다. 내내 괜찮은 척해놓고 이중적인 자신의 모습에 여름은 쓸쓸하게 웃었다.

"썸."

"응."

"그 녀석이 좋아하는 여자가 누군지 물어봤어?"

턱을 괴고 여름을 바라보는 예진의 표정이 예사롭지 않게 변했다.

"그런 걸 물어서 뭐 해."

"물어보지 않고."

다시금 맥주를 입에 넣은 여름의 입술이 촉촉하게 젖어 있었다.

"관심 없어."

말은 무덤덤하게 해놓곤 줄곧 그 여자가 미영이 아닐까 하고 생각했다. 그에게 애인이 생기면 자신이 제일 먼저 축하해 주고 싶었다. 그런데 좋아하는 여자가 생겼다는 것조차 몰랐다는 사실에 여름은 친구로서 실격당한 기분이었다. 작은 공감대조차 형성하지 못한 사이로 전락해 버린 것은 아닌가 하는 실망감이 돌았다.

"혹시 알아?"

반쯤 내려앉았던 여름의 눈꺼풀이 올라갔다.

"말하지 못한 이유가 있을지도."

"하. 그런 이유가 있을 리가……."

맥주 바 문이 열리며 들어온 이에게 시선이 뺏긴 여름은 입을 닫았다.

있을 리가 없잖아. 있을 리가 없어.

"밟았나?"

"응. 맥주가 땡겼거든."

자리에 앉은 이현은 맥주병을 따 제 입속으로 넣었다. 꿀꺽꿀꺽 맥주를 마시는 그의 목울대가 보기 좋게 꿈틀댔다.

"그래도 사고 나면 맥주고 뭐고 없는데."

"응. 안전 과속 운전했지."

"합리화는 집어치우시지?"

예진의 나무람에 이현은 그냥 웃을 뿐이었다.

"참. 그러고 보니 다음 주에 썸 생일이네."

손뼉을 치는 예진이 당사자인 여름보다 더 화색이 돈 얼굴이었다.

"서른 번째 생일인데 당연히 올해도 우리가 같이 있어야겠지?"

예진이 눈을 찡긋하며 이현에게 어깨동무를 했다. 그러자 이현도 고개를 끄덕이며 동조했다.

"그럼, 그렇고말고."

"괜찮은데 뭘."

취기가 확 올라 여름의 뺨이 발그스레 변했다. 겨우 맥주 두 병에 얼굴이 빨개지다니. 별일이었다.

"오랜만에 칼질이나 해볼까? 괜찮은 레스토랑 생겼던데."

예진이 들떠서는 주절댔다.

"예약하지 뭐."

이현이 맞장구를 쳤다.

"요즘 계속 바빠."

속내와는 다른 말을 하며 여름은 이현을 슬쩍 쳐다보았다.

"생일엔 휴가를 주는 게 어때?"

"그래. 생일까지 회사랑 연애할 셈이야? 우리와도 놀아달라고."

그의 넉살에 못 이겨 여름은 거절하려던 입술을 닫았다.

"가자."

낮게 울리는 그의 목소리가 여름의 귀를 간질였다. 저의 대답을 기다리느라 빤히 쳐다보는 두 개의 시선에 여름의 입술이 예쁘게 말렸다.

"그래."

가슴을 짓눌렀던 서운함이 반쯤 휘어진 그의 눈을 본 순간 스르륵 녹았다. 도대체 자신에게 어떤 마법을 부린 거냐고, 묻고 싶었다.

✳

힐끔힐끔 저를 바라보는 주변의 시선이 부담스러워 여름은 회사 로비에서 걸음을 멈추었다. 하지만 이내 여름은 억지로 걸음을 옮겨 엘리베이터에 탔다. 저들끼리 뭐라 말을 하는 것 같은데 잘 들리지 않아 눈살이 찌푸려졌다. 주변을 너무 의식한 탓에 자신이 착각을 하고 있는 것이다. 여름은 그렇게 생각하며 사무실로 들어갔다. 주변 시선 따위 무시하고 지낸 지 꽤 오래되었는데도 이유도 모르고 눈총을 받는 건 유쾌하지 않았다.

아침부터 기운이 빠진다.

"그 소문 사실이야?"

"소문? 아, 차 대리님?"

근처에서 들리는 여직원들의 목소리에 여름은 고개를 돌렸다. 도대체 어떤 소문이기에 아침부터 몇몇 직원들이 저를 싸한 시선으로 바라보았는지 이유가 궁금해졌다.

"어떻게 사람이 그럴 수 있지?"

"쉿! 듣겠다."

한 여직원이 목소리를 낮추라는 제스처를 취하고 있었다. 그럼에도 불구하고 옆에 있는 여직원이 더 큰 소리로 떠들어댔다.

"들으면 어때? 진짜 그 아버지의 그 딸이라니까."

여름은 더 이상 지체하지 않고 자리에서 일어나 여직원의 팔을 잡아 돌렸다. 갑작스런 행동에 인상을 찌푸렸던 여직원 둘의 시선이 여름을 보자 사색이 되어서는 잡힌 손에 제 팔을 빼내기 위해 힘을 주었다.

"대리님."

"아까 하던 말 계속 해보지 그래요, 아주 재미있던데."

"아, 그게……."

"그 아버지의 그 딸, 이라고 했나요?"

여름의 얼굴이 차갑게 식어 있었다. 여직원의 팔목을 쥔 손에 힘을 준 여름은 어서 대답하라고 재촉하고 있었다.

"소, 소문이에요."

"소문?"

"대리님이 유부남과 호텔에서 나오는 걸 누가 봤다고……."

하, 여름의 입에서 탄식 섞인 신음이 터졌다. 뜨거운 입김이 입에서 터져 그대로 공기 중에 흩어졌다. 여직원의 손을 잡고 있던 여름의 손이 부들부들 떨렸다.

"누가 봤는데요?"

"그, 그건 저도 잘……. 저도 들은 얘기라."

여름은 다리에서 힘이 빠지려는 걸 간신히 참았다. 여직원의 손목을 잡고 있던 손에서 힘이 빠졌다. 그래서 그 아버지의 그 딸?

불륜으로 가정을 망친 아버지를 증오하는 저가 똑같이 불륜을? 어이없는 실소가 입에서 흘러나왔다.

결국 아무런 증거도 없이 뜬소문에 그저 남 얘기하며 시시덕거리는 걸 좋아하는 사람들 입방아에 오른 것이다. 거기다 떳떳하다고 아무리 얘기해 봤자 믿어줄 사람은 없으리라. 도대체 누가 봤다는 걸까. 아니, 누가 소문을 낸 것일까. 여름은 손으로 이마를 짚었다. 회사에서야 남 얘기하기 좋아하는 사람들 입에서 쉽게 와전돼서 소문이 나게 마련이다. 그런 입 가벼운 사람들 장단에 일일이 맞춰줄 필요가 없는 것도 알고 있다. 하지만 왜 하필이면, 저가 그토록 증오하는 아버지와 같은 오명인 것일까.

그 아버지의 그 딸이란 수식어가 이토록 역겨울 줄이야.

"어머, 대리님. 안색이 안 좋아요."

미영이 걱정스러운 얼굴로 여름을 부축했다.

"괜찮아요."

"혹시 회사 소문 때문에 그러세요? 저도 오늘 듣고 깜짝 놀랐어요. 회사에 이런 흉흉한 소문이 돌다니. 정작 소문에 고통받을 사람은 생각도 안 하고요."

"소문으로 단련된 몸이라 괜찮아요."

"정말이요?"

재차 확인하는 미영을 향해 여름은 쓴웃음을 지어 보이며 고개를 끄덕였다.

"소문이야 곧 잠잠해지겠죠."

미영이 제 사무실로 돌아간 뒤 여름은 입을 틀어막고 화장실로 뛰어 들어갔다. 그리고 변기에 얼굴을 박고 빈속을 게워냈다.

"우욱, 욱."

얼굴이 하얗게 질릴 때까지 게워내고 또 게워낸 여름은 변기 물을 내리고 자리에서 일어났다. 어지럼증에 비틀거리며 화장실에서 나와 세면대 앞에 서서 거울에 비친 제 얼굴을 보았다.

"정말 못 봐주겠다."

비쩍 말라 해골이 되기 일보 직전인 얼굴은 처참했다. 여름은 까칠한 손으로 제 얼굴을 쓸며 찬물로 연거푸 얼굴을 씻었다.

소문 따위, 별거 아니야. 신경 쓸 거 없어. 별것 아닌 소문에 일일이 귀 기울일 필요 없다고. 소문은 소문일 뿐이니까. 그렇게 속으로 저에게 말하던 여름은 정말 궁금하다는 듯 마지막 의문을 토해냈다.

그런데 왜 사람들은 남이 제일 아픈 곳을 찌르는 걸까.

쏴아아. 거침없이 흐르는 세면대 물로 얼굴을 몇 번이나 씻고 또 씻었다. 동요하는 표정을 지우기 위해서.

자리로 돌아온 여름은 부장의 호출로 회의실로 들어갔다. 진상은 밝혀진 바 없지만 이미 회사에서 불륜을 저질렀다는 소문에 휩싸인 직원을 좌시하지 않을 것이라는 것을 어느 정도 여름은 예측하고 있었다.

"차 대리, 난 자네가 그런 사람이 아니라는 걸 알고 있네."

"소문 말씀하시는 겁니까?"

심각한 얼굴로 부장이 고개를 끄덕였다.

"철두철미하고 일만 아는 자네가 그럴 리가 없지 않은가."

"믿어주셔서 감사합니다. 소문이야 시간이 지나면 잠잠해질 것입니다."

어느 때보다 당찬 목소리로 여름이 대답했다. 여름의 모습에서 진심을 느낀 김 부장은 그녀의 어깨를 두드려 주며 걱정스런 얼굴을 지웠다.

"나도 그렇게 생각하네. 그러니 힘들어하지 말고 기운 내게."

"절…… 걱정해 주시는 겁니까?"

"당연한 게 아닌가. 자네를 대신할 인재도 없을뿐더러 자네는 내 밑에서 6년을 한결같이 일했어."

한결같이.

여름은 그 대목에서 눈가가 시큰거렸다. 알아주는 이가 없을 거라 여겼다. 말로는 수고했네, 잘했네, 입에 바른 말을 하는 이는 많았지만 진심으로 알아주는 사람이 있었을 줄이야.

그냥 묵묵히 일하고 말주변 없는 여름과 마찬가지로 김 부장 또한 무뚝뚝했다. 사적인 말 한마디 건네지 않던 상사라 여름은 오늘 김 부장의 호출에 굉장히 긴장했었다. 안 좋은 소식일지도 모른다는 각오까지 했다. 그런데 생각지도 못한 김 부장의 따뜻한 위로에 오랫동안 같이 일한 상사에 대해 아무것도 모른 채 일만 했던 부하직원으로서 부끄러웠다. 그리고 삭막했던 가슴이 뭉클해졌다.

"차 대리."

"괜찮습니다. 이만, 나가보겠습니다."

여름은 서둘러 자리에서 일어나 회의실을 빠져나왔다. 여전히 주변의 곱지 않은 시선이 여름을 괴롭혔다. 하지만 저를 믿어주는 사람도 있다는 걸 깨달은 여름은 눈가에 맺혀 있는 눈물을 닦아내고 제자리로 돌아왔다.

7. 사랑임을 깨닫는 순간

소문은 돌고 돌아 그 부피가 점점 커져 갔다. 호텔에서 나오는 걸 봤다는 것도 모자라 데이트하는 걸 봤다는 둥, 만나는 남자가 한둘이 아니라는 둥, 역시 피는 못 속인다는 둥 근거 없는 소문들이 난무했다. 이렇게 부피가 커질 대로 커지다 주체할 수 없으면 부피에 못 이겨 결국 풍선처럼 터지고 말 것이다. 그러면 처음부터 없던 일처럼 조용해지겠지.

여름은 미역국을 한 수저 떠 제 입에 갖다 댔다. 근거 없는 소문들도 듣다 보면 참신한 것들이 종종 여름의 귀를 즐겁게 만들었다. 너무 초연한 얼굴로 밥을 먹는 여름의 모습에 미영이 아랫입술을 깨물며 가식적인 표정으로 탈바꿈했다.

"대리님, 괜찮으세요? 아직도 소문이……."

"괜찮아요. 소문은 말 그대로 소문일 뿐이니까."

여름은 안타까운 얼굴을 하고 있는 미영에게 대답해 준 뒤 수저를 들었다. 맛있게 밥을 먹는 여름을 바라보며 미영의 자그마한 입술이 열렸다.

"하지만."

"미영 씨도 '소문'이라고 했잖아요. 진실이면 핵심적인 것만 나돌겠죠. 진실이 아니니 걷잡을 수 없을 정도로 부풀려지는 거예요. 아이디어가 고갈되면 알아서 조용해지겠죠."

처음엔 충격을 받았던 것도 사실이지만, 이제 여름은 뜬소문에 대처하는 방법을 터득했다.

무관심.

그것이야말로 소문을 제압할 수 있는 무기였다.

"아무렇지 않으세요?"

"아무렇지 않다면 거짓말이겠지만, 비련의 여주인공은 제 적성에 맞지 않아서요. 억울해서 혼자 눈물 쏟고 이런 거에 제가 좀 약해요."

여름이 싱긋 웃었다. 미영 뒤로 여직원들이 삼삼오오 모여 식사하는 모습이 보였다. 남의 심장을 칼로 찌르고 태연하게 밥을 먹는 모습이 살인자와 다를 게 없어 보였다. 찌를 듯한 눈동자로 여직원들을 바라보다 미영에게 시선을 던진 여름은 혼잣말로 중얼거렸다.

"유부남의 와이프한테 머리채 잡혔다는 소문이 나려면 아직 멀었나? 아님, 벌써 아이디어가 고갈되었나? 좀 더 재미있어질 줄 알았는데."

"아…… 그, 그러게요."

미영은 마치 저에게 한 말처럼 들려 저도 모르게 말을 더듬고 말았다. 도둑이 제 발 저린 격이 돼버린 것이었다. 어떻게, 저렇게 평온한 얼굴로 이런 상황에서 밥을 먹고 있는 것인지 미영으로선 도저히 이해하기 힘들었다. 그녀가 제일 싫어하는 것, 그것을 건드리고 나면 힘들어할 줄 알았다. 회사에 소문을 내는 것쯤이야 미영에겐 별 일이 아니었다.

고통받는 모습을 보게 될 거라 여겼다. 하나, 예상이 보기 좋게 빗나가 버렸다. 이렇게 독하기만 한 여자가 도대체 어디가 좋은 걸까. 도대체 어떤 면이 좋아 그렇게 혼자 오랫동안 마음에 담아 놓고 이러지도, 저러지도 못하는 것일까.

이 여자와 가까이 있으면서 내가 얼마나 더 우월한지 느끼고, 실컷 밟아주려 했었다. 그가 그녀의 어떤 면에 그리 오랫동안 목을 매는지 알고 싶었다. 그러면 그에게 더 한 발짝 다가갈 수 있지 않을까 기대했었다. 그러나 미영은 들뜬 마음으로 그를 만나러 간 자리에 민식이 있는 걸 보고, 어째서 같이 왔는지 전말을 알게 된 후 처참히 제 마음을 짓밟혔음을 깨달았다. 전하지도 못하고 거절당한 셈이었다. 그때, 그에게 고백하지도 못하고 거절당했을 때처럼 말이다.

또한 친구라면서 제 부탁을 거절한 여름의 행동이 미영으로선 이해 불가능이었다. 평생 저의 곁에 친구로 두고 싶은 이기심일 것이다.

"소문이 어서 잠잠해져야 할 텐데요."

마음에도 없는 말이 미영의 입에서 술술 흘러나왔다.

"그동안 꽤 조용해서 지루했거든요. 그러니 즐기려고요."

"즐겨요?"

"피할 수 없으면 즐기라고 하잖아요. 난, 피하지 않고 즐기는 걸 택하겠어요."

"이 상황을요?"

"물론. 이보다 더한 당황이 닥친다 해도."

여름이 식판을 깨끗이 비우곤 고개를 들자 이해할 수 없다는 듯 *저*를 바라보는 미영의 시선이 느껴졌다.

"먼저 일어날게요. 천천히 먹어요."

*여름*은 식판을 들고 자리에서 일어나 미영을 지나쳤다. 자판기에서 캔커피를 빼 들고 옥상으로 올라갔다. 후덥지근한 바람을 맞는 *것도* 그때가 마지막인 줄 알았는데 또 올라오게 될 줄이야……. 마음이 답답하거나 머리가 복잡할 때 그녀는 옥상을 찾아 바람을 맞으며 머리를 식히는 게 버릇이었다. 아빠가 살아 있었을 땐 일주일에 한 번은 옥상에 올라왔던 기억이 있다. 비가 오면 비를 맞았고, 눈이 오면 눈을 맞았다. 바람이 불면 부는 대로, 햇볕이 내리쬐면 내리쬐는 대로 여름은 아랑곳하지 않고 옥상을 찾았다. 이곳이 여름에게 유일한 쉼터였다. 타인에게 약한 모습을 보이지 않는 것이 자존심인 양 지키고 살았다.

"앞으로 고민 있을 때 즉각 제일 가까운 사람에게 털어놓기."

녀석의 목소리가 귀에서 윙윙거린다. 그러겠다고 대답한 건 아니지만, 제일 먼저 녀석의 얼굴이 떠올랐다. 나도, 이제 슬슬 기대볼까…….

그러고선 여름은 핸드폰에서 이현의 이름을 찾아 한참 동안 바라보기만 했다. 어쩐지 이런 상황에서 녀석에게 전화를 거는 건 처음인 듯했다. 내 얘기를 하려고 전화를 거는 것도 처음일 거고, 회사 업무 시간에 전화를 하는 것도 처음인 것이다.

처음, 처음…….

역시 처음은 좀 긴장되는구나. 아니, 조금 설레었다.

이현.

눈을 몇 번을 깜박였는데도 녀석의 이름은 계속 그 자리에 있었다. 전화를 걸어 무슨 말을 먼저 꺼낼까? 점심은 먹었니? 손님은 많아? 그리고…… 지금 뭐 하고 있어? 정도면 될까. 이 정도 꺼내놓고 나면 정작 하고 싶은 말을 할 수 있을까.

통화버튼을 눌렀다. 통화 연결음이 한참 여름의 귀를 괴롭혔다.

〈여름아.〉

"날씨, 좋다."

햇볕이 강한 하늘을 올려다본 여름의 미간이 좁혀졌다. 처음 꺼내려고 준비해 둔 말을 모두 무시한 채 여름은 맑은 하늘을 올려다보며 말했다.

〈어디야?〉

갑작스러운 전화에 묻는 목소리가 의아함으로 가득 차 있었다.

"회사 옥상."

〈거기서 뭐 해?〉

"하늘 봐. 구름 둥둥 떠다니는 하늘."

〈더워, 얼른 내려가.〉

염려의 목소리가 들렸다. 바닥에 누워 내리쬐는 햇빛을 그대로 받고 싶을 만큼 하늘이 참 예뻤다.

"하늘 바라보는 거 좋다."

〈더위에 약한 놈이 큰소리는.〉

타박하는 녀석의 목소리마저 기분이 좋았다.

〈참, 생일 축하한다.〉

느닷없는 이현의 생일 축하 인사가 이어졌다. 저음으로 들리는 목소리가 여름의 귀를 간질이고, 핸드폰을 들고 있는 손바닥에 전율을 타고 그대로 전해졌다.

"고마워."

〈이따 저녁 같이 먹는 거 잊지 마. 홍, 잔뜩 기대하고 있어.〉

생일 당사자의 의견이 먼저가 아니라 실망스러울 법도 하지만 여름은 그가 앞에 있기라도 한 양 고개를 끄덕이며 대답했다.

"그럴게."

4분 남짓 통화를 했을 뿐인데 핸드폰이 뜨겁게 달궈져 있었다. 정작 하고픈 얘기는 시작도 하지 않았는데 어쩐지, 마음이 가벼워진 것 같다.

*

살다 보니 이런 일도 있네. 차여름이 먼저 전화를 다 걸고.

피식, 잠깐의 미소가 이현의 입에 걸렸다.

"빨리 들어와. 자장면 불어!"

접견실에서 들리는 예진의 다급한 외침에 이현이 안으로 들어 갔다. 좀 전까지 자장면 메뉴를 보고 B세트와 C세트 사이에서 심 각하게 고민을 하던 예진이 주문을 마친 모양이었다. 주문한 음식 은 신속하게 잘 배달이 되어 접견실에 먹음직스럽게 세팅되어 있 었다. 예진이 랩을 빼내고 윤기가 좌르르 흐르는 자장면을 먹기 좋게 비벼주었다.

"뭐 시켰어?"

"B세트. 군만두 서비스."

손가락으로 브이자를 만든 예진이 만족스럽다는 듯 웃었다.

"장하다, 홍."

"너 생일 선물 뭐 준비했냐?"

예진이 눈을 가늘게 뜨며 이현의 옆구리를 찔렀다.

"아직."

"왜 여태 아직인데?"

"고민 중이야. 넌?"

자장면 면을 후루룩 삼킨 이현이 물었다. 예진은 눈을 빛내며 조심스럽게 이현의 귀에 속삭였다.

"속옷."

"픕."

먹던 자장면을 토한 이현이 냉수를 들이켰다.

"특별한 날 입으라고 내가 쌔끈한 걸로 준비했지."

"뭐?"

"한 번 볼래?"

눈빛을 빛내며 위험하게 묻는 예진의 장난에 이현은 냉수로 목을 축인 후 그제야 반감을 표했다.

"됐거든?"

"이미 들켰어. 기다려 봐."

젓가락을 집어던지듯 내려놓고는 예진은 쏜살같이 접견실을 빠져나갔다. 그녀를 말리기도 전에 순식간에 벌어진 일이었다. 이현은 다시 냉수를 벌컥벌컥 마셨다. 갈증이 일었다. 도대체 사람을 뭘로 보고 여자 속옷을 저에게 보여준단 말인가? 모르는 사람이 보면 변태로 착각하고도 남을 일이었다. 제가 보면 뭘 안다고…….

속으로 연신 투덜거리면서도 은근히 기대에 찬 표정은 지울 수 없었다.

벌컥. 접견실 문이 예고도 없이 열렸다. 순간 긴장된 나머지 벌떡 자리에서 일어났다.

"어때?"

예진이 쇼핑백에서 무언가 확 꺼내 이현의 얼굴에 들이밀었다. 아직 마음의 준비도…….

"잠…… 옷?"

약간 얼떨떨한 목소리가 이현의 입에서 튀어나왔다. 핑크색 잠옷이 이현의 눈앞에 펄럭였다. 한눈에 봐도 여름에 시원하겠다,

라는 생각이 들 정도로 얇고 핑크색이 사랑스러워 보이는 잠옷이었다. 그런데 웬 잠옷? 두 눈으로 보고도 못 믿겠다는 듯 이현의 멍한 시선이 예진의 얼굴에 닿았다.

"쌔끈하지?"

얄궂게 예진의 입술이 비틀어진 걸 확인한 이현이 그제야 사태 파악이 되자 얼굴이 화끈거렸다. 멍했던 표정이 보기 좋게 일그러지는 건 한순간이었다. 사태 파악을 하느라 화를 내기엔 한 템포 늦은 후였다. 그렇다고 웃으면서 대꾸하기도 싫은 뭣 같은 상황에 이현은 분노로 점점 타오르고 있었다.

"죽을래?"

"속으론 기대했지? 궁금했지? 막 상상했지? 응? 큭큭."

"내가 변태냐?"

"아, 진짜. 혼자 보기 너무 아깝다. 류이현, 너에게 이런 모습이 있을 줄이야!"

"그만해."

들켰다는 듯 이현은 의자에 앉아 예진에게서 얼굴을 휙 돌리곤 불어터진 자장면을 젓가락으로 휘휘 저었다. 적나라하게 달아오른 얼굴만큼은 예진에게 들키고 싶지 않았다. 이런 녀석에게 놀림거리가 될 줄이야. 젠장, 젠장.

"불어터진 자장면 그만 쳐다보고 나가지?"

"어딜?"

"선물 아직 못 샀다며."

"또 무슨 장난을 치려고?"

이현의 눈썹이 꿈틀댔다.

"장난은 무슨. 같은 장난도 두 번은 재미없거든?"

"됐어. 내가 알아서 살 거야."

예진의 성의를 단호하게 묵살한 이현은 고개를 처박고 윤기 없는 자장면을 저어 입속으로 가져갔다.

"너 혼자 사게 내버려 뒀다간 해 떨어지겠다."

예진은 쯧쯧 혀를 차며 이현의 귀에 속삭였다.

"누나가 도와준다잖아."

오소소, 이현의 팔을 타고 소름이 올라왔다. 한쪽 눈을 찡긋하며 나만 믿으라는 얼굴로 예진이 이현의 어깨를 두들겼다. 이현은 자장면을 먹다 말고 자리에서 일어났다. 자장면 먹을 맛이 뚝 떨어졌다.

＊

스튜디오에서 나와 동네 한 바퀴를 훌쩍 돌았다. 이미 이현은 여름의 생일 선물로 생각해 둔 것이 있었다. 7월에 태어난 그녀에게 탄생석 루비 목걸이를 선물해 주고 싶었다. 하지만 액세서리는 잘 하지 않는데다가, 막상 주려니 어떻게 줘야 할지 몰라 고민하던 참이었다.

쥬얼리 샵 앞에서 멈춘 이현의 시선을 따라 예진의 시선이 이동했다. 이현과 같은 생각을 하고 있었던 모양인지 예진이 먼저 말을 꺼냈다.

"여름이 목이 좀 허전하던데."

"액세서리 안 하잖아."

아쉬움이 묻어나는 목소리로 이현이 대답했다.

"혹시 알아? 선물로 주면 할지."

이현이 대답을 하기도 전에 예진이 성큼 쥬얼리 샵 안으로 들어 갔다. 반갑게 맞이하는 점원에게 인사하고는 멋대로 목걸이를 보 여달라고 했다. 점원은 요즘 젊은 여성들이 많이 하는 거라며 목 걸이 몇 가지를 보여주었다. 대부분 큐빅이 크게 박힌 화려한 것 들이었다. 화려한 건 그녀의 취향이 아니었다.

"탄생석 목걸이도 있습니까?"

목걸이를 둘러보던 이현의 물음에 점원이 반갑게 대답했다.

"그럼요. 요즘 탄생석 목걸이도 많이 하시죠. 이번 달이신가 요??"

"네."

"7월은 탄생석은 루비예요. 그런데 다른 탄생석과는 달리 심플 하고 단조로운 분위기라서 화려한 거 좋아하시는 분은 많이 안 하 세요."

동그란 원에 핑크색 루비가 세팅되어 있는 목걸이는 점원의 말 대로 심플했다. 하지만 심플하기 때문에 유행을 타지 않고 오랫동 안 여름의 목에서 빛날 수 있을 것 같다. 가느다란 여름의 목에서 반짝거릴 루비를 떠올리자 입에 절로 미소가 지어졌다.

"괜찮은데?"

"그래?"

예진의 말에 미심쩍은 얼굴로 이현이 물었다. 예진은 다른 목걸이들도 한 번씩 눈길을 주더니 그게 제일 낫다고 추천했다.

"여름이가 좋아할까?"

"응, 장담해. 내 선물보다 더 좋아할 거야."

목걸이를 보고 한참 고민에 빠진 이현의 어깨를 두드리며 예진이 장담했다.

"이걸로 포장해 주십시오. 혹시 이니셜도 새길 수 있습니까?"

"그럼요. 어떻게 새겨 드릴까요?"

"썸(SUM)."

"잠시만 기다려 주세요."

점원은 목걸이를 가지고 안으로 사라졌다. 괜히 기다리는 이현의 마음이 초조했다. 기쁘게 받아주면 좋겠는데. 마음에 들어 했으면 좋겠고, 매일 하고 다녔으면······.

조금 후 점원이 펜던트 뒤에 이니셜을 새겨 가지고 나왔다. 확인해 보라며 이현에게 보여주었다.

SUM.

"썸."

이현은 저도 모르게 새겨져 있는 이름을 조용히 불렀다.

"너무 예쁘다."

예진이 목걸이를 바라보며 이현의 어깨에 손을 둘렀다. 두 사람은 마주 보며 웃었다. 그녀의 목에 처음 반짝거릴 목걸이. 조금 더 욕심을 부려서 마지막이 되길 바라볼까.

✳

힐록.

이국적인 분위기가 물씬 풍기는 깔끔한 분위기가 느껴졌다. 손님이 앉아 있지 않은 빈 테이블 대부분은 예약석이었다. 미리 예약하지 않았더라면 괜한 헛걸음을 할 뻔했다. 직원의 안내에 따라 창가 쪽으로 자리에 앉았다. 여름이라 해가 길어진 덕분에 야경을 즐기려면 몇 시간은 더 기다려야 할 듯했다. 출발하기 전 미리 여름에게 레스토랑 위치를 문자로 알려주었기 때문에 찾아오는 데 어렵지 않을 것 같았다.

"썸 도착할 때 되었을라나? 전화해 봐야지."

가방에서 핸드폰을 꺼낸 예진이 서둘러 여름에게 전화를 걸었다. 긴 신호음 끝에 음성사서함으로 넘어간다는 안내 멘트가 두 번 지나가고, 세 번째 전화를 걸자 그제야 여름의 목소리가 들렸다.

〈미안, 예진아. 어쩌지?〉

"무슨 일 있어?"

〈회사에 일이 생겨서 저녁 같이 못할 것 같아. 정말 미안.〉

"무슨 일인데?"

낮게 깔린 여름의 목소리가 가느다랗게 떨리고 있는 듯했다. 여름은 재차 미안하다고 사과만 할 뿐이었다.

〈내가 이따 다시 연락할게. 이현이랑 저녁 먹고 들어가.〉

뭐라 대꾸도 하기도 전에 무심하게 전화가 끊겼다. 예진은 망연자실한 얼굴로 이미 전화가 끊긴 핸드폰만 바라볼 뿐이었다. 맞은편에 앉아 전화 통화 내용을 잠자코 듣고 있던 이현은 불길한 얼굴로 예진을 바라보았다.

"무슨 일이야?"

"회사에 일이 터졌나 봐."

"일이라니?"

매사에 철두철미한 그녀가 업무에 실수를 할 리 없었다. 그건 상상조차 할 수 없는 일이었다. 지금까지 업무에 자잘한 실수조차 용납하지 않았던 그녀가 퇴근도 못하고 회사에 있는 걸 보니 작은 일이 아닌 듯했다. 이현의 미간이 저절로 좁혀졌다.

"자세히는 모르겠는데, 회사 일 때문에 못 온대."

낮에 그녀와 전화 통화를 했을 무렵까지는 별일 없어 보였다. 마치 기분 좋은 일 있는 양, 갑작스레 전화를 걸어 다짜고짜 날씨가 맑다고 했다. 그리고 이따 레스토랑으로 나오라는 말에 순순히 그러겠다고 수긍했다. 그런데 퇴근시각이 지났을 무렵에 일이 터지다니?

"아…… 그래."

잔뜩 걱정하는 낯빛으로 이현이 대수롭지 않은 양 대답했다. 속에선 무수히 많은 걱정의 말들이 쏟아지고 있었지만, 정작 밖으론 한마디도 나오지 않았다. 슬쩍 시선을 돌려 옆자리에 올려둔 케이크 상자를 바라보았다. 그녀가 좋아하는 치즈케이크였다. 초를 불고, 맛있게 먹을 그녀 얼굴이 눈에 선했다. 이현은 상념을 지워 버린 얼굴로 마른입을 열었다.

"이왕 온 김에 예약한 음식 먹자."

"응."

마지못한 얼굴로 예진이 고개를 끄덕였다. 레스토랑에 들어와서 30분을 앉아 있다 그냥 나갈 수도 없었다. 거기다 음식까지 모두 예약되어 있어서 먹지 않아도 결제를 해야 할 터였다. 이현은 직원을 불러 주문을 했다.

"이런 날마저 늦게까지 일이라니."

예진이 작게 투덜거렸다.

"어쩔 수 없었을 거야."

"목소리가 별로 좋지 않더라. 별일 아니었으면 좋겠는데."

"응. 그러게. 음식, 꽤 맛있어 보인다."

애써 분위기를 전환해 보려 주변 테이블을 슥 쳐다보며 말해봤지만 소용없었다. 미리 예약한 스테이크가 테이블에 채워졌다. 스테이크를 썰어 제 입속에 넣은 이현은 아무 맛도 느낄 수 없었다. 아침에 미역국은 먹었을라나? 아침 거르는 게 일이니 먹지 못했을 수도 있었다. 점심은 구내식당에서 먹었을 거고, 저녁은…….

무수한 상념에 사로잡혀 이현은 스테이크 써는 속도가 점점 느려지더니, 급기야 멈추고 말았다. 저녁을 먹었을 리가 없잖아.

✳

후, 땅이 꺼질듯 짙은 한숨이 마른 입술에서 절로 터졌다. 윗니로 아랫입술을 지그시 누른 여름의 낯빛은 침착함을 되찾은 후였다. 우선 내일 오전까지 보고해야 할 시장조사 자료들만 추려놓고는 이미 식은 커피를 입에 갖다 댄 후 눈을 감았다. 여름의 긴 속눈썹이 파르르 떨었다.

옥상에서 이현과 전화 통화를 하고 자리로 돌아왔을 때 여름이 회사 파일을 보관해 둔 USB가 없어졌다. 책상 서랍에 두곤 식사하러 갔었는데 도대체 어디로 사라졌는지 알 턱이 없었다. 점심시간이라 사무실엔 아무도 없었다. 대부분 휴게실이나 회사 밖 벤치 등 직원들이 잡담하기 좋은 장소에 몰려 있었다. 혹시 건망증으로 인해 다른 곳에 두고 기억을 못하는 걸지도 모른다는 생각에 책상부터 시작에 서랍까지 탈탈 털었지만 나오지 않았다. 회사 업무 자료는 USB에 모두 저장되어 있었고, 당장 내일 부장에게 보고해야 할 서류부터 중요한 서류들이 저장되어 있었다. 그런데 그게 없어지다니.

한참 동안 그녀의 머릿속은 백지장이 되었다가 정신을 차린 지 얼마 되지 않았다.

"오늘 집에 가긴 글렀네. 차여름, 사고 제대로 쳤다."

워낙 주변에 원한을 살 만한 사람들이 많아서 누구의 짓인지 짐작이 되지 않았다. 회사 여직원들 대부분 생글 웃고 있지만, 저를 경계하고 있다는 것쯤은 눈치채고도 남았고, 회사 내 과장 진급까지 논의되고 있던 터라 입사 동기인 대리들끼리도 그녀를 질투하고 있었다. 어쩌면 저에게 불륜이란 오명을 뒤집어씌운 사람과 동일 인물일지도 모른다는 생각까지 이르렀다. 하지만 지금 중요한 건 당장 발등에 떨어진 불부터 끄는 일이었다. 범인을 찾는 건 그 뒤였다.

엄마에겐 예진의 집에서 잔다는 문자를 보내놓고는 한참 정신을 못 차리고 있다 예진의 전화를 뒤늦게 받았다. 일찍 와서 기다리고 있었던 모양인지, 못 간다는 말에 실망감이 그대로 느껴졌다. 미안하다는 말밖에 할 말이 없었다. 당사자인 저보다 늘 생일을 먼저 챙겨주던 친구들이라 더 미안했다.

창밖은 이미 어스름한 땅거미가 내려앉아 있었다. 그나마 위안이 되는 건 녀석의 생일 축하 인사였다. 생일 축하한다던 녀석의 목소리가 귓전을 울렸다.

여덟 시 삼십 분을 지나 어느덧 아홉 시가 다 되어가고 있었다. 하나둘씩 불이 꺼진 사무실은 오늘도 어김없이 그녀가 마지막을 장식하게 될 것 같았다. 이미 차갑게 식은 커피를 한 모금 마신 뒤 여름은 자료를 보고 빈 백지를 채우기 시작했다. 일단 회사 홈페이지에서 한 설문조사를 시작으로, 큰 규모의 화장품 사이트에서 한 설문조사 및 판매량을 토대로 보고서를 만들기 시작했다. 이미 한 번 작업했던 거라 그런지 그런대로 기억을 하고 있었다.

지잉.

갑작스럽게 울리는 진동 소리가 조용한 적막을 깼다. 파일을 저장하고, 여름은 통화버튼을 눌렀다.

〈지금도 회사냐?〉

무심하게 묻는 녀석의 목소리에 반쯤 감겼던 눈이 떠졌다.

"응. 힘들다."

〈네가 다 죽어가는 소리를 다 하고, 무슨 일 있는 거야?〉

한숨과 함께 무의식적으로 터진 말이었다. 여름은 걱정스러운 이현의 목소리를 듣다 말을 해버렸다. 발뺌해 봐야 소용없을 것 같았다.

"나한테 원한 있는 사람들이 한둘이어야지."

〈그건 또 무슨 말이야?〉

"업무 파일이 든 USB가 없어졌거든."

〈없어져? 잘 찾아봤어?〉

"응. 찾아보고 하는 말이야."

여름의 목소리가 낮게 깔렸다.

〈어디서 잃어버렸는데? 짐작 가는 데…….〉

"없어. 잃어버린 게 아니라 고의적으로 누군가 가져간 것 같아."

피식, 어이없는 상황에 맞닥뜨린 여름의 입에서 실소가 터졌다.

〈그건 또 무슨 말이야? 누가 그런 짓을 했다는 거야? 도대체 왜?〉

연이어 질문을 토해내는 이현의 목소리엔 그녀 대신인 양 화가 깃들어 있었다. 피곤한 얼굴로 의자 등받이에 기대 눈을 감은 여름의 입에서 한숨과 같은 말이 터져 나왔다.

"나 엿 먹이려고."

〈뭐?〉

"털어놓았더니 기분이 한결 나아졌다. 시원해."

정신없이 일하다 보니 저녁까지 챙겨 먹을 새가 없이 식은 커피만 마시고 있었다. 곧게 뻗은 여름의 손이 책상 위에 있는 커피에 닿았다. 캔을 들어보자 그나마 바닥에 깔려 있던 커피마저 바닥난 모양이었다.

여름은 기지개를 켜며, 핸드폰 액정을 확인했다. 이현의 목소리가 뚝 끊긴 듯, 조용했다. 아직 통화 연결 중이라는 걸 확인한 여름이 쉰 목소리로 말했다.

"이현아, 그만 끊……."

〈나 지금 네 회사 앞인데.〉

"뭐?"

놀란 여름이 벌떡 일어났다. 설마 또 지나가는 길목이라며, 데리러 와준 건가? 하지만 그러기엔 만나기로 한 약속 장소에서 이현의 집은 회사와 반대 방향이었다.

〈들어가려고 하는데, 경비원이 막아서네.〉

"이 시각에 왜……. 내가 내려갈게."

여름은 추궁을 하려다 말았다. 전화를 끊고는 급히 사무실에서 나왔다. 엘리베이터를 타고 1층에 내려서자 경비원에게 붙잡혀 실랑이를 하고 있는 이현이 보였다. 여름은 가까이 다가갔다.

"수고하십니다. 제 손님이니 막아서지 않으셔도 됩니다."

이 늦은 시각에 무슨 손님이냐는 경비원의 불편한 시선이 느껴졌지만 여름은 이현의 팔을 잡아끌고 안으로 들어갔다. 엘리베이터 앞에 도착해서야 그의 팔을 잡은 손을 놓아주고는 그를 팩 노려보았다.

"이 시각에 어쩐 일이야?"

"지나다가다."

"거짓말."

뻔한 말에 또 속아 넘어갈 여름이 아니었다. 이현은 멋쩍은 얼굴로 머리를 긁었다.

"한 시간 남았잖아."

"⋯⋯."

"네 생일."

"아⋯⋯."

고작 그 이유로 왔단 말인가? 손에 들고 있던 파란색 케이크 상자를 들어 보인 그가 해맑게 웃었다. 엘리베이터가 도착했다. 7층을 누르곤, 여름은 생각했다. 사무실보다는 접견실로 안내하는 편이 나을 듯했다. 아무래도 보안상 외부인이 사무실에 출입한다는 건 꺼려졌고 케이크를 나눠 먹기엔 장소가 불편했다. 엘리베이터에서 내린 여름은 그를 접견실로 안내를 하곤, 주스를 가지고 안으로 들어갔다.

"한 시간 남은 내 생일 축하해 주려고 온 거야?"

"퇴근도 못하고 이 시간까지 있는 게 걱정이 되기도 했고."

고개를 끄덕인 그가 대답하며 여름이 건넨 음료수로 목을 축였다.

"걱정은."

"아까 그 말 무슨 말이야? USB가 없어졌는데 네가 어디에 흘린 게 아니라 누가 가져갔다는 거."

"무슨 말이긴. 너 한국 말 못 알아듣냐? 이해력이 이렇게 딸려서, 원."

여름은 더 이상 묻지 말란 얼굴로 손을 저었다.

"알아들었으니까 묻지. 상사한테 말했어?"

"내가 꼬꼬마 어린애야? 모양 빠지게 일일이 다 상사한테 고자질이나 해야겠냐고. 그리고 그 말을 누가 믿겠어? 업무에 차질이 생기면 그걸로 끝인 거야. 그건 변명밖에 안 되는 거라고."

턱을 괸 여름이 하품을 하며 느긋하게 말했다. 이 시각까지 야근 강행을 한 사람의 얼굴이 이렇게 태평할 수 있을까.

"그러면 어쩌게?"

"일단 발등에 떨어진 불부터 끄고."

"……."

"생각해 봐야지."

"나 근데 개운해. 너한테 털어놓을 수 있어서. 그걸로 지금은 괜찮아."

이현은 더 이상 묻지 않고 케이크 상자를 꺼내 초를 케이크에 꽂았다. 세 개의 초를 꽂은 후 주머니에서 라이터를 꺼내 탁, 탁, 하고 불을 붙였다. 라이터의 불이 순식간에 초에 달라붙었다. 이현은 접견실 불을 끄고 자리로 돌아왔다.

접견실 내부는 컴컴하면서도 생일 케이크를 마주 보고 있는 이현과 여름 사이엔 환한 빛이 맴돌았다. 붉은 불빛에 비친 환하게 웃는 그녀의 얼굴을 바라보며 이현이 말했다.

"생일 축하한다."

옅은 미소로 여름이 대답을 대신했다.

"소원 빌어."

"응."

여름은 양손을 모으고 두 눈을 감았다. 잠깐의 정적을 지키고
있다 눈을 떴다.

"후—"

그녀가 입안 가득 바람을 집어넣은 후, 바람을 불었다. 초가 꺼
지자 진한 향내가 코를 간질였다. 다시 접견실 내부가 환하게 변
했다.

"내가 좋아하는 치즈케이크."

젓가락으로 한입 넣고는 예쁜 입술을 오물오물 움직였다. 부드
러운 치즈가 입안에서 살살 녹았다.

"이건 내 선물."

이현이 작은 상자 하나를 여름에게 내밀었다. 여름은 상자를 열
고는 짓궂게 웃었다.

"내가 언제 몸에 액세서리하고 다니는 거 봤어?"

"앞으로 하면 되지."

이현은 목걸이를 꺼내 여름의 뒤로 걸음을 옮겼다. 여름은 긴
머리를 들어 올렸다. 그러자 예쁜 목선이 그대로 드러났다. 이현
은 머뭇거리다 뽀얀 목덜미에 가까이 다가갔다. 긴장한 탓에 호흡
이 흐트러졌다. 이현은 헛기침을 하며 그녀의 목덜미에서 잠깐 시
선을 돌린 채 호흡을 가다듬었다. 하지만 이미 이성을 상실한 그
의 심장은 제멋대로 날뛰고 있었다.

목덜미에 있는 작은 솜털까지, 정말 예뻐 보였다. 이현은 이성을 되찾고 바짝 몸을 가까이 붙였다. 그가 숨을 쉴 때마다 뜨거운 숨결이 여름의 목을, 귓바퀴를 간질이고 있었다. 이현의 긴장한 손이 자꾸 헛돌아 후크가 제대로 껴지지 않았다.

젠장……. 이현의 입술이 바짝 말랐다. 손이 헛돌 때마다 욕지거리가 터져 나올 듯했다. 긴장으로 무장한 것도 모자라 손이 땀으로 흠뻑 젖어 있었다. 그렇게 한참 만에 목걸이를 걸어주곤 땀으로 얼룩진 손을 셔츠에 닦아냈다.

"돌아봐."

"어때? 어색하지 않아?"

"예쁜데. 안에 있는 핑크빛 펜던트가 7월 탄생석인 루비야."

"그래?"

"액세서리도 안 하는 네가 화려한 걸 할 리는 없고, 그게 제일 심플하더라고."

"예쁘다. 고마워."

여름이 수줍게 웃었다. 목선을 타고 내려와 빛나는 목걸이는 그녀에게 정말 잘 어울렸다. 그런데 문득, 목걸이를 받아도 되는 걸까 싶었다. 생일 선물이라고는 하지만, 보통 연인들 사이에서 목걸이나 귀고리 같은 액세서리를 선물한다는 것쯤은 연애를 안 해본 여름도 알고 있었다. 거기다 7월의 탄생석 루비가 박힌 목걸이라니. 의미가 있는 목걸이라 그런지 다른 사람이 들어도 오해할 소지가 충분히 있는 선물이었다.

녀석이 좋아하는 여자, 누굴까? 또다시 궁금해지기 시작한다.

무관심한 척했지만, 가끔씩 보여주는 모습에 요즘 들어 혼란스러워지기 시작했다. 어쩌면 줄곧 녀석에게 받아왔던 당연한 것들이 낯설어지기 시작했기 때문일지도 모른다.

지나가는 길목이었다며 폭우가 쏟아지던 날 데리러 왔던 것도, 늘 집에 들어갈 때까지 라이트를 켜주어 주변을 환하게 해주는 것도, 아이스크림 먹을래, 라며 불쑥 늦은 밤 찾아오는 것도, 내 일을 마치 저의 일인 양 화내주는 것도, 그리고 이렇게 생일날 와주는 것도……. 저에게만 보여주는 맑은 웃음마저 착각하게 만들어버렸다.

좋아하는 사람이…… 나라고.

거기까지 생각이 도달하자 여름이 어색하게 웃었다. 이런 말도 안 되는 생각을. 그녀의 의미 모를 미소에 이현이 고개를 갸웃거렸다.

"왜?"

"응? 아냐. 그냥 잠깐 이상한 생각을 했어."

머리를 쓸어 넘긴 여름이 부끄럽다는 듯 고개를 저었다.

"무슨 생각?"

"이상하게 생각하지 마."

이현이 고개를 끄덕였다. 약속을 받아내고 나서야 여름의 입술이 달싹거렸다.

"네가 좋아하는 사람 꼭 나 같잖아……. 미안, 미안."

"……."

"큭큭. 알아, 나 아닌 거."

착각은, 하고 핀잔을 주며 같이 웃어주면 어색한 공기가 사그라질 것 같은데 녀석은 좀처럼 아무런 미동도 없었다. 분명, 이상하게 생각하겠지. 이런 착각은 혼자만 생각할걸. 조용한 적막을 지키고 있는 녀석이 원망스러울 정도로 여름은 후회가 밀려왔다.

"그걸 이제야 안 거야?"

한숨과 같이 터진 그의 목소리가 잔뜩 쉬어 있었다. 불쑥 날아온 말에 눈동자가 커지며 여름의 입술이 달싹거렸다.

"뭐?"

"내가 좋아하는 여자, 네가 맞아"

"……류, 류이현."

심장을 강타하는 이현의 목소리에 여름은 얼어붙고 말았다. 쥐어짜 낸 목소리가 가늘게 떨리고 있었다. 그의 눈빛은 어느 때보다 진지하게 빛나고 있었다.

"다른 여자 아니야. 오해하지 마. 멋대로 다른 사람이라고 오해해 버리면 지금까지 줄곧, 한 사람만 바라본 내 심장이 너무 불쌍하잖아."

그의 눈이 서글프게 변했다. 목소리가 아프게 젖어 있었다. 정말, 정말…… 녀석이 줄곧 좋아하는 여자가 나였단 말이야……? 그를 바라보는 여름의 눈빛이 혼돈으로 가득 찼다.

"이현아, 너 좋아하는 여자 있어?"

사실은 그때 말하고 싶었다. 아무것도 모르는 얼굴로 묻는 얼굴에 저도 모르게 화가 나서 그 자리에서 '너'라고 털어놓고 싶었다. 하지만 이현은 물음에 대답만 할 뿐이었다. 누구냐고 물었다면 그 자리에서 무너졌을지도 몰랐다.

10년을 알았다.

10년을 빠짐없이 마음을 주었고, 고백했다.

하지만 정면을 응시하게 될 경우 결과가 어떨지 알고 있었다. 사무친 그의 고백에 그녀는 말없이 그를 보기만 했다. 아무 감정을 읽을 수 없는 그녀의 까만 눈동자가 냉랭하게 빛났다.

"주접떨지 마."

머릿속으로 수없이 했던 시뮬레이션에 어쩌면 한 번쯤 있을 법한 반응이어서 그런지 이현은 조금도 흔들림이 없었다. 겹겹이 쌓아두었던 책들이 충격에 의해 바닥에 널브러진 것처럼 제 마음도 더 이상 담아둘 곳이 부족해 흘러넘친 모양이다.

이를 테면 한도 초과.

조금 더 참았어야 했을까. 꾹꾹 눌러 담아야 했던 걸까. 고백을 하기엔 시기상조였던 걸까. 조금 빨랐던 건 후회하지만, 고백한 것에 조금의 후회는 없었다.

그녀는 냉정하게 돌아서서 단 한 번도 뒤도 돌아보지 않았다. 한결같이 한곳을 향하고 있던 그의 마음은 갈 길을 잃은 양 우두커니 서 있었다.

단 한 번도 그에겐 그녀가 친구였던 적이 없었다. 단 한 번도 진심이 아닌 적이 없었고, 단 한 번도 심장이 아프지 않은 적이 없었다. 열일곱, 처음 본 순간부터였다.

이현은 침대에 한참 동안 걸터앉아 있었다. 뒤돌아가던 그녀의 뒷모습이 반복재생되어 그를 괴롭혔다. 냉장고에서 꺼내온 맥주를 한참 만지작거리면서 생각에 잠긴 모양인지, 표면에 맺힌 이슬이 이현의 발등 위로 뚝뚝 떨어졌다. 그제야 퍼뜩 정신을 차린 이현은 이미 냉기를 잃어가는 맥주를 협탁 위에 올려두고 거들떠보지도 않았다. 침대에 아무렇게나 던져 둔 핸드폰을 쥐곤 예진에게 전화를 걸었다.

"지금, 나와라."

〈뭐야, 이 시각에 웬 전화야······.〉

잠이 묻어나는 목소리로 대답하는 예진의 목소리가 점점 작아졌다.

"술 한잔하자."

〈인마. 지금 몇 신지 알고나 하는 소리냐?〉

홀딱, 잠에서 깬 모양인지 방금 전보다 예진의 목소리가 명확하게 들렸다. 한마디만 더 하면 욕 한 바가지 퍼부을 기세였다. 이현은 또다시 여름에게 고백한 일을 떠올리자 절로 입에서 탄식 섞인 한숨이 터졌다.

시간도 확인하지 않고 얼마 동안 이러고 있었던 걸까. 침대에 걸터앉아 멍청한 얼굴로 쭉 이러고 있었던 건가. 한심하기 짝이 없었다.

전화기 너머로 들리는 이현의 한숨에 예진이 걱정 어린 목소리로 바뀌었다.

〈너, 무슨 일 있어?〉

"나올 거야, 말 거야?"

〈야. 네가 나오라고 하면 내가 나가야 되냐?〉

예진과 유치한 언쟁도 벌이지 못할 만큼 이현은 지쳐 있었다. 삐죽삐죽 쏘아대는 예진의 말을 이현은 그저 가만히 듣고만 있을 뿐이었다. 달빛 한자락이 들어와 그의 실루엣을 비추고 있는 것 외엔 불도 켜지 않은 방은 캄캄했고 외로워 보였다. 단 한 번도 이렇게 무작정 나오라고 억지를 부린 적이 없던 이현이었다. 때문에 예진은 이현에게 무슨 일이 있는 건 아닌지 톡 쏘아대고 난 후 후회하고 있던 참이었다.

"흥. 나 위로가 필요해."

〈후, 30분 내로 튀어와라.〉

장난스럽던 예진의 목소리가 한층 낮아졌다.

보기 드물게 술집 안은 텅 비어 있었다. 조금 전까지 신나는 댄스곡이 이현의 귀를 괴롭히다, 조용한 발라드로 순식간에 바뀌었다. 손님이 없는 술집 안은 지루할 정도로 조용해서 아무런 생각조차 나지 않도록 정신없이 시끄러운 다른 날의 술집 분위기가 그리웠다.

이현이 먼저 도착해 맥주와 마른안주를 주문하고 앉아 있었다.

조금 후 추리닝 바람에 모자를 푹 눌러쓴 예진이 안으로 들어와 이현을 발견하곤 걸음을 옮겼다.

"얼마나 또 밟은 거냐?"

"죽지 않을 만큼."

테이블엔 맥주와 안주가 가득 채워져 있었다. 이현은 맥주병을 따 그대로 입에 가져다 댔다. 벌컥벌컥 마시다 맥주병을 내려놓자 코끝이 찡했다.

"혼자 똥폼 잡지 말고 말해봐, 위로가 필요하다며."

"그냥 위로해 줘. 아무것도 묻지 말고."

"모르는데 어떻게 위로를 해주냐?"

맥주 뚜껑을 돌려 딴 예진이 갈증이 인 사람처럼 벌컥벌컥 맥주를 들이켰다. 아무리 물어도 이현은 대답해 주지 않을 것 같았다. 아무것도 묻지 말고 위로나 해달라니? 그냥 닥치고 술이나 같이 마셔달란 의미였던 것이다. 가끔씩 던지는 녀석의 푸념에 장단 맞추듯 대꾸나 몇 마디 던져 주면서 말이다. 예진은 그저 연거푸 맥주를 마시며 이현의 표정을 살폈다. 무표정인 얼굴이 수많은 상념을 뒤집어쓴 채로 안주엔 일절 관심도 주지 않고 술만 마셔대고 있었다. 술도 마시지 못하는 놈이, 술을 못 먹어서 안달난 사람처럼 연거푸 술을 마셔대는 건 필히 무슨 일이 있는 게 분명했다.

"흥."

"그래."

"길을 잃어버렸어."

텅 빈 눈으로 이현의 목소리가 슬픔에 젖어들었다. 무슨 말을 하는지 알아들을 길이 없었으나, 예진은 그가 원하는 대로 묵묵히 들어주었다.

"일직선으로 가던 길이 막힌 기분이다."

"······."

"누가 막아선 것 같기도, 내가 멈춘 것 같기도 해."

"······."

"지금 보니 외길이었다. 되돌아갈 수 없는 길을 갔다, 내가."

피식, 웃으며 감정 없는 얼굴로 이현이 말했다. 예진은 그의 말을 그저 듣기만 했다. 어떤 말로도 현재로선 그를 위로할 수 없을 듯했다.

불과 몇 시간 동안 녀석에게 도대체 무슨 일이 일어난 걸까. 같이 '힐록'에서 저녁을 먹고, 이현은 케이크라도 전해준다며 여름의 회사로 갔다. 그리고 새벽에 자는 사람 깨워 다 죽어가는 목소리로 위로해 달란 말을 하는데 예진으로선 나오지 않을 수 없었다. 그사이 무슨 일이 일어난 게 틀림없었다. 줄곧, 세상에 여자는 여름 하나인 줄만 알고 살았다는 거 정도는 옆에서 쭉 지켜본 예진이 눈치채고도 남았다. 하지만 남녀 간의 일에 끼어들지 않는 게 그녀의 철칙이었기 때문에 지켜보고 있을 뿐이었다. 더군다나 둘 다 소중한 친구이니 섣불리 나서서 두 사람 사이를 어색하게 만들고 싶지 않았다. 어릴 땐, 녀석에게 여름은 풋사랑일 거라 생각했다. 그냥 지나가는 설익은, 지나가는 사랑이라고. 하지만 그의 마음이 단단해지는 걸 그녀는 옆에서 보았다. 줄곧 그가 선택한 외길로 가는 것을.

설마, 여름이에게 고백이라도 한 것일까.

"네가 멈춘 것 같으면 다시 가면 되고, 막아선 것 같으면 넘어가면 돼. 복잡하게 살지 마."

"……."

"되돌아올 수 없는 외길이랬지? 잘됐네. 다시 백(Back)할 일은 없을 테니까."

이현은 맥주를 마시다 성에 안 찼는지 손을 들었다.

"여기, 소주 한 병 주세요."

점원이 냉장고에서 소주와 잔 두 개를 가지고 테이블 위에 올려두고 갔다. 잔에 소주를 가득 따라 이현에게 건넸다.

"마실 거면 제대로 마셔야지. 짠!"

허공에 소주잔 두 개가 맞부딪히는 소리가 났다. 이현은 그대로 소주를 넘겼다. 쓰고 진한 알코올이 목으로 넘어갈 때마다 절로 눈살이 찌푸려졌지만, 그래도 기분은 좋았다. 알싸하고 알딸딸한 기분. 그래서 사람들은 술을 즐겨 마시는 모양이다.

"류이현, 단순하게 생각해."

"……."

"머리 굴리지 말고, 재고 따지지 말고. 무슨 일인지 잘 모르겠지만, 지금 너에게 필요한 건 머릿속을 비우는 것 같다."

소주잔을 만지작거리던 예진의 목소리는 한층 낮아져 있었다. 반년 전, 예진은 연애에 마침표를 찍고 힘들어하던 때가 있었다. 먼저 사랑을 해본 사람으로서 하는 진심 어린 조언이었다. 재고 따지고 복잡하게 굴지 말고 마음이 가는 대로 하라고.

"나처럼 뒤늦게 후회하지 말고."

푸념 섞인 예진의 조언을 이현은 귀담아들을 수 있는 상황이 아니었다. 연달아 맥주를 마시고 소주까지 들이부었으니 정신이 반쯤 나가 있었다.

"남자는 직진이다."

예진은 마지막 잔을 비우곤 그대로 테이블에 얼굴을 묻었다.

8. 참, 아프다

일찍 눈이 떠졌다. 선잠을 잔 모양이었다. 새벽에 귀가해서 씻고 잠을 청하려고 했으나, 잠이 오지 않았다. 한동안 뒤척이다 잠이 들긴 했는데 깊이 잠들진 않았다. 한꺼번에 일이 몰아친 것도 모자라, 핵폭탄을 맞은 기분이었다.

머리가 어지러웠고 정신이 없었다. DEL키를 눌러 머릿속을 지운 듯 백지장이었다. 녀석의 말 한마디, 한마디가 명료하게 다시금 여름의 귀에서 생생하게 재생되었다.

어떻게 이런 일이. 어떻게 날 좋아할 수가. 류이현이 좋아하는 사람이 나라니.

두통이 시작되려는지 머리가 지끈거리기 시작했다. 생각이 많아진 탓이었다. 여름은 미간을 좁히며 침대에 한동안 걸터앉아 있었다.

"후우, 미치지 않고서 어떻게……."

그의 진중한 고백에 여름은 단 한 마디로 묵살했다.

"주접떨지 마."

차갑다 못해 냉랭함이 뚝뚝 떨어지는 반응이었다. 녀석은 예상했겠지. 예상하고도 남았을 것이다. 얼마나 심사숙고한 고백이었는지, 그의 마음이 얼마나 절절했는지 느꼈으나 여름은 더 할 말이 없었다. 하지만 더 할 말이 남았는지 입술을 달싹거리는 그에게 여름은 마지막 말을 남겼다.

"정신 차려."

세상에서 소중한 사람을 손가락으로 꼽으라고 한다면 그 안에 한자리 꿰차고 앉아 있을 녀석이었다. 그만큼 잃고 싶지 않은 사람이고, 오랫동안 인연을 이어가고 싶은 사람이었다. 여름도 마찬가지로 녀석을 좋아한다. 하지만 그건, 녀석과 다른 의미였다.

녀석은 여자로, 저는 친구로.

이제야 녀석의 행동 하나하나가 이해가 가기 시작했다. 좋아하는 여자에게 하는 행동이라면 하나도 이상할 게 없었다. 어릴 적부터 눈치 하나는 빨라서 엄마의 말로는 눈치 빠른 건 타고났다고 했다. 아빠의 외도를 먼저 알아차린 게 저니 말 다 했다. 학교에서 따돌림을 받기 전에도 조금 이상한 낌새를 눈치챈 여름이었다. 정말 타고난 모양이었다. 그땐 눈치 빠른 게 너무 싫었다. 그런데 녀석의 마음은 왜 진작 눈치채지 못했을까. 원치 않을 땐 제대로 발휘하던 게 왜 녀석 앞에선 무방비 상태로 있었던 것인지 다시 생각해도 원망스러웠다.

복잡한 얼굴로 여름은 손으로 푸석한 제 얼굴을 쓸었다.

그가 베푼 것들이 '좋아하는 여자'에게 하는 행동이라고 인지하지 못했던 건 아마도 처음부터 익숙해졌기 때문인지도 몰랐다. 류이현이란 녀석에게 알게 모르게 익숙해져 있던 탓이다. 마치 처음부터 당연하다는 듯 말이다. 그렇게 오랜 시간이 지나고, 정신을 차렸을 때 여름은 생각을 하기도 했었다. 녀석에게 애인이 생긴다면, 당연한 것들이 없어질 수도 있겠구나.

아이러니하게도 녀석을 좋아하는 여자들은 많았지만, 녀석이 진정 좋아하는 여자는 없었다. 처음엔 그런 녀석이 이상해 보였으나 시간이 지날수록 무덤덤하게 받아들였던 것 같았다. 녀석은 애당초 이성과는 담을 쌓은 사람이라고 멋대로 치부했다. 녀석의 마음을 제대로 보려고 시도조차 하지 않고 말이다.

단단히 걸어둔 빗장을, 녀석이 열기 위해 얼마나 노력했을지 생각하니 가슴이 아려왔다. 지금껏 힘든 내색 한 번 하지 않은 그가 미련스럽기도 했다.

"바보, 류이현."

탁한 음성이 공기 중에 흩어졌다.

알면서…… 자신이 그를 얼마나 아프게 할 줄 알면서…….

알고 있음에도 그런 저를 사랑하고 있었다.

줄곧 베풀기만 한 녀석은, 빈손임에도 한결같았다.

문득, 혜영이 했던 말이 떠올랐다. 그러자 여름의 입꼬리가 씁쓸하게 올라갔다.

맞구나, 그 말이. 맞았어. 틀리지 않았어.

"그런 말 있잖아. 남녀 관계의 우정은 어느 한쪽의 짝사랑으로 지속된다는 말."

그 말이 무엇을 의미하는지 여름은 그제야 깨달았다. 깨닫고 나니, 그때 호언장담하던 저의 모습이 얼마나 어리석었는지 실감이 되었다.

그 호언장담에 녀석의 마음을 묵살한 것도 모른 채, 자만했다. 절대 그럴 일 없다고.

여름은 스탠드 불을 켜곤 침대에 걸터앉았다. 생각을 정리하지 못한 머릿속은 이미 과부하 상태였다. 여름은 침대에서 일어나 욕실로 들어갔다. 찬물에 샤워를 하면 머릿속이 깨끗해질지도 모른다. 아직 여름이지만, 새벽의 찬물이 살에 닿자 여름의 어깨가 살짝 움찔했다. 하지만 곧 찬물에 몸이 적응을 한 모양인지, 여름은 거칠게 떨어지는 물줄기 밑에서 대범하게 눈을 감았다.

열일곱의 류이현.

서른의 류이현.

쭉 지금까지 '친구'란 이름으로 지낸 우리였다. 그건 앞으로도 그럴 거라 믿었다. 한 치 앞의 상황도 알 수 없는 각박하게 돌아가는 세상에서, 10년 후의 미래에도 녀석은 친구로 자신의 곁에 있을 거라 여겼었다.

자신과 녀석. 이젠 친구란 이름을 대신할 무엇이 또 있을까.

오소소 돋는 소름에 여름은 감았던 눈을 떴다. 샤워기를 끄고 타월로 몸을 감싼 채 방으로 들어온 그녀는 화장대 앞에 앉았다. 입술을 파랗게 질려 있었고 텅 빈 눈동자는 아득했다. 이런 저를, 녀석은 왜 좋아한 걸까. 문득, 궁금증이 일던 찰나 여름은 고개를 세차게 저었다.

*

부장이 출근을 하기 전에 여름은 서류를 책상 위에 올려두었다. 매일 반복적인 업무는 회사 내 컴퓨터에 저장이 되어 있어 다행이지만, 중요한 업무는 따로 USB에 저장되어 있었기에 여름은 걱정이었다. 거기다 사내 CCTV는 사생활 침해가 된다는 직원들의 항의에 따라 사무실 내 CCTV 설치는 출입문 쪽으로 재배치가 되어 있었다. 그렇기 때문에 누구의 소행인지 밝혀내기는 힘들었다. 당장 발등에 떨어진 급한 불은 껐으나, 중요한 업무 파일이 든 USB는 찾아야 했다. 거기다 누군가 악의를 품고 저지른 일이라면, 또 무슨 일이 일어날지 모르는 일이었기에 하루속히 해결 방안을 찾아야 했다.

자판기에서 막 뽑은 시원한 캔커피를 들고 자리로 돌아왔다. 여전히 저의 소문은 여름의 귀를 괴롭히고 있었으나, 그녀의 머릿속은 온통 이현 생각뿐이었다.

이제 우리는 어떻게 되는 걸까? 여전히 친구인 걸까? 아니, 친구로 지낼 수 있는 걸까?

연인도 친구도 뭣도 아닌 어중간한 관계가 되는 걸까. 벌써 그렇게 되었는지도 모른다. 녀석의 마음을 묵살하고 그대로 뒤돌아와 버렸으니까. 하지만 그렇게밖에 할 수 없었다. 사랑을 할 줄도 모르고, 받을 줄 몰랐던 여름에게 녀석의 마음은 과분할 정도로 컸다. 그리고 그녀는 녀석의 마음을 줄곧 받아놓고 줄 것이 없었다.

"대리님, 어디 안 좋으세요?"

미영의 목소리에 여름은 고개를 돌렸다.

"좀 피곤해서요."

"쉬엄쉬엄 하세요. 못 보던 목걸이네요. 예쁘다."

여름의 손이 목걸이로 향했다.

"고마워요."

"선물 받으셨나 봐요."

"네."

순식간이었지만 빙글빙글 웃던 미영의 웃음이 차갑게 느껴졌다. 혹시 이현에게 받은 선물이라는 걸 안 건가.

"그럼, 수고하세요."

싱긋, 웃으며 미영이 여름에게서 멀어졌다. 내가 착각한 건가? 그런데…… 선물 받은 건 어떻게 안 거지. 의문 가득한 눈으로 여름은 멀어지는 미영의 뒷모습을 지켜보았다. 여전히 미영이 마음에 안 드는 이유는, 그저 뒤틀린 마음 때문일까.

지잉.

핸드폰 진동음에 여름은 책상 위에 놓인 핸드폰으로 고개를 떨어뜨렸다.

〈오늘 좀 만났으면 하는데.〉

이현.
발신인 이름을 한참 바라보던 여름은 곧장 답장했다.

〈그래. 점심 어때?〉
〈시간 맞춰서 회사 앞으로 갈게.〉

마지막 답장을 확인한 여름은 이현의 얼굴을 어떻게 바라봐야 할지 걱정이었다. 아무 일 없던 것처럼 평소대로 행동하기엔 이미 녀석의 마음을 알아버린 뒤라 어색한 표정이 얼굴에 적나라하게 드러날 것 같았다. 아마 평소처럼 행동하는 편이 둘 사이를 더 어색하게 만들지도 몰랐다. 그래, 억지로 괜찮은 척하고 없던 일로 만들기엔 우리 이제 어른이지. 어른이면 어른답게 행동해야지.

✳

여름에게 마지막 문자를 보내자 곧바로 미영에게 전화가 걸려왔다. 하지만 이현은 민식이 미영에게 마음이 있다는 걸 알고 난 후 미영에게 따로 연락하거나 만나지 않았다. 대학 선후배 사이의

선은 적절히 지키는 게 낫다는 판단이 들었다.

"흥, 이따 점심은 너 혼자 먹어야겠다."

"왜?"

"여름이랑 같이 점심 먹기로 했어."

머뭇거리던 이현이 이실직고했다. 그러자 예진이 반색하며 접견실에서 쇼핑백을 들고 나왔다.

"가는 김에 전해줘."

내용물을 확인하지 않더라도 여름의 생일 선물로 예진이 준비한 잠옷이라는 걸 알았다. 이현은 쇼핑백을 받았다.

"응."

쇼핑백을 한쪽에 두고, 냉장고에서 생수를 꺼냈다. 전날 과음을 해서 그런지 목이 탔다. 입안이 바짝바짝 말랐다. 얼마나 마셨는지 기억이 가물가물했다. 정신을 차렸을 땐 예진의 집 한쪽 구석에서 잠들어 있었다. 예진은 제 방에서 대자로 뻗어 있었다. 덕분에 평소보다 한 시간이나 늦게 스튜디오 문을 열었고, 속이 말이 아닌 상태였다. 예진의 낯빛은 더 처참했다.

"난 이따 혼자 해장국 시켜 먹어야겠다. 누구 덕분에 아주 오장육부가 뒤틀린 것 같다."

"그냥 같이 있어주기나 하지, 왜 덩달아 마셔서는."

이현은 미안함에 괜히 핀잔을 늘어놓았다.

"물어도 대답도 안 하고 술만 마셔대는 네 앞에서 가만히 앉아만 있으라고? 자는 사람을 그 새벽에 깨웠으면 양심은 있어야지."

"미안하게 됐다."

머리를 긁적이며 이현이 순순히 사과했다.

"미안하면 나중에 털어놔. 다 들어줄게."

"그래."

쓸쓸한 얼굴로 대답하는 이현의 목소리에 신용할 수 없다는 듯 예진이 한 번 더 못을 박았다.

"약속, 했다."

"알았어."

이현의 시선이 벽에 걸린 시계로 향했다. 이제 겨우 아홉 시를 넘어가고 있었다. 만나면 어떤 말부터 해야 하는 걸까. 절대, 저가 한 말을 물릴 생각은 없었다. 오늘 그녀를 다시 만나 제 마음을 각인시켜 주어도 그녀의 반응은 냉랭하기만 할 거란 것을 알고 있었다. 그녀는 줄곧 절 친구로만 생각했으니 말이다.

오전에 거의 대부분을 증명사진을 찍는 데 시간을 보내고, 이현은 시간 맞춰 스튜디오를 나섰다.

✻

"미영 씨, 오늘 내가 점심 약속이 있어서 같이 못 먹을 것 같아요."

"아, 정말요? 누구랑 약속 있는데요?"

입을 삐죽 내밀며 미영이 어린아이처럼 칭얼댔다.

"이현이요."

"오빠 얼굴 못 본 지도 좀 됐는데 저도 살짝 껴도 돼요?"

반색하며 미영이 여름의 팔에 제 손을 끼워 넣었다.

"오늘은 안 되겠어요. 이현이와 할 얘기가 있어서요."

제 팔에 감긴 미영의 손을 떼어내며 여름이 난처한 얼굴로 거절했다. 그러자 미영이 굳은 얼굴로 여름을 올려다보았다.

"그럼, 이따 봐요."

여름은 미영에게서 뒤돌아 엘리베이터로 걸음을 옮겼다.

"대리님, 혹시 오빠 좋아해요?"

뒤에서 들려온 미영의 나지막한 목소리는 여름을 향한 질투로 물들어 있었다. 줄곧 지금까지 발톱을 숨기고 있던 미영이 직접적으로 여름에게 물었다. 여름은 뒤돌아 질문에 대한 의문이 가득한 눈으로 미영을 바라보았다.

"그게 무슨 말이에요?"

"굳이 거절하시니까 노파심에 묻는 거예요. 제가 끼면 안 되는 자린가요?"

"미영 씨."

"오빠에 대한 마음, 대리님께 말했어요. 이제 와서 오빠가 좋아졌다, 그런 건 아니죠?"

불안하게 미영의 동공이 흔들리고 있었다. 갑작스럽게 이런 질문을 하는 미영의 의도를 모르겠다. 마치 확인하듯 묻는 미영의 말투는, 그러길 간절히 바라고 있는 것처럼 느껴졌다. 아니, 제가 원하는 대답을 해달라고 강요하는 것 같기도 했다.

"대답해야 할 이유는 없는 것 같은데요."

"네?"

"내가 왜 대답해야 하죠? 미영 씨가 이현이를 좋아한다는 이유만으로?"

"대리님······."

납득이 안 간다는 얼굴로 여름은 여전히 싸하게 변한 얼굴을 고칠 줄 몰랐다. 한마디 더 하려던 여름은 때마침 도착한 엘리베이터에 몸을 실었다.

"점심 맛있게 먹어요."

아랫입술을 잘근 씹는 미영의 얼굴이 엘리베이터 문이 닫혀 보이지 않았다. 정말 마음에 안 드는 여자다. 대놓고 저런 질문을 하는 얼굴에 질투에 찌든 못난 모습이 보였다.

1층 로비를 지나 밖으로 나가자 이현의 뒷모습이 보였다. 확인하지 않아도 서 있는 모양새가 녀석이었다. 티셔츠에 바지, 그리고 아래로 내려오자 여전히 닳아빠진 스니커즈까지. 여름은 그의 뒤에서 어깨를 손으로 툭툭 쳤다.

"아. 왔어?"

어색한 이현의 표정이 그대로 드러났다. 여름은 손으로 근처 식당을 가리켰다.

"김치찌개 괜찮지?"

이현의 시선이 여름이 가리킨 쪽으로 향했다.

"응."

뒤늦게 대답하는 이현의 목소리가 잠겨 있었다. 그의 시야에 그녀의 목에서 목걸이가 반짝 빛났다. 다시 생각해 봐도 역시 잘 어울렸다.

식당에 들어서자 시원한 에어컨 바람이 이현의 몸을 휘감았다.

여름은 오히려 갑작스런 찬기에 살짝 어깨를 움츠렸다. 한쪽 테이블에 두 사람이 마주 보고 앉았다. 그의 고백에 대한 끝맺음을 맺어야 할 것 같은데, 장소가 마땅치 않은 것 같았다. 그렇다고 조용한 곳에서 그와 마주하는 것도 껄끄러울 듯 했다.

"시끄럽지?"

"조금. 그래도 괜찮아."

그가 어깨를 으쓱여 보였다. 다행이었다. 조용한 곳으로 자리를 옮기자고 할까 봐 염려했던 여름의 안색이 풀어졌다.

여름은 손을 들고 김치찌개 2인분을 주문했다. 곧 냄비를 들고 점원이 종종 걸음으로 걸어와서는 한쪽에 놓인 부르스타 위에 올려놓고 사라졌다.

"얼굴이 푸석해 보인다."

이현이 조심스럽게 말을 꺼냈다.

"늦게까지 일했으니까."

"내가 더 보탠 건 아니고?"

"아니라곤 말 못해."

역시, 차여름. 솔직하고 거짓말 못하는 성격이 대화에 고스란히 드러났다. 보통은 아니라며 신경 쓰지 말라고 상대방을 먼저 배려해 주는데 그녀는 아니었다. 그래서 더 안심이 되었다. 거짓말을 했다면 오히려 이현이 마음이 불편했을 것이다.

보글보글 김치찌개가 침샘을 자극하며 끓고 있었다. 앞접시에 먹기 좋게 퍼서 여름에게 먼저 주고 제 것까지 마저 퍼 담았다.

"그래서 네 대답은 여전히 정신 차려, 인가?"

"알면서 뭘 물어?"

냉랭하기 그지없는 반응에 절로 이현이 쓴 미소를 지었다.

"그렇게 오랫동안 날 알았으면서 어떤 반응을 보일지 예상 못했던 거니?"

"몇 번이고 생각했지만…… 실제로는 몇 배는 더 아프다."

"그러니까 왜 이런 날……."

이런 날 좋아해서 널 아프게 만들게 해. 여름은 차마 하지 못한 말을 이현은 표정으로 단번에 읽었다.

"불가항력이라는 게 이럴 때도 쓰이는 말인가 보다."

고개를 떨군 이현이 밥을 먹기 시작했다. 이렇게 못된 여자가 도대체 어디가 좋다고 그렇게 오랫동안 옆에 있었던 것일까. 이해할 수가 없다.

"류이현."

"……."

"내가 어떤 앤지 알잖아. 어떤 아버지 밑에서 자랐고, 어떤 상처가 있는지, 내가 얼마나 지독하게 살았는지도……."

"그리고 사랑 따위 안 한다고 했었지."

"알면서……."

"그래서 불가항력이라고 했잖아."

원망 가득한 여름의 눈빛이 이현의 얼굴에 닿았다. 사랑하는 친구, 가족처럼 사랑했던 친구에게 모진 말을 쏟아내야만 하는 자신의 가슴이 아렸다. 말하는 혀가 지독하게 써서 여름은 인상을 찡그렸다.

"밥 먹어, 식어."

수저를 쥐어주며 이현은 이 와중에 밥을 먹으라고 채근했다. 억지로 손에 수저를 쥔 여름의 손이 부들부들 떨리고 있었다.

"밥 먹고 기운 차려서 마저 얘기해."

어린아이를 달래듯 이현이 다정하게 말했다. 울컥, 눈물이 차올랐다. 녀석은 지금 얼마나 힘든지 내색하지 않으려고 무던히 애쓰고 있었다. 그 모습이 이토록 가슴이 시릴 줄이야. 여름은 떨리는 손으로 밥을 푸고, 입에 넣는 기계적인 움직임을 반복했다. 아무 맛도 느낄 수 없는 식사를 하다 결국 수저를 내려놓고 말았다. 그 모습을 지켜보던 이현이 입을 열었다.

"열일곱 살, 입학식 날 단상에서 전교 1등으로 입학한 어떤 여학생을 봤어. 상을 받으면서도 전혀 기쁘지 않은 무표정한 얼굴이더라. 그 여학생이 같은 반이 되었어. 감히 아무도 범접할 수 없는 아우라를 뿜어내며 공부에만 열중이었지. 쉬는 시간, 점심시간 할 것 없이 열심이었어. 저러니 전교 1등 못하고 배겨? 다들 그렇게 생각했어. 독종이라고. 성격도 더럽다고."

"……"

"그런데 그게 외로울 틈을 주지 않으려 다른 일에 몰두하는 일이었어. 좋아서, 원해서 하는 게 아니라 외롭지 않으려고 말이야. 늘 당당하고, 어디서든 기죽지 않던 그 여학생이 난 마음에 들었어. 그 여학생은 동정이라 했지만, 솔직히 처음엔 호기심이었고 그다음엔 좋아하는 마음이었어. 그런데 알고 보니 겉모습과는 다르게 많이 여린 사람이더라. 지켜주고 싶었어."

"……."

"그 여학생이 너야."

"류이현."

"내 오랜 마음을 가벼이 여기지 마. 우습게 생각하지 마."

여름의 눈이 반쯤 감겨졌다 떠졌다. 생각조차 하지 않으려고 했다. 녀석의 마음이 얼마나 깊은지, 얼마나 진중한지 말하는 목소리에서 여름은 느낄 수 있었다. 하나, 여름은 끝까지 모른 척하기로 했다.

"류이현, 우리 당분간 만나지 말자."

"뭐?"

"네 마음 쉽게 못 접겠지. 계속 너와 마주 보며 지내기엔 나에 대한 마음 너무 깊다는 걸 깨달았어."

열일곱부터 쭉 한결같았던 녀석의 마음. 그 깊은 마음이 우정이 아닌 사랑임을 깨닫는 순간, 여름은 녀석에게 미안했다. 진작 알아차렸어야 했던 마음. 지금껏 제 마음에 수없이 노크를 했을 녀석이 가여웠다. 그럼에도 알아차리지 못하다니 구제불능이다, 차여름.

"그래서 다신 보지 말자고? 제대로 들은 거 맞아?"

"그래. 네 마음 정리될 때까지…… 보지 말자."

겨우 생각을 정리한 여름의 입에선 곧장 대답이 흘러나왔다. 결론이 날 거란 기대를 가지고 이현을 만난 건 아니었다. 하지만 녀석과 대화를 하면서 여름은 결국 끝까지 모질 수밖에 없었다. 이렇게 녀석을 잃게 될지 모른다는 생각이 들자 여름은 가슴이 시큰거렸다.

"차여름."

"그렇게 해."

제일 좋아하는 친구, 류이현 네가 좋아하는 사람이 나였다니. 흔들리는 이현의 동공에 차마 하지 못한 말들에 대한 아쉬움, 그리고 슬픔이 보였다.

"나는 그렇게 못할 것 같은데."

"못하면?"

"나는 널 계속 봐야겠어. 보고 싶으니까."

여름이 뭐라 대답하기도 전에 이현이 먼저 자리에서 일어났다.

"먼저 간다."

자신의 머리꼭지 위에서 들리는 그 목소리에 여름은 아무 대답을 하지 못했다. 고집이 있는 줄 알았지만, 어떤 하나에 미치는 사람이라는 건 알았지만, 지금 류이현의 모습은 정말 딴사람같이 느껴졌다. 결국 어떤 해결점도 찾지 못했다. 마른 한숨이 턱 끝에 간신히 붙어 있었다. 이윽고 그의 발걸음 소리와 음식점 문이 열리는 소리가 여름의 귀를 때렸다. 그제야 여름은 고개를 돌리고 유리문에 비친 그의 모습을 바라보았다.

오래전 끊은 담배를 물고 있었다. 뿌연 연기 속 그의 짙은 눈동자가 아련하게 빛나고 있었다.

✳

건물 관리실로 여름이 들어가자, 업무 중이던 남직원이 고개를 들었다. 여름이 가까이 다가가 고개를 까딱했다.

"실례합니다. 마케팅부 차여름 대리라고 합니다."

"관리실엔 무슨 일이십니까?"

남자가 사무적인 말투로 물었다.

"실례가 안 된다면, CCTV 화면을 확인할 수 있을까요? 제가 며칠 전에 책상 서랍에 넣어둔 물건이 없어졌는데 아무래도 도난당한 것 같아서요."

여름이 간곡한 말투로 남직원에게 청했다. 남직원은 뿔테 안경을 올리며 난색을 표했다.

"어차피 사무실 내에 CCTV가 설치되어 있지 않아서 누구 소행인지 확인할 방법이 없을 텐데요. 알다시피 각 부서 내 입구에만 CCTV가 설치되어 있으니까요."

"네, 알고 있습니다. 그 시간대에 사무실에 누가 왔었는지 확인만 하면 됩니다. 중요한 물건입니다. 협조 부탁드립니다."

여름이 고개 숙여 다시 한 번 간청했다. 남자는 제 선에서 처리할 수 있는 일이 아니라며, 어디론가 전화를 걸었다. 관리실을 관리하는 부장일 것이다. 몇 분의 통화가 끝나고, 남직원이 부서장에게 승낙을 받은 모양인지 CCTV가 설치되어 있는 곳으로 안내했다.

부서 내 입구는 물론이고 복도, 로비까지 구석구석 설치되어 있는 CCTV 화면이 한눈에 보였다. 여름은 날짜와 시간을 직원에게 말했다. 그러자 버튼 조작으로 날짜와 시간을 변경해 그 시간부터 CCTV를 돌렸다. 점심 식사를 하러 나가는 제 모습이 사라지고, 다른 직원들이 속속히 구내식당으로 향하는 모습이 보였다. 그리고 한참 정지된 것처럼 어떤 그림자도 보이지 않았다. 여름은 팔짱을 낀 채로 묵묵히 CCTV 화면을 응시했다. 그리고 그 순간이었다.

미영 씨?

여름의 미간이 좁아졌다. 상체를 앞으로 당긴 채 CCTV 화면 시각을 확인했다.

12:40

그 시각은 여름이 회사 옥상에 있던 시각이었다. 미영보다 식사를 일찍 마치고 여름은 먼저 일어났었다. 설마 저를 찾으러 온 것이었을까? 하지만 제자리는 밖에서 훤히 보이는지라 굳이 사무실 안까지 들어와 확인할 필요가 없었다. 여름은 의아한 눈으로 화면을 응시했다. 그리고 이윽고, 미영이 사무실에서 나가는 모습이 보였다.

12:44

미영이 사무실에 있던 시간은 4분. 그 시간이면 충분……. 여름은 아랫입술을 깨물며 이성을 되찾았다. 섣부른 오해는 하지 말자고 저를 다독였다. 아무리 제 마음에 들지 않는다고 하여 섣불리 범인으로 몰아서는 안 된다고. 하지만 점심시간이 끝날 무렵 사무실로 들어오는 남직원들의 무리가 포착되자, 섣부른 오해라 판단했던 의중은 그녀가 범인이라는 쪽으로 서서히 기울고 있었다. 그 사이 들어온 사람은 아무도 없었다. 부장은 거래처 미팅 때문에 자리를 비웠고, 다른 직원들은 점심시간이 끝날 무렵 우르르 몰려

왔으니 그들의 소행일 리 없었다. 그저 드는 생각은 빈 사무실에서 그녀는 무엇을 했던 것일까 라는 거였다.

"됐습니다."

여름은 CCTV 화면을 정지해 줄 것을 요구했다. 남직원은 방문객 자료가 남아야 한다며 서류에 날짜와 이름, 사인을 해달라고 요청했다. 여름은 남직원의 요구에 순순히 응했다. 방문객 자료를 남기고 관리실에서 나온 여름은 깊은 숨을 내쉬었다.

CCTV를 확인하면 진척이 보일 줄 알았던 생각과는 달리 머릿속이 더욱 복잡해졌다. 이현의 후배이고, 최 전무와 친분이 있는 그녀를 오해해서는 안 된다는 걸 알지만, 꼬리에 꼬리를 문 의문들이 머리를 복잡하게 만들었다. 여름은 그녀를 떠보기로 했다. 어쩌면 확실하게 해두고 싶었는지도 모른다. 캔커피 두 개를 가지고 미영의 자리로 갔다.

"오후 되니까 나른하죠?"

여름은 캔커피 하나를 미영에게 건넸다. 전날, 날 세운 대화 때문인지 미영은 어색하게 캔커피를 받았다.

"잘 마실게요."

"사무실 CCTV 좀 확인해야겠어요."

여름은 캔커피를 홀짝이며 미영의 안색을 살폈다. 캔커피를 따던 미영의 손이 미끄러지며 헛돌았다.

"CCTV는 왜요?"

"미영 씨도 조심하는 게 좋을 거예요."

"네?"

표정을 숨기지 못하고 초조한 눈빛으로 미영이 반문했다. 여름은 느긋한 얼굴로 캔커피를 입술에 댔다.

"중요한 물건이 없어졌거든요. 그래서 확인해 보려고요."

"중요한…… 물건이요? 딴 데 두신 거 아니에요?"

애써 웃으며 미영이 장난치듯 여름의 팔을 툭툭 쳤다. 하지만 목소리가 가늘게 떨리는 건 숨길 수 없었다.

"그런가?"

"한 번 더 찾아보세요."

"아무래도 그편이 좋겠어요."

고개를 끄덕이며 여름이 수긍했다. 안도의 낯빛을 한 미영의 얼굴이 눈에 들어왔다. 저를 생각해 주는 척하지만, 실은 뒤로 이 상황을 빠져나갈 궁리를 하기 위해 시간을 벌려는 속셈일 것이다. 사무실에 CCTV가 설치되어 있다는 정보를 미영에게 흘렸으니, 재빠르게 관리실로 찾아가 확인하거나 가져간 물건을 몰래 두고 갈 것이다. 그리고 이도 저도 아니라면, 그녀를 의심한 저의 잘못이었다. 그래도 일단은 뒤탈 없이 확실하게 해놓는 편이 좋았다. 표정만 봐서는 섣부른 의심이 아닌 것 같은 생각이 들지만 말이다.

퇴근 시간이 지난 것도 모르고 사무실에서 한참을 생각 중이던 여름은 백 속에 넣어둔 핸드폰 진동음에 퍼뜩 정신을 차렸다.

"예진아."

〈퇴근했어?〉

"이제 하려고. 스튜디오는 손님 많아?"

무의식적으로 이현은 바쁘냐고 물어보려던 말 대신 다른 말이 튀어나왔다. 버릇은 어쩔 수 없는 모양이었다.

〈오늘은 예약 손님이 없어서 한가해. 잠깐 차 한잔 어때? 너한테 전해줄 것도 있고.〉

"전해줄 거?"

〈네 생일 선물 전해주라고 이현이한테 줬더니만, 놓고 간 거 있지?〉

"아……."

여름은 그때 이현에게 모진 말만 한 게 생각나 아랫입술을 아프게 깨물었다. 그때의 녀석의 표정을 지울 수가 없다. 머릿속에 깊게 박혀 그녀를 괴롭혔다.

〈괜찮지?〉

"다음에……."

〈스튜디오 근처에 새로 생긴 카페에 그린라떼가 아주 환상적이야. 너도 반할 텐데.〉

예진의 목소리가 낮게 깔렸다. 언제나 하이톤이었던 통통 튀는 목소리가 아니었다. 여름은 잠시 갈등했다.

"그래, 알았어."

다정한 목소리로 권하면 거절할 도리가 없다. 거기다, 이제 막 퇴근한다고 먼저 자백해 버렸으니 둘러댈 말도 없었다. 대답을 해놓고 여름은 끊긴 핸드폰을 무심히 바라보았다.

✳

여름이라 해가 확실히 길어졌다. 퇴근하고 카페에 도착할 때까지 오후처럼 햇빛이 아직도 강하게 내리쬐고 있었다. 덕분에 텁텁한 공기를 머금은 여름의 뺨이 발그레 물들었다. 카페문 손잡이를 잡고 문을 열자 대각선으로 곧장 예진이 보였다.

"썸!"

예진도 여름을 알아보곤 손을 흔들었다. 반가운 얼굴에 안색이 밝아진 여름은 걸음을 옮겼다.

"내가 너무 늦었지?"

"나도 방금 왔어. 잠깐."

테이블에 있는 진동 벨이 울리자 예진은 카운터로 가서 그린라떼 두 잔을 가지고 자리로 돌아왔다. 녹색 커피 위로 새하얀 거품이 피어올라 있었다. 여름은 잔을 들고 입에 갖다 댔다. 거품이 부드럽게 여름의 입술에 닿았다. 곧 녹차 향기를 머금은 커피가 혀에 닿자 여름은 고개를 끄덕였다.

"맛있다."

"그치? 자, 이거."

예진이 쇼핑백을 건넸다. 여름은 곧 펼쳐 내용물을 확인했다. 민소매 핑크 레이스 잠옷이었다. 저절로 웃음이 입가에 머물렀다. 귀엽고, 사랑스럽고, 소녀 느낌이 물씬 나는 잠옷이다.

"귀여운데."

"너 더위 많이 타니까 잠옷이라도 시원한 거 입고 자라고."

"고마워. 잘 입을게."

고이 접어 다시 쇼핑백에 잠옷을 넣곤 의자 밑에다 내려놓았다. 내려놓았던 잔을 들고 여름은 그린라떼를 입에 댔다.

"여름아."

동작이 멈춘 그대로 여름의 시선이 예진에게 닿았다.

"그 녀석이 너한테 고백이라도 했니?"

놀람과 당혹스러움이 여름의 안색을 가득 메웠다. 괜히 그 녀석과 예진의 사이마저 어색해질까 봐 여름은 그 사실을 예진에게 털어놓지 않았다. 그런데 예진이 먼저 알고 있었다니. 여름은 천천히 잔을 내려놓고 물음에 대답을 기다리는 예진을 바라보았다.

"알고 있었어?"

"지레짐작."

"언제부터?"

예진의 질문에 대한 답을 할 새 없이 여름은 머릿속에 가득한 질문만 던져 댔다. 하지만 예진에게 되레 질문을 던졌을 땐 이미 긍정한 셈이었다.

"꽤 오래전부터."

"하……."

짧은 탄식이 입에서 흘러나와 차가운 공기 중에 흩어졌다.

"그 녀석은 내가 알고 있는 거 몰라. 그냥 나 혼자 눈치챈 거야."

"왜 진작 말하지 않았어?"

"말했으면 뭐가 달라졌을까?"

"그래도……."

알았다면, 그 녀석의 마음을 알고는 의지하지 않았을 것이다.

이렇게 가까워지지 않았을 거고, 소중한 사람으로 남겨두지 않았을 것이다. 그리고 모진 말을 쏟아내고 괴로워 잠을 설치진 않았겠지. 상처를 받는 것보다 주는 쪽이 더 아프다는 걸 깨달아 버린 그녀는 심장이 찢겨 나가는 고통을 실감했다.

심장이…… 참 아프다.

"안 봐도 뻔해. 신랄하게 쏘아댔겠지."

"……."

"그랬으면서 왜 네가 그런 얼굴이야."

"뭐?"

"왜 네가 더 아픈 얼굴이냐고."

예진의 말에 여름은 손으로 제 얼굴을 쓸었다. 몰랐던 사실에 여름은 쓰게 웃어 보였다. 아무렇지 않은 얼굴을 하고 있다고 생각했는데 이렇게 쉽게 들키다니, 역시 예진에게 표정을 숨기는 건 불가능했다.

"예진아."

"좀 더 개운한 얼굴일 줄 알았더니…… 왜 죽상이야."

결국 제가 내린 결론에 대한 상처가 고스란히 여름의 얼굴을 뒤덮었다. 날카로운 칼이 되어 그의 심장을 찌른 말들이 다시 제 가슴이 꽂혀 여름은 고통에 신음했다. 커피잔을 드는 여름의 손이 가늘게 떨렸다.

"어떻게 해야 우리가 행복해질까?"

"네가 하고 싶은 대로 해."

내가 하고 싶은 대로…….

녀석에게 마음을 접으라고 강요했다. 그리고 그때까지 보지 말자는 말도 뱉었다. 하고 싶은 말을 다 쏟아놓고 여름은 가슴이 아렸다.

"그 녀석의 마음에 혼란스러워."

"……."

"네 말대로 상처를 준 쪽은 난데, 내가 더 아파. 염치없어서 아파도 티도 못 내."

"후우……."

예진이 깊은 숨을 내쉬었다. 이미 여름은 이현에게 두 걸음은 뒤로 물러나 있는 상태였다. 그 녀석의 마음이 줄곧 저에게로 향하고 있었다는 사실이 당사자인 여름을 당혹스러움을 넘어 혼란에 빠뜨린 모양이었다. 하지만 이 혼란이 지나가면 여름은 그때도 그 녀석에게 친구라 선언할 수 있을까.

"네가 진짜 원하는 대로 해. 내 심장이 원하는 대로."

"그건 이미……."

"네 자신에게 시간을 줘. 네가 정말 그 녀석을 친구로만 보는지 아니면 네가 가진 상처 때문에 밀어내는 건지 솔직하게 바라볼 시간을."

"……."

"그래, 어쩌면 그 녀석을 선택한 것으로 인해 네가 상처받을 수도 있겠지. 그래도 훗날 생각했을 때 후회 없는 선택을 해."

결국 두 사람 사이에 예진은 끼어들고 말았다. 그러지 않겠노라 다짐하고 줄곧 두 사람을 지켜보기만 했다. 그 긴 세월 녀석의 숨죽인 사랑을 지켜보고, 상처로 마음이 단단해진 여름을 지켜보았다. 결국 예진은 이제 두 녀석을 위해 뭔가 해주고 싶어졌다. 따뜻한 위로든, 신랄한 충고든, 옆에서 해주어야겠다고 생각했다.

"어떤 선택이든 후회하게 마련이잖아. 후회 없는 선택은 없어. 어떤 선택을 하던 그럼에도 잘 선택했다, 라고 말할 수 있는 선택을 하는 거야."

"응, 그럴게."

여름이 고개를 끄덕이며 혼란에서 벗어나 탁한 눈동자를 지웠다. 예진의 조언대로 여름은 다시 한 번 지금보다 더 나은 선택을 하기 위해 생각을 하기로 했다. 나, 자신에게 시간을 주기로 말이다.

"여름아."

"응."

"네가 이런 얘길 털어놓다니. 기쁘다."

서로 공유할 수 있는 무언가가 생겼다는 사실에 예진이 기쁜 미소로 말했다. 제 마음에 쉼 없이 노크한 사람은 이현뿐이 아니었음을 여름은 깨달았다. 미안함에 여름은 그저 예진과 비슷한 미소를 지어 보였다.

9. 덜 후회하는 선택

며칠 만에 여름은 관리실을 다시 찾았다. 관리실 직원은 또 무슨 일이냐는 표정으로 여름을 쳐다봤다.

"실례지만 방문객 자료 좀 확인할 수 있을까요?"

"그건 저희 관리실 보관용이라 보안상 외부로 유출되는 건 곤란합니다."

난색을 표하며 남직원이 사무적인 말투로 대답했다. 흔쾌히 보여줄 것이라 예상했던 건 아니지만, 난관에 부딪히자 당혹감을 감출 수 없었다.

"그럼, 하나만 여쭙겠습니다. 제가 다녀간 후로 며칠 사이 CCTV를 확인하러 온 여자가 있었나요? 그 정도는 말씀해 주실 수 있죠?"

여름의 요구에 남직원은 잠깐 고민하더니 대답했다.

"네, 있었습니다. 사무실 내부엔 CCTV가 설치되어 있지 않다고 말했더니, 그대로 나가 버렸습니다. 됐습니까?"

회사 내 사무실에 CCTV가 설치되어 있지 않다는 것쯤은 대부분 알고 있을 것이다. 하지만 입사한 지 얼마 되지 않은 미영이라면 모르고도 남았다.

"감사합니다."

여름은 남직원에게 인사하고 관리실에서 나왔다. 관리실에 왔다는 사람이 미영일 거라는 건 여름의 추측일 뿐이었다. 확실한 물적 증거가 없었다. 하지만 여름은 증거가 나올 때까지 마냥 손 놓고 기다릴 수는 없었다. 여름은 엘리베이터 7층을 누르곤 미영의 자리로 갔다.

"퇴근하고 1층 카페에서 잠깐 봐요."

"무슨 일로……."

"우리 할 얘기가 있을 텐데요."

여름의 노골적인 말에 미영의 눈빛이 파도처럼 흔들렸다.

"할 얘기라니요?"

"그럼 지금 여기서 할까요?"

싸늘한 여름의 목소리에 미영의 안색이 순식간에 하얗게 질려 버렸다. 물음에 대답조차 할 수 없을 정도로 긴장하고 있는 미영의 안색을 보며 여름이 말을 남겼다.

"기다리게 하지 말아요, 난 지루한 건 딱 질색이니까."

파르르 떨고 있는 미영을 싸하게 쳐다본 여름은 그대로 뒤돌았다. 표정만 봐도 도둑이 제 발 저려 뜨끔하는 것이 그대로 드러났다. 이렇게 쉽게 들킬 거면서 도대체 왜 그런 짓을 했을까. 내가 범인이요, 하고 얼굴에 써 붙이고 있는 꼴이라니.

진한 아메리카노 한 잔을 막 입에 댔을 때 카페 문이 열리며 미영이 고개를 이리저리 휘젓고 있는 모습이 보였다. 곧장 여름을 찾아내었음에도, 잠깐 동안 그 자리에 우두커니 서 있다.

이내 걸음을 옮긴 미영은 여름의 맞은편에 의자를 끌어다 앉았다.

"참 어리석은 짓을 했더군요."

여름이 먼저 운을 뗐다. 부정도 긍정도 하지 않은 채로 미영은 정면을 응시하고 있었다. 발뺌하기엔 늦었다고 판단한 모양이었다.

"표정 관리 잘해서 들키지나 말든가, 꼬리를 잡히지 말든가 이렇게 쉽게 들킬 거 왜 그랬어요?"

팔짱을 낀 채로 여름은 여전히 입도 벙긋하지 않은 미영을 흘겨보았다. 미영의 분홍빛 입술에서 싸늘한 음성이 들렸다.

"당신이 미웠으니까."

"……."

"죽도록 미웠어. 난 오빠 마음을 얻으려고 지금껏 노력했는데 오빠 여전히 당신을 보고 있으니까. 그런 당신은 지금껏 오빠의 마음을 받아놓고 일언지하에 거절했지."

여름은 소스라치게 놀랐다. 그 늦은 시각에 미영이 저와 이현이 같이 있는 걸 보고 있었다니. 거기다 녀석이 고백하는 것을 듣고, 분노하고 있었다.

저를 이렇게나 미워하면서 그동안 생글생글 웃는 얼굴로 친근하게 제 옆에 붙어 있었던 것을 생각하니 소름이 끼쳤다. 회사 내에 소문이 돌 때 옆에서 걱정해 주는 척하며 속으로는 비웃고 있었겠지. 그녀의 이중적인 모습들을 떠올리자 여름은 그제야 왜 미영이 마음에 안 드는지 그 답을 찾았다. 그녀에겐 진심이 보이지 않았던 것이다. 사람을 대할 때 보이는 진중함이, 진실된 모습이 보이지 않았다.

"미영씨, 어렵에 무언가 가져본 적 없죠? 그런데 이현이 자신을 안 봐주니까 오기가 났던 거예요. 정말 이현이를 좋아했다면, 이런 짓 하지 말았어야죠."

"당신이 뭘 알아요? 오빠에겐 늘 당신뿐이었어요. 내가 낄 자리 따윈 처음부터 없었던 거라고. 그런데도 당신은……."

"그걸 알고도 시작한 건 미영 씨 자신 아닌가요?"

미영은 좋아하는 남자가 절 봐주지 않는 걸 남 탓하며 집착이란 병을 키우고 있었던 것이다. 결국엔 스스로를 망가뜨리고 본인이 어떤 일을 저질렀는지도 자각하지 못하고 있었다. 그 모습이 참 딱해서 여름은 동정의 눈빛을 미영에게 보냈다.

"내가 이기적이었다는 거 인정해요. 그 녀석을 친구란 이름으로 결국 내 곁에 두고 싶어 했던 마음, 그 마음이 얼마나 이기적이었는지 깨달았으니까요."

커피를 한 모금 마신 여름은 결심이 선 얼굴이었다.

"무슨……."

"천천히 생각해 보려고요. 내가 원하는 것이 진정 무엇인지……."

"그, 그럼 오빠의 마음을 받아주기라도 하겠다는 건가요?"

느긋한 표정으로 말하는 여름의 모습에 미영은 말까지 더듬거리며 당황해했다. 당장 여름이 이현에게 가서 고백을 받아주기라도 할까 봐 초조해하는 표정이었다.

"그러니까 미영 씨도 그동안 마지막으로 녹이 슨 도끼로 신나게 녀석을 찍어보든지요. 혹시 알아요? 녀석의 마음이 바뀔지. 혹시라도 녀석의 마음이 바뀌어서 그새를 못 참고 미영 씨에게 간다면 감사 인사는 꼭 전할게요."

"……."

"녹이 슨 도낀지도 모르고 넘어간 형편없는 남자란 걸 깨닫게 해주었으니까."

여름의 연이은 빈정거림에 미영의 눈이 매섭게 변했다.

"지금 모든 걸 다 가졌다고 자만하는 건가요?"

"아니요, 아직 자만하긴 이르죠."

여름의 입가에 오랜만에 비릿한 미소가 걸렸다.

"가져간 물건 돌려줘야겠어요. 안 그럼, 내가 무슨 짓을 할지 나도 장담 못해요."

"가져간 물건? 글쎄, 지금 어디 있을까요?"

코너에 몰렸음에도 미영은 기가 꺾이지 않고 큰소리를 쳤다. 아무래도 좋게 말해서 들을 때는 지난 듯했다. 여름은 긴 머리를 귀에 꽂고 미영을 똑바로 응시했다.

"내가 좀 싸가지가 없어요. 당한 만큼 돌려줘야 직성이 풀리는 성격이거든요."

"······."

"내가 부탁하는 걸로 보여요? 마지막 경고예요."

그녀가 말한 자만은 돌려받아야 할 물건이 손에 들어온 뒤였다. 여름은 끝까지 평정심을 잃지 않고 미영에게 가슴에 담아둔 말들을 쏟아냈다. 그리고 여름은 미영이 왜 이현의 마음을 얻지 못했는지도 깨달았다. 역시나 이유는 그를 사랑한다고 말하는 목소리에서 진심을 느낄 수 없었기 때문이다.

"그럼 현명한 결정을 하길 바랄게요."

여름은 자리에서 일어나 카페에서 나왔다. 투명 유리문 너머로 움직임 없이 앉아 있는 미영의 얼굴엔 분함이 보였다. 도대체 무엇이 그토록 분한 걸까. 집착으로 얼룩진 그녀의 마음이 조금 측은하게 느껴졌다.

이제야 숨통이 트이는 것 같다. 그동안 소문에, 사라진 USB 때문에 여름은 마음고생이 심했다. 소문엔 여전히 무관심으로 일관하며 일일이 상대하지 않기로 했다. 미영의 일이 입방아에 오르는 것은 원치 않았다. 요즘 소문이 잠잠해지고 있으니 얼마 안 가 사라질 것이다.

이젠 정말 녀석의 마음을 진심으로 고민해 봐야 할 참이다. 예진의 말처럼, 내가 진정으로 원하는 것이 무엇인지 생각해 보고 조금의 후회도 남지 않는 결정을 내려야 할 때였다.

이렇게 생각을 정리하고 나니 여름은 마음이 한결 가벼워졌다.

✳

부장에게 며칠간의 휴가계를 제출하고 여름은 바로 퇴근했다. 회사에서 나오자 뜨거운 햇볕이 달려들어 여름의 미간이 좁아졌다. 전날, 예약한 고속버스 시각을 확인하곤 여름은 서둘러 터미널로 가기 위해 버스에 올라탔다. 혼자만의 여행은 처음이다. 두근거리는 심장은 혼자만의 여행에 설레임으로 가득 차 있었다.

버스 터미널에 도착한 여름은 시각을 확인하며 도착한 버스에 올라탔다. 평일의 고속버스 안은 자리가 횡했다. 여름은 자리에 앉아 가방에 넣어둔 책을 꺼냈다. 두 시간 남짓 걸리는 시간 동안 지루함에서 해방시켜 줄 유일한 친구였다.

베르나르 베르베르 작가의 '파피용'이었다. 여름은 첫 페이지를 펼쳤다.

태초에 바람이 있었다, 로 시작한 첫 문장 구절에서 작가의 독특한 상상력이 느껴졌다. 성격의 노아의 방주처럼 느껴지는 우주선 파피용을 타고 여행하는 인간들의 모험은 흥미진진했다. 태안으로 가는 버스 안에서 창문으로 들어오는 따스한 햇볕에 여름은 기분 좋은 미소를 머금었다.

눈을 떴을 땐 태안 시외버스터미널에 도착한 후였다. 책을 읽다 중간쯤에서 잠이 들어버렸나 보다. 사람들이 짐을 챙겨 버스에서 내리는 틈에서 여름도 짐을 챙겼다. 한 시간 넘게 경직된 자세로 잠들었던 여름은 찌뿌듯한 어깨를 만지작거리며 버스에서 내렸다. 그러자 낯선 풍경이 속속히 여름의 시야에 들어왔다.

낯선 식당들, 낯선 사람들과 낯선 공기……

혼자만의 여행은 처음이라 조금 겁이 났었는데 막상 오니 언제 그랬냐는 듯 여름의 입가에 미소가 그려졌다. 그리고 바다를 보러 갈 생각에 심장이 달음질하며 발끝에서부터 전율이 퍼졌다.

택시를 잡아타고 꽃지 해수욕장으로 이동하는 동안에도 여름은 창밖을 응시하며 푸른 하늘을 눈에 담았다. 구름 한 점 없는 하늘은 정말 파란 물감을 쏟은 양 짙었다. 해수욕장 근처에 도착했을 무렵, 끝이 보이지 않는 바닷가에 여름의 동공이 커졌다. 바닷가 근처에서 내린 여름은 탄성을 내질렀다.

"예쁘다……."

한껏 날개짓하는 갈매기 무리가 시야를 가로질러 어느새 저 멀리까지 비행하고 있었다. 짠내가 진동하는 바닷가 특유의 냄새에 고슬고슬한 모래사장까지, 정말 바다에 왔음을 실감케 했다. 아직 휴가철도 아닌데 벌써 바닷가에 들어가 물놀이를 하는 사람들도 보였다.

여름은 샌들을 벗어 한쪽 손에 들고 모래사장을 거닐었다. 짠내를 몰고 온 바람에 코끝이 찡그려졌다. 혼자 바다를 보는 건 정말 잡념 따윈 날아갈 정도로 무방비 상태로 만들어 버리는구나. 둘이면…… 아니, 셋이면 더 좋았겠지.

모래사장을 걷는 걸 멈추고 모랫바닥에 그대로 앉아버렸다. 무릎을 높이 세운 채 넓은 바다를 하염없이 눈에 담고 또 담았다. 백에서 핸드폰을 꺼내 여름은 바다를 사진 촬영했다. 그리곤 바다를 등지고 한 번, 즐비한 횟집을 등지고 또 한 번 사진을 찍었다. 그리곤 메시지와 함께 예진에게 문자를 보냈다.

〈여기서 회 한 접시 콜?〉

진동음과 도착한 메시지를 확인했다.

〈표정 밝아 보인다. 생각 정리한 거야?〉
〈아니, 아직······. 그런데 너와 얘기 나누고 나서 마음이 한결 가벼워졌어.〉

아직 아무것도 결정한 게 없는데 여름은 무거운 돌덩이를 들어낸 것처럼 한결 나아진 기분이었다. 밀어내고 알려고조차 하지 않았던 마음에 대해 시간을 준다는 것만으로 여름은 이런 저의 모습이 어색하면서도 기분이 좋았다.

그 녀석, 류이현.

저에 대해 잘 알고 있는 사람이다. 그녀도 녀석에 대해 잘 안다고 자신 있게 말할 수 있었다. 녀석이 좋아하는 여자가 저라는 걸 알기 전까지는 그랬다. 하지만 녀석이 좋아하는 여자가 저라는 사실을 알았을 땐, 정말 낯설게 느껴졌다.

10대, 20대를 지나 30대에 접어든 우리는 더 이상 친구로 지낼 수 없음을 깨달아 버렸는지도 모른다. 그걸 인정하고, 받아들였을 때 여름은 그와 함께했던 시간들이 마치 휴짓조각으로 치부된 느낌을 받았다. 인정할 수 없었던 것일까. 아니면 지금도 여전히 친구란 이름으로 포장하고 싶은 것일까.

햇빛에 반사되어 반짝이며 일렁거리는 바닷물을 바라보는 여름의 눈동자는 깊고 아득했다. 깊이를 알 수 없는 까만 눈동자가 스르륵 감겼다.

녀석에게 마음을 접을 때까지 보지 말자며 냉정하게 뒤돌아섰다. 후회할 거란 걸 알면서 여름은 나중 일 따위는 안중에도 없었다. 제 마음속을 휘젓는 복잡한 감정을 빨리 내보내고 싶은 생각뿐이었다.

자신은 며칠 동안 고민한 것만으로도 힘든데 녀석은 얼마나 자신과 싸워가며 한결같은 마음으로 버텼는지 생각하자 가슴이 미어왔다. 내색 한 번 없이 묵묵히 그저 옆에만 있던 녀석이었다. 내가 웃으면 웃고, 슬퍼하면 말없이 옆에 있던 녀석이었다. 그러자 그의 과분한 마음은 저의 것이 아니라는 생각이 머릿속을 가득 채웠다.

불안하고 초조한 마음처럼 여름의 눈동자가 흔들리고 있었다. 시원하게 뚫린 고속도로를 질주하다 갑자기 차가 막혀 오도 가도 못하는 기분이었다.

"그러니까 왜 날······."

이런 날 사랑한 거야, 류이현.

아플 거라는 걸 알면서······.

"차여름, 마음 접으라고 강요해 놓고 이제 와서 후회하는 거니?"

그게 아니면, 기약 없는 '당분간'이란 시간 동안 녀석을 만날 수 없다는 사실이 견딜 수 없는 거니.

반쯤 내려앉은 눈꺼풀은 반짝거리는 모랫바닥으로 향해 있었다. 여름인데 어깨가 추웠다. 역시 사람의 온기는 무섭다. 잊었던 외로움을 그새 해동시켜 버리니 말이다. 그 외로움 때문에 여름의 어깨가 시렸다. 하지만 후회해도 이미 늦었다. 이미 여러 번 입술로 그의 가슴을 갈기갈기 찢은 그녀였으니 후회 따위 해서는 안 되었다.

그와 함께했던 시간들이 낡은 필름처럼 여름의 머릿속을 스쳐 지나갔다. 든든하게 제 옆자리를 지켜주었던 녀석. 왜 그때가 그리워지는 걸까. 열일곱 그때의 우리가 그립다. 천진난만하게 서로를 바라보며 웃을 수 있었던 그때가…….

녀석을 친구라고 목청껏 외쳤음에도, 여름은 그의 곁에서 처음 보는 여자가 보였을 때 긴장하지 않을 수 없었다. 살갑게 미영에게 미소를 보여주는 녀석이 낯설었고, 미영에게 질투를 했었다. 부정하고 싶지만, 부정할 수 없는 그 마음은 진실이었다.

녀석의 마음을 외면하기만 했던 여름은 이제야 비로소 제대로 진실과 마주하기로 했다. 제 마음이 무엇을 말하고 있는지 말이다. 녀석에게 연인이 생긴다면 여름은 진심으로 축하 인사를 건넬 수 있을까. 행복한 연인의 얼굴을 바라보는 녀석을 마주할 수 있을까.

꼬리에 꼬리를 문 물음은 끝이 날 줄 모르고 여름을 괴롭혔다.

하지만 이미 질문의 시작부터 답을 알고 있었다. 미영에게 느꼈던 감정을 느끼게 될 것이라는 것을. 두 번 다시 겪고 싶지 않은 그 쓰린 감정을 인정하기까지 혼란을 지나쳐 왔다. 결코, 친구란 이름으로 같이할 수 없음을 깨달아 버린 여름은 이 감정이 무엇을 의미하는 것인지 맞닥뜨렸다.

해가 반쯤 기울어진 하늘은 붉은 노을을 만들어냈다. 얼마 동안 모래사장에 앉아 있었던 것인지 여름은 바람에 흩날리는 머리를 매만졌다.

지잉. 핸드폰 진동음에 여름은 백에서 핸드폰을 꺼냈다.

〈내가, 좋은 선물 하나 보낸다.〉

문자의 뜻을 이해하기도 전이었다. 꽹장히 다급한 얼굴로 달려와 얼굴에 묻은 땀을 닦아내고 있는 이현의 모습에 여름은 모랫바닥에서 몸을 일으켰다. 이윽고 그녀 앞에서 걸음을 멈춘 그가 안도의 한숨과 함께 머리를 긁적였다.

"후우, 찾았다."

"네가 여기 어떻게……."

그의 등장에 놀란 여름이 어렵게 입술을 뗐다.

"해수욕장을 벌써 세 곳이나 갔다 왔어."

"그러니까 네가 왜 여기에 있는 거야?"

자청해서 헛수고를 하는 녀석의 행동이 이해가 안 가 여름의 묻는 목소리가 거칠어졌다. 땀으로 얼룩진 그의 얼굴이, 머리카락이, 땀으로 치덕치덕하게 달라붙은 셔츠를 보는 순간 여름은 화가 났다.

"회 한 접시 하려고."

"뭐?"

"사진 보고 찾아왔어."

"예진이한테 보낸 사진?"

사진만 보고 찾아왔다는 말에 믿기 힘들단 표정으로 여름이 물었다. 녀석이 고개를 끄덕였다.

"사진만 보고 어떻게?"

"태안횟집."

바지주머니에서 사진을 보여주며 이현이 간단하게 대답했다. 아무리 그래도 태안 바닷가가 이곳뿐이 아닌데 어떻게······. 아, 그러고 보니 벌써 세 곳이나 갔다 왔다고 했다.

"너 어째서······."

"물어도 대답해 줄 것 같지 않아서 막연하게 여기까지 왔어. 오고 나서 후회했지. 하지만 이미 도착했고, 네 얼굴은 봐야겠고 해서······."

"바보야, 그래도 이 더운 날에."

여름의 손이 그의 이마로 향했다. 손에 닿자 뜨겁게 달아오른 땀방울이 그녀의 손끝에 묻어났다. 얼마나 더웠을까. 도대체 왜 이렇게 무모한 걸까.

제 심장이 달음질하는 소리가 들린다. 그 소리가 녀석의 귀에까지 들릴세라 여름은 숨까지 죽여가며 달음질이 멈추길 기다렸다. 하지만 제 의지와는 상관없이 달음질하는 심장 소리가 더욱 생생해지자 땀방울을 닦아내던 손이 멈추었다.

"진짜 무모해, 류이현."

"······."

"내가 여기에도 없었으면 어쩔 뻔했어?"

"그럼 또 널 찾으러 다른 바닷가로 갔겠지."

너무 쉽게 대답하는 그 모습이 얄미우면서도 이상하게 든든한 기분이 드는 건, 녀석이라면 반드시 절 찾아낼 거라는 확신이 들었기 때문이다.

또다시 심장의 일렁임이 이는 순간,

"보고 싶었어."

빠르게 쾌속하는 심장 소리에 여름은 혼돈에 휩싸였다. 하지만 이젠 안다. 이 감정을 더 이상 외면해서는 안 된다는 것을. 이젠 더 이상 저를 속여서는 안 된다는 걸 깨달았다. 보고 싶었다는 그 흔한 말에 여름은 속절없이 무너져 버린 건 아마도, 녀석의 목소리를 듣고 있는 귀에서 심장으로 찌릿한 전율이 흘렀기 때문이리라. 이게 희열인 건가? 사랑을 함으로써 생기는 희열이라는 것 말이다.

"류이현, 우리 등가교환할까?"

"등가교환?"

긴장한 녀석의 얼굴이 역력히 보였다.

"친구라는 이름, 너에게 돌려줄게."

"……"

"그리고 친구가 아닌 다른 이름으로 여기서 다시 시작해."

"여름아……."

"친구가 아닌 다른 이름을 나에게 줘. 그게 뭐든 말이야."

여름의 말이 끝남과 동시에 이현은 여름의 팔을 잡아당겨 제 품에 가뒀다. 찐득한 땀 냄새가 여름의 코를 간질이고 뺨에 묻어났다. 여름은 그의 품에 안겨 그가 내뱉는 숨소리를 가만히 들었다. 조용하고도 깊은 숨소리, 그 숨소리가 아련해서 여름은 손으로 그의 등을 가만히 쓸어내렸다. 도대체 무엇이 이 덩치 큰 녀석을 아이로 만들어 버렸을까.

"이현아."

"잠깐 이러고 있을게."

"……."

"꿈만 같아."

여름은 제 귀를 간질이는 젖은 음성에 그의 가슴에 얼굴을 더욱 깊이 묻었다. 말로 표현할 수 없을 정도로 벅찬 가슴을 녀석은 행동으로 표현하고 있었다.

잠에서 막 깨서 꿈이라는 걸 깨닫게 되는 자신의 모습을 보게 될까 봐 이현은 두려운 것이리라. 여름은 그의 품에서 빠져나와 시선을 마주했다.

이현아, 꿈이 아니야.

＊

쏴아.

온수물이 쏟아지는 샤워기 밑에 서서 여름은 눈을 감았다. 얼굴로 쉴 새 없이 떨어지는 굵은 물줄기 때문에 시야가 흐려졌다.

"후우."

짙은 한숨을 뱉은 여름은 아랫입술을 깨물었다. 마음을 연 지 반나절이 되기도 전에 호텔 욕실에 있는 제 모습이 한심하기 짝이 없었다. 손을 잡고 해변가를 걷던 두 사람은 여름이 먼저 물에 뛰어들어 이현에게 물을 뿌려댔다. 그러다 결국 발이 미끄러져 바닷물에 빠지는 그녀를 이현이 안아 같이 물속에 빠져 버렸다. 같이 바닷물에 빠져 버려 결국 호텔을 예약하고 여름이 먼저 욕실에서 씻고 있었다. 옷은 세탁을 맡겨둔다 해도 세탁이 될 때까지 벗고 있을 수는 없었다. 갑자기 밀려드는 한기에 급하게 호텔을 찾았지만, 갈아입을 속옷과 여벌이 없다는 것을 깨닫고 난 뒤였다. 그건 녀석도 마찬가지일 터다.

"이를 어쩐다……."

벽에 기대 생각을 정리하려고 했지만, 알몸으로 밖으로 나갈 순 없는 노릇이었다. 겉에 가운을 입는다 해도 속옷을 입지 않은 무방비 상태였다.

"다 씻었어?"

밖에서 들려온 이현의 목소리에 여름은 퍼뜩 정신을 차렸다.

"응."

"문 앞에 갈아입을 속옷하고 여벌 옷 놓아둘 테니까 갈아입어."

"고, 고마워."

욕실 안은 뿌연 수증기로 가득했다. 여름은 타월로 몸을 닦고 욕실 문을 살짝 열어 쇼핑백을 가지고 다시 문을 닫았다. 반팔 티에 추리닝 바지를 꺼내자 안에 속옷이 보였다. 심플한 흰색 브라와 팬티를 꺼내 사이즈를 확인한 여름은 놀라서 헉, 소리가 나올 뻔했다.

75B.

그녀의 사이즈를 정확히 캐치했다. 눈으로 봐도 여자의 신체 사이즈 정도는 쉽게 가늠할 수 있는 것이었나? 여름은 녀석의 새로운 능력에 감탄과 함께 불신의 마음으로 속옷을 착용하고 추리닝으로 갈아입었다. 아직 물기가 뚝뚝 떨어지는 머리는 수건으로 돌돌 말아 밖으로 나왔다. 그녀가 욕실을 오랫동안 차지하고 있어 씻지도 못하고 축축한 옷차림을 하고 있을 줄 알았는데 어느새 녀석도 보송보송한 옷으로 갈아입은 상태였다.

"씻었어?"

"아니. 너 씻는 동안 일단 타월로 몸 닦고 속옷이랑 옷만 갈아입었어. 참을 수가 있어야지."

"내가 너무 오래 있었지?"

미안한 얼굴로 여름이 이현을 바라보았다. 녀석은 괜찮다며 어깨를 으쓱하고는 그녀의 팔목을 잡아끌곤 화장대 앞에 앉혔다.

"가만히 있어."

"뭐 하려고? 설마 머리 말려주려고?"

"응. 예전부터 해보고 싶었어."

여름이 극구 거절했지만, 이현은 물러서지 않고 타월로 여름의 머리카락을 닦아주었다. 역시 예상대로 서툰 솜씨였지만 머리를 매만지는 손길은 부드러웠다. 녀석의 손길이 지나가는 두피가 간지러워 눈을 감은 여름의 입가에 미소가 번졌다.

"간지러워."

"간지러워?"

괜한 수고를 하는 녀석에게 미안해 여름의 목소리가 작아졌다. 그런데 되물으며 고개를 아래로 내려 여름과 시선을 마주하자 여름은 저도 모르게 놀라 눈이 커졌다. 오랜 시간을 함께했던 녀석이지만, 지금 같은 분위기는 여름을 긴장하게 만들었다.

"응."

"시원하게 해주고 싶었는데."

작아지는 녀석의 목소리에 실망감이 깃들어져 있었다. 그 모습을 바라보며 여름은 속으로 솔직한 저를 탓하며 괜한 투정을 부렸다.

"얼른 머리나 말려줘."

"응."

정성스러운 손길로 여름의 긴 머리카락을 매만지며 드라이기로 말려주었다. 위잉, 소리가 귀를 때리며 물기 묻은 머리카락을 금세 말렸다.

어느덧 해는 반쯤 기울어지고 창문 밖으로 파도치는 소리와 함께 사람들의 시끌벅적한 소리가 들렸다. 이현이 여름에게 손을 내밀었다.

"창문에서도 바다가 잘 보여."

내민 손을 잡자 이현이 여름을 끌고 거실로 나왔다. 커튼에 감춰져 있던 커다란 창문 앞으로 넓은 바닷가가 길게 늘어뜨려져 있었다. 힘 있게 푸른 바다가 몰아치고, 소리마저 시원하게 귀를 때렸다. 아직까지 바닷가엔 사람들이 북적거렸다.

"잘 보인다."

"그치? 방금 씻고 또 나가서 젖으면 곤란하니까 오늘은 여기서 만족해."

고개를 끄덕이면서도 여름은 당장 밖으로 뛰쳐나가고 싶은 표정이었다. 이현은 여름의 손을 살며시 놓고 뒤에서 그녀를 감싸 안았다. 그가 고개를 아래로 떨어뜨려 여름과 마주했다.

"감기 걸리면 안 되니까."

변명처럼 덧붙인 말에 여름은 픽 웃었다. 그의 턱이 여름의 어깨에 닿았다. 숨을 쉴 때마다 그의 숨결이 여름의 말간 뺨을 간질였다.

"여름아."

여름이 시선을 옆으로 돌렸다.

"왜 마음이 바꿔었어?"

사뭇 진지한 이현의 목소리에 여름은 다시 정면을 응시했다. 할 말은 참 많은데 어떤 말부터 해야 할지 몰라 입안이 간지러웠다.

"널 잃지 않을 선택을 한 거야."

"그게 무슨……."

"아직 나도 이런 내 감정이 혼란스러워. 하지만 넌 여전히 나에게 소중한 사람이고, 잃고 싶지 않은 사람이야. 이 혼란스러운 감정이 너와 같은 마음이라면 널 놓치고 난 후에 후회하게 될지도 모른다는 생각을 했어."

"……."

"그러니까 나는 그럼에도 덜 후회하는 선택을 한 거야."

그는 힘주어 그녀를 꼭 안았다. 그녀를 가둔 팔에 힘을 주어 안은 채로 이현은 아무 말도 하지 않았다. 그저 결론을 내리기까지 수많은 고민을 했을 그녀를 떠올리자 안아줄 수밖에 없었다.

"고마워. 그리고 잘 왔어."

"……."

"나에게."

여름은 가만히 귓전을 울리는 목소리를 들으며 제 팔을 쓰다듬는 그의 손등에 손을 겹쳤다. 아직은 덜 후회하는 선택인지 잘 모르겠지만, 마음이 움직이는 대로 가슴이 시키는 대로 한 선택임은 틀림없었다.

어느덧 노을이 지기 시작한 하늘은 붉게 물들어가고 있었다. 단풍처럼 붉게 물든 하늘을 바라보는 여름은 속에 있던 말을 처음으로 이현에게 털어놓았다.

"노을 진 하늘 참 예쁘다."

그녀의 어깨에 얼굴을 묻었던 이현이 고개를 치켜들었다.

"예쁘다."

"바다 냄새도 좋고……."

"응."

"가까이서 날아다니는 갈매기도 신기하고, 바닷물도 참 깨끗하고 좋다."

끝이 보이지 않는 넓은 바다를 바라보는 여름의 가슴이 뻥 뚫린 것처럼 개운했다.

"같이하니까 더 좋아."

이런 말을 하는 남자에게 어떤 대답을 해야 하는 걸까. 달싹거리기만 하던 여름은 이내 말없이 웃고 말았다. 사실은 같은 생각이었다. 혼자 봤으면 그래도 꽤나 쓸쓸했을 것 같은데 둘이라서 쓸쓸하지 않고 즐겁다. 그런데 동의하는 대답을 하는 게 쉽지가 않았다. 입술을 굳게 닫고 있자, 여전히 제 몸을 가두고 있는 이 단단한 팔이 긴장되었다.

"아, 그러고 보니 USB는 찾았어?"

불현듯 생각난 얼굴로 이현이 물었다.

"아직……."

말끝을 흐리며 여름은 아랫입술을 깨물었다. 미영의 짓이라고 말했다간 미영의 마음까지 알게 될 테고 이현은 저에게 괜히 미안하다고 사과를 하고 말 것이다. 이현에게 무거운 짐을 나누고 싶지는 않았다. 한차례 경고를 했으니 미영도 저 나름의 액션을 취할 것이라 여겼다. 똑똑한 사람이라면 가져간 물건을 돌려주고 조용히 덮고자 하리라.

"빨리 찾아야 할 텐데."

"응."

짤막하게 대답한 여름은 몸을 돌려 이현과 시선을 마주했다.

"혹시 나한테 뭐 숨기고 있는 거 있어?"

여름의 표정에서 뭔가 읽어낸 이현이 조심스럽게 물었다.

"없어."

"정말?"

대답 대신 고개를 끄덕인 건, 가느다랗게 떨린 음성이 거짓말임을 알려줄 것 같아서였다. 여름은 이현의 얼굴을 빤히 쳐다봤다. 표정만 봐도 제 속을 꿰뚫어 보는 녀석의 날카로움이 섬뜩했다.

"차여름."

"응."

"거짓말 티나."

"아…… 내가 무슨 거짓말을……."

이현이 여름의 볼을 살짝 잡아 당겼다.

"그런데 모른 척해줄게. 이유가 있겠지."

볼을 잡아당기던 손은 어느새 여름의 보드라운 뺨을 쓰다듬고 있었다. 여름은 긴장한 눈빛으로 이현을 쳐다보다 눈동자를 딴 곳으로 돌렸다.

"하지만 이게 마지막이야. 앞으론 숨기는 거 없기."

"……."

"약속할 수 있지?"

대답을 재촉하는 그의 눈빛에 못 이겨 여름은 고개를 끄덕였다.

"응, 약속해."

여름의 대답이 끝나자, 이현은 다시 여름을 품에 가뒀다. 그와 그녀의 심장 소리가 두 사람의 귀에 잔잔하게 울렸다.

10. 첫사랑이야

미영의 자리는 비어 있었다. 며칠 병가를 냈다는 말을 관리팀에서 들은 여름의 입에서 마른 한숨이 터졌다. 경고를 했음에도 돌려줄 여지가 보이지 않는 미영의 행동에 여름은 마음이 조급했다. 만약 미영이 USB를 따로 처리했다면, 그땐 어떻게 해야 하는 걸까. 여름은 미영에게 전화를 걸었다. 하지만 지루한 신호음만 들릴 뿐, 미영은 전화를 받지 않았다. 하는 수 없다. 미영이 다시 출근할 때까지 기다려 보는 수밖에 없는 듯했다.

퇴근하려고 백을 챙겨 회사를 나온 여름은 집으로 가려던 행보를 바꿨다. 오랜만에 엄마 가게에 가서 같이 있다가 가게 문을 닫고 오붓하게 집으로 귀가할 요량이었다. 엄마 가게로 가는 버스를 타고 30분이 지났을 무렵 여름은 버스에서 내렸다.

가게 맞은편에서 본 가게 안은 손님들로 북적거렸다. 엄마는 시종일관 웃으며 반찬을 담아주고 있었다.

"엄마."

가게 문을 열고 여름이 들어가자 계산 중이던 영숙이 딸을 보곤 화색이 돌았다.

"가게엔 어쩐 일이야?"

"모처럼 일찍 끝나서 엄마랑 같이 들어가려고."

"피곤할 텐데 집에서 쉬지 않고."

늘 늦게까지 야근을 강행하던 딸의 안색을 살피며 영숙이 안쓰럽다는 듯 말했다. 그때 옆에 있던 아주머니가 반색했다.

"어머, 언니, 이렇게 예쁜 딸이 있었어?"

"예쁘지? 여름아, 단골손님인데 엄마랑 친한 동생이야. 인사하렴."

여름이 예의를 차리고 고개를 숙였다.

"안녕하세요. 차여름이라고 합니다."

"반가워요. 예쁘다. 아주 똑 부러지게 생겼네."

"감사합니다."

여름은 아주머니의 이어지는 칭찬에 어찌할 바를 몰라 했다. 아주머니는 반찬 몇 가지를 포장해 계산하고 나갔다. 손님들로 가득 찼던 자그마한 가게 안은 어느새 조용해졌다.

"너 마음에 들었나 보다."

"마음에 들다니?"

"좋은 며느리 감 없냐고 물어봤었거든."

"아…… 엄마도 참."

민망함에 여름은 더 이상 말하지 않았다. 하나 엄마는 싱글벙글이었다. 하기야 서른 먹은 딸이 지금껏 사랑하는 사람도 없이 지냈다는 사실이 엄마 입장에서는 마음 편치 않았을 것이다. 딸이 다른 사람에게 좋은 며느리 감으로 보인다는 것만으로도 엄마는 기분이 좋은 모양이었다. 이현과 연인 사이라는 것을 엄마에게 말하기엔 아직 시간이 이르다고 판단한 여름은 말을 아끼기로 했다. 그리고 자신보다는 엄마가 늘 좋은 분을 만나길 바랐다. 지금이라도 좋은 분을 만나 사랑을 받고 행복해지시는 것이 여름의 바람이었다.

"엄마, 좋은 분 있으면 연애해."

"뭐?"

"엄마 좋다는 남자 없어? 그중에서 딱 한 명만 골라서 사랑받으면서 살아."

여름은 엄마의 팔에 제 팔을 끼워 넣으며 말했다.

"누가 들으면 욕해. 나이 들어서 무슨 연애질이야."

"왜? 연애에 나이가 무슨 상관이야?"

"엄마 재촉하지 말고 너나 좋은 남자 만나."

여름의 말에 남우세스럽다며 영숙이 얼굴을 붉혔다.

"난 아직 청춘이네요. 하지만 엄만, 엄마 말대로 나이 많으니 분발해야 한다고."

"얼씨구."

"알았지? 좋은 사람 있으면 만나도 된다고 내가 허락하는 거야."

"그래, 말이라도 고맙다."

제 뜻을 굽히지 않자 영숙이 마지못해 백기를 들었다.

어느덧 날이 어둑해졌다. 속속 지나가는 행인들이 유리문 너머로 보였다. 어느새 시계 바늘이 9에 가까워지고 있었다. 여름과 영숙은 가게 정리를 하고 문을 잠갔다. 캄캄한 하늘은 오늘따라 더 높게 치솟아 있는 듯 아득하게 보였다.

"엄마, 피곤하지? 오늘도 고생했어."

"고생은 무슨. 네가 더 고생이지. 다음부턴 일찍 퇴근하면 집에 가서 쉬어."

대답 대신 씩 웃으며 여름은 엄마의 손을 잡았다. 오늘따라 엄마의 손이 더 푸근하고 따뜻한 느낌에 여름은 쥔 손에 힘을 주었다.

집에 들어와 샤워를 하고 방으로 들어간 여름은 핸드폰 진동음 소리에 백에 넣어둔 핸드폰을 확인했다. 발신인은 녀석이었다. 여름은 문을 살짝 닫고 목소리를 낮춰 전화를 받았다.

"이현아."

〈뭐 하고 있어?〉

"이제 막 샤워 끝냈어. 넌?"

〈나는…… 너희 집까지 와버렸어.〉

"집 앞이라고?"

놀란 목소리가 자제가 안 되어 커지자 여름은 제 입을 틀어막았다.

〈보고 싶어서 참을 수가 없었어.〉

이현의 솔직한 표현에 여름의 귓불이 붉어지면서 어떤 대답을 해야 할지 모범 답안을 찾기라도 하는 양 입술을 움직였다. 여름은 '나도'란 그 흔한 말 대신 안방에 불이 꺼지는 걸 확인하고 조용히 집에서 나왔다. 소리를 죽인 채 녀석이 눈치채지 못하도록 조심스럽게 걸음을 옮겼지만, 차에 기댄 채 고개를 비스듬히 한 녀석과 눈이 마주치고 말았다. 여름은 그 자리에 서서 밝게 웃었다.

"보러 왔는데 그냥 가려고?"

여름이 서 있는 곳까지 이현이 걸어와 손을 잡아챘다.

"안 그래도 쳐들어갈까, 고민하던 중이었는데."

"그전에 나와서 다행인 거네?"

"그럴지도."

웃으며 말장난하는 건 연인 사이가 되기 전이나 지금이나 똑같았다. 변한 건 서로를 바라보는 눈빛, 그리고 말하지 않아도 전해지는 마음이었다.

"낮에 비해 저녁은 견딜 만하네."

열대야는 여전했으나, 40도까지 올라가는 온도와 뜨거운 햇빛은 피할 수 있었다. 힘들긴 하지만 아직 견딜 만했다.

"다음 주부터 장마가 시작된다고 하더라."

"예상치 못한 희소식이네."

마주 잡은 손은 그새 땀으로 엉켜 있는데 이현은 손을 놓을 줄 몰랐다. 제 땀인지, 이현의 땀인지 모를 뜨거운 땀 때문에 여름이 고개를 내려 잡은 손을 슬쩍 쳐다보았다.

"더워?"

"손에 땀이 많이 났어."

민망한 얼굴로 여름이 운을 뗐다. 이현은 잡았던 손을 떼더니 제 손을 셔츠에 슥슥 닦곤 다시 손을 맞잡았다. 그 모습에 여름이 웃었다.

"네 손이 아니라 내 손 말이야."

이 녀석의 세상은 온통, 나란 사람을 중심으로 돌아가고 있구나. 이런 말조차 다르게 이해하는 걸 보면 그랬다. 손잡는 게 뭐 대수라고, 찐득한 땀까지 참아내며 미련스럽게 잡고 있는 건지 여름은 이해할 수 없었다. 이현은 방금 전처럼 여름의 손을 제 셔츠에 슥슥 문질렀다.

"이제 괜찮지?"

여름은 고개를 끄덕였다. 아니, 끄덕이지 않을 수 없었다. 이렇게 녀석은 사소한 것에도 최선을 다하고 있으니 말이다. 녀석의 간절한 마음이 이제야 제 가슴을 두드리고 있었다. 문을 열어달라고 하는 듯했다. 여름은 녀석의 손을 꼭 쥐었다.

"저번에 봤던 바다, 예뻤는데."

오래전 추억을 회상하듯 여름의 눈이 깊어졌다.

"아쉬웠지?"

그걸 질문이라고. 여름은 당연한 걸 묻는 녀석을 향해 눈을 흘겼다. 당연히 아쉬웠다. 몇 년 만에 보는 바다인데다 물놀이를 하다 옷이 다 젖는 바람에 호텔로 들어와 멀리서 바다를 봐야 했다.

바닷물은 맑고 깨끗했다. 그 푸른 바다를 보고 있노라니 마음까지 시원해지는 기분이었다. 거기다 뜨거운 햇빛을 볼 때마다 짙푸른 바다가 그리워지곤 했다.

"다음엔 에메랄드빛 바다 보러 가자."

"에메랄드빛 바다?"

"응. 제주도 바다가 에메랄드빛이야. 아주 깨끗하고 예쁘지."

이현의 말만 들어도 여름은 기대에 부푼 표정이 되었다. 인터넷으로 보았던 사진 속 휴양지의 에메랄드빛 바다가 제주도에 있다니.

"아…… 보고 싶다."

"가자, 내년에."

내년……. 꼭 내년에 할 일을 남겨두는 것같이 내년이라니.

"둘이, 셋이?"

침묵을 지키고 있던 여름이 물었다. 둘이 가도 좋고, 셋이라도 좋았다. 여름의 물음에 이현은 웃음을 삼키며 대답했다.

"셋이면 즐겁고, 둘이면 설레고 즐겁겠지."

"풋."

소리 내어 짧게 웃음을 흘린 여름은 캄캄한 하늘로 시선을 올렸다. 아무 생각 없이 시간이 흘러가는 대로 살면 얼마나 좋을까. 시간이 가면 가는 대로, 멈추면 멈춘 대로, 즐거우면 즐거운 대로 그렇게 살면 세상만사 편할 것 같았다.

여름과 이현은 동네 공원을 걷기 시작했다. 이현이 벤치를 손으로 탁탁 털어 여름에게 앉으라고 손짓했다. 여름이 먼저 벤치에 앉자 이현도 그녀 옆에 앉았다.

문득 여름의 얼굴에 어두운 그림자가 드리워졌다. 내일은 미영이 출근할까. 며칠 병가 냈다고 했으니 내일도 출근하지 않을 가능성이 크다.

"우리 숨기는 거 없기로 했지?"

"아……."

표정을 숨기기도 전에, 먼저 알아챈 녀석이 여름의 뺨을 쓸어내렸다. 그 모습에 여름은 거짓말을 하려고 벌렸던 입술을 닫았다. 저는 녀석을 위해서 숨겼다고 생각하지만, 실은 저의 마음이 편하고자 그런 게 아니었을까. 녀석을 위하는 척하면서 말이다.

"그러니까……."

"……."

이현의 눈빛이 여름을 향해 진지하게 빛나고 있었다.

"내 USB를 가져간 범인을 찾았어."

이현의 눈이 커졌다. 여름은 말을 꺼내놓고 고민했다.

"미영 씨야."

"뭐?"

반문하는 녀석은 못 믿겠다는 듯, 제 귀를 의심하는 듯했다. 당연히 그렇겠지. 미영이 그녀의 회사에 대체근무자로 입사했다는 말은 언급도 한 적이 없었으니 말이다. 여름은 이현에게 미영이 제 회사로 입사한 것부터, 아니, 이현을 향한 미영의 집착으로 얼룩진 사랑에 대하여 먼저 말을 꺼냈다.

그녀는 여름이 미웠다고 했다. 사랑하는 남자 옆에 친구란 이름으로 오랫동안 인연을 이어온 여자가 탐탁지 않았던 것까진 이해했다. 그녀는 그의 사랑을 알고도, 그의 마음을 무시한 채 제 마음만 알리기에 급급했다. 그리고 결국 비열한 짓을 하며 그 사람의 제일 아픈 부분을 상처 주고 절도까지 저질렀다. 그녀의 사랑은 얼룩졌다. 정말 사랑한다면 상대방의 사랑도 응원할 줄 알아야 한다고 여름은 생각했다.

말을 마친 여름과 이현 사이에 차가운 공기가 넘실댔다. 믿을 수 없다는 표정으로 여름을 바라보던 이현은 힘겹게 입술을 뗐다.

"어떻게……."

"……."

"미영이가 그런 짓을."

정신을 차린 이현의 얼굴은 곧 분노로 바뀌었다.

"근데 난 제법 괜찮았어."

"괜찮았다고?"

화를 억누르며 이현이 반문했다. 여름은 옅게 미소 지으며 고개를 까닥했다.

"정말이야."

"여름아."

"미영 씨가 내 마음을 깨닫게 하는 데 그래도 일조했으니까……."

"……."

"정상참작해 줄까 해."

"네가 그럼 난 어떡하라고."

쓴 얼굴로 이현이 불만족스럽다는 듯 대꾸했다.

"어쩌긴, 내 뜻에 따르는 거지."

탁, 소리 나게 이현의 등을 때린 여름이 한결 밝아진 얼굴로 말했다. 예전의 저였다면 여름은 미영을 가만히 두지 않았을 것이다. 언제나 독하게, 자신이 상처받지 않도록 철저하게 가시를 세운 그녀였다. 손해 보는 행동 따위 하지 않는 철저한 사람이었기에 미영에게 사과문을 받아 회사에 붙여놓았을 것이다. 그리고 공개 사과도 요구했겠지. 철저하게 망신을 주고 밟아주는 게 여름의 특기였다. 하지만 여름은 미영에게 동정심이 생겼다. 이현을 향한 집착이 만든 병. 그리고 저를 미워하는 마음이 합해진 결과였다. 그녀가 진심으로 안쓰러웠고 불쌍했다. 회사 내 도는 소문은 덮어두었다. 이제 조금씩 잠잠해지는 소문을 그의 귀에 들어가게 하고 싶지는 않았다. 듣고 싶지 않은 소문이었다. 괜찮다고 말하면서 속으론 상처받고 괴로워했음을 인정하고 말았다. 아직 멀었다, 차여름.

"그런 일 있었으면 나한테 말하지."

"말할 수가 없었어."

그는 그녀의 말뜻을 이해했다. 저가 미안해할 것을 우려한 말일 테지.

"그래도 말해, 앞으로는."

"그러려고. 털어놓으니까 개운해졌어."

"난 네가 기쁜 순간에도 함께이고 싶지만."

입술을 깨문 이현이 말을 멈추고 훅, 하고 뜨거운 숨결을 뱉었다.

"네가 슬픈 순간이나 힘든 순간에도 함께이고 싶어."

"이현아."

"네게 힘이 되고 싶어."

이현은 저 자신에게 화가 났다. 그녀가 힘든지도 모르고 있었다. 말을 하지 않아 몰랐지만, 그녀가 힘들었던 순간에 힘이 되어주지 못해 괴로웠다. 친구란 이름도 이렇게 쓸모없어지다니.

"네가 옆에 있어주는 것만으로도 난 충분히 힘이 나."

"충분히?"

"응. 친구였을 때나 그리고 지금이나 너는 내게 힘이 되는 사람이야."

변한 건 없어. 소중한 사람인 건 여전하니까. 여름은 자책하지 말라며 손을 뻗어 이현의 뺨을 쓸었다. 남자치고 보드라운 살결의 촉감이 미소 짓게 만들었다.

"네게 반하지 않을 수가 없다, 정말."

제 뺨에 닿은 여름의 손을 겹쳐 잡은 이현이 다시금 그녀에게 눈을 반짝였다.

"이렇게 멋진 말만 골라서 하는데 어떤 남자가 반하지 않겠어."

"그 말 굉장히 오글거리는 거 알아?"

"그러면 어때."

이현의 양손이 여름의 뺨을 바로 잡았다. 고개를 천천히 여름의 얼굴의 코앞까지 마주한 이현이 여름을 응시했다. 서로의 콧망울이 닿을 듯 말 듯 가까웠다. 갑작스럽게 다가온 이현의 얼굴에 여름은 시선을 내리깔았다.

"그렇게 쳐다보면……."

떨린단 말이야.

차마 말을 이을 수가 없었다. 제 입술을 훔친 이현의 입술에서 상큼한 향이 번졌다. 3초가 3분 같았던 입맞춤에 여름의 입술이, 뺨이 뜨겁게 달아올랐다. 거기다 심장까지도……

✼

조용한 카페 안. 이현은 냉수를 들이켜곤 흘깃 출입문을 바라보았다. 미영에게 전화를 걸어도 받지 않아 이현은 시간과 장소를 문자로 남겨놓았다. 어느덧 삼십 분이 훌쩍 지나고 있었다. 이현은 핸드폰을 바라보다 다시 통화버튼을 눌렀다. 그리고 그 순간 카페 문이 열렸다. 이현의 시선이 출입문 쪽으로 옮겨졌다.

미영이었다. 미영의 시선이 이리저리 움직이다 이현과 마주쳤다. 미영은 걸음을 옮겨 이현의 맞은편에 앉았다.

"무슨 일 생긴 줄 알았다."

이현의 첫마디에 미영은 점원이 가져온 물컵을 만지작거리다 멈췄다. 염려의 목소리에 미영은 심장이 쿵 하고 내려앉은 기분이었다. 알고 있을 것이다. 저가 어떤 일을 저질렀는지 알고도 어떻게 걱정스러운 목소리로 말을 할 수 있을까. 불같이 화낼 줄 알았다. 뺨을 때리고 경멸의 눈빛으로 절 바라볼 것이라 생각하고 각오하고 나온 그녀였다. 그런데, 그런데 어째서……

"내가 전화했을 땐 무시하더니, 오빠가 나한테 먼저 연락할 줄이야."

"돌려 말하지 않을게. 여름이 물건, 돌려줘."

"……."

붉은 입술을 깨물며 미영은 이현을 바라보았다.

"회사, 병가 냈다며."

"그 여자가 다 오빠한테 말한 모양이네."

미영의 입술이 얄밉게 뒤틀렸다.

"유미영."

"그래, 내가 그랬어. 확인조차 하지 않는 걸 보니 다 들은 모양이네. 설명할 필요도 없겠어. 왜 그랬냐고도 묻지 않는구나."

"너……."

잘못해 놓고 뻔뻔하게 미영은 소리쳤다. 이현의 미간이 좁아졌다. 한숨과 함께 말문이 터지곤 황당함에 말을 이을 수가 없었다.

"왜 이렇게 변했니."

"변하지 않는 사람은 없어. 어떻게 변하느냐가 중요한 거지."

"……."

"그 여자가 너무 미웠어. 그래서 회사에 유부남과 바람났다고, 그 아버지의 그 딸이라고 소문냈어. 힘들어하는 모습 보며 비웃어 주고 싶었어. 중요한 문서가 들어 있는 USB도 내가 훔쳤어. 아등바등거리는 꼴이 정말 우습더라."

"……뭐?"

이현은 제 귀를 의심하며 물었다. 하지만 흥분한 미영은 이현의 목소리를 들을 새도 없이 흥분한 상태였기 때문에 제 속에 담아두었던 말을 쏟아내기 바빴다.

"그래서 USB를 받으러 온 건가? 오빠가 말하면 내가 돌려줄 거라고 생각했어? 그 여자 머리 좀 쓴 모양이네?"

이현의 얼굴이 보기 싫게 일그러졌다. 이현은 여름에게 미처 듣지 못한 말이 있었다. 그녀의 오랜 상처, 도난당한 물건보다 여름은 소문 때문에 더 힘들어했을 것이다. 어떻게 사람의 탈을 쓰고 그렇게 비열한 짓을……. 그러고도 반성은커녕 당당함을 넘어선 뻔뻔스러움이라니. 미영의 말을 끝까지 들은 이현은 분노가 온몸을 뒤덮는 듯한 기분을 느꼈다.

"유미영, 너에게도 상처란 게 하나쯤은 있지 않냐?"

"뭐?"

"사람은 누구나 건드리면 안 되는 게 하나쯤은 있는데…… 넌 그걸 건드렸어."

"무슨 말이 하고 싶은 거야?"

돌변한 이현의 태도에 미영이 움찔거렸다.

"너 진짜 최악이다."

"오빠……."

"곪다 이제야 아문 상처야. 제일 아픈 부분을 건드린 거라고. 난 그래도 네가 미안해할 거라 여겼어. 죄책감 때문에 회사도 병가 내고 집에 틀어박혀 있을 거라 생각했다고. 그런데 내내 비뚤어진 마음으로 있었구나. 내가 여름이를 좋아한다는 이유로 아무 죄 없는 여름이를 미워하고 상처 준 너, 용서가 안 된다. 다시는 보지 말자."

분노로 이글거리는 그의 눈빛을 바라보던 미영은 입술만 달싹거릴 뿐 어떤 변명도 하지 못했다.

이현은 더 있다간 제가 어떤 짓을 할지 모른다는 생각에 자리에서 일어났다. 카페에서 나오자 뜨거운 햇빛에 눈살을 찌푸렸다.

여름은 내내 어떤 마음으로 그동안 회사에 출근한 걸까. 소문에 대한 변명도 하지 않고 묵묵히 그 시간을 견뎌낸 걸까. 안쓰럽고 안타까운 마음에 이현은 또다시 저를 탓했다.

"보고 싶다."

그녀를 만나면 아무것도 묻지 않고 그냥 말없이 안아주고 싶었다. 테이크아웃한 커피를 하나씩 들고 손잡고 걷다가 벤치에 앉아 그녀의 얼굴을 바라보고 싶었다. 예쁘게 패인 보조개를 보며, 긴 머리카락을 쓸어주며 그녀의 등을 토닥여 주는 거다.

많이 힘들었지.

속으로 속삭이며, 위로해 주고 싶었다.

＊

타닥타닥.

창문을 두들기는 빗소리가 유난히 을씨년스럽게 느껴졌다. 벌써 일주일째 이어지는 장마였다. 잠깐씩 비가 멈춘 것 외엔 지속적으로 퍼붓고 있었다. 뜨거운 믹스커피를 타 제자리로 돌아온 여름은 창문으로 시선을 돌렸다. 아직 오후인데도 저녁처럼 하늘이 캄캄했다. 양손으로 믹스커피가 담겨 있는 종이컵을 감쌌다. 뜨거운 감촉이 추적추적 내리는 비와 잘 어울렸다.

"차 대리님, 택배 왔어요."

남직원이 빗물에 젖은 작은 상자를 건넸다. 여름은 택배 받을 물건이 없었기에 의아해하며 상자를 받았다. 여름은 보낸 사람의 이름을 확인했다.

유미영.

여름의 심장이 빠르게 고동쳤다. 테이프를 뜯어내는 손이 바쁘게 움직이고, 마음이 다급해졌다. 이윽고 상자를 열자 여름이 그토록 찾고자 했던 물건이 보였다. 이 작은 물건이 여름의 심장을 들었다 놓았다 여러 번 반복했다. 일단 USB를 컴퓨터에 꽂아 문서를 확인했다. 다행히 문서 파일은 모두 그대로였고, 여름은 낯빛이 밝아졌다. 안도의 한숨이 절로 입에서 터져 나왔다.

미영이 병가를 내고 며칠 후, 그만둔다는 소식이 여름의 귀에 들려왔다. 아직 절차를 밟은 건 아니지만, 건강 상태로 인하여 퇴사한다는 것이었다. 좋은 핑곗거리를 만들어 상황을 빠져나가려는 게 여름의 눈에 훤히 보였다. 여름은 미영에게 마지막 문자를 남겨주고, 일주일이란 말미를 주었다. 만약 물건을 돌려주지 않는다면 최전무에게 털어놓고 사태를 수습할 방법을 찾을 요량이었다.

한데 내내 그 어떤 반응도 보이지 않던 미영이 갑자기 택배를 보낸 이유가 무엇일까. USB를 돌려받아 다행이라 생각하면서도 이상한 기분이 들었다. 어떤 액션도 취하지 않고, 돌려준 이유는 무엇일까. 그때 떠오르는 얼굴, 류이현. 녀석이 미영이를 만났던 것일까.

여름은 핸드폰을 들고 이현에게 문자메시지를 작성했다.

혹시, 미영 씨 만났……

여름은 글자를 지웠다. 그리고 한참 핸드폰을 바라보다 잠잠해진 빗소리를 들으며 문자메시지를 작성했다.

〈파전 생각난다.〉

곧장 녀석에게서 답장이 날아왔다.

〈파전 친구 막걸리도 생각나는데.〉

녀석의 표현에 웃지 않을 수가 없었다.

〈오늘 콜.〉

녀석이 미영이를 만났든, 만나지 않았든 중요한 게 아니었다. 묻지 않기로 했다. 그냥 조용한 술집에서 막걸리에 파전을 두고 주거니 받거니 하며 서로 얘기를 나누면 좋겠다. 말보다 눈빛으로 마음을 읽어버려 그냥 말없이 바라보는 시선의 어색함에 그냥 웃어넘기는 거다. 아무것도 묻지 말고. 내가 해결할 일을 왜 나서느냐고 따지지도 말고.

✻

기와집을 변형해서 제작한 술집은 외부뿐만 아니라 내부도 운치가 있었다. 항아리 단지나 테이블도 모두 현대판 조선처럼 만들어졌으니 그랬다. 점원의 안내에 따라 창가 쪽에 앉은 여름은 빗물이 흐르는 창문을 바라보았다. 아직도 쉼 없이 내리는 빗줄기에 우산을 쓰고 가는 행인들의 걸음이 빨라졌다. 그러다 택시에서 내리는 이현의 모습이 보였다. 우산도 쓰지 않고 헐레벌떡 가게 안으로 들어와 비에 젖은 머리카락을 털며 그가 여름을 찾느라 고개를 움직이다 여름과 눈이 마주쳤다. 이현이 걸어와 의자에 앉았다. 녀석의 머리카락이, 어깨가, 셔츠 군데군데가 빗물에 젖어 있었다. 여름은 손을 뻗어 젖은 녀석의 머리카락을 흩뜨렸다.

"우산 안 가져왔어?"

"차에 있어. 택시 타고 왔거든."

"봤어. 택시에서 내려 막 뛰어오는 거."

축축한 녀석의 머리를 다시 흩뜨리곤 피식 웃었다.

"주문했어?"

"응. 미리 했어."

여름의 말이 끝나자 점원이 파전과 막걸리 한 병을 테이블에 두었다. 먹음직스러운 해물파전은 노릇노릇하게 익어 보는 이의 군침을 돌게 만들었다. 이현이 젓가락으로 파전 한 조각을 떼어내 호호 불더니 그대로 팔을 뻗었다.

"아, 해."

어색한 얼굴로 여름이 고개를 저으며 대답했다.

"너 먹어."

절대 굽힐 것 같지 않은 팔을 보며 여름이 머리를 긁적였다. 고집 하면 지지 않는 류이현이라는 걸 알기에 여름은 냉큼 입을 벌려 파전을 받아먹었다. 먹여주고 받아먹는 건 어릴 때도 해보지 않은 거였다. 그런데 나이 서른에 이런 걸 해보다니.

여름이 받아먹자 이현이 흐뭇한 얼굴로 웃으며 입을 벌렸다. 그의 액션을 이해 못한 여름의 시선이 느껴졌다. 이현은 파전과 제 입을 번갈아 가며 손으로 가리켰다.

"너도 달라고?"

끄덕끄덕. 어린아이 같은 모습에 여름은 낯설었다. 늘 듬직한 녀석인 줄 알았는데 이런 모습이 숨겨져 있을 줄은 꿈에도 몰랐다. 그 모습이 어색하면서도 귀엽게 보였다.

"싫은데?"

속내를 감추며 여름은 맛있게 익은 파전을 젓가락으로 뒤적거렸다. 여름의 거절에 이현이 삐친 얼굴을 했다. 놀리는 재미가 아주 쏠쏠하다. 속으로 웃으며 파전을 제 입속에 가져가려던 찰나였다. 순식간에 녀석이 상체를 일으키더니 재빠르게 파전을 낚아채 갔다.

"맛있어."

"참……."

할 말을 잃은 얼굴로 여름은 그냥 웃어버렸다. 그리곤 다시 파전을 집어 팔을 뻗었다. 이현은 파전을 받아먹으며 여름의 얼굴에 걸쳐 있는 의미 모를 미소에 고개를 갸웃거렸다.

"왜 그렇게 웃어?"

"그냥."

시선을 아래로 내린 여름이 엄한 파전만 뒤적대었다.

"그냥 뭐?"

"너 애 같아."

슬쩍 이현의 얼굴을 쳐다보다 여름은 시선을 내렸다. 지그시 쳐다보는 녀석의 눈빛은 일전의 짧은 입맞춤이 떠오르게 만들었다. 어찌해야 할지 모르겠다. 시선을 피하는 게 능사는 아니라는 것을 알면서도 여름은 제 귀에 울리는 심장 소리에 손이 파르르 떨렸다.

"애 같은 남자한테 긴장한 거야?"

"뭐, 뭐야. 누가 긴장했다고 그래."

키득거리며 이현이 웃었다. 그가 손으로 여름의 턱을 슬그머니 올렸다. 긴장하는 낯빛으로 여전히 큰소리치는 모습이라니. 표리부동이 따로 없었다. 흔들리는 여름의 시선과 마주한 이현은 여름이 저를 남자로 인식하고 있다는 사실에 기분이 좋아졌다. 내내 저를 여전히 친구로 보는 건 아닐까 속앓이를 했었는데 괜한 생각이었다.

"그럼, 왜 웃었어?"

"그냥…… 네가 귀엽다고 느껴져서……."

솔직한 그녀다운 대답이었다. 억지로 대답하고 난 여름은 아래 턱이 가늘게 떨림을 느꼈다. 거기다 귓불까지 물들었다. 이현은 상체를 그대로 여름의 얼굴까지 가까이 다가갔다. 놀란 여름의 표정에도 그는 아랑곳하지 않고 제 입술로 그녀의 입술을 겹쳤다.

말랑말랑한 입술의 부드러움이 느껴졌다. 아랫입술을 길게 빨아 당겼다 놓아준 이현의 얼굴엔 짓궂음이 가득했다.

"이래도 귀여워?"

턱을 괴고 빨갛게 물든 여름의 얼굴을 바라보며 이현이 물었다.

"류, 류이현!"

"나도 네가 귀여워."

"뭐?"

이렇게 느끼한 말을 일삼는 녀석이라는 것을 여름은 처음 알았다. 낯설다 못해 다른 사람을 만나고 있는 기분이었다. 생김새는 같으나 알맹이가 다르다.

"한 번 더 해도 될까?"

유혹적인 속삭임에 여름은 정신을 퍼뜩 차리고 고개를 휘이 저었다. 키득거리는 녀석의 웃음소리에 장난이었음을 깨닫는 순간, 여름의 얼굴이 확 달아올랐다. 이런 유치한 장난에 놀아나는 저도, 유치한 장난을 하고 있는 녀석도 정말 낯설긴 마찬가지다. 다른 이름으로 시작하는 거니, 다른 사람이 되기로 작정한 건가.

사랑, 참 신기하네.

이현과 자신이 정말 딴사람이 되다니. 마주 보는 눈빛이 같은 마음이라는 것을 보기만 해도 알아차리게 되다니. 자신은 지금껏 녀석을 사랑하고 있었던 것일까. 녀석의 고백으로 인해 깨달아 버린 걸까. 갑작스런 궁금증이 일었다. 자신은 언제부터 녀석을 사랑하게 된 것일까, 하는 궁금증이 시작되었지만 주고받는 막걸리에 결론은 나지 않았다. 어느새 제 잔에 막걸리가 가득 담겨졌다.

녀석이 잔을 들었다. 여름도 잔을 들어 부딪히고는 목으로 넘겼다.

"막걸리가 달달하다."

"비 오는 날엔 더 달달해."

반쯤 남은 막걸리를 바라보다 잔을 흔들며 여름이 마저 마셨다. 이현이 건네는 파전 한 조각이 마치 당연하다는 듯 받아먹고, 여름은 이현에게 안주라며 역시 파전을 건넸다. 여름은 조심스럽게 입을 열었다.

"미영 씨가 택배를 보내왔더라."

"택배?"

"돌려받아야 할 물건, 있었잖아."

여름의 말에 이현이 못 믿겠다는 표정으로 물었다.

"정말, 돌려받은 거야?"

"응."

"잘됐다, 여름아."

당사자인 저보다 이현이 더 반색했다. 이현에게는 USB를 돌려받았다고 전해야 마음이 편할 것 같았다. 중요한 회사 문서가 담겨 있는 물건이니만큼, 미영을 따로 만나 돌려달라고 말했을 것이다. 그리고 그 결과를 내내 저의 일처럼 기다리고 있었을 테지. 류이현이란 녀석은 그런 녀석이다. 줄곧 자신만 바라본 한결같은 바보.

이제 이걸로 끝이다. 미영과의 관계는 더 이상 얽히지 않길 바랄 뿐이고, 그로 인해 상처받는 사람이 없길 바랄 뿐이다. 여름은 이현의 얼굴에 안도감이 잠깐 스쳤다 사라지는 걸 본 순간, 가슴 한쪽에 뻐근함을 느꼈다.

추적추적 내리는 빗소리를 안주 삼아 여름과 이현은 막걸리를 한참 동안 주거니 받거니 했다. 빗소리 때문인지 오늘따라 유난히 많은 막걸리 빈 병이 테이블을 채웠다. 시원하지는 않지만 미영과의 관계가 끝났다는 것과, 녀석이 안도하는 모습이 기분 좋게 만들었다.

"취한다."

취기 가득한 목소리로 말하는 이현의 목소리가 낮게 울렸다. 본인의 주량을 과하게 넘긴 녀석의 눈이 반쯤 감겨 있었다. 주량이 센 그녀와 속도를 맞추다 보니 먼저 취하고 만 것이다.

"일어나자."

여름은 백을 챙겨 이현의 팔을 잡아끌었다. 아직 제 몸을 못 가눌 정도는 아니었기에 이현은 여름의 손길에 일어나 술집을 나왔다. 추적추적 내리던 빗줄기는 어느새 그쳐 있는 상태로 공기가 습했다.

"집에 혼자 갈 수 있을지 모르겠네."

여름은 걱정스런 얼굴로 혼잣말을 했다. 이현과 반대로 여름은 말짱했다. 조금 어지러운 것 빼곤 평소와 다를 바 없는 컨디션이었다. 여름은 서 있는 것조차 아슬아슬해 보이는 이현을 쳐다보았다. 아니나 다를까, 다리에 힘이 풀렸는지 여름의 어깨에 고개를 묻었다.

"내 옷에 토하기만 해봐. 죽을 줄 알아."

여름이 이현의 귀에 대고 경고했다.

"아직 그 정도는 아니야."

"술 깨는 약이라도 사다 줄까?"

"아니, 집에 데려다 줘. 오늘만 부탁할게."

여름은 또다시 이현이 귀엽다고 느꼈다. 그가 저에게 의지하고 있다는 것이 기분 좋았다. 그리고 저에게 순순히 집에 데려다 달라고 부탁하는 모습에 웃음이 났다. 여자는 남자의 듬직하고 남자다운 면에 반하는 게 아니었다. 가끔 보이는 이 작아 보이는 모습에도 반한다는 것을 깨달았다.

택시를 잡아타고 그의 집까지 가는 동안 이현은 여름의 어깨에 기대 잠들어 있었다. 그의 숨결이 그녀의 목을 간질이며 자꾸 녀석을 돌아보게 만들었다.

이 녀석, 속눈썹이 이렇게 길었었나? 코는 이렇게 높았었고? 거기다 턱이 날렵했었나? 여름은 녀석의 얼굴을 찬찬히 뜯어보며 잘생겼음을 인정했다. 생각해 보면 자세히 얼굴을 본 적조차 없었다. 오랜 시간이 흐른 뒤 이제야 제대로 바라본 녀석의 얼굴이었다.

애송이에서 남자로 변한 건가? 어깨에 기대 있는 녀석의 머리카락을 만졌다. 축축했던 머리카락이 말라 고운 머릿결을 자랑했다.

어느덧 목적지까지 당도했다. 여름은 택시비를 지불하곤 녀석을 깨워 택시에서 내렸다. 몽롱한 얼굴로 택시에서 내린 이현은 얼굴을 찡그리고 있었다. 여름은 이현의 손을 잡아끌고 오피스텔로 들어갔다. 도어락 비밀번호를 누르고 들어가자 현관문이 환하게 불이 켜졌다. 이현은 소파에 내려놓고 여름은 냉장고에서 생수를 꺼냈다. 머그컵에 물을 따라 목을 축인 여름은 이현이 누워 있는 소파에 가 앉았다.

"자는 거야?"

"아니. 어지러워서."

밍기적 소파에서 몸을 일으킨 이현이 여름의 등에 머리를 기댔다.

"적당히 마셔야지."

"넌 무슨 여자가 그렇게 술이 세. 감당할 수가 없다니까."

허스키한 목소리가 등에서 울리는 듯했다.

"시원한 물 한 잔 마시고 자."

여름은 그가 제 등에 기대고 있다는 것을 인지하지 못한 채 벌떡 일어났다. 그러자 이현이 소파에 그대로 쓰러졌다.

"차여름, 너."

더 이상 말을 이을 기력도 없는 모양인지 이현은 미간을 좁히며 마른 입술을 닫았다. 식탁 위에 올려둔 생수 뚜껑을 열고 컵에 물을 따라 다시 소파로 왔다.

"얼른 마시고 정신 차려. 그렇게 자면 내일 머리 아프다."

"괜찮은데."

"괜찮긴. 너보다 주당인 내가 해주는 조언이야."

여름은 이현의 손에 컵을 쥐어주고는 다그쳤다. 마지못해 컵을 받아 든 이현은 단숨에 냉수를 들이켰다.

"정신이 번쩍 든다."

차가운 냉수를 삼킨 이현은 입안이 얼얼했다. 입술에 묻은 물기를 손등으로 닦았다. 냉수 한 잔에 정신이 번쩍 들 리는 없고, 저들으라고 한 말에 여름은 이현의 뺨을 만졌다. 손등으로 닦아냈음에도 아직 입술에 묻은 물기가 남아 있었다.

"너무 늦었다."

"술 깨게 마저 도와줘야지."

아쉬운 얼굴로 이현이 여름의 가는 손목을 잡았다.

"하지만 시간이……"

자정을 넘긴 후였다. 엄마가 걱정할 것이다.

"내일 주말이잖아. 같이 있자."

"뭐?"

놀란 여름이 반문했다.

"짐승으로 안 변해. 그냥, 같이 있어."

짐승이란 단어에 여름이 쿡쿡 웃었다. 녀석이 짐승으로 변한다면, 꽤 볼만할 것도 같지만 지금은 사양이었다. 노골적인 표현에 웃음을 지운 채 여름은 그의 눈빛을 바라보았다. 저와 같이 있길 바라는 마음이 그대로 전해졌다.

"손만 잡아도 좋은데 그 이상 뭘 하겠어."

"……"

"더 했다간 심장마비로 죽을지도 몰라."

"바보 같긴."

여름은 제 손목을 잡고 있는 손으로 제 손을 잡게 했다.

"내일 집에서 쫓겨나면 네 책임인 줄 알아."

"그럼, 평생 먹여주고 재워줄게."

"말이나 못하면."

"그리고 아침에 모닝커피, 식후엔 신선한 과일에 간식까지."

"너 말하는 거 보니 술 다 깬 것 같은데."

눈을 흘기며 말하는 여름의 얼굴에 이현이 다시 여름의 어깨에 머리를 기댔다. 하지만 이미 늦은 후였다. 또박또박 말하는 모습이 평소와 다를 바 없었다. 여름이 손가락으로 이현의 정수리를 쿡쿡 찔렀다.

"머리 무거워."

말은 귀찮다는 듯 하면서도 여름은 제 어깨에 기대어 있는 이현의 머리를 받쳐 주었다. 비가 그친 밖은 풀벌레 소리와 귀뚜라미 우는 소리로 가득 찼다.

"보여줄 게 있어."

여름의 어깨에 묻은 얼굴을 든 이현이 여름의 팔을 낚아챘다. 부엌을 지나 서재로 들어간 이현이 불을 켰다. 빈 책상과 여러 종류의 서적이 꽂혀 있는 책장이 보였다. 서재엔 오랜만이라 그런지 여름의 시선이 한곳에 머무르지 않고 배회했다.

"어디 있더라?"

"뭐 찾는데?"

손끝으로 책을 훑던 이현의 손이 멈추었다. 저자 딘R. 쿤츠의 추격. 이현의 추억과 함께 시간이 흐른 책은 누르스름하게 나이를 먹었다. 이현은 책을 꺼내 슥 펼쳤다. 휘리릭 종이가 넘어가다 순간 멈추었다.

"우연이 필연이 된 사진."

이현의 시선은 책에 꽂혀 있는 사진에 고정되어 있었다. 오랜 추억을 회상하는 눈동자가 아련하게 빛났다.

"내 첫사랑."

이현이 사진을 꺼내 여름에게 보여주었다. 사진을 받은 여름은 시선을 아래로 내리깔았다. 휘날리는 벚꽃 사이로 여학생이 보였다. 머리를 하나로 질끈 묶은 모습이나 얼굴은 촌스럽기 그지없었다. 그리고 굉장히 차가운 눈빛을 하고 있는…….

여름의 고개가 반사적으로 휙 올라갔다. 설마, 하고 묻는 여름의 표정에 이현이 입꼬리를 슬쩍 올린 얼굴로 고개를 끄덕였다.

"어떻게 내가……."

"입학하는 날이었지. 내가 그날 지각을 했거든. 허겁지겁 학교에 도착했는데 한참 입학식을 하고 있더라."

말하며 이현은 여름의 손을 끌고 소파에 가 앉았다.

"학주한테 카메라를 걸리고 말았어. 그리고 실랑이를 벌이다 우연히 버튼이 눌려 사진이 찍힌 거야."

"우연히?"

다시 사진을 바라본 여름은 생각에 잠겼다. 여름도 기억하고 있었다. 고등학교 입학식. 전교 1등으로 입학한 그녀는 입학식 날 전교생 앞에서 상장을 받았었다. 하지만 그다지 기쁘진 않았다. 반 1등, 전교 1등이 우스웠던 그녀였으니 상장을 받는 데 별 감흥이 없었다. 그 마음이 사진에 고스란히 비춰졌다.

그런데 왜 이 녀석은 이 사진을 이토록 오랫동안 가지고 있었던 것일까. 여름은 이현에게 시선을 돌렸다.

"이 사진 마음에 안 들어. 표정이······."

말하던 여름의 입술이 닫혔다.

"표정, 되게 차갑지? 난 그래서 마음에 드는데."

상을 받으면서도 감흥 없는 표정이 저의 시선을 끌었다. 전교생 앞에서 상을 받을 정도면 스스로도 굉장히 뿌듯할 것 같은데 전혀 그런 것 같지 않았으니 말이다. 그래서 이 사진을 오랫동안 보게 되었다. 마치 그 이유를 찾아내려고 한 것처럼 말이다.

"내가 불쌍했어?"

의외의 질문을 하는 여름의 표정은 열일곱, 그때와 비슷했다.

"예전에도 말했지만, 널 동정한 게 아니야."

"······."

"이미 말한 것 같은데, 첫사랑이었다니까."

머리를 긁적이며 이현이 민망한 얼굴을 했다.

첫사랑······.

그 말이 여름의 귀에 점차 크게 울렸다. 이윽고 심장의 달음질 이 점차 거세졌다.

"어째서 내가 첫사랑이야?"

"어째서?"

"어째서 나 같은 애가······ 첫사랑이냐고."

당연할 걸 묻는다. 그녀가 아니면 어떤 여자가 저의 첫사랑이 되겠는가. 냉소적인 눈동자가 아련하게 빛나 제 시선을 자꾸 잡아 당겼는데. 그리고 굳게 닫힌 마음의 빗장을 열기 위해 얼마나 노력했는지 그녀는 모른다. 저가 웃는 모습이 얼마나 예쁜지도 모르는 여자니까.

"네가 눈에 안 보이면 생각났거든. 보고 싶었어."

"……."

"그게 사랑 아니야?"

이현의 큼지막한 손이 여름의 뺨을 감쌌다. 그윽한 눈빛으로 지그시 여름을 바라보았다.

"넌 안 그래?"

이현의 물음에 여름이 아랫입술을 깨물었다. 하고 싶은 말로 가득한 입술 안은 어떤 말부터 해야 할지 고민하고 있었다. 하지만 여름의 고민은 그리 오래가지 못했다.

"나도 그래. 나도 네가 보고 싶어."

이현의 표정이 부드럽게 곡선을 타고 올라갔다.

"그리고 생각나."

사랑이구나. 이게, 사랑이야. 간지러웠던 입안은 할 말을 찾은 듯 잠잠해졌다. 거창한 표현만이 사랑이 아니다. 보고 싶다는 말 한마디가, 진하게 가슴을 울리고, 그에 응답하는 걸 보면 이게 사랑이라고 말하고 있었다.

"사랑해."

그 말에 대답할 틈도 주지 않고 이현의 입술이 여름의 입을 막았다. 진한 막걸리 냄새가 여름의 후각을 자극했다. 풀벌레 소리와 귀뚜라미 소리가 점점 귀에서 멀어졌다.

✱

"흐음……."

갈증에 시달리며 여름의 눈이 반쯤 떠졌다. 날렵한 턱 선이 여름의 시야에 곧장 들어왔다. 고개를 들자 움푹 패인 인중과 곧게 뻗은 코가 보였다.

이현이다.

자신이 이현의 품에서 잠을 자고 있다니.

그가 숨을 쉴 때마다 제 이마에 녀석의 고른 숨이 닿았다. 일정하게 숨 쉬는 녀석의 숨소리에 여름은 눈만 끔벅거리고 있을 뿐이었다.

이현의 가슴 위에 얹혀 있는 제 손바닥에 심장박동이 느껴졌다. 손바닥에 울리는 녀석의 심장박동이 기분 좋게 만들었다.

"언제까지 감상하고 있을 거야?"

"깼어?"

"깼지, 그럼."

잠이 묻어나는 녀석의 목소리가 듣기 좋았다.

"지금 몇 시쯤 됐을까?"

"여덟 시쯤 됐을라나."

"어떻게 알아?"

신기하다는 듯 여름이 물었다. 이현은 별거 아니라는 듯 대답했다.

"몸이 기억하거든."

"몸?"

"일어나는 시각."

그제야 이현의 말을 알아들은 여름이 그의 가슴에 대고 고개를 끄덕였다. 이현의 손이 여름의 등을 쓸며 제 품으로 끌어당겼다.

"좀 더 잘까?"

숨죽인 채 여름은 이현의 가슴에 얼굴을 묻었다. 전날, 이현과 손만 잡고 한 침대에서 잤다. 술에 뻗어 녀석의 집에서 신세를 진 적이 여러 번 있었지만, 그때와는 사정이 달랐다.

남자와 여자.

손만 잡고 잘게라는 말로 여자를 안심시키는 남자는 많지만, 그 대로 실행에 옮기는 남자가 있을 줄은 몰랐다. 거기다 그런 류의 사람이 녀석이었다니.

남자는 욕구로 움직이는 동물로 머릿속에는 온통 여자와 잘 생 각뿐이라고 여겼던 그녀에게 '손만 잡고' 잔 그는 남자를 새로운 시각으로 보게 해주었다. 물론, 상대방의 동의 없이 할 수 있는 행 위는 아니기에 잘난 세 치 혀로 여자를 침대에 눕힐 거라 생각했다.

그런데 아니었나 보다. 모든 남자가 아니라 일부 남자가 그런 모양이었다. 어쩌면 세상 모든 남자가 그런 부류라며 스스로가 정 해놓았던 것은 아니었을까.

"이현아."

그녀의 부름에 이현은 감았던 눈을 떴다.

"넌 나랑 자고 싶지 않아?"

"……뭐?"

노골적인 질문을 얼굴색 하나 변하지 않고 하는 여름을 바라보는 이현의 얼굴이 벌게졌다. 갑작스런 질문의 의도를 어떻게 받아들여야 하는지 고민하던 이현은 말문이 막힌 상태였다. 제 대답을 기다리느라 빤히 바라보는 여름의 시선을 피한 채 이현은 다시금 여름을 제 품에 가뒀다.

　"솔직히 말하면, 사랑하는 여잔데 생각 안 들겠어?"

　"……."

　"근데 남자라면 자신이 사랑하는 여자를 지킬 줄도 알아야 한다고 생각해."

　"지킨다……."

　여름은 이현의 말을 되새기며 읊조렸다. 그 의미의 해석이 잘 되지 않았다.

　"소중히 하고 싶은 거야, 나는."

　변명처럼 말을 이은 이현은 여름의 머리꼭지에 턱을 대고 눈을 감았다. 감미로운 이현의 목소리에 여름은 눈을 감았다.

　소중히 하고 싶다라.

　그런 말이라면 조금은 이해할 것 같다.

＊

　웨딩촬영을 끝낸 이현은 주인공 못지않게 피곤했다. 전날 막걸리를 마시고 옆에 누워 있는 여름 때문에 제대로 잠을 잘 수가 없었다. 그리고서 하루 종일 촬영을 하고 나니 파김치가 되어 있었다.

촬영이 끝나자 예진은 주스를 가지고 이현의 뒤를 쫓았다. 책상 위에 가져온 주스를 내려놓곤 예진이 의미심장한 질문을 던졌다.

"너, 어제 뭐 했냐?"

"뭐 하긴."

묻는 목소리에 저의가 가득해 대답하는 이현의 목소리가 날카로워졌다.

"막걸리만 마셨어?"

"묻고 싶은 게 뭔데."

이현은 주스를 단번에 비웠다. 어제 여름이와 단둘이 만났지만, 예진에게도 같이 가자고 권했었다. 하지만 예진은 둘이서 데이트하라며 빠졌다. 그럴 필요까진 없었는데 예진은 극구 사양했다. 막걸리만 마셨냐는 질문에 다른 의도가 숨어 있다는 것을 이현은 알고 있었다.

"덮쳤냐?"

바로 이것.

"야."

"막걸리 마시고 분위기까지 업됐으면……."

"덮쳤어야 했냐?"

핑거 스냅으로 예진의 손가락에서 딱 소리가 경쾌하게 퍼졌다.

"그렇지!"

"너, 진짜 변태가 아닐까 하고 생각한다."

고개를 도리질하는 이현의 질겁한 표정에 예진은 킥킥 웃었다. 녀석을 놀리는 묘미 중의 묘미. 예진은 이현을 놀리는 게 너무 재미 있었다. 그렇게 이현을 태안 바닷가로 보내놓고 며칠 후 여름에게서 연락이 왔다. 덜 후회하는 선택을 했다고 했다. 그리고 아직 후회는 하지 않는다고, 마음이 가볍다고 했다.

"류이현."

"응."

"행복하냐?"

"말할 수 없을 만큼."

조금의 망설임도 없는 확신에 가득 찬 표정과 말투였다.

"다행이네."

"넌?"

"……"

"넌 행복하냐고."

이현의 질문에 예진이 잠시 망설였다.

"행복……. 후우."

진한 한숨을 내쉰 예진의 얼굴에 희미한 미소가 보였다.

"행복하지, 당연히."

씩씩하게 대답하면서 작업실을 나서는 예진의 표정이 쓸쓸하게 변했다.

벌써 6개월. 그가 떠난 지 6개월이란 시간이 흘렀음에도 예진의 마음은 아직도 공허했다.

그리 오랫동안 여름바라기를 한 이현의 사랑이 새삼 부러웠다. 그렇게 자신의 모든 것을 걸 정도로 누군갈 사랑할 수 있다는 건 정말 행복한 일임이 틀림없었다.

*

"휴게실에서 잠깐 얘기 나눌 수 있을까요?"

여직원 둘이 와서 여름에게 청했다. 여름은 잠깐 고민하다 고개를 끄덕이곤 휴게실로 자리를 이동했다. 자판기에서 막 뽑은 시원한 음료수를 하나씩 들고 마주 앉았다. 일전에 소문을 지나가듯 큰 소리로 말한 여직원이었다.

"무슨 일이에요?"

음료수 캔을 따며 여름이 물었다.

"아, 그러니까……."

"빨리 말해."

뜸 들이고 쉽게 말을 못하는 여직원에게 옆에 있던 여직원이 채근하며 다그쳤다.

"정말 죄송합니다."

꾸벅 고개를 숙이며 여직원이 대뜸 여름에게 사과했다. 여직원의 사과에 여름은 영문을 모르겠다는 얼굴로 쳐다보았다.

"저번에 소문에 대해 큰 소리로 말하고 다녔던 거 말이에요."

"아……."

"뒤늦게 생각해 보니, 대리님께 상처가 되었을 거란 생각이 들어서요. 내내 마음이 쓰였어요. 정말 죄송합니다."

여름은 당혹스러웠다. 점차 소문이 누그러지자 이대로 조용히 끝나겠거니 생각했다. 어느 누구도 소문에 대한 진실 여부를 알려하지 않았으니 설명할 필요도 없었다. 그런데 사과를 청해 올 줄은 몰랐다.

"말로 사과한다고 상처받았던 대리님 마음이 풀어질 거란 생각은 안 해요. 하지만 제 마음은 진심이에요. 죄송합니다."

진심 어린 목소리에 음료수를 들고 있던 여름의 손이 떨렸다.

"하아. 죄송하다고요?"

머리를 쓸어 넘긴 여름이 실소를 터뜨렸다.

"소문에 휩쓸린 당사자는 얼마나 괴로울지 생각도 못하고……"

"……."

"이제 와서 죄송하다?"

"할 말이 없습니다."

여직원은 고개를 푹 숙인 채 어깨를 바들바들 떨고 있었다.

"때론 말이 칼보다 아플 때가 있어요."

"……."

"그런데 사람들은 참 잔인하죠. 별것 아닌 것처럼 떠들어대요. 소문에 대한 진위 여부에 대해서는 관심도 없고요. 회사 동료의 말보다 소문에 의존하는 사람들이 더 무섭더군요."

여름은 속에 쌓아둔 말을 속사포처럼 꺼내놓았다.

"내가 아닌 다른 사람에겐 그러지 말았으면 해요. 정말, 상처받아요."

여름의 말에 여직원들은 고개를 끄덕이며 사죄했다. 휴게실에서 나온 여름은 다리가 풀려 주저앉을 뻔했다. 생각지 못한 여직원의 사과였다. 친분이 있던 사이도 아니었으니, 굳이 저가 상처를 받는 것에 대해서나 소문의 진실 여부에 대해 상관하지 않을 줄 알았다. 그런데 뜻밖의 사과에 여름은 그동안 가슴에 얹힌 무언가가 스르륵 내려가는 기분이었다.

옥상으로 올라오자 눈에 맺힌 눈물이 바람에 흩날렸다.

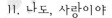

11. 나도, 사랑이야

　장마가 휩쓸고 간 하늘은 이제야 비로소 파랗게 물들어 있었다.
엄마가 잠깐 가게를 비운 사이에 여름이 가게를 보고 있었다. 이
른 오전이라 아직까지 가게를 찾는 손님은 없었다. 피곤한 얼굴로
챙겨온 책을 꺼내 드는 사이 가게 문이 열렸다.

　"어서 오세요."

　중년남성이었다. 깔끔한 신사복 차림의 중년남성은 여름의 인
사에 짐짓 당황한 표정이었다. 진열되어 있는 반찬 앞에서 물끄러
미 바라보더니 손짓을 했다.

　"장아찌랑 배추김치 주겠나."

　남자의 말에 여름은 가까이 다가가 말했다.

　"입에 맞는지 드셔보고 사세요."

　적당히 간을 했다고 해도 간혹 입에 맞지 않는다고 하는 손님이

있어 시식할 수 있도록 해놓았다. 여름의 권유에 중년남성이 온화한 미소를 띠며 말했다.

"몇 번 먹어봐서 알네."

"그럼 포장해 드리겠습니다."

여름은 장아찌와 배추김치를 팩에 담아 밀봉하고 비닐봉지에 담았다. 그 모습을 지켜보던 남자가 물었다.

"딸인가?"

"예?"

질문의 요지를 이해 못한 여름이 반문했다. 여전히 온화한 미소로 그가 말을 더 보태 질문을 던졌다.

"여기 사장 말일세."

"그렇습니다만."

중년남성을 바라보는 시선이 의미심장하게 바뀌었다. 목소리도 덩달아 딱딱하게 바뀐 채 여름은 그를 바라보았다. 목소리는 근엄한데 얼굴은 온화하다. 그래서 그런지 눈가와 입가의 주름을 무색하게 만들었다. 각이 살아 있는 셔츠와 바지는 값비싼 브랜드였다. 여름은 엄마에 대해 묻는 중년남성에게 저도 모르게 경계의 눈빛을 하고 말았다.

"그런 표정 할 것 없네. 반찬 맛이 좋아 자주 오는 것이니 말이야."

여름의 눈빛에 그가 민망한지 뒷머리를 긁적이며 말했다. 그제야 주말치곤 이른 시각에 반찬을 사러 나온다는 게 이해가 가지 않았다. 옷차림을 봐서는 출근길일 것이라 짐작했다. 보통은 퇴근하면서 지나가는 길에 반찬을 사가지고 가는데, 출근길에 반찬을 사러 온 것이 의아했다.

"반찬 사러 자주 오시나 봐요?"

"그렇네."

"늘 출근길에 사러 오시나요?"

질문을 가장한 추궁에 그는 대답 대신 침묵을 지켰다. 사람을 관찰하고 경계하는 버릇이 무의식적으로 나오고 말았다.

"하고 싶은 말이 뭔가?"

속내를 들켜 버린 여름은 안경 너머로 보이는 중년남성의 까만 눈동자를 응시했다.

"엄마를 보러 오신 건가요?"

"……."

"아니, 엄마를 보러 반찬을 사러 들르시는 건가요?"

실례되는 질문이라는 걸 알면서도 여름은 대답을 들어야겠다는 생각은 변함없었다. 여름의 저돌적인 물음에 중년남성은 곤란하다는 얼굴로 안경을 추켜올렸다. 외관만 봐서는 나쁜 사람처럼 보이지는 않지만, 속내까지 알 수는 없었다. 그가 여름의 손에서 반찬을 가져갔다. 바스락거리는 비닐 소리가 소음처럼 귓전에 울렸다.

"질문에 대한 대답은 자네 어머니한테도 안 했네."

"무슨……."

"다음에 본인한테 직접 말함세."

더 이상 묻지 말라는 뉘앙스에 여름은 벌렸던 입술을 닫았다. 하는 말이나 표정을 봐서는 엄마에게 호감이 있다는 것은 지레짐작이 아닌 듯했다. 엄마의 연애를 반대하는 건 아니었다. 다만 어떤 사람인지가 중요했다. 외관상 풍기는 분위기는 회사 간부급으로 사회적 지위를 가진 것 같았지만, 엄마의 짝으로 중요한 건 성품이었다. 오직 엄마만 바라봐 주고, 보듬어줄 줄 아는 일편단심이면 되었다. 중년남성이 나가고 난 뒤 여름은 궁금증에 싸여 있었다.

"커피 배달 왔습니다."

익숙한 음성에 고개를 돌리자 가게 문이 열리며 이현이 고개를 빠끔히 내밀었다. 놀람도 잠시, 양손에 테이크아웃한 커피를 들고 이현이 해맑게 웃고 있었다.

"스튜디오는 어쩌고?"

"가는 길."

커피 두 개 중 하나를 여름의 손에 쥐어주며 이현이 대답했다. 시원함에 여름의 입가에 절로 미소가 지어졌다.

"반대 방향이면서."

"좀 돌아가는 것뿐인데, 뭐."

별거 아니니 신경 쓰지 말라는 어투에 여름은 커피를 입에 갖다 댔다.

"시원하다. 맛있어."

"그러고 보니, 어머니는?"

고개를 비스듬히 한 이현이 뒤늦게 물었다. 그제야 여름은 엄마가 은행 간다고 나선 지 시간이 꽤 지났다는 걸 깨달았다.

"은행 간다고 나간 지 좀 됐는데. 날 가게에 데려다 놓고 엄마는 떡볶이집 아주머니랑 차 한잔하고 있겠지."

못마땅한 얼굴로 눈을 흘기는 여름의 뺨을 이현이 긴 손가락으로 툭툭 쳤다. 그의 행동을 이해 못한 여름이 이현을 빤히 바라보았다.

"귀여워."

"뭐가?"

여름이 고개를 갸웃거렸다.

"차여름 너, 말이야."

"취향하고는."

이런 모습이 귀엽다고 스스럼없이 말하는 이현이 여름은 이해가 가지 않았다. 하지만 귀엽다는 말이 싫지 않았다. 여름의 핀잔에도 이현은 사랑스러운 눈빛을 거두지 않았다.

"오늘은 쭉 가게에 있을 거야?"

"응. 그럴 것 같은데."

단호한 여름의 대답에 이현이 실망한 표정을 했다.

"그럼 데이트는 언제 해?"

"데이트?"

스튜디오를 운영하고 있는 이현의 직업상 어쩔 수 없이 스튜디오 문을 닫고 이현이 여름의 집 앞에 와서 잠깐 얼굴 보고 갈 때가 많았다. 가끔 저녁 먹거나 맥주 한잔하는 건 가끔이었다. 하지만 주말이라도 엄마와 같이 가게를 보면서 시간을 보내고 싶었다.

"네 스튜디오에 가서 일할까?"

"그것도 좋고."

반색하며 이현이 고개를 끄덕였다.

"나 비싼 몸인데."

"얼마나?"

"알지? 내가 회사에서 얼마나 유능한 인재인지."

잔뜩 거드름을 피우며 여름이 얼마에 저를 스카웃해 갈 거냐며 대답을 재촉했다.

"음. 나란 남자로는 부족할까?"

"그걸 말이라고."

어느새 두 사람은 카운터를 사이에 두고 턱을 기댄 채 앉아 있었다.

"정말 비싼 몸이네."

농담 섞인 이현의 비아냥거림에 여름은 기죽지 않고 어깨를 쭉 폈다. 어느새 커피 용기의 무게는 가벼워져 있었다. 시간 가는 줄도 모르고 대화를 하고 있었다. 엄마 것까지 사온 커피는 이미 얼음이 녹아 커피 용기에서 물기가 흘러내리고 있었다. 여름은 안쓰러운 얼굴로 제 커피를 마저 마시고 남은 커피에 입을 댔다.

"오늘따라 엄마가 늦네."

"덕분에 너와 단둘이 있어서 좋은데."

"이제 가봐야 하는 거 아냐?"

시각을 확인한 여름이 재촉하듯 물었다.

"갈게."

잔뜩 아쉬운 얼굴로 이현이 괴고 있던 턱을 풀고 일어섰다. 뒤돌아 가게에서 나가는데 여름이 불러 세웠다.

"이현아."

걸음을 멈춘 이현이 뒤돌았다.

"오늘도 스튜디오 늦게 문 닫아?"

"늘 끝나는 시각에."

이현의 대답이 끝나자 여름이 서운한 표정을 지었다. 하지만 어쩔 수 없다는 걸 알기에 이내 미소를 지었다.

"운전 조심해."

이현이 고개를 끄덕이며 간다며 손을 흔들었다. 정말 하고 싶었던 말은, 저녁 시간에 맞춰 같이 저녁을 먹자는 거였는데 여름은 말하지 못했다. 정신없이 일하다 보면 식사 한 끼 정도 거르는 건 예삿일이 아니었기 때문에 혹시 귀찮아하지 않을까 생각했다.

왜 나는 여전히 솔직하지 못한 걸까…….

이현이 가고 난 후 여름은 반찬 통 정리를 하며 생각에 빠져 있었다. 그런 여름의 마음을 읽기라도 한 듯 이현에게서 문자 한통이 도착했다.

〈내일 스케줄 취소됐는데, 데이트나 할까?〉

갑자기 녀석이 너무 보고 싶었다. 늘 제 마음을 먼저 생각해 주는 녀석이 눈에 밟혔다. 주말 데이트는 처음인데……. 벌써부터 가슴이 두근거렸다.

*

늦은 저녁, 예진에게서 전화가 걸려왔다.

〈여름아! 이현이 지금 병원이야!〉

다급한 예진의 목소리를 듣는 순간 여름은 핸드폰을 떨어뜨릴 뻔했다. 휘청거리던 여름은 간신히 벽을 짚고 일어섰다.

"벼, 병원?"

가느다랗게 떨리는 음성으로 물어놓고 여름은 지갑과 핸드폰만 챙겨 밖으로 뛰쳐나왔다. 손과 다리가 후들거리고 심장이 쿵 하고 내려앉은 기분이었다. 여름은 택시를 잡아타고 예진의 말을 되새겼다.

〈뒤에서 차가 박았대. 너 걱정할까 봐 나한테만 연락한 것 같은데 그래도 네가 알고 있어야 할 것 같아서 연락했어. 다행히 큰 사고는 아닌 것 같아. 지금 엑스레이 찍고 검사받는 중인데 결과는 나와 봐야 알 것 같아. 외관상은 멀쩡해 보이는데…….〉

떨리는 음성으로 차분하게 말하는 예진의 말에 여름은 정신을 차릴 수가 없었다. 택시에서 내려 병원 응급실로 뛰어 들어간 여름은 간호사를 붙잡고 물었다.

"조금 전에 교통사고로 들어온 환자 있죠? 이름이 류, 류이현이라고…….."

여름의 눈가에 눈물이 맺혔다. 이미 백지장이 된 머릿속은 어떤 판단도 불가능하게 만들었다. 응급실의 상황은 처참했다. 깁스를 하거나 누워서 정신을 못 차리는 환자들 속에서 여름은 이현을 찾는 눈동자가 바삐 움직였다. 맺혀 있던 눈물이 뺨을 타고 흘러내렸다.

"여름아."

이현이 먼저 여름을 알아보곤 그녀를 붙잡았다. 여름은 제 눈에 보이는 이현을 보는 순간 결국 울음이 터져 바닥에 주저앉았다. 갑작스럽게 울음을 터뜨리는 여름의 행동에 이현은 당황해서는 여름의 안아주며 다른 손으로는 눈물을 닦아주었다.

"너 괜, 괜찮은 거야?"

"괜찮아. 나 멀쩡해."

어떻게 여기에 왔느냐고 묻지 않아도 이현은 짐작할 수 있었다. 예진이 결국 여름에게 알려주고 말았겠지. 마실 거라도 사온다고 나간 예진 대신 등장한 여름의 모습에 이현은 당황했지만 여름을 달래줄 수밖에 없었다. 짝도 제대로 맞지 않은 슬리퍼며, 축축한 머리끝에서 물기가 뚝뚝 떨어지는 모습은 얼마나 다급하게 왔는지 알 만했다.

"별거 아니야. 엑스레이도 찍고 왔는데 괜찮대. 봐봐."

이현이 한쪽 팔을 돌려보고 다리도 움직이며 여름을 안심시켰다. 진정이 된 여름의 눈에서 눈물이 멈추었지만 빨갛게 눈이 충혈되어 있었다. 이현은 여름을 데리고 응급실 복도로 나갔다. 여름을 벤치에 앉혀놓고 이현은 음료수 두 개를 뽑아왔다. 캔을 따 여름의 손에 쥐어준 이현은 옆에 앉아 목을 축였다.

"정말 괜찮은 거지?"

"그렇다니까. 이제 울지 마."

다시금 눈에 맺혀 있는 눈물이 떨어질세라 이현이 손가락으로 눈물을 훔쳤다. 여름은 이현의 뺨을 어루만지며 안심하는 얼굴을 했다.

"다행이다, 정말 다행이야."

"이렇게 눈물이 많아서는."

이현이 여름의 뺨을 살짝 잡아당기며 장난쳤다. 하지만 좀처럼 놀란 가슴이 진정되지 않는 여름은 이현의 손을 꼭 잡고 놓아주지 않았다.

"그때가 생각났어."

"그때?"

여름은 떨리는 음성으로 말을 이었다.

"아빠가 돌아가신 날."

"……."

그러고 보니 여름의 아버지는 교통사고로 돌아가셨다. 그때 여름은 일하다 병원으로 뛰어갔다. 하지만 아버지는 그때 그 자리에서 즉사했다. 평생을 엄마와 여름을 고통 속에서 살게 한 아버지라며 한 방울의 눈물도 아깝다 했던 그녀였지만, 뒤에서 숨죽인 채 울던 여름을 이현을 보았다. 속으로 소리를 삼키며 울던 모습이 이현의 가슴까지 아프게 만들었다. 여름은 사고 소식을 듣고, 그때를 떠올리며 괴로워했던 것이다.

"나 그때, 아빠한테 해서는 안 될 말을 했어."

"여름아."

이현은 여름의 가는 어깨를 만지며 더 이상 말하지 말라고 위로했다. 하지만 여름은 눈물을 흘리며 마른 입술을 어렵게 열었다.

"죽어버리라고 했거든. 차라리 죽으라고."

"……."

"흑흑. 그래서 그렇게 갑작스럽게 가버린 건 아닐까 했어. 그래서……."

손에서 음료수를 떨어뜨린 여름은 양손에 얼굴을 묻었다. 손가락 사이로 뜨거운 눈물이 흘러내렸다. 이현은 처음 듣는 말에 여름의 어깨를 감싼 손에 힘을 주었다. 그래서 그때 병원 구석에서 소리 없이 눈물을 흘리고 있던 거였다. 그렇게 괴로워했던 거였다. 어느 누구에게도 털어놓지 못한 속이 얼마나 괴로웠을까. 이현은 여름을 품에 안았다. 떨림이 좀처럼 멈추지 않은 여름은 이현의 셔츠를 눈물로 적셨다.

"나는…… 아빠한테 한 말, 진심 아니라고 말하고 싶었어……."

"아저씨도 알고 계실 거야. 여름아."

"너도 아빠처럼 갑작스럽게 가버릴까 봐 두려웠어……."

이현은 여름을 더 세게 안고는 머리를 쓰다듬었다. 손에 묻어나는 물기에 이현은 걱정스러웠다. 아무리 여름이라고 해도 머리를 제대로 말리지 않고 나온 그녀가 감기에 걸릴까 봐 걱정이었다. 옷깃을 꼭 쥔 채 여름이 이현의 품에서 빠져나왔다.

"그만 가자."

"가도 돼? 치료는 안 받아?"

"다 정상이래. 퇴원해도 된대."

이현은 여름을 안심시키며 손을 잡아끌었다. 바닥에 엎질러진 음료수가 보기 흉하게 번져 있었다. 이현은 여름의 손을 끌고 병원 밖으로 나왔다. 차는 범퍼가 찌그러져서 보험회사에서 가지고 갔다. 택시를 타고 집에 가야 할 터였다.

"내가 데려다 줄게. 너 혼자 못 가."

여름은 극구 이현을 집에 데려다 주겠다고 고집을 부렸다. 여름의 마음을 알기에 이현은 수긍하며 여름과 같이 택시를 타고 집으로 갔다. 여름은 그동안 어떤 마음으로 살았던 것일까. 외도하는 아버지에게 말로 상처를 주고 감당도 못한 채 쭉 멍든 가슴을 안고 살았던 거였다. 알았으면 진작 네 탓이 아니라고 위로해 주었을 것이다. 울면 눈물을 받아주고, 그녀의 가슴에 담아둔 말을 들어주었을 터였다. 그런데 아무것도 하지 못했다. 아버지의 죽음을 제 탓이라고 생각하며 지금까지 쭉 지냈을 여름을 생각하자 이현은 가슴이 미어져 왔다.

집에 도착하자 이현은 여름을 거울 앞에 끌어다 앉혔다. 드라이기를 꺼내 들고는 이제 겨우 말라가는 머리를 말리기 시작했다.

"감기 걸려."

"아, 내가 정신없었나 봐."

괜한 수고를 하게 만들었다는 생각에 만망함이 얼굴에 드러났다.

"여름아, 아저씨 돌아가신 거 네 탓 아니야. 그러니까 더 이상 널 힘들게 하지 마."

"이현아……."

여름은 아랫입술을 깨물며 눈물을 참았다.

"바보 같으니. 그렇게 힘들었으면 진작 말했어야지."

무릎을 꿇고 여름과 시선을 마주한 이현이 감미로운 목소리로 다그쳤다.

"이렇게 눈물이 많아서 달래줄 일이 많겠는데."

"아, 아니야……."

손등으로 맺힌 눈물을 닦아낸 여름이 고개를 저었다. 엉엉 우는 모습을 녀석에게 보이고 말았다는 사실에 여름은 창피함으로 얼굴이 붉어졌다. 이현은 여름의 뺨을 감싼 채 가까이 다가갔다. 시선을 피하지 않고 마주하는 여름의 눈동자를 응시하던 이현은 붉은 입술을 제 입속에 가둬 버렸다. 살짝 벌려진 입술 안은 뜨겁게 달궈져 있었다. 혀를 밀어 넣고 고른 치아를 훑다 뭉클한 혀를 감쌌다.

"으음."

이현의 입에서 낮은 신음 소리가 터졌다. 조용한 집 안 내부에 작은 소리가 크게 울리는 듯했다. 여름의 손은 이현의 팔을 감싼 채 농도 짙은 키스에 응하고 있었다. 상큼한 향기가 났던 첫 키스에, 막걸리 냄새가 진동하던 입맞춤과 비교가 되지 않을 정도로 두근거렸다. 제 심장 소리가 이현의 귀에 들릴세라 여름은 숨소리를 죽인 채 그의 혀를 받아들였다. 타액으로 젖은 서로의 입술이 뜨겁게 달아올랐다. 이현은 잠깐 입술을 떼었다가 여름과 시선을 마주했다. 흔들리는 동공에 비친 저의 모습이 보였다. 여름의 눈동자는 깊고 아득했다. 일렁이는 눈동자를 보던 이현이 주춤했다. 소중히 하겠다고 했다. 그런데 이런 모습은⋯⋯.

이현의 생각을 읽기라도 한 듯 여름이 이현의 입술에 키스를 했다. 눈을 감고 이현의 뺨을 손으로 감싼 채 그의 숨결을 모조리 삼켰다. 데일 것 같은 뜨거운 숨결과 타액으로 여름의 몸이 뜨겁게 달궈졌다. 의자에서 내려온 여름은 그의 목에 양손을 두르고 더 깊게 그의 입안으로 침범했다.

"여름아⋯⋯."

간신히 입술을 뗀 이현의 손은 그녀의 허리춤에서 맴돌았다. 이성과 본능 사이에서 아슬아슬하게 줄다리기를 하고 있던 중 간신히 이성의 끈을 잡고 여름을 불렀다.

"널 사랑해, 류이현."

여름의 고백에 이현의 동공이 커졌다. 하지 말아야 할 말을 해서 후회하지 말고, 하고 싶은 말을 후회 없이 해야겠다는 생각이 들었다.

"너를, 너를⋯⋯ 사랑해."

뜨겁게 달궈진 숨결과 함께 터진 여름의 고백에 주춤하던 이현이 여름의 입술을 다시금 가둬 버렸다. 방금 전보다 더 진하게 키스하며 주춤하던 손은 어느새 여름의 등을 부드럽게 쓸다 멈추었다. 셔츠 속으로 손을 밀어 넣곤 등을 만지다 브래지어 후크를 단숨에 풀었다.

"아."

여름의 입에서 탄식이 터져 나왔다. 제 가슴을 감싸던 브래지어 후크가 풀리는 순간 심장이 더 요동쳤다.

내가 사랑하는 남자. 후회 없이 사랑하고 싶은 남자. 난, 그를 사랑하고 있다.

그렇게 생각하고 나니 긴장하던 심장이 제 속도를 찾아가고 있었다. 이현의 손은 거침없이 무방비 상태가 된 여름의 등을 쓸고 이내 허리를 매만지다 위로 차츰 올라왔다. 봉긋한 가슴을 매만지는 손은 정성이 가득했다. 그가 손가락으로 유두를 튕길 때마다 여름은 야릇한 기분에 그의 목덜미를 꽉 안고 놓아주지 않았다.

이현은 여름을 번쩍 안아 들고 침대에 눕혔다. 상의를 탈의하곤 여름의 셔츠를 주저함 없이 벗겨냈다. 그녀의 이마에, 콧망울에 입술을 지분거리다 목덜미에서 가슴으로 내려왔다. 고개를 치켜든 유두를 입에 물고 다른 손으로는 가슴을 쥐고 놓아주지 않았다.

"아하……."

여름은 참기 힘든 신음 소리를 냈다. 제 가슴에 얼굴을 묻은 이현의 머리카락 사이에 손을 묻었다. 다리에 절로 힘이 들어갔다. 그의 손이 스치는 곳마다 열꽃이 피는 것마냥 뜨겁게 달아올랐다. 여름의 바지가 벗겨지고 이윽고 은밀한 부위를 가리고 있던 팬티가 벗겨졌다. 잔뜩 다리를 웅크린 채 부끄러운 듯 여름이 이현을 바라보았다.

"가리지 마."

"그렇게 쳐다보지 마. 부끄러워."

이현은 피식 웃으며 달아오른 여름의 뺨에 입을 맞추었다. 바지와 속옷을 벗자 이현의 남성이 곧게 솟아 있었다.

"나도 보여주면 되지? 이제 쌤쌤이네."

"아⋯⋯."

여름은 처음 보는 남성에 얼굴이 화끈거려 내렸던 시선을 이현과 마주했다. 그런 여름의 반응에 이현은 사랑스럽다는 듯 입을 맞추며 꽃잎을 손으로 지분거렸다. 액이 흘러나와 이현의 손끝에 묻어났다. 이현은 조심스럽게 제 남성을 입구에 갖다 댔다.

"처음은 아프다 들었어."

"⋯⋯."

"아프면 말해. 그만둘게."

그녀를 배려하는 모습에 여름은 고개를 끄덕이며 그를 받아들일 준비를 했다. 조금씩 들어오는 남성에 여름은 침대 시트를 붙잡았다. 저를 배려하고 있는 이현의 모습에 여름은 처음 맛보는 고통을 참았다.

고통을 참아내는 모습에 이현은 여름의 이마에 입을 맞추곤 침대 시트를 붙잡고 있는 여름의 손을 제 허리를 잡게 했다.

"아프면 꽉 잡아도 돼."

"응."

남성이 이윽고 여성 안으로 끝까지 들어왔다. 이현이 허리를 움직일 때마다 여름의 고통스러운 얼굴을 했지만, 이윽고 쾌락으로 바뀌었다. 사랑하는 사람과 하는 행위. 절대 동물처럼 본능에 충실한 행위가 아니었다. 사랑하는 사람과 함으로써 얻어지는 감정은 말로 표현할 수 없었다.

"류이현."

"응, 여름아."

이현이 몸을 숙여 여름의 귓바퀴를 핥았다.

"류이현."

"그래, 나 여기 있어."

제 부름에 대답하는 이현의 목소리에 여름은 가슴이 벅찼다.

"사랑해."

"나도 사랑해."

여름의 손이 이현의 목을 감쌌다. 눈을 감자 눈에서 눈물이 흘렀다. 슬픔이나 고통 때문에 흘러내리는 눈물이 아닌, 사랑을 함으로써 벅찬 감동에 흘러내린 눈물이었다.

이젠 알겠다, 사랑이 무엇인지. 저가 그를 사랑하고 있음을, 가슴 벅찬 감동이 느껴지는 순간 여름은 확신했다.

사랑하고 있음을.

끝까지 저를 포기하지 않은 그가 고마웠다.

"하아⋯⋯."

뜨거운 숨결이 엉키고, 서로의 타액이 엉킨 침대 안은 질척거리는 신음 소리로 가득했다. 절정에 달한 이현이 그녀의 몸 위에 쓰러졌다. 찐득한 땀이 서로에게 엉겨 붙고, 서로의 귀에 거친 숨결이 귓바퀴를 간질거렸다. 이현은 여름의 뺨에 입을 맞추고 옆에 누웠다. 여름은 이현의 품에 깊이 파고들었다.

＊

달이 유난히 밝게 빛나고 있었다. 새벽녘에 잠이 깬 이현은 주
방으로 가 냉수를 들이켰다. 전날 사고의 후유증인지 삭신이 쑤셨
다. 서랍에서 파스를 꺼내 붙이고 난 후 다시 방으로 돌아왔다. 쌕
쌕 숨을 쉬며 여름은 곤히 잠들어 있었다. 뺨을 쓸고, 긴 머리카락
을 만지다 동그란 어깨에 입을 맞추었다. 바닥에 널브러져 있는
옷가지들이 눈에 들어왔다. 이현은 옷가지들은 정리해 놓고 다시
침대에 누웠다. 여름이 뒤척이다 눈을 떴다.

"아직 새벽이야?"

몽롱한 눈빛으로 여름이 물었다.

"응. 더 자."

이현이 대답하며 팔을 쭉 뻗었다. 기다렸다는 듯 여름이 안겨오
며 이현의 가슴을 만졌다. 쿵쿵, 뛰는 심장 소리가 손바닥에 전해
졌다. 여름의 손이 이현의 등으로 향했다.

"파스 붙였어?"

"응."

여름이 벌떡 일어나 등에 붙어 있는 파스를 확인했다. 덕지덕지
붙어 있는 파스를 보는 여름의 표정이 굳어졌다.

"이게 뭐가 괜찮아."

"그냥 좀 쑤신 것뿐이야."

상체를 일으킨 이현이 걱정하지 말라며 여름을 달랬다. 달빛에
빛나는 여름의 눈동자를 응시하던 이현이 입을 맞추었다. 가볍게

입을 맞추고 떨어졌다가, 상체를 기울이곤 키스를 이어갔다. 여름은 거부하지 않고 이현의 뺨을 감싼 채 눈을 감았다. 제 입으로 밀려들어 오는 혀를 피해 다니며 장난치던 여름의 입가에 미소가 그려졌다. 이현의 손이 여름의 가는 허리를 잡아끌었다. 군살 없이 볼륨감 있는 여름의 전라는 아름다웠다. 배회하는 시선이 지나간 자리를 따라 손이 구석구석 훑었다. 손으로 말랑한 가슴을 움켜쥐고 혀로 핥았다.

"흐읏."

알맞게 익은 과일을 먹는 것처럼 젖꼭지를 물고 이현은 놓아주지 않았다. 참기 힘든 신음 소리가 여름의 입에서 터져 나왔다. 부끄럽고 민망한 자신의 소리에 여름은 어찌할 바를 몰라 했다.

"참지 마."

"……응."

"널 더 즐겁게 해주고 싶단 말이야."

달뜬 여름의 얼굴이 붉어졌다. 여름을 침대에 눕히곤 이현이 그 위로 올라갔다. 사랑스러운 눈빛으로 여름을 한참 동안 바라보았다. 그러다 이현의 뜨거운 숨결이 귓바퀴를, 목덜미를 사정없이 머금었다. 어찌할 바를 몰라 침대를 움켜잡았던 그녀의 손이 그의 등을 매만졌다.

목덜미에서 내려온 이현의 혀는 그녀의 납작한 복부에 잔 키스를 퍼부었다. 간지러워 저절로 여름의 입에서 웃음이 새어 나왔다. 기다란 허벅지에서 종아리로, 발등까지 입을 맞춘 그가 여름의 다리를 벌렸다. 손으로 여성을 만지자 축축한 액이 흘러내렸다.

"하아."

이현이 여름의 다리 사이로 얼굴을 묻었다. 그리고 붉은 여성을 혀로 슥 핥았다.

"하악. 이현아, 그만……."

애원 섞인 여름의 청에도 이현은 그만두지 않았다. 제 머리카락 속에 파묻은 여름의 손이 떨리는 것이 느껴졌다. 살짝살짝 여성을 간질이다 깊숙이 혀를 밀어 넣었다. 시큼한 맛이 혀에 닿았다. 미 끈한 액이 혀에 엉켜 붙었다. 이현은 고개를 들고 뻣뻣하게 솟은 남성을 천천히 찔러 넣기 시작했다. 천천히 허리를 움직이며 남성 을 끝까지 밀어 넣었다. 부드러운 여성 내부가 이현의 움직임에 점차 달아올랐다.

"하윽."

이현의 입에서도 거친 신음 소리가 터져 나왔다. 절정에 오른 듯 이현의 움직임이 점차 거칠어졌다가 이윽고 움직임이 멈추었 다.

"샤워할까?"

잠시 후 기진맥진해 파김치가 되어 널브러져 있던 여름은 이현 의 물음에 고개를 저으며 그의 목을 끌어당겼다.

"내가 샤워시켜 줄게."

"됐어. 괜찮…… 류이현!"

이현이 여름을 번쩍 안아 들고 욕실로 들어갔다. 욕조에 여름을 살며시 내려놓고 온수를 틀었다.

"두 번이나 섹스해 놓고 그냥 자려고?"

"나 혼자 씻을 수 있어."

여름은 몸을 웅크린 채 이현에게 욕실에서 나가라고 눈치를 주었다.

"이미 다 봤는데 이제 와서 감추면 뭐 해."

"너, 진짜……."

이현의 장난에 여름이 눈을 가느다랗게 흘겼다. 어느덧 따뜻한 물이 욕조에 가득 차자 두 사람은 나란히 누웠다. 여름이 움직일 때마다 잔물결이 일렁거리며 춤을 췄다. 이현은 타월에 로즈 향이 나는 바디워시를 묻혀 거품을 내곤 여름의 팔부터 꼼꼼하게 닦기 시작했다.

"일어나 봐."

이현의 명령에 여름은 벌떡 일어났다. 물에 젖은 몸은 광택이 나는 듯한 착각을 일으켰다. 이현은 그녀의 상체를 닦고 다리까지 닦았다. 여름은 이현에게 타월을 받아 바디워시를 묻혀 이현과 시선을 마주했다. 거품을 내서 상체부터 닦기 시작했다. 아래로 내려오자 검은 수풀 사이로 보이는 남성을 여름은 신기한 듯 바라보았다.

"왜?"

"아니, 그냥……."

"네가 그렇게 쳐다보면 나도 부끄럽다고."

"미, 미안."

여름은 사과하며 다시 이현의 몸을 닦아주기 시작했다. 하얀 거품이 이현의 몸을 휘감았다. 따뜻한 물에 몸을 맡기자 하얀 거품이 씻겨 내려갔다. 노곤했던 몸에 피로가 풀리는 듯 나른함이 밀려왔다. 이현이 수건으로 물기를 닦아주었다. 그의 행동 하나하나가 낯설면서도 기분 좋았다.

낯선 두근거림. 낯선 이 녀석. 그리고 가장 낯선 건 저 자신이었다. 사랑을 받고, 사랑을 깨닫고, 그리고 사랑하는 저 자신.

"어제 가게에 중년남자분이 오셨거든."

"응, 근데?"

제 몸의 물기를 닦으며 이현이 대답했다.

"아무래도 수상해."

"뭐가?"

"엄마한테 관심 있는 것 같아."

여름이 키득거리며 어린아이처럼 웃었다.

"정말?"

"응. 엄마한테는 아직 아는 체 안 했어. 아직 확실하지 않으니까."

"아."

수건으로 머리카락을 털며 이현은 여름의 말에 귀를 기울였다.

"좋은 분이었으면 좋겠다."

"넌 어머니 연애 찬성이야?"

"당연하지. 좋은 분이면 당연히 찬성이지."

여름이 흔쾌히 대답하며 이현의 등에 남아 있는 물기를 수건으로 닦아주었다.

"그럼 좀 더 지켜봐야겠네."

"아빠한테 사랑도 못 받고 평생 외도만 일삼은 남편 상까지 치러준 엄마잖아. 이제 행복해도 되잖아. 엄마도 행복했으면 좋겠어."

수건으로 이현의 머리를 마저 닦아주며 말하는 여름의 목소리에 아련함이 깃들었다.

"걱정 마, 어머니도 좋은 분 만나실 테니까."

"응."

여름이 고개를 끄덕이자 이현이 여름의 뺨을 쓸어주었다. 조잘조잘 묻지도 않은 말을 하는 여름은 행복해 보였다. 이제야 겨우 마음을 열었다. 그 문이 다시 닫히지 않도록 행복하기만 했으면 좋겠다. 서로를 바라보는 눈빛이 하나가 되었음을 인지하는 순간 가슴이 크게 요동쳤다.

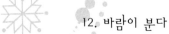

12. 바람이 분다

"맛있게 드시고, 또 오세요."

인정 넘치는 얼굴로 영숙은 반찬을 가득 담아 손님에게 건넸다. 한꺼번에 몰려든 많은 손님들을 상대한 영숙은 피곤한 얼굴로 카운터에 앉았다. 숨을 고르기도 전에 다시 가게 문이 열리자 영숙은 몸을 일으켰다.

"어서 오……."

영숙이 말끝을 흐리며 침을 삼켰다. 중년남성이 힐끗 영숙을 바라보았다.

"귀신 봤습니까?"

놀란 영숙의 시야가 평정을 되찾았다. 중년남성은 꽤 딱딱하게 영숙에게 말을 건넸다. 근 일주일 만에 가게에 온 사람이 건네는 인사치고는 꽤 멋이 없었다. 그렇다고 서로 화기애애한 인사를 나눌 정도로 친분이 있는 사이는 아니었으나, 매일 아침 들르던 사람이 보이지 않자 영숙은 그의 행방이 궁금하던 참이었다.

"어서 오세요."

다시금 영숙이 인사를 하며 카운터에서 나왔다. 흰 와이셔츠에 먹색 정장 바지를 입은 모습이 눈에 들어왔다.

"두부조림하고 가지무침, 그리고 콩나물볶음이 방금 한 거라 맛있어요."

"그럼 주십시오."

"예?"

말을 알아듣긴 했으나 제대로 파악하지 못한 영숙이 반문했다.

"두부조림, 가지무침, 콩나물볶음 포장해 주십시오."

"네, 알겠습니다."

그제야 영숙이 부리나케 손을 움직여 반찬을 비닐 팩에 담았다. 그 모습을 지켜보는 중년남성의 얼굴에 미소가 지어졌다. 하지만 영숙이 반찬을 담아 건네자 그 미소는 온데간데없이 사라졌다.

"맛있게 드세요."

포장을 마친 반찬을 비닐봉지에 넣어 영숙이 건넸다. 한 템포 느리게 비닐봉지를 받은 중년남성이 영숙을 바라보고 있었다.

"이번 주 주말, 뭐 합니까?"

"예?"

"날씨 좋다던데. 영화도 재미있는 것도 상영하는 것 같고……."

제대로 영숙과 시선을 마주하지 못한 중년남성은 얼버무리며 말끝을 흐렸다.

"그러니까, 영화도 보고 바람 쐬러 가자고 그쪽에게 데이트 신청하는 겁니다."

쑥스러운 듯 얼굴을 붉힌 중년남성이 준비해 온 말을 마쳤다. 영숙은 그의 말에 당황한 표정으로 대답을 하지 못했다.

"저에게요?"

"그럼 여기 그쪽 말고 또 누가 있습니까?"

버럭, 화를 내듯 중년남성이 똑똑히 인지시켰다.

"어째서요?"

어째서 저에게 그런 권유를 하는 것인지 모르겠다는 얼굴로 영숙이 다시 물었다. 계속되는 영숙의 질문에 남자의 미간이 좁아졌다.

"당신을 밖에서도 만나고 싶으니까."

뜻밖의 고백에 영숙의 동공이 커졌다. 중년남성은 지갑에서 티켓 두 장을 꺼내 카운터에 올려두었다.

"여자들이 좋아하는 영화라고 하더군요. 관심 있으면 보러 오십시오."

영숙이 붙잡기도 전에 중년남성은 바스락거리는 비닐봉지를 들고 가게에서 나갔다. 영숙은 그제야 그가 두고 간 티켓으로 시선을 내렸다.

돌아오는 일요일, 세 시 영화였다.

데이트 신청이라. 실로 오랜만에 받은 데이트 신청에 영숙은 저도 모르게 들떠 있었다. 제 입으로 남우세스럽고 나잇값 못한다고 말하긴 했으나 지금 기분은 꼭 그렇게 치부되는 것만은 아니었다.

여자들이 좋아하는 영화.

그 말이 귀에서 재생되며 영숙의 입가에 미소가 피어올랐다.

눈가에, 입가에 그리고 손등에 주름이 자글자글한 50대 중년이었다. 딸이 일찍이 시집을 갔으면 손주 한 명 정도 있어도 이상할 것 없는 나이. 영숙은 고인이 된 남편을 떠올렸다.

행복하지 않았던 결혼 생활. 그리고 저의 못난 이기심과 복수로 물든 마음이 여름까지 병들게 만들었다는 것을 영숙은 알고 있었다. 늘 그런 딸에게 미안했다. 사랑받지 못하는 딸로 자라게 해서, 그런 아버지를 끝까지 옆에 두고 모진 일들을 겪게 해서 늘 죄스런 마음이 들었다. 영숙의 눈빛이 망설임으로 변했다. 분명, 아직도 저를 여자라 생각해 주는 이가 있다는 것은 기쁜 일이지만 아직은 아니었다. 남편의 흔적이 채 지워지기도 전에 다른 이를 만날 수는 없었다. 영숙의 눈이 슬픔으로 변했다.

※

열어둔 창문에서 시원한 밤바람이 솔솔 불어왔다. 책을 읽던 여름은 바람이 들어오는 창문으로 시선을 돌렸다. 어느덧 시간은 아홉 시가 되어가고 있었다. 엄마가 올 때가 되었다. 여름은 읽던 책을 덮고 거실로 나와 창문 밖으로 얼굴을 내밀었다. 바로 앞까지 도착한 엄마가 눈에 보였다. 계단을 올라오는 소리가 들리고 이윽고 도어락 열리는 소리에 여름은 현관문 앞으로 달려갔다.

"엄마."

문이 열리자 여름은 엄마의 가방을 대신 들고 팔짱을 꼈다.

"오늘 일찍 왔구나. 저녁은?"

"먹었지. 엄마, 오늘 바쁘지 않았어?"

다정하게 묻는 딸의 얼굴을 바라보는 영숙의 얼굴은 피곤함이 가신 얼굴이었다.

"엄마 솜씨 알잖니."

"알지."

여름은 엄마의 백을 옆에 두고 냉장고에서 시원한 주스 한 잔을 내왔다. 거실로 나온 영숙은 주스를 마시며 불현듯 생각난 얼굴로 운을 띄웠다.

"여름아, 저번에 엄마 가게에서 인사했던 아주머니 있지?"

"응."

"네가 참 마음에 들었나 보더라. 저번에 가게에 와서 너 자기 아들하고 연결해 주고 싶다고 하는데……."

영숙은 여름의 얼굴을 살피며 어렵게 말을 마쳤다. 부모를 잘못 만난 덕에, 사랑도 하지 못하고 있는 예쁜 딸을 바라보는 부모의 마음은 갈기갈기 찢어졌다. 좋은 짝을 만나 행복하기만을 영숙은 바랐다.

"엄마……."

"응, 말해."

"나는……."

머뭇거리는 여름의 손을 영숙이 잡았다. 어떤 말이든 괜찮으니 말해보라고 하는 영숙의 눈빛이 느껴졌다. 제 손을 잡고 있는 영숙의 따뜻한 온기에 망설임이 사라졌다.

"사실은 나, 만나는 사람 있어."

"정말이야?"

여름의 손을 잡고 있는 영숙의 손에 힘이 들어갔다. 딸의 말을 듣고도 못 믿겠다는 얼굴로 되묻는 영숙의 얼굴이 기쁨으로 변했다. 여름은 그런 엄마를 바라보며 양 볼을 붉혔다.

"응."

"언제부터? 어떤 사람인데? 엄마한테 언제까지 숨길 셈이었어?"

질문을 쏟아내는 영숙의 얼굴이 싱글벙글이다. 이런 상황이 오게 될 거라고 누가 상상이나 했겠는가. 저가 사랑을 하고, 엄마에게 사랑하는 사람이 있음을 말할 날이 오게 될 줄은 생각도 못했던 일이었다. 엄마는 이렇게나 많이 기뻐하고 있었다. 그리고 반겨주었다. 미소가 가득한 영숙의 얼굴에 여름은 엄마의 손을 꼭 쥐며 입을 열었다.

"내가 만나는 사람, 이현이야."

"누구?"

"이현이."

"이현이? 정말?"

고개를 끄덕이며 수긍하고 나자 이젠 더 이상 무를 수 없음을 깨달았다. 엄마에게 털어놓고 나니 마음이 가벼워졌다. 그것이 언젠가 털어놓아야 할 말이었음을 다시금 일깨워 주었다.

"이현이, 많이 좋아해?"

"응. 많이 좋아해."

대답하는 여름의 눈빛에 확신이 가득했다. 양 볼은 더 붉어졌지만, 대답만큼은 확고했다. 녀석에게도 제 마음을 제대로 고백했고, 엄마에게도 털어놓았다. 가슴이 벅차올라 더 이상 어떤 말도 할 수 없었다.

그런 딸의 모습을 보며 영숙은 가만히 등을 쓸어주었다. 너도 사랑을 할 줄 알고, 다 컸구나, 하는 말들을 손에 담아 토닥토닥 등을 만져 주었다.

"행복하지?"

"행복해."

그녀의 대답에 영숙이 고개를 끄덕였다. 사랑에 빛나는 여름의 눈동자가 예쁘게 반짝거리고 있었다. 누가 보아도 사랑하고 있음을 느끼게 해주는 반짝거림이었다.

"누가 먼저 좋아한 거야?"

영숙의 물음에 여름은 생각에 잠겼다. 분명 이현이 먼저 고백을 하긴 했으나, 어쩌면 저의 마음도 내내 녀석에게로 향하고 있었음을 인지하지 못했을 수도 있다는 생각에 차마 말을 하지 못했다.

"모르겠어."

"엄마는 알겠는데?"

"어떻게?"

자신만만한 영숙의 목소리에 여름이 당황한 얼굴로 물었다.

"둘이 내내 같은 마음이었다는 거."

"엄마."

"지금 널 보면 알 수 있을 것 같아."

영숙의 손이 여름의 머리를 쓰다듬었다.

"설령 누가 먼저 좋아했다고 해도, 같은 마음이 될 확률이 얼마나 되겠어. 둘이 내내 같은 마음이 아니고서야."

"그런가……."

엄마의 말에 여름은 해답을 찾은 양 미소가 번졌다.

"축하해, 딸. 사랑하는 사람이 생긴 거."

"고마워, 엄마."

여름보다 더 행복한 얼굴로 영숙은 들떠 있었다. 모녀는 오랜만에 새벽까지 담소를 나누며 시간 가는 줄 몰랐다.

✳

영숙은 티켓을 보며 고민에 빠졌다. 어느덧 시간이 흘러 영화 상영 전날이 되었다. 그사이 중년남성의 얼굴은 볼 수 없었다. 만약, 약속 장소로 나가게 되면 그 사람과 자신의 관계가 어떻게 변화하게 될 것인지 두려웠다. 하지만 이렇게 저가 고민하는 걸 보면 아예 마음이 없는 것은 아닐 터였다. 티켓을 바라보는 영숙의 눈빛이 흔들렸다.

가게 문이 열렸다. 영숙의 고개가 그쪽으로 향했다.

"엄마."

여름이 예쁘게 웃으며 아이스크림 두 개 중 하나를 엄마에게 건넸다. 영숙은 비닐을 뜯어 아이스크림을 베어 먹었다.

"날이 아주 덥다 하더니, 네가 오려고 그랬나 보다."

"그런데 엄마, 무슨 고민 있어?"

여름이 걱정스런 얼굴로 물었다. 영숙은 제 얼굴을 쓸며 고개를 저었다.

"아니, 엄마가 고민이 어디 있어."

"에이, 거짓말. 아까 고개 숙이고 한숨 쉬고 있었잖아."

털어놓으라는 듯 여름이 영숙의 팔을 잡고 늘어졌다. 그러다 문득 카운터 밑에 있는 티켓이 여름의 시야에 들어왔다. 감추려는 듯 더 깊숙이 밀어 넣는 영숙의 손에서 여름이 티켓을 낚아챘다.

"웬 영화 티켓이야?"

"아, 아니, 그냥……."

영숙은 민망한 얼굴로 딸의 손에서 티켓을 빼앗으려 했지만 역부족이었다. 여름은 영화 제목과 상영 시각, 그리고 제목을 빠르게 훑었다. 엄마가 혼자 영화 보러 갈 일은 없을 테고, 필시 누군가와의 약속임이 틀림없었다.

"티켓이 한 장이네. 엄마 혼자 보러 가려 했어?"

"떡볶이집 언니와 같이 가기로 한 거야."

확연히 티 나는 엄마의 거짓말에 속아 넘어갈 여름이 아니었다.

"그럼, 아주머니한테 가서 물어볼까?"

"얘가 정말……."

"그러니까 말해봐."

영숙은 머뭇거리며 여름의 시선을 피했다. 이제 쉰이 다 되어가는 나이에 다른 사람을 만난다는 것이 용기 나지 않았다. 딸의 앞이라 그런지 더욱 민망함과 당혹스러움이 일었다.

"혹시 그분이셔?"

영숙을 대신해 여름이 먼저 운을 뗐다. 그 사람을 어찌 알고 묻는 건지, 놀란 영숙이 여름을 바라보았다.

"저번에 엄마 자리 비웠을 때 잠깐 얼굴 뵈었어."

"그랬구나."

"굉장히 깔끔하게 생긴 신사분이던데, 맞지? 엄마한테 관심 있는 것 같더라."

영숙도 몰랐던 사실이었다. 이 티켓을 줄 때까지 그 남자가 저에게 관심이 있는지조차 몰랐다. 그런데 여름과는 어떤 대화가 오갔기에 여름이 단박에 알아차렸는지 영숙은 궁금했다.

"그분이 준 티켓 맞지? 엄마와 같이 가자고 한 거지?"

"그래, 맞아. 그런데 엄마는……."

"엄마가 하고 싶은 대로 해. 가고 싶은 가고, 그분을 만나고 싶으면 만나."

엄마의 키를 훌쩍 넘어버린 여름은 어느새 작아진 엄마의 어깨를 감쌌다.

"여름아."

"그분, 좋은 분이면 만나봐."

"……."

"주책이면 어때. 남들이 욕하면 어때. 엄마 행복이 더 중요하잖아. 난 어느 순간에도 엄마 편이니까."

여름의 말에 영숙은 가슴이 뭉클해졌다.

"이왕 만날 거, 한 사람만 만나지 말고 여러 사람 만나봐. 그중에서 제일 엄마 아껴주는 남자로 골라."

"얘가 정말……."

영숙은 말을 흐린 채 여름을 바라보았다. 예전엔 미처 보지 못했던 여름의 활짝 핀 미소에 영숙은 마음이 짠해졌다. 누구 덕인지 알고 있었다. 그토록 여름의 곁을 지켜준 녀석이 있었기 때문에 가능한 일이란 것을. 영숙은 결심에 선 표정을 지었다.

"그래, 알았어. 여름이 네가 어떤지 봐주렴."

"당연하지."

그제야 영숙의 얼굴에서 여름과 같은 미소가 활짝 폈다.

✳

엄마 대신 가게를 맡은 여름은 일찌감치 가게로 나왔다. 어깨너머로 엄마가 하는 일을 배운 덕분에 수월하게 오픈 준비를 끝냈다. 모닝커피를 한 잔 하며 앉아 있는데, 카페 문이 열렸다.

"어떻게 왔어?"

이현이 들어서자 여름이 놀라 물었다.

"어머님이 전화하셨어. 너 혼자 있다고 가게 일 없으면 같이 봐달라고."

"엄마도 참."

"이럴 때 얼굴 안 보면 언제 보겠냐고 하시던데? 어머님한테 말씀드린 거야?"

여름의 곁으로 다가온 이현이 물었다. 여름은 고개를 끄덕이며 수긍했다.

"축하한대."

"좋다, 정말."

이현의 손이 여름의 손을 잡았다. 여름이 먹고 있던 커피를 가져간 이현이 한 모금 마셨다.

"너도 한 잔 줄까?"

"아니, 여기 있는데 뭘."

커피잔을 들어 보이며 이현이 웃었다.

"그래, 같이 마시자."

이현이 잔을 건네자 여름이 커피를 마시며 빙긋 웃었다. 가게에 나와 오후쯤 이현에게 전화를 하려고 했는데, 아침부터 와줄 줄은 생각도 못했다. 주말에 가게를 보게 한 딸에게 주는 선물인걸까.

오전엔 대체로 한가로웠다. 하지만 오후가 되자 주부들이 몰려들어왔다.

"신혼부부? 참 다정해 보이네."

아주머니의 부러운 눈빛에 여름의 볼이 붉어졌다.

"아, 아니······."

"저희 잘 어울리나요?"

여름의 말을 가로막은 이현이 넉살 좋게 물었다.

"선남선녀가 따로 없네. 여기 반찬이 맛이 좋아서 자주 오는데, 사장님은 어디 가셨어?"

"아, 저희 엄마는 오늘 일이 있으셔서 오늘은 제가 보고 있어요."

"어머, 딸이랑 사위가 가게 보는 거야? 엄마는 좋겠다."

손뼉을 치며 말하는 아주머니의 부러운 시선은 끊이지 않았다. 여름이 말을 하려고 할 때마다 이현이 싱글벙글 웃으며 넉살을 떤 덕분에 졸지에 여름은 유부녀가 되고 말았다.

"너 때문에 정말 못살아."

"왜?"

"덕분에 아줌마 됐잖아."

눈을 흘기며 여름이 불만을 토했다.

"어차피 그렇게 될 건데, 뭘."

"뭐?"

"차여름, 이제 내 거잖아."

"너, 너무 멀리 가는 거 아냐?"

고개를 비스듬히 한 여름의 입에서 뜻밖의 말이 나왔다.

"멀리 가다니?"

"사람 일은 모르는 거잖아. 확신할 수 없는 게 인생인데. 하물 며……."

이현의 얼굴이 험악하게 굳어지자 여름은 입을 다물었다.

"다른 놈이랑 결혼하려고?"

"그런 말이 아니라……."

"나랑 잠까지 같이 자놓고 어떻게……."

둘만 있는데도 행여나 누가 들을까 싶어 여름은 이현의 입을 틀어막았다. 조심스러운 건 저뿐이었다. 이 녀석은 조심성이라곤 눈을 씻고 찾아봐도 찾아볼 수 없었다. 이런 말까지 스스럼없이 떠

드는 걸 보면 그랬다. 녀석의 입을 막고 있던 손을 뗀 여름이 당황해서 얼굴이 빨개졌다.

"누가 들으면 어쩌려고 그래."

"둘밖에 없는데, 뭘. 혹시 여기 CCTV 있어?"

"널 누가 말려."

여름은 고개를 내저었다.

"말해두겠는데, 연애는 나랑 하고 딴 놈이랑 결혼할 생각 마."

"……."

"나 그럼 돌아버릴지도 모른다."

듬직하다가도 어린애로 돌변하는 이 녀석을 누가 말릴까. 그냥 해본 저의 말에 화르륵 불타 질투의 화신이 된 녀석의 뺨을 감싼 여름의 입술이 녀석의 입술을 짧게 훔쳤다.

"알았어."

키스 후, 여름이 대답했다. 그 대답에 이현이 다시 여름의 입술을 훔쳤다.

✳

바람에 치마가 흩날렸다. 영숙은 손으로 치맛자락을 움켜쥐었다. 여름의 고집을 꺾고 바지를 입고 나왔어야 했다. 여름이 코디해 준 대로 흰 브라우스에 검정색 시폰 치마를 입고 샌들까지 갖춰 신었다. 거기다 여름이 손수 화장까지 해주고 나니 영숙은 제 모습이 낯설기 그지없었다. 여름이 일러준 대로 영화관을 찾은 영숙은 그 앞에서 한참을 서성거렸다. 이름도, 연락처도 알 길이 없었다. 아는 것이라곤 얼굴뿐이었으니, 영숙은 길이 엇갈린 건 아닐까 조바심이 일었다.

"조금 늦었습니다."

익숙한 음성에 영숙의 얼굴에 화색이 돌았다. 영숙은 수줍게 대답했다.

"네, 길이 막혀서요."

"갈까요?"

"네."

영숙은 중년남성과 함께 영화관 안으로 들어갔다. 그리고 자리에 착석해 이제 막 시작된 영화를 관람하기 시작했다. 영화관은 정말 오랜만이었다. 언제 왔었는지 기억조차 가물가물했다. 영화가 끝나자 영숙은 중년남성의 뒤를 따라 밖으로 나왔다. 하지만 많은 인파에 영숙은 이내 그를 놓치고 말았다.

"저, 저……."

"갑시다."

어느새 영숙의 손을 잡은 그가 듬직한 모습으로 앞장서서 걸었다. 영숙은 못 이기는 척 그의 손을 잡고 밖으로 나왔다. 그럼에도 그는 잡은 손을 놓을 줄 몰랐다. 고민 끝에 영숙이 먼저 손을 뺐다.

"내 이름은 김혁수라고 합니다."

걸음을 멈춘 그가 제 소개를 하기 시작했다.

"올해 쉰다섯이고, 결혼한 아들놈이 하나 있습니다."

"예."

"보기와 같이 아직 정정해서 직장에서도 꽤 유능한 사람입니다."

그의 거들먹거림에 영숙이 피식 웃었다.

"동네에 새로 생긴 반찬가게를 왔다 갔다 하면서, 시종일관 미소를 잃지 않는 영숙씨에게 반해 버렸습니다."

그의 고백에 영숙이 수줍어하며 눈을 피했다. 이름 정도야 카운터에 있는 명함으로 알 수 있었을 것이다. 그리고 손님들과 하는 얘길 듣고 혼자인 걸 추측했겠지.

"너무 갑작스러워서 뭐라 대답해야 할지……."

"제 데이트 신청에 응해주신 건 여지가 있다는 것 아닙니까? 전 그걸로 만족합니다."

그가 사람 좋은 미소를 지은 채 말했다. 영숙은 마음이 조금 편안해졌다.

"천천히 서로를 알아갑시다."

"김혁수 씨."

마음의 결정을 내리지 못한 영숙이 쉽게 대답하지 못했다. 바람이 불었다. 손을 쓸 새도 없이 치맛자락이 흩날렸다. 당혹스러워하는 영숙이 손을 치마에 가져가기도 전에 혁수가 제 겉옷을 벗어 영숙의 허리에 감싸주었다.

"이러면 괜찮을 겁니다."

"이러지 않아도 돼요."

제 허리에 묶여 있는 혁수의 겉옷이 신경 쓰였다.

"옷은 천천히 돌려주셔도 됩니다."

"아, 아닙니다."

영숙이 제 허리에 묶여 있는 혁수의 옷을 풀려 하는 영숙의 손을 붙잡았다.

"제가 어떤 사람인지를 보여주고 싶습니다."

"혁수 씨······."

혼란스런 눈빛으로 영숙이 그를 불렀다. 뭐라 말해야 할지 판단이 서지 않았다.

"천천히, 영숙 씨도 어떤 사람인지 제게 보여주면 됩니다. 기다리겠습니다."

단호한 혁수의 말에 영숙은 고민 끝에 고개를 끄덕였다. 조금 두렵고, 고민이 되지만 영숙은 앞으로 한 걸음 나아가고 싶었다. 중년의 얼굴로 때 묻지 않은 미소를 짓자 영숙의 마음에 살랑살랑 바람이 불어오고 있었다.

＊

오랜만이었다, 셋이 모여 술을 마시는 것은. 가게 문 닫을 시각에 예진이 맞춰 찾아왔다. 그동안 이현과 둘이서만 시간을 보낸 것 같아 미안했던 마음이 맥주 한 잔에 스르륵 녹아버렸다.

"아주머니는 어디 가시고 둘이서 가게를 보고 있었어?"

땅콩을 집어 먹으며 예진이 물었다.

"데이트 가셨어."

"데이트?"

예진에겐 금시초문이었을 것이다. 여름은 일전에 가게 손님으로 온 중년남성을 만난 것부터 어제 엄마가 티켓을 받은 얘기까지 해주었다. 예진은 제 일처럼 기뻐했다.

"어머, 정말?"

"엄마의 마음은 정해졌는데 고민하길래 내가 등 떠밀었어."

"어떤 분 같아?"

"한 번 봤는데 어떻게 알겠어? 그것도 잠깐인데. 겉모습은 깔끔 그 자체였고, 말투는 딱딱했어."

여름은 그때 잠깐 만났던 일을 떠올리며 답해주었다.

"데이트, 잘되었을까?"

"왜?"

"말투가 딱딱하다며. 무뚝뚝한 성격 같은데 아주머니 마음을 확 휘어잡을 수 있겠냐고. 여자들은 자고로 부드럽고 다정한 남자에게 끌리는 법인데 말이야."

휙 낚아채는 손짓을 하며 예진이 걱정스런 얼굴을 했다. 그 모습에 여름이 웃으며 그만하라는 제스처를 취했다.

"아주머니에게도 드디어 봄바람이 부는구나."

"응. 봄바람이었으면 좋겠다."

화장실에서 자리로 돌아온 이현이 여름의 옆에 앉았다.

"나 빼놓고 무슨 얘길 그렇게 해?"

"여자들끼리 얘기를 하고 있는데 그새를 못 참고 끼어드냐?"

못마땅한 얼굴로 예진이 눈을 흘기며 장난쳤다. 예진의 농담에 이현이 여름과 예진을 번갈아 보며 미간을 좁혔다.

"내 욕 했나?"

"알면서 뭘 물어?"

"어쭈, 조수 주제에 사장에게 덤비겠다?"

"오늘 휴일이거든요? 여기 사장이 어디 있다고?"

있는 대로 깐죽대며 예진이 이현의 속을 긁었다. 유치한 언쟁을 하는 두 사람을 지켜보던 여름이 중재에 나서자 겨우 일단락되었다. 이현은 두고 보자며 예진에게 눈치를 주었다.

"그나저나 여름이 너, 아주머니에게 이현이에 대해 말했어?"

정식으로 교제한 지는 얼마 되지 않았으나, 말하는 게 좋지 않겠냐는 예진의 마음이 느껴졌다. 여름은 고개를 끄덕이며 대답했다.

"안 그래도 말했어. 엄마가 축하한대."

"정말?"

예진이 놀라 반문했다. 당사지인 여름보다 이현이 더 쑥스러운 얼굴로 뒷머리를 긁적이며 여름을 바라보았다.

"나보다 더 기뻐하시더라."

"정말 잘됐다."

반대하실 거란 생각은 안 했지만, 이렇게 빨리 여름이 영숙에게 털어놓을 줄은 몰랐다. 모녀가 의지하고 지낸 세월이 길었던 만큼 그 마음도 꽤 깊었을 것이다. 연이어 듣는 기쁜 소식에 예진의 얼굴에 미소가 떠나지 않았다. 그런 예진의 얼굴을 보는 여름의 마음은 불편했다. 반년 전 이별의 아픔을 아직도 가지고 있는 예진에게 저의 기쁜 소식만 들려주는 것이 미안했다.

맥주 한 잔을 비운 예진이 둘이 데이트하라며 자리를 비켜주었다. 안 그래도 된다고 말했지만 예진은 바람 좀 쐬고 싶어서 그런 거라며 고집을 부리며 먼저 술집을 나갔다.

두 사람은 맥주 한 잔씩 더 마신 뒤 밖으로 나와 거리를 걷기 시작했다. 보폭을 맞춰 같이 걸을 사람이 있다는 사실에 여름은 가슴이 새삼 두근거렸다.

"집에 가면 데이트 어땠는지 물어봐야지."

"재밌게 하셨겠지?"

"가게까지 맡겨두고 갔으니 재밌어야지."

이렇게 행복한 얼굴로 조잘대는 모습에 이현이 여름의 머리카락을 매만졌다. 그윽한 눈빛을 머금고 지그시 여름의 뺨을 감쌌다. 여름은 그가 어떤 생각을 하고 있는지 이제 눈빛만 봐도 알 것 같았다.

"아, 이제 알겠다."

"뭘?"

"혜영 언니가 했던 말을 이제 조금 이해할 것 같아."

"……"

오래전 일을 회상하는 눈빛으로 여름이 말을 이었다.

"언니가 그랬거든. 사랑을 함으로써 얻는 희열은 생각 이상이라고."

"아……."

"그땐 그 말을 난 이해할 수가 없었어. 그런데 이제 조금 이해가 돼."

"정말?"

손가락으로 여름의 뺨을 쿡 찌른 이현이 장난쳤다. 하지만 표정만큼은 진지했다.

"응. 이제 네 눈빛만 봐도, 손만 잡아도 네가 어떤 생각을 하는지 알 것 같아. 참 뿌듯하고 대견스러워, 내가. 그래서 희열을 느끼나 봐."

"형수가 그런 말을 했다 이거지? 그럼 지금 내가 무슨 생각 하는지 맞춰봐."

여름은 입술을 예쁘게 말아 올렸다.

"키스, 하고 싶어."

"빙고."

말이 끝나자 이현은 여름의 입술을 훔쳤다. 달짝지근한 맥주 향이 뒤엉킨 키스는 오랫동안 계속되었다.

바람이 분다. 천천히, 때론 빨리 두 사람의 가슴에 바람이 불었다.

13. 고맙고 사랑해

김 부장의 호출에 여름은 회의실로 들어갔다.

"이번 인사 개편 때, 차 대리를 과장으로 진급시키려고 하네."

인사 개편이 된다는 소식은 들었지만, 이렇게 빨리 결정 날 줄은 몰랐다. 여름은 당혹스러움을 감추지 못했다. 표정으로 대답을 대신한 그녀에게 김 부장이 다시 말을 이었다.

"이번 신규 브랜드 창설도 차 대리의 기획안 덕분에 매출이 상승하고 있고 해서 명단에 올렸네. 사장님 승인이 떨어졌으니 곧 승진 공고문이 붙을 거야."

"하, 하지만……."

생각지도 못한 진급 소식이 기쁘면서도 여름은 당황스러울 수밖에 없었다. 동기들보다 먼저 대리로 진급한 그녀였기에 과장으로의 진급은 부담으로 다가왔다. 대리보다 몇 배는 더 무거운 사명감이 있을 것 같은 자리에 제가 가도 되는 것인지 의심이 먼저 들었다.

"자네는 늘 열심히 하잖나."

"부장님."

어떤 말보다 격려가 되는 김 부장의 한마디에 지금까지의 수고를 보상받은 기분이었다. 진급보다 더 기분 좋은 김 부장의 격려. 여름은 자리에서 일어나 고개를 숙였다.

"감사합니다."

더 할 말이 없었다. 한마디로 압축된 말에 여름은 말로 표현할 수 없는 감정이 복받쳤다.

따로 불러 진급에 대해 언질한 것은 부담스러워하는 저를 배려함이었다. 사장님 승인까지 난 이상 왈가왈부할 수 있는 사항이 아니었다. 회의실에서 나와 옥상으로 향하는데, 한 여직원이 여름을 향해 고개를 까닥했다.

"대리님, 요즘 좋은 일 있으세요?"

여직원의 뜻밖의 질문에 여름은 당황했다. 질문의 요지를 제대로 파악하지 못한 여름의 표정을 읽은 여직원이 말을 이었다.

"표정이 부드러워져서요."

"네?"

"뭐랄까. 예전과 많이 달라지신 것 같아요."

수줍어하며 칭찬을 늘어놓는 여직원의 행동이 낯설었다. 이런 말을 듣게 된 건, 아마도 이현 덕분일 것이다. 혹, 기분이 상했을까 말을 해놓고 뒤늦게 제 표정을 살피는 여직원에게 여름은 미소를 지어주었다.

"칭찬이죠?"

"그럼요."

주고받는 농담이 즐거움으로 다가왔다. 팍팍했던 가슴에 단비가 내리는 기분이었다. 옥상 문을 열자 아침부터 내리쬐던 뜨거운 햇볕이 반갑게 느껴졌다. 옥상에 올라올 일은 더 이상 없을 줄 알았다. 하물며 기쁜 마음으로 옥상은 찾은 건 처음이었다. 늘 여기서 혼자 삭이고 눈물을 흘렸던 지난날들이 괴롭지 않다고 말할 수는 없지만, 이젠 괴로운 일도 털어버리는 방법을 깨달았다. 벽에 기댄 채 여름은 이현에게 전화를 걸었다.

"기쁜 소식이 있어."

이현이 전화를 받자마자 여름이 기분 좋은 웃음을 터뜨렸다.

〈기쁜 소식? 뭘까, 궁금한데.〉

"나, 과장으로 진급해."

〈정말?〉

이현의 목소리가 하이톤이 되었다.

"응. 사장님 승인까지 났대."

〈정말 축하해, 여름아.〉

"고마워."

〈진급했는데 그냥 지나갈 수 없지. 오늘 파티하자.〉

"그래, 그럼 우리 집으로 와. 내가 준비할게."

여름이 흔쾌히 제안했다. 제 손으로 이현과 예진에게 대접하고 싶었다. 기쁜 일을 소중한 사람과 함께할 수 있음에 여름은 행복했다.

＊

부랴부랴 음식을 준비했다. 잡채와 갈비찜 레시피를 인터넷으로 검색해 도전해 보았다. 처음이라 어설프기 짝이 없는 모양새였지만, 맛은 그럭저럭 먹을 만했다. 거실에 한 상 가득 음식을 차려 놓고 여름은 허리를 폈다.

딩동.

초인종 소리에 여름은 인터폰을 확인했다. 반가운 얼굴에 여름은 현관문으로 달려갔다. 문을 열자 장미꽃 한 다발이 여름의 시야에 들어왔다. 붉은 장미꽃의 향이 여름의 코를 간질이고 나서야 이현의 얼굴이 보였다.

"웬 꽃이야?"

"축하 선물."

뒤에서 다다다, 소리와 함께 이현에게 어깨동무를 하며 예진이 요란스럽게 등장했다. 케이크와 와인을 들어 보여주며 밝게 웃었다.

"케이크까지?"

"당연하지! 이런 날 그냥 지나갈 수 없지, 안 그래?"

예진이 이현을 바라보며 한쪽 눈을 찡긋했다. 이현이 고개를 끄덕이며 수긍했다. 여름은 뒤늦게서야 어서 들어오라며 현관문을 활짝 열어젖혔다. 조용했던 집 안이 두 녀석으로 인해 시끌벅적해졌다. 상 가운데 케이크를 놓고, 셋이 모여 앉았다. 예진이 차려진 음식을 보며 감탄사를 연발했다.

"네가 다 한 거야?"

"응. 레시피 보고 따라 했는데, 괜찮아?"

여름이 어깨를 으쓱거렸다. 갈비 하나를 집어 먹은 예진이 엄지 손가락을 치켜들어 보였다.

"굿, 굿!"

"다행이다."

염려했던 여름의 얼굴에 화색이 돌았다. 예진은 주방에서 가져 온 투명글라스에 보라색 와인을 따른 뒤 건배를 했다. 찰랑거리는 와인을 한 모금 마신 여름의 입꼬리가 올라갔다.

"맛있어."

"아무렴, 마트에서 꽤 값나가는 걸로 샀는걸."

"네 기준에서 값나가는 거면 얼마 안 할 것 같은데."

이현의 말에 예진의 눈이 가늘어졌다. 글라스에 와인을 마시는 게 영 폼은 안 난다는 고정관념을 깨버리듯 이현의 옆모습은 꽤 그럴싸했다. 여름은 이현의 옆모습을 보다, 이현과 눈이 마주치자 시선을 피했다.

"여름아, 너 결혼해도 되겠다. 음식 솜씨가 나날이 늘어가는데?"

"아직 그 정도는 아닌데."

"그래도 이 정도면 잘하는 거지. 난 아직 김치찌개가 최선이거 든."

예진의 이어지는 칭찬에 여름은 어쩔 줄 몰라 했다.

결혼, 결혼이라.

예진의 말에 여름은 슬쩍 이현의 낯빛을 살폈다. 그렇게 저가 증오했던 결혼 생활은 생각만큼 불행할 것 같지 않았다. 녀석이라 면 한 번해도 후회하지 않을 것 같단 생각이 들었다.

"너 데리고 갈 남자 누군지 모르겠지만, 복 받았다. 예쁘지, 회 사에서도 인정받지, 거기다 요리 솜씨까지 갖췄는데. 안 그래, 류 이현?"

"내가 전생에 나라를 구했다."

저러니 한 번쯤 꿈꿔볼 수밖에,

결혼 생활을……

이현의 반응에 여름은 쑥스러워 볼을 긁으며 딴청을 피웠다.

"알면 쭉 지금처럼만 해."

말의 속뜻이 무엇을 의미하는지 여름은 알고 있었다. 이현은 장 난스럽게 '옛썰' 하고 대꾸했다. 사감 선생님보다 더 무서운 얼굴 로 이현에게 군기를 잡는 예진의 모습이 든든했다. 녀석으로 인해 눈물 흘리는 날엔 예진이 당장 이현을 찾아가 그대로 돌려줄 것 같은 무시무시한 모습이었다.

"벌써 시간이 늦었네. 아주머니는 아직 가게 문 안 닫으셨나?"

시간이 이렇게 지난 줄도 모르고 있었다. 여름은 엄마에게 전화 를 걸기 위해 핸드폰을 켰다. 엄마에게서 늦을 것 같다는 문자 한 통이 도착해 있었다.

"엄마 늦는대. 괜히 걱정했네."

"야심한 시각에 데이트라도 하시나?"

"그러게. 시간이 가게 닫고 난 후밖에 없으니 어쩔 수 없지."

예진은 잘 먹었다며 자리에서 일어났다. 같이 일어나는 이현에게 예진은 손을 저었다.

"넌 아주머니 올 때까지 같이 있어."

"내가 뭐 어린앤가. 너 술 마셨잖아. 이현아, 예진이 데려다 줘."

여름은 두 사람을 번갈아 보며 말했다.

"와인 한 잔이 무슨 술이야? 류이현, 따라 나오지 마."

예진이 단단히 이현에게 경고했다.

"그럼 택시만 잡아줄게."

예진이 제대로 고집을 부리기 시작하면 당해낼 재간이 없었다. 일단 이현이 한발 물러서자 예진은 거기까지는 수긍했다. 여름은 카디건을 입고, 두 사람의 뒤를 따라 밖으로 나갔다. 와인 한 잔에 뜨거웠던 볼이 밤바람에 사그라드는 듯했다. 큰 길로 나와 잡은 택시에 예진을 태웠다. 늦은 시각에 혼자 집에 가게 두는 게 영 마음에 걸렸지만, 저렇게 고집을 부리니 어쩔 수 없었다. 예진을 택시에 태워 보내고 난 뒤 집에 들어가자며 팔을 잡아끄는 이현에게 여름은 고개를 저었다.

"괜찮아. 혼자 있어도."

시각이 시각인지라 여름은 이현을 보내려 했다.

"갈 거면 진작 홍이랑 택시 타고 갔지."

"엄마 금방 오실 텐데……."

"금방이니까 같이 있을게. 먹은 것도 치울 겸."

그제야 여름이 못 이기는 척 고개를 끄덕였다. 빌라 안으로 들어가자 불이 환하게 켜졌다.

"이젠 집 안이 환하지 않아도 불안하지 않은 거야?"

이현이 조심스럽게 묻고 난 후 여름의 표정을 살폈다. 집에 들어갔을 때, 거실과 부엌만 환했다. 살짝 열려 있던 방 안은 불이 꺼져 있었다. 언제나 집 안에 있는 불을 켜고 나서야 안심하는 여름을 떠올렸다.

"알고 있었어?"

늘 환한 불빛이 아니면 불안했던 마음을?

"응. 넌 혼자 있어도 온 집 안 불을 다 켜놓잖아."

"이제 괜찮나 보다. 방의 불을 켜는 걸 깜박한 걸 보면."

몰랐던 사실을 당사자보다 먼저 깨달은 이현의 모습이 그가 언제나 한결같았음을 일깨워 주고 있었다. 늘 그렇게 뒤에서 제 그림자만 보고 있었나 보다. 언제나 묻지 않고, 늘 옆에 있어주는 녀석이 좋았는데 이젠 그 모습이 왜 이렇게 쓸쓸해 보이는 걸까. 그건 아마도 녀석의 마음이 줄곧 사랑이었음을 깨달았기 때문일 것이다.

"정말?"

"응. 아빠가 집을 나갔을 때 캄캄했던 집 안이 무의식적으로 날 괴롭혔던 것 같아. 그리고 어릴 때 기억이 불안한 감정으로 자리 잡았나 봐."

"다행이다."

이현이 여름의 손을 꼭 잡았다.

"네 덕분이 아닐까 해. 어릴 적 사랑받은 기억이 없어서 그런지,

실은 애정결핍이었나 봐. 우습지?"

이런 말 하는 제 모습이 어쩐지 낯설어 이현의 눈을 피했다.

"나한테 사랑받고 있으니까 불안한 감정이 사라진 거야?"

"아니, 내가 널 사랑을 하게 되어서 그런 것 같아. 그리고 이젠 내 자신도 아끼게 돼서 불안한 감정이 사라진 게 아닐까 하고……."

사랑스럽다는 눈빛으로 여름의 얼굴을 바라보다 머리를 쓰다듬었다. 정말 잘했다. 애썼다. 꼭 그렇게 말하고 있는 듯했다.

"고마워, 류이현."

"고맙다니……."

이현이 머리를 긁적이며 쑥스러운 웃음을 터뜨리고 말았다.

"끝까지 날 포기하지 않아서."

"……."

"힘들었을 텐데 가시 박힌 내 옆에서 오랫동안 지켜줘서 고마워."

"정말……."

"고맙고, 사랑해."

진실된 목소리로 여름이 고백했다. 이현은 그녀를 품에 가두고 등을 쓸어내렸다. 그의 품에 안긴 여름은 눈을 감고 더 깊게 파고들었다.

✳

여름은 문득, 책꽂이에 꽂혀 있는 고등학교 졸업앨범을 꺼내 들었다. 지금까지 꺼내본 적이 몇 번이나 있었을까. 얇은 먼지가 쌓인 졸업앨범을 탁탁 털고는 한참을 바라보았다. 10년이 된 졸업앨범은 흠집 하나 없이 깨끗했다. 여름은 책상에 앉아 졸업앨범을 펼쳤다.

전교 1등으로 입학해 학생들의 박수갈채를 받으며 상장을 수여받았을 때도 즐겁지 않았던 저였다. 중학교 시절처럼 조용히 고등학교 시절도 지나갔으면 하는 바람 하나뿐이었다.

이현과 예진을 만나지 않았다면 추억 하나 없는 외로운 학창 시절이 되었을 것이다. 겉으론 다가오지 말라고 거부했으나 생각해 보면, 더 가까이 다가와 주길 바랐던 것일까.

한참 졸업앨범을 보던 여름은 이현에게서 걸려온 전화를 받았다.

〈뭐 하고 있어?〉

"고등학교 졸업앨범 보고 있었어."

〈졸업앨범은 갑자기 왜?〉

"그냥, 갑자기 보고 싶어져서."

추억을 훑는 여름의 눈이 촉촉하게 젖어 있었다.

〈가볼래?〉

"응?"

〈학교 가보자고.〉

"에이, 무슨······."

머리를 넘기며 여름이 웃었다.

〈나도 오랜만에 추억놀음이나 해보고 싶어서.〉

"그래, 가보는 것도 나쁘지 않을 것 같아. 가자."

〈그럼, 지금 갈게.〉

"지금? 너무 늦지 않았나? 벌써 여덟 시인데."

여름이 걱정스런 목소리로 말했다.

〈학생들 바글바글할 때 가서 괜히 나이 먹은 거 실감할 필요 없잖아.〉

"그건 그렇지. 그럼, 준비하고 있을게."

조금 설레는 마음으로 여름은 모교에 갈 준비를 했다.

시원한 밤공기에 여름의 머리가 흐트러졌다. 정문을 지나 운동장을 가로질러 본 건물은 아직 환하게 불이 켜져 있었다.

"요즘 애들 우리랑 다르게 열정이 대단한 것 같지 않아?"

"맞아. 우린 야자 빼먹고 놀기 바빴지."

"성적 미달로 여름 보충수업 빼야 된다고 과외해 달라고 내게 빌던 거 생각나? 내가 돌머리를 가르치느라 죽는 줄 알았잖아."

"빌다니? 부탁한 거지. 그리고 내가 공부를 안 해서 그렇지, 너한테 과외받고 성적 꽤 올랐다."

턱을 치켜 올리며 반박하는 이현에게 여름은 코웃음을 쳐주었다. 새록새록 떠오르는 추억을 회상하는 여름의 눈빛이 빛나고 있었다.

"난 너 때문에 전교 2등으로 밀려났지. 돌머리를 가르치다 보니 나까지 돌머리가 돼서 말이야."

"자꾸 돌머리, 돌머리 할래?"

"흥. 왜, 돌머리 기분 나빠?"

여름은 얄궂게 혀를 쏙 내밀어 보이곤 냅다 뛰기 시작했다. 그런 여름의 뒤를 무섭게 쫓았다. 잡히면 가만두지 않을 것 같은 표정을 하면서도 전력을 다해 여름을 쫓지는 않고 있었다. 여름은 까르륵 웃으며 요리조리 피해 도망 다니다 결국 제 풀에 못 이겨 바닥에 주저앉아 버렸다. 그 틈을 타 이현은 여름을 뒤에서 안고는 놓아주지 않았다.

"잡았다. 헉헉!"

"하아. 오랜만에 뛰니까 숨차 죽을 것 같아."

벌써 땀범벅이 된 여름은 이마의 땀을 닦으며 희미하게 웃었다. 급격하게 빨라진 심장박동에 숨이 목까지 차올라 숨을 쉬기가 힘겨웠다. 이현과 여름은 벤치에 앉았다. 뒤에 울창하게 우거진 나무는 백 년을 훌쩍 넘긴 노송이었다. 하지만 같이 나이를 먹은 이 나무는 10년 전과 다를 바가 없어 보였다.

"이 나무, 수백 년은 넘은 거랬지? 와, 생각만 해도 아찔하다."

"응. 굉장히 장수했지."

"같이 나이를 먹고 있었네. 잊고 있었는데."

여름이 일어나 나무를 매만졌다. 이현도 따라 일어서서 나무를 올려다보았다.

"요즘 그런 생각이 들어. 흘러간 시간 중에 내가 소중한 걸 잊지는 않았나 하고."

나뭇가지가 바람에 흔들렸다. 우수수, 움직이더니 하나둘씩 느리게 여름의 머리 위로 떨어졌다.

"앞으로 잊지 않으면 되는 거야."

"그래, 앞으론 그냥 흘려보내지 않을게."

여름의 어깨에 손을 올린 그가 미소 지었다. 여전히 운동장은 넓고, 모랫바닥도 그대로인 것 같고, 늦은 저녁에도 불구하고 환하게 불이 켜져 있는 교실도 그대로였다. 하지만 정작 보고 싶었던 것은 그때의 우리가 아니었을까.

추억을 회상하는 여름의 얼굴이 예뻐서 이현은 저도 모르게 한참을 바라보고 있었다.

다시 바람이 불었다. 여름이 눈을 찡그렸다. 그 틈을 타 이현이 허리를 숙여 그녀의 입술을 빼앗았다. 느리게 떨어지는 나뭇잎이 이현의 어깨 위로 살포시 앉았다.

✱

진급 공고문이 붙었다. 명단 첫 줄에 여름의 이름이 있었다. 동기 중 과장으로 진급한 이는 세 명뿐이었다. 미안함과 부담감이 여름의 어깨를 다시금 짓눌렀다.

"대리님, 축하드려요. 아니, 이제 과장님이지."

"고마워요."

여름이 쑥스러운 얼굴로 인사했다.

"진급하셨는데 한턱 쏘셔야죠."

"맞아요. 설마 그냥 넘어갈 건 아니죠?"

옆에 있던 여직원들이 한마디씩 거들었다. 언제부턴가 여직원들이 저를 진심으로 대하는 것 같다는 걸 느낀 후, 여름도 진심으로 그들에게 다가가기로 했다. 여름은 여직원들과 점심 약속을 잡고 자리로 돌아왔다. 부서 내 축하 인사가 이어졌다. 아직 과장으로 진급한 사실이 믿겨지지 않았다.

회사 근처에 있는 식당으로 갔다. 얼마 전 공채로 신입사원을 채용한 덕분에 그새 여직원들이 많아졌다. 업무로만 대화를 나누던 여직원들과 따로 식사를 하며 대화를 나눈다는 것은 여름에게 신선함이었다.

"과장님, 너무 무리하시는 거 아니에요?"

"저희들까지 다 부르실 필요는 없는데."

미안한 얼굴을 하는 여직원에게 여름은 손사래를 쳤다.

"괜찮아요. 이제 과장인데, 점심 식사 한 끼 정도 사는 게 뭐 대수겠어요?"

한층 부드러워진 여름의 음성에 여직원들이 놀랐다. 그녀는 대화를 해도 길게 말하는 편도 아니었기에 평소 말수가 적다고 생각했다. 거기다 워낙 차가운 외모 덕에 쉽게 다가갈 수 없었다. 그런데 지금 모습은 마치 딴사람 같았다.

"과장님, 혹시 연애하세요?"

"완전 딴사람 같아요."

직설적인 물음에 머뭇거리며 여름은 묘한 웃음으로 대신했다.

"역시 그렇구나."

"어떤 분이에요? 잘생겼어요?"

여직원들의 질문에 여름은 난감한 표정을 했다. 그 사람이 이현이라는 걸 알면 다들 실망감을 감추지 못할 것이었다.

"저번에 한 번 봤었죠? 회사 앞으로 왔던 녀석."

"설마 그분이에요?"

여름은 고개를 끄덕였다. 여자의 촉은 당해낼 수가 없다. 아니, 어쩌면 이현으로 인해 정말 저가 변했는지도 모르겠다. 저만 모르고 있던 사실을 새삼 느꼈다. 이렇게 변하는 것도 나쁘지 않았다.

"와, 정말 축하드려요."

"진급도 축하드리고요."

여직원들의 진심이 우러나오는 목소리였다.

"다들 고마워요."

주문한 음식이 나왔다. 먹음직스러운 음식에 다들 화색이 돌았다. 김이 모락모락 나는 맛있는 음식을 누군가와 함께 먹는다는 건 정말 행복한 일이었다.

"아, 그러고 보니 미영 씨 건강 때문에 퇴사해 놓고 다른 회사로 이직했더라구요."

한 여직원이 놀랍다는 듯 말을 꺼냈다. 다른 여직원들도 놀란 눈치였다.

"제 친구가 다니는 회사에 들렀다가 마주쳤거든요. 그런데 회사 여직원들 사이에서 소외당하는 것 같더라고요. 친구 말론 이간질하다가 된통 당했다고 하던데……."

이어지는 여직원의 말에 다들 기함을 토했다. 하지만 여름은 일찍이 미영에 대해 알고 있었던지라 놀라지 않았었다. 뿌린 만큼

거둔 그녀의 결과라고 생각했다. 하지만 다른 여직원들은 제대로 겪어보지 않았기 때문에 믿을 수 없다는 얼굴들이었다. 미영의 이야기는 지나가듯 떠들다 수그러들었다.

제일 불행하다고 스스로를 가둬놓았던 때가 지나가고 뒤늦게 행복이 찾아온 느낌이었다.

✻

어떤 게 좋을까? 여름은 한참 운동화를 보며 고민했다. 형형색색 화려한 것부터 심플한 것까지 훑어보았다. 늘 같은 운동화만 신고 다니는 것이 신경 쓰여 여름은 이현에게 새로 운동화를 하나 선물하기로 했다.

"손님, 찾으시는 운동화 있으세요?"

친절하게 직원이 물었다.

"아뇨. 특별히 찾는 건 없고요, 선물할 운동화를 보고 있어요."

"그럼, 제가 몇 가지 추천해 드릴게요."

직원은 쿠션감이 좋은 운동화 몇 개를 여름에게 보여주었다. 요즘 나오는 운동화는 디자인이 비슷해서 어떤 걸 선택할지 여름은 고민했다. 다만 심플하냐, 조금 튀는 색을 고르느냐의 문제였다.

"젊으신 분들이 신기엔 이런 게 잘 나가요. 런닝화면서 등산할 때도 겸용으로 신기 좋거든요. 디자인도 등산화 같지 않아 평소에도 신기 좋아 젊은 남자분들이 많이 선택 하세요."

여름은 운동화를 들고 살폈다. 색이 튀지 않는 남색이면서 디자인도 투박하지 않았다. 여름은 고민 끝에 직원이 추천한 운동화를 선택했다.

여름은 이현의 집으로 갔다. 미리 연락하지 않고 가는 게 마음에 걸렸지만, 놀래켜 주고 싶었다. 오늘 오후에 잡힌 스케줄 외엔 없으니 집에서 쉬고 있을 게 뻔했다.

이현의 오피스텔에 도착해 여름은 초인종을 눌렀다.

"연락도 없이 어쩐 일이야?"

열린 문 사이로 막 샤워를 끝내 깔끔한 이현의 얼굴이 보였다. 머리에 수건을 뒤집어쓴 채로 이현이 문을 널찍이 열었다.

"전해줄 게 있어서. 자."

여름은 손에 들고 있던 쇼핑백을 이현에게 건넸다. 스포츠 매장 로고가 박힌 쇼핑백을 받아 내용물을 확인한 이현이 고개를 갸웃댔다.

"오늘 내 생일이었던가?"

"너 운동화 낡았길래 하나 샀어. 사이즈는 맞을 거야."

여름이 신어보라며 운동화 끈을 느슨하게 만들어 바닥에 내려놓았다.

"딱 맞네."

양쪽 신발을 신은 이현이 활짝 웃었다.

"디자인은 마음에 들어?"

"응. 마음에 들고말고. 오늘은 새 신발 신고 나가야겠다."

"다행이다."

기뻐하는 이현의 모습에 여름은 안도했다. 혹여 마음에 안 들면 어쩌나 걱정했던 마음이 한순간에 사라졌다.

"잘 신을게."

신발을 벗어 소중하게 다시 박스에 넣은 이현은 여름을 소파에 앉혔다. 그의 눈빛이 야릇하게 변했다. 진득하게 저를 바라보는 이현의 시선에 여름이 먼저 시선을 피해 버렸다.

"날 봐."

이현의 손이 여름의 턱을 치켜올렸다. 여름의 동공이 흔들렸다.

"사랑해, 여름아."

여름이 대답을 하기도 전에 이현의 말캉한 혀가 여름의 입안으로 침범했다. 불에 데인 듯 뜨거운 입김에 여름의 몸이 뜨겁게 달궈졌다. 한 손은 여름의 허리를 잡고 다른 한 손은 여름의 뺨을 쓰다듬고 있었다.

"운동화만 주고 가려고 했는데……."

입술을 뗀 여름의 뺨이 붉게 상기되어 있었다.

"누구 마음대로?"

"류이현."

그의 가슴을 밀어냈지만 소용없었다. 그는 더욱 여름과 상체를 가까이하며 키스를 이어갔다. 그의 손이 잘록한 허리춤에서 머물다 점점 위로 올라오고 있었다. 부드럽게 감싸며 만지는 손길이 아찔해 여름은 저도 모르게 그의 어깨를 붙잡고 말았다.

질척거리는 타액이 뒤엉키고, 거실은 야릇한 신음 소리와 뜨거운 숨결로 가득 찼다. 정말 운동화만 주고 갈 심산이었는데 어느새 상의를 탈의한 채 서로의 몸을 탐하고 있었다. 그에게 몸을 내

보이는 것은 여전히 부끄럽지만, 이성의 끈이 끊어질 정도의 황홀함에 정신이 아득해졌다. 뜨거운 혀가 희롱하듯 가슴을 물어뜯었다. 매끈한 등을 어루만지다 그녀를 소파에 눕혔다. 바지까지 벗기고 난 그가 그녀의 복부를 핥으며 장난쳤다. 그녀가 키득거리며 이현의 뺨을 쓸었다. 사랑을 나누는 게 긴장되지만 그래도 그 긴장감이 감도는 분위기가 가슴을 두근거리게 만들었다. 단단한 그의 가슴을 만지며 여름의 눈가가 촉촉해졌다.

나도, 사랑을 하는구나.

사랑을 하고 있어.

그리고 사랑을 받고 있어.

"사랑해."

여름이 진심을 가득 담아 고백했다.

"나도, 사랑해."

귀를 간질이는 그의 목소리에 여름은 목을 끌어안았다. 그의 분신이 여름의 몸 안으로 깊숙이 들어왔다. 아픔 따위는 느껴지지 않았다. 사랑을 할 때 느껴지는 벅찬 뭉클함에 여름은 지그시 이현의 얼굴을 바라보았다. 절정에 다다른 이현의 움직임이 빨라지다가 여름의 입술을 찾아 혀를 밀어 넣었다. 뜨거운 숨결을 교환하듯 몰아쉬다가 서로의 혀를 휘감았다.

"하악."

이현은 여름의 가슴에 얼굴을 묻었다. 기진맥진한 여름은 이현의 머리카락 사이로 손을 넣었다.

"너 샤워 다시 해야겠다."

"아무래도 그래야겠지?"

이현이 짓궂은 얼굴을 치켜들었다.

"네가 씻겨줘."

"너도 참……."

얼굴을 붉히면서도 여름은 싫지 않았다. 이현이 여름의 손을 끌고 욕실로 들어갔다. 이현은 씻겨달라는 듯 샤워기 밑에 서 있었다.

"애같이 정말."

여름은 타월에 거품을 내 이현의 상체부터 닦아주기 시작했다. 투명한 거품이 이현의 상체를 뒤덮자 뒤를 돌았다. 여름은 넓은 어깨부터 곧게 뻗은 등을 모두 닦아주었다. 이현은 여름에게 타월을 받아, 여름의 몸에 거품을 칠했다. 깡마른 여름의 몸에 거품칠을 하는 이현의 손길이 조심스러웠다.

따뜻한 물이 쏴아, 하고 쏟아졌다. 거품이 씻겨 내려갔다. 그의 몸을 훑는 여름의 눈길이 대범해졌다.

"왜, 한 번 더 할까?"

이현이 다가와 한 손으로 벽을 짚고 여름을 가뒀다.

"뭐?"

"그래서 내 몸 훔쳐보고 있었던 게 아냐?"

"아니거든!"

훔쳐본다는 표현에 얼굴이 확 달아올랐다. 내 남자의 몸을 보는 게 뭐가 어때서 훔쳐본다는 말까지 들어야 하는지 모르겠다. 수건을 던져 주곤 여름은 먼저 욕실에서 나왔다.

언젠가는 같은 집에서 같이 욕실을 쓰고 같은 침실을 쓰는 날이 올지도 모르겠다. 원 없이 사랑을 나누고 고백하고, 그럼에 행복을 느끼는 날이…….

타닥타닥.

욕실 바닥을 적시는 물줄기 소리에 여름의 입꼬리가 올라갔다.

✳

책을 읽다 해가 지자 여름은 밖으로 나와 산책했다. 동네 한 바퀴를 걷다, 집 앞에 다다랐을 때 여름은 중년남성과 엄마가 같이 있는 모습을 보았다. 가게 끝나고 집에 데려다 주는 모양이었다. 여름은 빠른 걸음으로 두 사람에게 다가갔다. 여름의 등장에 영숙이 놀라 혁수를 쳐다보았다.

"안녕하세요. 저번에 뵈었었죠?"

혁수가 고개를 끄덕이곤 사람 좋은 웃음을 머금었다.

"응. 아주 당찬 딸이라고 생각했네."

"들어와서 차 한잔하시겠어요?"

여름의 제안에 영숙이 놀라 눈이 커졌다. 서로를 알아가기로 했으나 아직 집에 들일 정도로 발전한 사이는 아니었다.

"아니네, 다음에 하겠네. 너무 늦기도 했고."

"아, 벌써 시간이……."

"다음에 꼭 차 한잔 대접해 주게나."

"네. 저희 엄마 데려다 주셔서 감사해요."

여름의 깍듯한 인사에 혁수가 민망한 얼굴로 변했다. 처음과 다른 모습이었다. 잔뜩 경계를 하던 모습은 온데간데없고, 예의 바르게 저를 대하는 모습에 혁수는 영숙을 바라보았다.

"영숙 씨, 가겠습니다."

"조심히 가세요."

영숙이 수줍은 얼굴로 대답했다. 혁수가 차에 몸을 실었다. 곧, 차가 멀어졌다.

"어서 말 좀 해줘."

"천천히 할게."

영숙에게 팔짱을 끼곤 다정하게 집으로 들어왔다. 엄마의 가방을 안방에 놓고 영숙을 끌고 거실로 나왔다.

"얘가 정말."

"궁금하단 말이야."

어린아이처럼 재촉하는 모습에 영숙이 웃었다. 늘 의젓하고 어른스러운 딸이었는데 저에게 새 사람이 생긴 게 기쁜지 묻는 모습이 행복해 보였다.

"좋은…… 사람 같아."

"다행이다."

"NT전자 관리부 부서장으로 있다고 하더라고. 부인과는 오래전 사별했고. 결혼한 아들이 있대."

NT전자면 우리나라 3위 안에 드는 대기업이었다. 그 회사 관리부 부서장이라면 그의 능력은 굳이 듣지 않아도 알 수 있었다. 부서장까지 올라갈 정도면 굉장한 일벌레일 것 같다는 생각이 들었다.

"매일 가게에 왔었어. 한 달 넘게 가게에서 엄마를 봤대."

"정말?"

"응. 말 걸어볼까 말까 수십 번을 고민했대."

무뚝뚝 모습에 매치가 되지 않았다.

"첫눈에 반했대."

엄마의 얼굴이 더욱 붉어졌다. 어린 소녀처럼 수줍어하는 모습이 참 사랑스러워 보였다.

"역시 엄마 인기는 나이 먹어서도 끊이질 않는구나."

"애는."

"엄마도 아저씨가 좋지?"

영숙은 대답 대신 고개를 끄덕였다.

"천천히 그 사람에 대해 알아볼까 해."

"엄마 마음이 확실해지면 소개시켜 줘."

영숙은 알았다며 고개를 끄덕였다. 이제야 겨우 마음을 연 엄마가 혁수에게 상처받지 않길 바랄 뿐이었다.

"참, 나 과장으로 진급했어."

"과장으로?"

"응. 나 이제 차 과장이야."

여름이 어깨에 힘주며 거드름을 피웠다.

"어머, 축하해. 미리 말했으면 케이크라도 사오는 건데."

아쉬운 얼굴로 영숙이 여름의 손을 잡았다.

"이현이하고 예진이랑 파티했어. 걱정 마."

"우리 딸, 장하다."

영숙이 여름의 등을 쓸어주었다. 옆에서 지켜본 영숙은 딸이 얼마나 고생했는지 알고 있었다. 밤바다 녹초가 되어 퇴근하고, 새벽같이 출근하는 딸이 드디어 보상받았다는 생각에 기쁨이 차올랐다.

"오랜만에 맥주 한잔할까?"

여름은 냉장고에서 캔맥주와 간단한 안주거리를 내왔다. 캔을 따자 푸쉬쉬 바람 빠지는 소리가 들렸다. 영숙과 여름은 맥주 캔을 부딪히며 건배했다.

앞으로 엄마와 저에게 행복만 가득하길 바라는 마음을 담아.

✳

인파가 어마어마했다. 국화꽃 축제 마지막 날이라 그런지 입구부터 기다란 줄이 늘어서 있었다. 여름은 음료수를 마시며 다른 손으로는 연신 부채질 중이었다. 이현의 손엔 여름이 준비해 온 도시락이 들려 있었다. 일찍 일어나 도시락을 싸고 출발한 것이 무의미하게 변했다. 뜨겁게 내리쬐는 햇빛 때문에 입구에서부터 지치는 기분마저 들게 했다.

"이렇게 사람이 많을 줄 몰랐는데……."

괜히 오자고 한 것 같은 미안함에 여름이 슬쩍 그를 쳐다보았다. 전날, 야외촬영을 강행했던 그였기에 오늘은 휴식을 취하게 할걸, 후회가 일던 참이었다.

"사람 많은 거 보니, 꽤 볼만한가 보다."

"그런가."

"괜히 사람이 많은 게 아니라니까."

권한 사람보다 더 신난 얼굴로 이현의 얼굴엔 미소가 지워지지 않았다. 그제야 가벼워진 마음으로 그를 쳐다보았다.

어느덧 기다란 줄에 진척이 보였다. 매표소에서 입장권을 끊고 안으로 들어갔다. 입구 앞에 있는 지도를 보며 코스별로 나뉜 길을 확인했다.

"B코스로 가볼까? 코스모스길로 해서 생태연못으로 쭉 지나 국화 작품전시장 지나면 되겠다."

그가 손으로 가리키며 여름에게 설명했다. 여름은 고개를 끄덕였다. 축제장 안은 가족 단위부터 어르신들까지 다양했다. 어린아이들이 뛰어다니다 넘어져 엉엉 울기도 하고, 그런 아이를 달래며 손을 잡고 걸어가는 엄마도 보였다. 시끌벅적한데도 입가에 그려진 미소가 좀처럼 떠나질 않았다. 그와 함께라는 사실에 여름은 행복감에 젖어들었다.

따사로운 햇살이 달려든 코스모스 꽃은 이제 막 피기 시작했는지 활짝 핀 꽃 사이로 몽우리 진 꽃들이 보였다. 제 키의 반쯤 자란 코스모스 꽃밭은 그야말로 장관이었다. 이현이 여름을 꽃밭 안으로 끌고 들어가 사진기를 들고 있는 손을 쭉 뻗었다.

"하나, 둘……."

찰칵, 소리와 함께 이현의 입술이 여름의 뺨을 훔쳤다. 놀란 여름의 표정이 사진에 그대로 담겼다.

"너 진짜……."

"다시 찍을래?"

이현이 여름의 어깨를 붙잡고 포즈를 잡았다. 마지못한 여름이 그와 얼굴을 맞대고, 연인이 된 후 처음으로 같이 사진을 찍었다.

"잘 나왔다."

"응. 예쁘게 잘 나왔다."

더위에 붉게 상기된 여름의 볼을 쓰다듬으며 이현이 말했다. 매점은 한참 가야 나올 듯했고, 햇빛은 점점 강해지고 있었다.

"잠깐 벤치에 앉아서 쉴까?"

"우리 아직 점심 전이니까 도시락 먹자."

이현이 손에 들고 있던 도시락을 들어 보이며 기대에 찬 눈빛을 했다. 코스모스 꽃밭 맞은편 벤치엔 나무들이 울창하게 우거져 그늘을 만들고 있었다. 이현은 벤치를 손으로 탁탁 털며 여름에게 앉으라고 손짓을 했다. 이현이 도시락을 펼쳤다.

김밥에, 샌드위치에, 과일까지 알차게 가득 차 있었다.

"와, 맛있겠다. 아침에 고생 좀 했겠는데."

"고생은 무슨. 일찍 일어난 김에 싼 거지."

이현의 감탄에 여름은 민망해 볼을 긁적였다.

"자, 그럼 도시락 준비하느라 고생한 너부터."

젓가락으로 김밥 하나를 집어 이현이 손을 뻗었다. 아직 그에게 음식을 받아먹는 게 쑥스러웠다. 하지만 저가 거부한다 해도 소용없을 것이라는 걸 알고 있었다. 입을 벌려 그가 주는 김밥을 받아먹는데, 아침에 남은 김밥을 모두 해치우고 왔음에도 여름은 그가 건넨 김밥을 맛있게 먹었다. 혼자 먹는 맛과 사랑하는 사람과 같이 먹는 맛은 천지 차이였다.

"지금까지 먹어본 김밥 중에 제일 맛있어."

이현은 허겁지겁 김밥을 먹으며 칭찬을 이어갔다. 그러다 체하겠다고 천천히 먹으라며, 여름이 이현에게 생수를 건넸다.

"같이 먹으니까 더 맛있어."

물을 마시고 입안을 깨끗이 비운 이현의 목소리가 선명하게 들렸다.

"그렇지?"

"응. 매일 먹고 싶을 정도로 맛있어."

"매일 김밥을 어떻게 먹어, 질리게."

손사래를 친 여름이 칭찬이 너무 과했다며 키득거렸다.

"아니. 김밥 말고, 매일 같이 밥 먹으면 되지."

"매일 밥을 같이……."

……먹자고.

말을 잇지 못한 여름은 말없이 이현을 바라보았다. 산들거리며 바람이 두 사람 사이를 지나갔다. 몇 번 생각을 했던 일인데도 묘한 기분에 차마 말이 떨어지지 않았다.

"언젠간 그런 날이 오지 않겠어?"

여름의 얼굴에 옅은 미소가 드리워졌다. 서로를 바라보며 웃고, 원 없이 사랑을 하고, 고백하는 일에 같이 밥을 먹는 것 하나가 추가되었을 뿐이다. 그 밥에 특별한 의미가 담겨 있는 것도 아닌데 가슴이 뭉클해졌다.

마치, 정말 부부가 된 깃마냥.

"그럴지도 모르겠다."

부정도 긍정도 아닌 애매모호한 대답을 하고 말았다. 부부가 된다는 건 그들만의 특별한 무게가 있는 것 같았다.

책임감 내지 희생이라 하는 무게 말고도 끝까지 함께하겠다고 하는, 이를 테면 의리라 하는 특별한 무게가 여름의 가슴에 닿았다. 여름은 주변을 둘러보았다. 여러 부류의 사람들을 한데 모아놓은 것 같은 모습이었다. 노부부가 코스모스 꽃밭에서 얼굴을 맞대며 사진을 찍는 모습이 보였다. 행복해 보이는 미소가 얼굴 가득 담겨 있었다. 그 앞을 지나가는 갓난아기가 있는 유모차를 밀며 주변 풍경을 감상하는 젊은 부부도 보였고, 중년의 부부도 벤치에 앉아 햇빛을 피하고 있었다.

지금도 녀석과 함께 있어서 행복하다. 미래에 과연 저는 어떤 삶을 살고 있을까. 이 녀석과 지금처럼 행복할까. 의심해 본 적 없는 마음이 결혼이란 무게 앞에서 흔들렸다.

"후식으로 아이스크림 하나씩 먹자."

"아…… 응. 그러자."

"시원한 거 먹고, 머리 좀 식혀야겠다."

이현이 여름의 머리를 흐트러뜨렸다.

"야, 너……."

"딴생각 못하게 말이야."

두려움을 여름의 눈동자에서 읽어버린 그가 장난을 쳤다. 진지하게 생각해 본 적 없는 미래에 대한 불안감이라고 변명할 새도 없었다. 언제나 그에겐 내가 먼저였다는 사실을 다시금 깨달았다.

스튜디오 문이 벌컥 열렸다.

"형수."

"잠깐 하림이 좀 맡아줘, 도련님아."

스튜디오에 들어선 혜영이 밑도 끝도 없이 하림을 앞에 세워두고는 본론부터 꺼냈다. 이제 막 유치원이 끝나고 온 모양인지 하림은 유치원복 그대로였다.

"형수, 여긴 집이 아니라고."

"집이면 그냥 두고 갔지. 오랜만에 공연 티켓이 생겼는데 하림이 맡길 데가 없어. 간만에 그이랑 데이트 좀 하게 봐주라."

혜영은 이현의 팔을 잡고 부탁했다.

"삼촌, 얌전히 있을게."

혜영의 부탁을 들어줄 것 같지 않은 엄한 얼굴을 하고 있는 이현에게 하림이 특유의 귀여운 표정으로 말했다. 그리곤 접견실 문을 열고 안으로 들어가 버렸다.

"딱 세 시간만 봐줘. 이따 데리러 올게!"

이현이 대답하기도 전에 혜영은 늦었다며 스튜디오를 나갔다. 이현은 벅벅 머리를 긁으며 접견실 문을 열었다.

"오렌지주스 줄까?"

"웅! 삼촌."

하림이 짧게 대답했다. 이현은 오렌지주스 한 잔을 테이블에 올려두었다. 하림은 양손으로 컵을 들고 주스를 마신 후, 혀로 입술을 핥았다.

"엄마 오늘 예쁘더라."

"구두도 신고 화장도 했어. 발 아프다고 구두 안 신었었는데."

"치마도 입었더라."

이현의 대꾸에 하림이 고개를 끄덕였다. 결혼하고 아이가 생기면 둘만의 시간을 갖기란 쉽지 않을 것 같단 생각이 들었다. 그러니 얼마나 공들여 화장을 하고 옷을 챙겨 입었는지, 혜영의 마음이 이해가 갔다.

"여기 혼자 있으면 심심하지 않겠어?"

이현이 걱정스러운 얼굴로 물었다.

"조금 피곤하기도 하고…… 하암."

커다랗게 하품을 한 하림의 눈에 눈물이 맺혔다. 어린 녀석이 피곤하단 말도 할 줄 알고, 못하는 말이 없었다. 아빠 말을 듣고는 그대로 따라 하는 것이었다.

"하림아, 졸려?"

"응. 조금."

눈을 비비며 하림이 아양을 부렸다. 이현이 품에 안아주자 하림이 눈을 감았다. 잠시 후 잠이 든 하림을 이현이 소파에 눕히고 담요를 덮어주었다.

"녀석, 그새 잠들었네."

이현은 불을 끄고 접견실에서 나왔다.

"아, 날이 왜 이렇게 더……."

"쉿."

막 스튜디오에 들어오는 예진에게 이현은 조용히 하라는 제스처를 취했다.

"하림이 녀석 자."

"하림이?"

"형수가 던져 놓고 갔어."

예진은 접견실 문을 열고 쌕쌕 숨을 쉬며 자고 있는 하림을 보고 빙그레 웃었다.

"볼 때마다 크는 것 같다."

조심스럽게 문을 닫은 예진이 테이크아웃 커피 두 개 중 하나를 이현에게 건넸다.

"땡큐."

"꽃구경은 잘했어?"

"응. 사람 많더라. 마지막 날이라 그런지 더 몰린 것 같았어."

이현이 의자에 걸터앉으며 매표소 앞에서 삼십 분을 기다린 것을 떠올렸다. 하지만 여름은 꽃을 보더니 방긋 웃으며 좋아했다. 여름이 웃는 모습을 볼 수만 있다면 삼십 분이 아니라 한 시간도 거뜬히 기다릴 수 있었다.

"그래도 표정을 보니 즐거웠나 본데?"

"당연하지, 인마."

행복을 가득 담은 이현의 얼굴에서 비실비실 웃음이 새어 나왔다. 그리고 그곳에서 보았던 어린아이들을 떠올렸다.

"거기 가니까 가족 단위로 많이 왔더라. 유모차에서 잠든 아기부터 아장아장 이제 걷기 시작한 꼬맹이들까지 아주 신나서 뛰어

다니는데……."

"부러웠냐?"

정곡에 찔린 이현의 표정이 심상치 않게 변했다.

"나도 그런 날이 올까?"

피식, 메마른 웃음이 이현의 얼굴에 걸렸다.

"왜, 마음이 바뀌었냐?"

"여름이가 겁먹은 것 같아."

"결혼을?"

이현은 고개를 끄덕였다. 언제까지라도 기다려 줄 수 있었다. 그녀의 마음이 열릴 때까지. 천천히 지금처럼 한 걸음씩 노력해 주면 그걸로 충분했다.

"그래서 너도 도망치게?"

"던지는 질문 굉장히 거지 같다."

"그럼, 거지 같은 질문 안 하게 해."

얼음이 녹은 커피를 흔들며 이현이 마저 마셨다.

"아빠, 란 말 들으면 어떤 기분일까? 궁금하다."

"결혼하고 싶어 죽겠구만."

이현은 부정하지 않고 자리에서 일어났다.

"너 표정이 딱 그래."

"나도 알아."

손으로 턱을 쓸며 이현이 대답했다.

"결혼하고 싶어 죽겠는 거."

국화꽃 축제장 안에 있던 어린아이들이 눈에 아른거리는 걸 보면 그랬다. 그녀와 같이 매일 마주 앉아 밥을 먹고 싶은 걸 보면, 헤어지고 집에 들어왔는데 한여름에도 냉기가 흐르는 기분이 들 때면 더욱 간절했다. 그녀와 함께하고 싶다고.

해가 지고 어둠이 내려앉았다. 스튜디오 문을 닫을 때가 되었다. 하림은 접견실에서 아직도 자는 듯했다. 녀석을 데리러 온다던 형수는 아직 보이지 않았다. 아무래도 단단히 걸려든 모양이었다.

"이 아줌마가 아들 던져 놓고 아직도 안 와."

바지주머니에서 핸드폰을 찾던 이현의 손이 헛돌았다. 접견실 문을 열자, 하림이 이현의 핸드폰을 만지작거리고 있었다.

"깼어?"

"응. 엄마는?"

하림의 눈에서 눈곱을 떼는 이현의 손길이 섬세했다. 핸드폰 가지고 뭘 하나 했더니 하림은 게임 중이었다.

"아직 안 왔네. 전화해 볼래?"

"삼촌, 배고파."

입술을 쭉 내민 하림이 고개를 저으며 칭얼댔다.

"그럼 저녁 먹고 엄마 기다리자. 뭐 먹고 싶어?"

"피자!"

기운 넘치는 목소리로 하림이 외쳤다.

"그럼, 스튜디오 문 닫고 피자 먹으러 가자."

하림은 신난다고 방방 뛰며 가방을 어깨에 메고는 스튜디오를 먼저 나섰다. 이현은 스튜디오를 정리하곤 문을 잠갔다. 스튜디오 근처에 있는 파스타 가게로 들어가 자리를 잡았다. 늦은 시각이라 그런지 가게 안은 텅 비어 있었다.

"그런데 삼촌."

"응."

가져온 샐러드를 포크로 집어 먹는 하림의 입술이 오물조물 움직였다. 이현은 티슈로 하림의 입 주변을 닦아주었다.

"여름이 누나랑 사겨?"

"풉!"

음료를 마시던 이현은 사레에 걸리고 말았다.

"사진첩에 누나랑 찍은 사진이 엄청 많던데?"

"사진 많으면 다 사귀는 거냐?"

"엄마 핸드폰엔 아빠 사진이랑 내 사진이 제일 많거든."

어린 녀석의 일리 있는 말에 이현은 살짝 넘어갈 뻔했다.

"쪼그만게 어른 핸드폰 뒤지고 말이야. 너 형수가 보낸 첩자냐?"

"첩자? 그게 뭔데?"

순진무구한 얼굴로 하림이 반문했다. 도대체 왜 이 꼬맹이랑 대화의 주제가 그쪽으로 쏠린 건지 모르겠다.

"너, 그 얘기 어디 가서 하지 마."

"여름이 누나가 삼촌 여자친구인 거?"

어린애한테 들으니 얼굴이 확 달아올랐다.

"얼굴 빨개졌다!"

누가 형수 아들 아니랄까 봐 하는 짓이 정말 판박이다. 이현은 손으로 얼굴을 쓸었다. 그사이 주문한 피자가 나왔다. 이현은 피자 한 조각을 접시 위에 올려주었다.

"뜨거우니까 조심히 먹어."

"근데 언제부터 사귀었어?"

키득거리며 하림이 궁금한 얼굴로 물었다. 이제 여섯 살 된 꼬맹이와 하는 대화의 주제가 참 어른스럽다는 생각이 들었다. 눈높이가 어느 정도 맞아야 대화를 이어 나갈 의욕이 생길 텐데 대꾸할 의욕이 제로였다. 하지만 정작 상대방은 눈을 반짝이며 대답을 기다리고 있었다.

"몰라, 인마."

"그럼 누가 먼저 좋아했어?"

피자를 외치던 녀석의 관심사는 어느덧 이현의 연애로 바뀐 모양이었다. 이현은 슬쩍 피자를 쳐다보면 대답했다.

"피자 식는다."

"에이, 말 안 해줄 거야?"

"조그만 게 궁금한 것도 많다."

음료를 마신 이현이 입술을 꾹 닫았다.

"엄마한테 말 안 하려고 했는데."

"너 지금 삼촌 협박하냐?"

"협박이 뭐야? 어려운 말 쓰지 마. 난 아직 여섯 살이라고."

어른을 들었다 놓았다 하는 짓이 아주 가관이었다. 순진무구한 얼굴로 변했다, 눈빛이 아주 반짝거렸다 어느 장단에 맞춰야 하는 건지 난감하기까지 했다.

"여섯 살이면 여섯 살답게 굴어, 꼬맹이."

"삼촌, 나 못 믿어?"

"뭐?"

"남자 대 남자로 비밀 지킬게."

기가 차다 못해 웃음이 터졌다. 남자 대 남자란 말을 운운하는 것도 우습고, 진지한 녀석의 표정에 웃음이 터졌다.

"그럼 특히 네 엄마 귀에 들어가게 하지 마라."

"걱정 말라니까."

활짝 웃으며 하림이 귀를 쫑긋 세웠다. 피자는 안중에도 없는 듯했다.

"진짜 형수가 알면, 너와 나의 신뢰 간계는 깨지는 거야."

"알았어. 궁금하니까 얼른 말해봐."

테이블에 양손으로 턱을 괸 하림이 재촉했다. 이현은 턱을 쓸며 쑥스러움에 뜸을 들였다.

"열일곱이었지……."

"……."

"내가 첫눈에 반해 버렸거든."

"첫눈에 반했다고?"

첫눈에 반했다는 이현의 감정을 이해하기엔 하림은 아직 어렸다. 이현의 눈빛은 열일곱, 그때를 회상하고 있었다.

"그러니까 내가 먼저 좋아한 게 틀림없어."

"아……."

"너도 어른이 되면 이해할 수 있을 거야."

첫눈에 반한 기분을 말이지.

누군가를 좋아함에 아프고 힘들어도, 내 사랑이 상대방에게 닿았을 때 벅찬 감동을 느낄 수 있을 것이다.

그게 바로 사랑함에 느끼는 희열이라는 것일 테니.

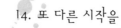

14. 또 다른 시작을

늦은 저녁, 이현에게 문자 한 통이 도착했다.

〈지금 스튜디오로 와줄래?〉

시간은 늦은 저녁이었다. 단 한 번도 이런 무리한 부탁을 한 적
이 없는 녀석이었기에 여름은 무슨 일이 있는 게 아닐까 걱정이
앞섰다. 답장을 하려다 여름은 통화버튼을 눌렀다. 긴 신호음이
몇 번 지나갔는데도 녀석은 전화를 받지 않았다.

여름은 카디건을 걸쳐 입고 집에서 나왔다. 택시를 타고 스튜디
오 앞에서 내린 여름은 고개를 치켜들고 스튜디오 창문을 바라보
았다. 불이 켜지지 않은 스튜디오에 무슨 일이 생긴 건 아닌지 여
름은 불안했다.

손잡이를 돌리자 그대로 문이 열렸다. 불도 켜지지 않은 스튜디오에서 도대체 뭘 하고 있는 것인지 궁금증이 일던 참이었다.

"이현아⋯⋯."

탁.

불을 켰다.

그와 동시에 평소와 다른 스튜디오 내부가 시야에 들어왔다. 마치 작은 전시관으로 탈바꿈된 듯한 느낌이었다. 녀석은 보이지 않았다. 입구에서부터 벽에 전시된 사진들이 여름의 시선을 사로잡았다.

"⋯⋯!"

벽에 걸린 사진은 모두 저의 사진이었다. 어디서 공수한 것인지, 어릴 적부터 현재의 모습을 모두 담고 있었다.

유치원 때 찍었던 단체 사진, 초등학교 입학식, 그리고 민속촌으로 소풍 가서 찍은 사진에 고등학교 시절 예진과 이현과 함께 찍은 사진이 보였다. 잊고 있던 사진도 있었고, 반가운 사진에 절로 미소가 그려졌다. 이 넓은 스튜디오를 모두 저의 사진으로 도배하다니. 의중을 알 수 없는 사진의 전시에 여름은 머릿속이 복잡해졌다.

보기 좋게 맞춰 건 크고 작은 사진 밑에 찍은 날짜까지 메모해 둔 것이 보였다. 도대체 이 수고의 정체는 무엇일까. 어느덧 얼마 전 국화꽃 축제 때 코스모스 꽃밭에서 찍은 사진에까지 당도했다. 예쁘게 찍힌 사진을 눈에 담는 여름의 얼굴에서 행복한 미소가 떠나지 않았다.

여름은 이현에게 전화를 걸었다.

〈응.〉

불러놓고 자취를 감춘 녀석의 목소리는 차분했다.

"너 어디야?"

묻고 싶은 말이 많았다. 하지만 일단 여름은 녀석을 봐야 할 것 같았다.

〈지금 갑니다.〉

"어딘데? 너 정말……."

무심하게 끊긴 전화를 바라보는 여름의 표정은 조급했다. 그때 스튜디오 문이 열리더니 녀석이 장난스럽게 고개를 내밀었다. 의아한 표정으로 여름이 그에게 다가갔다.

"잘 구경했어?"

"이 사진들, 도대체 뭐야?"

이현이 여름에게 다가왔다. 양손은 뒤로한 체였다.

"감동의 눈물을 흘릴 줄 알았는데."

이현이 실망한 낯빛으로 여름의 표정을 살폈다. 감동한 것 같기도, 이해할 수 없는 상황에 조금 답답해하는 것 같기도 했다.

"여름아……."

여름의 시선이 아래로 향했다. 얼마 전 그녀가 선물해 준 운동화를 신고 있었다.

"운동화 참 잘 어울린다."

마음을 가다듬고 이현이 말하는데 여름이 불쑥 끼어들었다. 이현이 고개를 내렸다.

"이 운동화 마음에 들어."

"하던 말 계속해 봐."

이현은 다시 마음을 가다듬었다. 어떤 말부터 꺼내야 할지 고민되었다. 오늘을 위해 스튜디오 문을 닫고 그녀만을 위한 스튜디오로 바꾸었다. 뒤로한 손에서 찐득한 땀이 배어 나왔다. 이현은 준비해 둔 말을 꺼냈다.

"여름아, 네가 얼마나 예쁜지, 얼마나 욕심나는 여자인지 깨닫게 해주고 싶어. 너의 유일한 남자가 되고 싶어."

"……."

"평생 함께하자."

뒤로 감춘 손을 내밀자 붉은 장미꽃 한 다발이 여름의 시야에 들어왔다.

"많은 욕심 없어. 너와 함께 30대를, 40대를, 그리고 더 지나 백발의 노인이 되는 것밖에는. 그리고 앞으로 살면서 함께 찍은 사진들로 가득 채우자."

"류이현……."

말문이 막힌 여름의 눈동자가 흔들렸다.

"자식은 딸이든 아들이든 상관없어. 딸이면 예쁜 옷이랑 머리핀 잔뜩 사주는 멋진 부녀지간이 될 거고, 아들이면 같이 축구하고 게임해 주고 같이 목욕탕 가서 서로 등도 밀어주는 사이좋은 부자지간이 될 거야. 그리고 네 말 안 들으면 기꺼이 악마로도 변신해 줄 거고."

"……."

여름은 눈가가 시큰거렸다.

"때로는 머슴, 때로는 남편으로 아빠로, 사위로……."

"……."

"나랑 함께하자, 차여름."

그의 눈빛이 진지하게 변했다. 상자에서 반지를 꺼내 여름의 손가락에 끼워준 이현이 여름을 바라보았다. 그녀의 눈에서 쉴 새 없이 눈물이 흐르고 있었다.

눈물이 차올라 여름은 대답을 할 수가 없었다. 이현은 정말 저에게 과분한 남자다. 다시 태어나도 이런 남자는 만나지 못할 것 같은 불안감에 휩싸였다.

이제는 더 이상 불안하지도 겁나지도 않다. 결혼 얘기에 한걸음 물러나던 제 모습에 이 녀석은 이토록 용기를 내고 있었다.

저가 행복해질 미래에 같이할 사람이 류이현이라는 것을 이제는 깨달았다.

"함께할게."

여름의 승낙이 떨어지자 이현은 여름을 휙 제 품에 가뒀다. 녀석의 몸이 떨리는 게 느껴졌다. 얼마나 고민하고 실행에 옮긴 일인지 그 떨림에서 여름은 느낄 수 있었다. 여름의 손이 이현의 등을 쓸었다.

늘 함께하자. 기쁠 때도 힘들 때도 언제나 같이 걷자.

＊

창문으로 시선을 돌린 여름의 눈이 커졌다. 하얀 눈이 예쁘게 날리기 시작했다. 만삭인 배를 문지르는 여름의 입가에 미소가 걸렸다.

"기쁨아, 눈이 참 예쁘게 내린다."

기쁨이는 이현이 지은 태명이었다. 우리에게 와주어 기쁘고 감사하다는 마음으로 이현이가 지었다.

몸이 무거워 서 있는 게 힘들었지만, 여름은 창문 앞에 서서 한참을 내리는 눈을 감상했다. 바람에 흩날리는 눈발에 행인들의 어깨가 점점 더 움츠러들고 있었다. 갑자기 튀어나온 개가 왈왈 짖어대며 쌓인 눈 위에서 뒹구는 모습에 여름은 작게 웃음을 터뜨렸다. 그때 차에서 내리는 혜영이 보였다. 여름이 현관문으로 걸어가는 사이 초인종 소리가 들렸다.

"연락도 없이 어쩐 일이에요?"

추위에 떨며 혜영이 안으로 들어와 코트와 머플러를 소파 위에 올려두었다.

"모과차 가져왔어. 감기라도 걸리면 고생이잖아. 약도 못 먹는데."

"역시 형님밖에 없네. 차 한잔 드릴까요?"

"커피 마시고 왔어. 힘드니까 그냥 있어."

혜영은 주방으로 가려는 여름의 팔을 잡아당겼다. 이제 제법 임산부 태가 나는 여름의 배를 쓰다듬는 혜영의 손은 애정이 가득했다.

"음, 기쁨이 정말 많이 컸네."

"네. 벌써 기쁨이 만날 날이 한 달도 안 남았으니까요."

이제 조금 있으면 기쁨이를 만난다는 생각에 두근거리고 기대가 되면서도 출산의 고통에 여름은 순간 아득해졌다. 예정일이 하루씩 줄어들 때마다 초조하고 긴장도 되었다.

"형님, 하림이 낳을 때 어땠어요?"

"아프지 않았냐고 묻고 싶은 거야?"

여름은 고개를 끄덕였다. 겁먹은 여름의 표정에 혜영은 볼을 꼬집었다.

"죽지 않을 만큼 아프지."

"죽지 않을 만큼이요?"

"응. 죽지 않을 만큼. 딱 그만큼이야."

"형님."

여름의 눈썹이 아래로 휘었다. 잔뜩 겁먹은 여름이 간절하게 혜영을 불렀다.

"의사가 핏덩이를 보여주는데 그 순간 고통이 환희로 바뀌더라. 내가 이 핏덩이를 낳았다는 사실이 믿겨지지가 않았어."

"정말요?"

"그럼, 그 핏덩이가 얼마나 예쁜데."

그제야 여름의 표정이 밝아졌다. 출산의 고통에 대한 불안감은 사라지고, 기쁨이를 만날 기대감이 더욱 커졌다.

"출산휴가 끝나고 다시 복귀할 거지?"

"처음 계획은 그랬는데 돌도 안 지난 갓난아이를 사설에 맡기기가 쉽지 않네요."

걱정스러운 얼굴로 여름이 말했다. 시댁 어른이나 친정 엄마를 힘들게 하고 싶지 않아 사설에 맡기는 쪽으로 생각을 했었는데 점점 배가 불러옴에 따라 여름은 걱정이 되었다. 사실, 아이를 떼놓고 출근하는 게 마음에 걸렸다.

이현은 여름의 임신 사실을 알았을 때부터 퇴사를 권했지만, 여름이 지금까지 고집을 부렸다. 진급한 후 과장으로서 맡은 업무가 막중했기 때문에 여름은 그만두고 싶지 않았다. 일하는 게 즐거웠고 나름 자부심도 있었다. 지금까지 컨디션 조절과 건강을 유의하며 회사 업무에 차질 없이 일했지만, 기쁨이가 태어나면 회사에 집중할 수 없을 것이다. 배를 쓰다듬던 여름의 입에서 한숨이 내쉬어졌다. 아무래도 일과 가정, 둘 중 하나를 선택할 때가 온 듯했다.

혜영이 가고 난 뒤 여름은 모과차를 끓였다. 소파에 앉아 창밖을 바라보았다. 눈이 그치고 소복이 쌓인 세상은 또 그 나름대로 봐줄 만했다. 여름은 찻잔을 옆에 두고 책을 펼쳤다.

노인과 바다.

이미 여러 차례 읽은 책이라 여름은 대사까지 읊을 정도였다. 그러나 몇 번을 읽고 또 읽어도 감동은 그대로였다.

"사람은 파멸당할 수 있을지언정 패배하지 않아."

여름의 목소리가 조용한 집 안 내부를 훑었다. 이 대사는 정말 몇 번이고 여름의 심금을 울렸다. 파멸과 패배, 그 차이가 큰 것 같으면서 미미한 것 같기도. 파멸과 패배를 비교가 가능하기나 할까 싶기도. 그 문장 하나를 두고 여름의 머릿속에 여러 가지가 지나갔다.

지잉.

이현에게 전화가 왔다.

〈뭐 하고 있어, 기쁨이 엄마.〉

어색한 호칭에 여름이 키득거렸다.

"책 보고 있어, 기쁨이 아빠."

〈무슨 책?〉

"노인과 바다."

책장이 넘기는 사각거리는 소리가 너무 좋았다.

〈그거 열 번은 더 본 거 아냐?〉

"아마 그럴걸?"

〈근데 또 봐?〉

"보고 또 봐도 좋아. 헤밍웨이 특유의 문장이 좋아."

여름은 찻잔을 들었다. 모과 향이 코를 간질였다.

〈혼자 있어도 심심하진 않겠어.〉

"아, 좀 전에 형님이 모과차 주고 가셨어."

〈형수가?〉

"응. 지금 끓여서 마시고 있는데 향이 너무 좋다. 이따 오면 한 잔 줄게."

〈후우.〉

답지 않게 그가 한숨을 내쉬었다. 한숨 끝에 그가 속삭였다.

〈빨리 집에 가고 싶다.〉

여름은 말없이 귀에 속삭이는 그의 목소리를 듣기만 했다.

〈기쁨이 엄마 보고 싶다.〉

"나도 기쁨이 아빠 보고 싶어. 스튜디오 문 닫고 빨리 와."

〈그래, 날아갈게.〉

절로 미소 짓게 만드는 남편, 류이현. 결혼한 지 2년이 넘었음에도 한결같았다.

이 남자가 내 남자, 내 남편, 내 아이의 아빠.

여름은 통화가 종료된 핸드폰을 바라보았다.

이현의 사진으로 되어 있는 배경화면을 바라보며, 다시 창밖으로 시선을 던졌다. 창문으로 들어오는 햇볕이 따스했다.

✳

이현은 아쉬운 표정으로 전화를 끊었다. 잠깐 여름의 목소리를 듣고 나니 더욱 보고 싶어졌다. 출산 휴가를 받고 집에서 쉬고 있는 그녀가 심심하진 않을까 염려되었는데 책도 보고 가끔 형수가 와서 말동무가 되어준 덕분에 그녀는 지루할 틈이 없어 보였다. 하지만 이현은 늘 늦은 시간에 귀가해 여름과 잠깐 얼굴을 보고 대화를 나누는 것이 전부라 안타까웠다. 매출이 늘어남에 따라 스튜디오를 확장하고, 대학 후배 민후를 보조 사진작가로 고용해 그나마 요즘 늦은 시각의 예약은 민후가 담당하고 있었다.

"형, 오늘은 일찍 들어가."

"예약 손님도 있는데 그거만 찍고 가지 뭐."

이현은 민후의 배려를 거절하며 사진기를 만지작거렸다.

"외로운 솔로 집에 일찍 들어가 봤자 할 일도 없는데 내가 할
게."

"고맙다."

이현은 더 이상 거절하지 않았다. 민후의 어깨를 툭툭 쳐주곤
이현은 작업실에서 나왔다. 눈으로 뒤덮인 세상을 바라보던 이현
은 핸드폰을 꺼내 들었다.

〈여보세요.〉

"장모님, 저 류 서방입니다."

넉살 좋게 웃으며 이현이 말해놓고 뒷머리를 긁적였다.

〈그래, 자네, 점심은 먹었어?〉

"네. 점심 먹고 지금 잠깐 쉬고 있습니다. 가게는 여전히 잘 되
시죠?"

〈요 근래 날이 추워서 그런지 손님이 뜸해. 그래도 단골손님이
있어서 괜찮아.〉

영숙의 다정한 목소리가 이어졌다. 마치 기다린 전화인 양 반갑
게 전화를 받는 영숙의 모습에 이현은 짠했다. 여름이 결혼을 하
고, 혼자가 된 영숙이 마음에 걸린 것이다. 혼자 사는 게 얼마나
적적하고 외로운지 알기에 같이 살길 권했지만, 영숙은 완강하게
거절했다. 때문에 이현은 혼자인 영숙에게 자주 찾아뵙고 전화 통
화를 하고 있었다. 현재 만나는 좋은 분도 있지만 아직 재혼을 생
각하고 있지는 않은 듯했다.

"다행이네요. 어머니 음식 솜씨 좋은 거 손님들도 아니까 잘될
겁니다."

〈그래, 고맙네.〉

"날이 춥습니다. 건강, 챙기세요."

〈자네도 건강 챙기게. 곧 기쁨이도 태어나니 늘 운전 조심하고 아프지 말고.〉

"네, 알겠습니다."

영숙의 걱정에 이현은 다부지게 대답했다. 결혼 허락을 맡으러 집에 인사 갔을 때 말없이 제 손등을 쓸어주던 영숙이었다. 고맙다고 했다. 자네가 여름이 옆에 있어준다면 마음이 놓인다고 말하던 영숙의 모습이 떠올랐다.

어느덧, 2년이라는 시간이 훌쩍 지났다.

보름 전에 같이 식사를 했을 때 만삭인 여름을 걱정하던 영숙의 얼굴이 떠올랐다. 딸의 밥에 반찬을 올려주며 먹는 모습을 보며 당신 배가 부른 것처럼 미소 짓던 어머니였다.

자식 입에 들어가는 것만 봐도 배가 부른 게 어머니라더니, 장모가 그랬다. 여름이를 끔찍이 아끼고, 미안함에 잠 못 이루시는 분이었다.

이제 그만 미안하셔도 되는데.

✳

여름을 놀래켜 주기 위해 말도 없이 일찍 귀가했다. 여름은 소파에서 잠들어 있었다. 이현은 방에서 담요를 가져와 여름의 어깨를 덮어주었다. 감기라도 걸리지 않을까 걱정이 앞섰다. 얼마나 깊이 잠들었기에 문이 열리는 소리도 듣지 못하고 자는 것일까. 임신하면 잠이 많아진다더니, 여름이 지금까지 이 무거운 몸으로 어떻게 직장 생활을 했을지 안쓰러웠다.

이현은 조심스럽게 앉아 여름의 머리를 쓸어주었다. 잠들어 있는 모습이 너무 예뻤다. 잠시 후 여름이 눈을 떴다.

"언제 왔어?"

여름의 입술에 입을 맞춘 이현이 대답했다.

"방금."

"지금 몇 시야?"

나른한 목소리로 여름이 이현의 허리를 감싸 안았다.

"일곱 시 조금 넘었을걸."

"정말? 일찍 오면 온다고 미리 전화라도 주지. 아직 저녁 안 했는데."

막 일어나 정신없는 얼굴로 여름이 소파에서 몸을 일으켰다. 직장 다니느라 뜨끈뜨끈한 밥을 차려준 게 손에 꼽을 정도라 집에 있을 때라도 해줘야겠다고 다짐한 지 며칠 되지 않았다. 그런데 이렇게 쉽게 다짐이 깨지다니. 여름은 이현에게 미안한 얼굴로 주방으로 갔다.

"괜찮아."

"괜찮기는, 저녁 시간인데. 기다려, 금방 저녁 차릴게."

긴 머리를 질끈 묶은 여름이 냉장고를 열었다. 이현이 여름의 어깨를 잡았다.

"당신은 들어가서 좀 더 자. 저녁은 내가 할게."

"됐어. 내가 해야지."

"기쁨이 때문에 봐주는 거야. 기쁨이 태어나고 나면 매일 해 줘."

이현이 여름을 소파로 데리고 가 앉혔다. 그제야 여름은 고집을 꺾고 고분고분해졌다. 이현은 허리를 숙여 불룩 나온 배를 쓰다듬 었다.

"요 녀석, 엄마 조금만 힘들게 해."

"기쁨이 나오거든 혼내줘."

여름의 투정에 이현이 나한테 맡기라며 고개를 끄덕였다. 이현 은 주방으로 가서 쌀을 안치고 된장찌개를 끓였다. 냉장고에 있는 반찬을 꺼내 식탁을 차리고 다 된 밥을 밥그릇에 퍼 담았다. 그제 야 여름은 소파에서 일어나 주방으로 갔다. 차려진 식탁을 보며 여름이 흐뭇하게 웃었다.

"우리 남편, 음식 솜씨 좋은데."

"그치?"

여름이 식탁에 앉자 이현이 수저와 젓가락을 건넸다. 그리곤 그 릇에 된장찌개를 퍼 담았다.

"뜨거우니까 천천히 먹어."

"그래, 잘 먹을게."

반찬도 몇 가지 없었다. 가끔 엄마가 가져온 반찬뿐이었다. 된 장찌개에 갓 지은 쌀밥일 뿐인데 같이 밥을 먹는 것만으로도 맛이 달랐다.

밥이 달고 맛있었다.

이현은 여름의 밥 위에 반찬을 얹어주었다.

"당신도 먹어. 난 알아서 먹을게."

"당신이 잘 먹어야 기쁨이가 튼튼해지지."

그제야 여름은 밥 한 수저를 퍼 내밀었다. 김이 나는 밥 위에 이현이 가지나물을 올려주었다. 여름이 밥을 제 입속에 넣었다. 여름이 먹는 모습에 이현이 빙그레 웃었다.

"잘 먹으니까 보기 좋다."

"이러다 나 출산하고 퍼지면 어떡해."

"걱정 마. 그래도 예쁠 거야."

무슨 걱정이냐며 이현이 여름의 코를 살짝 쥐었다.

"예쁘다, 우리 기쁨이 엄마."

그의 얼굴이 행복하게 빛났다. 여름은 그의 뺨을 쓸었다.

"기쁨이 아빠, 행복해?"

"그럼, 행복하지."

"다행이다. 나만 행복한 줄 알았는데."

여름이 배시시 웃었다. 언제나 저가 먼저인 그였기에 대답을 듣고 나니 여름은 안심이 되었다. 그의 눈동자에 담긴 제 모습이 보였다. 너무 행복한 미소를 짓고 있었다.

뒷정리는 여름이 맡았다. 밥그릇 두 개, 수저 두 개, 젓가락 두 개뿐이었다. 이현은 욕조에 따뜻한 물을 받았다. 이현은 제 옷을 전부 벗곤 설거지를 마치고 온 여름의 원피스를 벗겼다.

"왜 이래."

"혼자 씻기 힘들잖아. 씻겨줄게."

임신으로 인해 살이 트고, 살이 찌고, 배가 나왔다. 아무리 임신 때문이라지만, 여름은 조금 부끄러웠다. 이현은 손으로 물의 온도를 확인했다.

"자."

잡으라며 이현이 손을 내밀었다. 그의 손을 잡고 여름이 욕조 안으로 발을 들였다.

"따뜻하다."

여름은 몸을 완전히 욕조에 담갔다. 노곤함이 풀리는 듯해 기분이 좋아졌다. 이현은 타월에 거품을 내 여름의 팔부터 몸에 칠했다. 임신으로 인해 가슴은 부풀어 있었고, 볼록 나온 배는 마냥 귀여웠다. 이현은 여름의 손을 잡고 일으켰다. 점점 그의 손이 가슴에서 배로 내려왔다. 둥글게 나온 배를 타월로 문지르던 이현이 만삭의 배에 입을 맞추었다.

"이 녀석 때문에 내가 얼마나 참은 줄 알아?"

"당신도 참."

"나오기만 해봐. 불타는 밤을 보낼 테니."

태아가 자궁에서 자리를 잡고 나서는 부부 관계를 가져왔다. 하지만 점점 출산이 다가오자 여름이 힘들어했다. 허리가 끊어질 듯 아프고, 무거워진 배 때문에 힘들어하는 아내에게 마냥 요구할 수는 없었다.

이현은 여름의 몸에서 거품을 씻겨냈다. 그런데 그 와중에 제 본능에 충실한 녀석이 반응했다. 그 모습에 여름이 웃음을 터뜨리며 손으로 고개를 치켜든 녀석을 가리켰다.

"본능에 충실한 녀석이라 그래."

"풋."

"가만히 있으면 괜찮아져."

장난기가 발동한 여름이 중심부에 있는 물건에 손을 갖다 댔다. 이미 충분히 발기가 된 녀석은 쉽게 죽을 것 같지 않았다. 여름은 허리를 숙여 물건을 입에 가뒀다. 부드럽게 혀로 쓸며 장난쳤다.

"윽."

그의 입에서 낮은 신음 소리가 흘러나왔다. 흥분한 이현은 이성의 끈이 툭 하고 끊어지는 걸 느꼈다. 이현은 여름을 일으켜 입술을 찾았다. 한 손으로 가슴을 움켜쥐고 그녀의 매끈한 등을 매만졌다. 기쁨이가 태어난 후 천천히 하려고 했다. 그런데 이렇게 쉽게 흥분하다니. 달달한 그녀의 입술을 탐하면서 그는 갈등했다.

"하아."

"괜찮아, 오늘 하루쯤은."

여름이 달뜬 얼굴로 허락했다. 지금껏 참기 힘든 욕구를 억눌렀으니 오늘만큼은 참지 않아도 된다고 말하고 있었다. 참는 게 얼마나 힘든지 여름은 그의 표정을 보며 느꼈다.

"힘들 텐데."

그는 여전히 여름이 먼저였다. 여름은 허락 대신 그의 입술에 키스를 했다. 그제야 머뭇거렸던 그가 적극적으로 그녀의 키스를 받았다. 그녀의 다리를 벌려 그 안에 꽃잎을 문지르고 충분히 젖을 때까지 기다렸다. 몸을 밀착시킬 때마다 볼록한 배가 그의 복부에 닿았다.

여름이 뒤돌아 벽을 짚었다. 다리를 충분히 벌려 그가 들어오길 기다렸다. 이현은 자세를 낮추고 제 물건을 지분거리다 천천히 삽입했다. 뜨겁게 달궈진 그녀의 내부로 들어간 그는 날뛰고 싶은 걸 자제하고 있었다. 그녀의 엉덩이를 잡고 이현이 허리를 움직였다.

"하윽!"

자세가 자세인지라 여름은 힘겨워 보였다. 하지만 오랜만에 그녀의 내부에 들어간 녀석은 더 있고 싶어 안달 난 상태였다. 이현의 움직임은 여전히 조심스러웠다. 흥분을 자제하려고 노력하며 움직였다. 그리고 최대한 빨리 끝내기 위해 이현의 움직임이 조급해졌다.

"하아……."

여름의 입에서 신음 소리가 터져 나왔다. 관계를 하고 있는 와중에도 조심스러운 그의 움직임에 여름은 괜히 미안했다. 뜨겁게 달궈진 그의 움직임이 빨라지더니 그녀의 등에 얼굴을 묻었다.

"급하게 끝냈어."

"풋, 정말."

여름과 이현은 다시 샤워를 했다. 잠옷으로 갈아입고 다정하게 침대에 누워 서로의 등을 쓸어주었다. 여름이 이현의 가슴에 얼굴을 깊게 묻었다. 졸리다며 칭얼대는 여름의 머리를 쓰다듬으며 이현은 눈을 감았다.

＊

다음날 이현을 배웅하고 여름은 집 안 청소를 시작했다. 몸이 무거워 물건을 정리하고 청소기를 밀고 소파에 앉아서 쉬고 있었다. 그러던 중 초인종 소리에 여름은 밖으로 나갔다.

"차여름 씨 댁 맞죠?"

추위에 떨며 택배 기사가 사과 박스를 현관에 들여놓았다. 택배 박스에 붙은 발송자 이름은 김 교수, 시어머니였다. 택배 기사가 나간 뒤 여름은 시어머니에게 전화를 걸었다.

"어머니, 저예요. 사과 보내셨더라고요."

〈시골에서 오면서 한 박스 가져왔다. 달고 맛있더라.〉

김 교수가 다정한 목소리로 말했다.

"감사합니다. 잘 먹을게요, 어머니."

〈네가 깎지 말고 남편한테 깎아달라고 하렴. 임신했을 땐 무조건 남편을 부려먹어야 해.〉

"안 그래도 그러고 있어요."

여름이 작게 웃음을 터뜨렸다.

〈잘했다. 아픈 데는 없지?〉

"네. 어머니도 건강하시죠?"

〈그럼. 얼마 전에도 네 시아버지랑 산에 다녀왔다. 네 시아버지는 얼마 못 올라가서 숨차다고 어찌나 투덜대던지 힘들어 죽는 줄 알았다.〉

"정말요? 그래도 조심하세요."

딸이 없는 김 교수는 여름과 혜영을 친딸처럼 여기며 당신 아들과 남편 흉보는 재미로 살고 있었다. 특유의 쾌활함으로 김 교수는 여름에게 먼저 마음을 열었다. 여름도 김 교수에게 천천히 다가가고 있었다.

〈아가, 그럼 다음에 맛있는 거 먹으러 가자.〉

"네, 들어가세요."

김 교수와 전화 통화를 하면 정신이 없었다. 이현의 성격은 시아버지인 류 교수를 닮은 모양이었다. 적당히 진지하고, 짓궂고, 다정한 모습이 그랬다.

여름은 사과 박스를 열어 빨갛게 여문 사과를 하나 깎아 제 입속에 넣었다.

"음, 달다."

꿀 사과였다. 여름은 그 자리에서 하나를 먹어 치웠다. 그런데 이 많은 사과를 먹으려면 고생 좀 할 듯싶었다. 사과 잼도 만들고 사과주스도 만들면 좋을 것 같다는 생각이 들었다.

여름은 외출 준비를 했다. 신혼집 근처에 있는 한식집에서 영숙과 혁수와 같이 점심을 먹기로 했다. 여름이 외투와 머플러를 챙겨 밖으로 나왔다. 한겨울의 추위에 여름은 몸을 떨며 외투를 여몄다. 먼저 한식집에 도착한 여름은 자리를 잡고 주문을 마쳤다.

오랜 기간 엄마 옆을 지켜온 혁수가 여름은 마음에 들었다. 그리고 고마웠다. 엄마를 위하는 마음이 누구보다 크다는 걸 여름은 느낄 수 있었다.

"먼저 와 있었구나."

여름이 자리에서 일어나려고 하자 혁수가 손사래를 치며 앉아 있으라고 했다.

"오셨어요. 주문은 제가 미리 했어요."

여름은 벨을 눌러 주문한 음식을 내오라고 했다. 맞은편에 앉아 있는 엄마와 혁수가 다정해 보여서 여름의 얼굴에 미소가 그려졌다.

"두 분 정말 부부 같으세요."

"어머, 얘가."

영숙이 얼굴을 붉혔다. 대화가 오가는 사이 주문한 음식이 테이블에 가득 차려졌다.

"제가 결혼하기 전에 엄마 먼저 보냈어야 했는데."

여름이 먼저 운을 띄웠다. 이제 그만 엄마를 잡아달라고 말하고 있었다.

"안 그래도 이제 이 사람과 남은 평생을 같이 살고 싶네."

갑작스런 혁수의 청혼이었다. 영숙이 먼저가 아니라, 여름에게 먼저 의중을 물었다. 내가 그래도 되겠느냐고.

"아저씨……."

"행복하게 해줄 자신 있네."

혁수가 고개를 돌려 영숙을 바라보았다.

"남은 평생을 저와 살아주시겠습니까?"

"혁, 혁수 씨."

당황한 영숙의 시선이 혁수에게 닿았다 여름에게 돌아갔다. 여름이 고개를 끄덕이며 대답하라고 했다.

"절 선택한 걸 후회하지 않도록 하겠습니다."

혁수가 반지를 내밀며 받아달라고 청했다. 영숙은 감격스러운 표정으로 반지를 바라보았다. 여름은 뒤에서 엄지손가락을 치켜들며 혁수를 응원했다.

"엄마, 반지 안 받을 거야? 아저씨 팔 떨어지겠어."

영숙은 조심스럽게 반지를 받았다. 그제야 긴장해 있던 혁수의 얼굴이 풀어졌다.

"내가 이걸 받아도 되는지 모르겠네요."

"영숙 씨를 위한 반지입니다."

혁수가 영숙의 손에 반지를 끼워주었다. 반지가 조금 남아도는 걸 보고 혁수가 어색하게 웃었다.

"영숙 씨 손가락이 가늘군요."

"아, 이런."

"저도 디자인 같은 걸로 주문했습니다. 시간 나면 샵에 같이 갑시다."

영숙이 고개를 끄덕이며 손가락에 껴져 있는 반지를 바라보았다.

"마음이 드십니까?"

"그럼요. 마음에 들고말고요."

영숙과 혁수는 서로를 바라보며 환하게 웃었다. 두 사람이 같은 마음이라는 게 보는 이에게도 느껴졌다. 혁수라면 분명 엄마를 행복하게 해줄 거라는 믿음이 있었다. 너무 보기 좋은 두 사람의 모습에 괜히 여름은 눈가가 시큰거렸다.

"이제 우리 기쁨이에게 할아버지가 생긴 거네."

"그렇군. 이제 내게 딸이 생기고 손자가 생기는 거군."

혁수가 화통하게 웃으며 여름의 말을 받았다.

"앞으로도 잘 부탁드려요, 우리 엄마."

"나도 잘 부탁하네."

겨울의 날씨는 햇볕뿐만 아니라, 사람의 마음까지 따뜻하게 만드는 모양이었다. 겨울인데도 그래도 따뜻하다고 느끼는 건 사람의 온기 때문이 아닐까. 서로가 서로를 생각하고 위하는 그 마음 말이다.

✻

여름은 이현의 옷을 받으며 조잘조잘 오늘 있었던 일을 얘기했다.

"그래? 잘되셨다."

"응. 그러게. 정말 잘되었어."

여름은 또다시 한식집에서 반지를 꺼내 엄마에게 청혼하던 혁수의 모습을 떠올렸다. 진지하게 빛나는 눈빛과 목소리가 여름의 가슴을 울렸다.

"이제 나도 장인어른이 생긴 건가?"

"그렇지. 아직은 아니지만……."

고인이 된 부친을 아버지라 생각한 적은 한 번도 없었다. 일 년에 고작 제삿날 한 번, 납골당에 다녀올 뿐이었다. 증오심만 키웠던 아버지를 이젠 편히 보내 드릴 수 있을 것 같았다. 새아버지를 받아들이기 위해서 증오심과 함께 묻어야 할 것 같았다.

"무슨 생각 해?"

생각에 잠긴 여름의 뺨을 잡아당긴 이현이 물었다.

"그냥, 갑자기 아빠 생각이 났어."

"왜?"

"글쎄⋯⋯."

"새아버지가 생긴 게 죄송한 거야?"

여름은 고개를 저었다. 줄곧 엄마의 행복만을 바라던 그녀였다.

"아니, 이제 미워하는 것도 그만해야 할 것 같다는 생각을 했어."

"여름아."

"나도 참 못됐어. 우리 기쁨이 생각한다고 예쁜 것만 보고 좋은 것만 듣고 그랬어. 정작 내 안에 증오심이 있는 줄도 모르고 말이야."

이현의 손길이 여름의 뺨에 닿았다.

"이젠 그래도 돼. 할 만큼 했어."

"그래."

여름이 활짝 웃었다.

"사과 깎아줘. 어머님이 남편 부려먹으랬어."

여름은 이현의 팔을 끌고 주방으로 갔다. 식탁 맞은편에 앉아 그가 사과를 깎는 모습을 바라보았다.

"우리 남편, 사과도 예쁘게 깎네."

"립 서비스 안 해도 매일 깎아줄게."

여름이 입을 벌리자 이현이 방금 깎은 사과를 여름의 입속에 넣어주었다.

"맛있어. 당신도 하나 먹어."

"난 됐으니까 기쁨이 엄마나 많이 먹어."

여름이 다시 입을 벌렸다. 잘 익은 사과가 여름의 입속으로 들어갔다. 여름이 맛있게 먹는 모습을 이현은 흐뭇하게 바라볼 뿐이었다.

"내일 눈 많이 온대. 나가지 말고 집에 있어."

"그럴게."

"혹시 필요한 게 있으면 전화해. 사올게."

"응."

여름은 그 자리에서 이현이 깎아준 사과를 다 먹어 치웠다. 이현은 뒷정리를 하곤 여름과 함께 소파에 앉았다.

"오늘 손님 많았어?"

"아니. 요즘 비수기잖아."

여름은 이현의 가슴에 얼굴을 묻었다.

"그렇구나. 참, 사과로 잼 만들고 주스도 만들면 맛있겠지?"

"응. 맛있겠다."

"하나씩 해봐야지."

나른한 목소리로 여름이 중얼거렸다. 그러다 크게 하품했다.

"졸려?"

"별로 한 것도 없는데 졸리다."

이현은 여름을 일으켜 방으로 들어갔다. 목까지 이불을 덮어준 이현은 팔베개를 해주었다.

"이현아."

"응."

"우리 기쁨이 잘 키우자."

"그래."

여름의 등을 쓸어내리며 이현이 대답했다.

"내가 좋은 엄마가 될 수 있을까?"

"걱정돼?"

"조금."

이현의 품에서 빠져나온 여름이 솔직하게 대답했다.

"당신은 잘할 거야. 지금도 충분히 좋은 아내니까 좋은 엄마도 가능해."

"내가 좋은 아내야?"

몰랐다는 듯 여름이 물었다. 이현은 당연하다는 듯 고개를 끄덕였다.

"그럼. 늘 최선을 다하잖아. 늘 노력하고."

"아……."

여름의 눈에 눈물이 고였다. 다시금 저가 얼마나 행복한 여자인지 깨닫게 해준다. 이 녀석을 만나지 못했더라면 어땠을까. 제 마음을 알아차리지 못했다면…….

이 남자가 제 남편이라 정말 다행이라는 생각이 들었다. 전생에 나라를 구한 건, 어쩌면 저일지도 모른다.

"여름아."

여름의 눈물에 이현이 놀라 다가왔다.

"나 너무 행복해."

"그렇다고 울면 어떡해."

"정말 당신 만나 다행이야."

여름이 이현의 목을 끌어안았다. 이현은 웃음을 터뜨리며 여름을 안았다. 손으로 눈물을 닦아낸 이현이 여름에게 키스를 했다.

"사랑해."

이현이 속삭였다.

"나도, 사랑해."

여름이 대답했다. 두 사람은 어두운 달빛 아래서 농도 짙은 키스를 이어갔다. 언제나 지금처럼 한결같은 마음으로 사랑할 것이라 다짐했다.

The End

 작가 후기

글을 시작할 때만 해도 여름이었는데, 후기를 쓰고 있는 지금은 어느덧 겨울입니다.

매번 출간할 때마다 느끼는 감정이지만, 시작은 설레고 끝은 아쉽습니다.

시나브로는 감정이 메마른 여름의 심장을 오랫동안 노크한 이현의 사랑 이야기입니다. 제목처럼 조금씩 천천히 여름의 마음에 이현이 스며드는 글이지요.

지금까지 출간한 글 중에 제일 저를 힘겹게 한 글이 아닐까 싶습니다. 여름이 이현의 마음을 받아들이는 과정이 자연스러워야 하고 독자들로 하여금 공감할 수 있도록 쓰려고 노력했는데 어려웠던 것 같아요.

힘겹게 집필한 글이니만큼, 예쁘게 출간이 되어 너무 기쁘고 설렙니다.

감사하는 분들이 있네요.

꽃신 언니, 무연 언니, 비향, 희연이 글을 시작할 때 힘들어했는데 옆에서 많이 도와주었습니다. 고맙고 애정합니다.

바쁜 와중에 같이 고생해 준 미연 씨, 고맙습니다.

박윤애 드림.

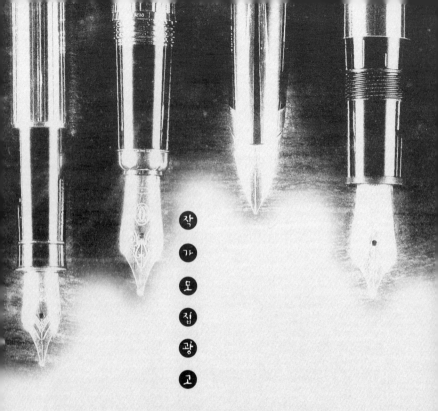

작
가
모
집
광
고

도서출판 청어람의 문은 항상 열려 있습니다.
실력있는 작가 분들의 많은 관심 부탁드립니다.

TEL:032-656-4452 • FAX:032-656-4453
http://www.chungeoram.com
e-mail:chungeorambook@daum.net